Herausgegeben von

Anke Küpper, Franziska Henze, Yvonne Wüstel

TATORT NORD

Urlaubskurzkrimis von Sylt bis Fehmarn

HarperCollins

1. Auflage 2022
Originalausgabe

Umschlaggestaltung von Hauptmann & Kompanie Werbeagentur, Zürich
Umschlagabbildung von Gabi Kuerverst / Shutterstock
Karte auf der Innenseite Kuzin & Kolling, Büro für Gestaltung, Hamburg
Gesetzt aus der Stempel Garamond
von GGP Media GmbH, Pößneck
Druck und Bindung von GGP Media GmbH, Pößneck
Printed in Germany
ISBN 978-3-7499-0323-8
www.harpercollins.de

Klimaneutral
Druckprodukt
ClimatePartner.com/15109-2009-1001

FSC
MIX
Papier
FSC® C014496

INHALT

IRRGÄSTE

Sabine Weiß

Neuwerk – Scharhörn

Wie ein Suchscheinwerfer blitzte der Lichtkegel des Leuchtturms von Neuwerk in der Dämmerung auf. Während Henny durch ihr Spektiv die Insellandschaft beobachtete, lauschte sie den Stimmen der Natur. Der Wind trug unzählige Vogelgesänge zu ihnen. Henny erkannte alle, nicht umsonst war sie eine der besten Vogelbeobachterinnen Deutschlands. Oft schon hatte sie die Rangliste im Club300 angeführt, dessen Maßgabe es war, mindestens dreihundert wild lebende Vogelarten im Heimatland erspäht zu haben. Dabei war sie keiner dieser verabscheuungswürdigen Twitcher oder Spotter, die jedem seltenen Vogel hinterherreisten und beinahe über Leichen gingen, nur um ihre Liste aufzupeppen. Nein, sie betrieb ihre Leidenschaft mit der gebotenen Ernsthaftigkeit. Schließlich hatte die Vogelbeobachtung ihr auch über das Grauen der Vergangenheit hinweggeholfen. Es beruhigte sie, sich ganz auf die Natur zu konzentrieren. Im Lichte des Sonnenuntergangs wirkte die Insel mit ihren Wiesen, Deichen und dem sanft wogenden Meer besonders idyllisch. Kaum vorstellbar, dass einzig das trutzige Quermarkenfeuer Schutz geboten hatte, wenn die Nordsee bei Sturmfluten ihre Muskeln spielen ließ und der Rest des Eilands überspült worden war. Ohnehin waren Neuwerk und die vorgelagerten Inseln Scharhörn und Nigehörn eine Kuriosität: ein Stück Hamburg mitten im Wattenmeer. Zugleich waren sie Zentrum des Nationalparks Hamburgisches Wattenmeer.

Während Henny weiter mit ihrem Hochleistungsfernglas den Binnengroden und das Buschwerk um den Friedhof der Namenlosen absuchte, legte sie in Gedanken eine Liste der Vögel an, die sie hörte. Sie vernahm das »Ki-wiek« der Austernfischer, das »Üätt« der Knutts, die Rufe der Weißwangen- und Nonnengänse, der Lachmöwen und Brachvögel, der … unvermittelt hielt Henny inne. Erregung durchfuhr sie.

»Kampfläufer auf halb fünf«, wisperte Henny.

Zackig richtete Evelyn ihr Spektiv neu aus. »Wo? Wo?«, fragte ihre Vogelfreundin aufgeregt.

»Halb fünf, sagte ich doch. Die Kampfläufer brüteten früher auf Neuwerk. Heute sind sie eher selten. Wenn der Mensch nicht wär …«, murmelte Henny. Ehe sie sich in ein Lamento über die Bedrohung der Vogelwelt durch die Zivilisation hineinsteigern konnte, plusterte der Schnepfenvogel seinen kastanienbraunen Kragen auf, und sie verstummte ergriffen.

»Ah, da bist du ja! Wie wunderschön du bist! Ein richtiger Beau! Als ob du gleich auf Brautfang gehen würdest«, schwärmte Evelyn leise, als sie ihn endlich entdeckt hatte.

Unmut wallte in Henny auf. »Du immer mit deinen Vermenschlichungen! Dabei ist jetzt gar keine Balzzeit.«

Als sich einige Herren ihrer Reisegruppe näherten, löste Evelyn sich von ihrem Spektiv. Sie zupfte mit einer gezierten Geste die Löckchen unter der Wollmütze hervor und trug eilig eine neue Schicht rosa glänzenden Lipgloss auf.

»Für manche Individuen ist immer Balzzeit«, sagte Evelyn lächelnd.

Henny unterdrückte ein Seufzen. Erst hatte sie lediglich Mitleid mit Evelyn gehabt, dann hatten sie sich gegenseitig gestützt, und jetzt waren sie tatsächlich so etwas wie Gefährtinnen geworden. Dabei waren sie so unterschiedlich! Und manchmal schämte Henny sich auch für ihre Vogelfreundin. Jetzt beispielsweise, wo Evelyn hemmungslos mit ihren Reisegefährten flirtete und stolz damit angab, dass sie einen Kampfläufer entdeckt hatten.

Henny wandte sich ihrem Notizbuch zu. Sie hatte schon immer mit Vögeln mehr anfangen können als mit Menschen. Gewissenhaft trug sie den Kampfläufer auf ihrer Liste ein. Vogel Nummer 89 für heute, 378 im gesamten Jahr. Nicht schlecht für den Spätsommer. Damit hatte sie ihren Abstand auf der Rangliste der Vogelbeobachter in Deutschland erneut vergrößert. Als Expertin wäre sie von Fernsehsendern, Radiostationen und bei Verlagen also weiterhin gefragt. Henny hatte ihrer Leidenschaft alles untergeordnet, Beruf wie Privatleben, da taten die öffentliche Anerkennung und die entsprechende Honorierung gut. Der Gedanke an ihre prekäre finanzielle Lage ließ sie frösteln. Als ernst zu nehmender Birder hatte man unzählige Ausgaben.

Die Wärme des Tages war von der aufziehenden Nacht vertrieben worden. Evelyn kicherte albern über den

Scherz eines vogelverrückten, aber solventen Birders mit silberner Haartolle. Genervt klappte Henny das Stativ ihres Fernglases ein. Hier war es viel zu trubelig für die Vogelbeobachtung! Entschlossen marschierte sie gen Nordvorland davon. Sie hatte da so eine Ahnung …

Hektisch packten die anderen ebenfalls zusammen. Wo Henny hinging, waren ornithologische Entdeckungen zu erwarten, das wussten sie. Vor ihnen malten Vogelschwärme bewegte Muster in die Dämmerung und senkten sich dann auf den schmalen Uferstreifen. Das Meer würde sich bald zurückziehen und das Watt freigeben, eine gedeckte Festtafel für jeden Vogel. Henny war es vorhin gewesen, als hätte sie eine der seltenen Elfenbeinmöwen im Schwarm gesehen. Allerdings würde ihr Instinkt die Möwen und Gänse bald zu ihren Schlafplätzen treiben. Sie musste sich also beeilen.

»Habe ich Ihnen schon gesagt, dass ich Ihr letztes Buch verschlungen habe? Ich nehme an, Sie erwarten gleich, etwas Besonderes zu entdecken?«, meinte der Silberhaarige, der zu Evelyns sichtlicher Enttäuschung neben Henny marschierte.

»Wie viele Vögel haben Sie denn heute beobachtet? War ein Irrgast dabei?«, fragte ein dicker, schnaufender Herr mit einem verschwörerischen Lächeln, der auf der anderen Seite aufgetaucht war. Beim Anblick der teuren, nagelneuen Ausrüstung dachte Henny: Du bist auch so ein Irrgast, ein Vogel, der sich verflogen hat. Soweit sie wusste, war er früher Großbauer gewesen; einer derjenigen, die mit Monokultur und Düngemitteln zum Aussterben etlicher Vogelarten beitrugen.

Und wenn, dann würde ich es Ihnen nicht verraten, hätte Henny am liebsten gesagt, blieb aber höflich. Während sie über ihre Beobachtungen plauderte, scharten sich immer mehr Vogelkieker um sie. Dabei hatte Henny nichts für aufdringliche Männchen übrig, ob im Tierreich oder unter zweibeinigen Vogelfreunden. Aus leidvoller Erfahrung wusste sie, wie manche Herren aus diesen Reisegruppen waren; zeigte man einmal Schwäche, schnappten sie einem die Vogelsichtungen weg oder wurden handgreiflich. Evelyn mischte sich eifrig, aber weniger kundig in das Gespräch ein. Für sie waren die Vogelfreunde eine Mischung aus großer, solidarischer Familie und Heiratsmarkt. Henny hoffte nur, dass ihre Gefährtin ihre Vertrauensseligkeit nicht irgendwann bereuen würde.

Ein vielversprechender Aussichtspunkt war bald erreicht, schließlich war Neuwerk kaum mehr als drei Quadratkilometer groß. Henny hatte gerade das Spektiv ausgerichtet und mit der Suche nach der Elfenbeinmöwe begonnen, als sich aus der Ferne ein Dröhnen näherte. Wenig später scheuchte ein Motorboot die rastenden Zugvögel auf.

»Das gibt es doch nicht! Die armen Vögel! Bald ist Ebbe und außerdem finstere Nacht – welcher Idiot fährt denn um diese Zeit noch mit dem Boot nach Neuwerk? Der muss ja lebensmüde sein«, fluchte Evelyn neben ihr.

Das Boot machte fest. Ein einzelner Mann kletterte auf den Anleger. Henny erstarrte. Die hochgewachsene Gestalt, die in den Laternenschein trat, war auch aus der Ferne unverkennbar. Ausgebeulte Fotoweste, Schlapphut, viele Gürteltaschen.

»Was will denn Richard van Vanten hier?«, fragte Evelyn ebenso überrascht wie ehrfurchtsvoll. Dann bemerkte sie Hennys Entsetzen. »Der soll bloß wegbleiben!«

Henny presste die Kiefer aufeinander und schwieg. Ausgerechnet ihr Erzfeind. Sofort verbreitete sich Aufregung unter den Vogelkiekern. Richard van Vanten war eine lebende Legende. Ein fanatischer Twitcher, der sich über seine Informanten zutragen ließ, wo seltene Vögel gesichtet wurden, und dann dorthin raste, um sie als Erster – und am besten auch als Einziger – zu fotografieren. Dabei ging er aggressiver als ein Kasuar vor; und diese flugunfähigen Laufvögel aus Neuguinea hatten schließlich auch schon Menschen umgebracht. Dass sie van Vanten ein paarmal bei Sichtungen und auch in der Jahres-Bestenliste geschlagen hatte, ohne sich auf sein Niveau herabzulassen, machte Henny stolz. Ihn hatte sie damit jedoch auf eine andere Art und Weise gereizt, als ihr lieb gewesen war.

Als die Hobby-Ornithologen sahen, dass van Vanten auf den Gasthof zusteuerte, brachen die meisten auf. Henny blieb so lange auf ihrem Beobachtungspunkt, bis es so dunkel war, dass man beim besten Willen keinen Vogel mehr erkennen konnte. Leise maulend leistete Evelyn ihr Gesellschaft.

»Gehen wir auf unser Zimmer. Wir können ja sagen, wir haben Kopfschmerzen«, sagte Evelyn.

»Wir? Seit wann entscheidest du für mich?«, fragte Henny ärgerlich.

»Sei nicht böse, Henny. Ich habe es nur gut gemeint. Ich weiß, dass dieser van Vanten dich …«

»Schon gut!«, fiel Henny ihr ins Wort.

Normalerweise aßen sie zusammen mit den anderen Vogelkiekern und fachsimpelten noch stundenlang. Heute würde sich jedoch alles nur um Richard van Vanten drehen. Er würde jedes Gespräch an sich reißen, das hatte Henny schon oft genug erlebt. Ganz abgesehen von dem, was er ihr angetan hatte.

Henny spürte, wie ihr Magen krampfte. Es musste einen Grund dafür geben, warum van Vanten so überstürzt nach Neuwerk gereist war. Jemand hatte ihm einen Tipp gegeben. Hier musste ein Vogel gesichtet worden sein, den sie noch nicht entdeckt hatte. Vielleicht ein Irrgast. Ein Vogel von der Roten Liste der bedrohten Arten. Vermutlich eine deutsche Erstsichtung. Aber das konnte doch nicht sein! Wie hatte sie diese Besonderheit übersehen können? Sie hatte die Insel doch mit ihrem phänomenalen Spürsinn abgesucht! Sie musste herausfinden, was Richard van Vanten nach Neuwerk getrieben hatte. Und sie musste ihm zuvorkommen.

»Wir essen mit den anderen, wie immer. Ich lasse mich von diesem Mistkerl doch nicht einschüchtern«, sagte Henny kämpferisch, obgleich der Gedanke daran ihre Übelkeit noch verstärkte.

Vor der Gaststube diskutierte Richard van Vanten mit mehreren Insulanern, während die Vogelkieker in der Nähe standen und zu lauschen versuchten. Einige telefonierten auch oder wischten aufgeregt auf ihren Smartphones herum. So, wie es aussah, war van Vanten stinksauer, weil die Insulaner ihm etwas verweigerten. Nun schnaubte er, und die Ringellocken an den Enden seines

Schnurrbarts bebten vor Wut. Er sah so affig aus! Aber wie immer war er perfekt ausgestattet. Aus den unzähligen Taschen seiner Weste lugten ein ausgezeichnetes Zoom-Fernglas, Kameraobjektive, sein altgedienter Militärkompass, ein Notizbuch und anderes Equipment. An seinem Gürtel hingen Handytasche und Klappmesser.

»Dann eben nicht!«, blaffte van Vanten jetzt. Wütend packte er seinen Kamerarucksack und stürmte davon. Als er Henny sah, schoss er auf sie zu. Er war einschüchternd groß, und Henny bemerkte, wie Evelyn, die gerade dabei gewesen war, ihr Make-up zu erneuern, unwillkürlich zurückwich.

»Hätte mir ja denken können, dass du ebenfalls hier herumlungerst. Aber du kommst mir nicht zuvor, du nicht!«, zischte er. Dann stieß er sie und Evelyn grob beiseite. Evelyn geriet ins Trudeln, klammerte sich an ihn, um nicht zu stürzen, doch ihr Rucksack rutschte von ihrer Schulter, und da er offen gestanden hatte, ergoss sich der Inhalt auf den Boden. Henny packte den Arm ihrer Vogelfreundin, bis diese sicheren Stand hatte.

»Sag mal, spinnst du?! Was glaubst du eigentlich, wer du bist?«, fauchte Henny ihn an.

Richard van Vanten klopfte sich ab, als sei er beschmutzt worden. »Wer ich bin? Deutschlands Vogelexperte Nummer eins! Und ihr seid unfähige Stümper! Solltet lieber bei euren Vogelfutterstationen bleiben, da könnt ihr nichts falsch machen!«

Beim Essen hielten sich die Verärgerung über Richard van Vantens ungehobelten Auftritt und die Neugier auf die Information, die er partout nicht mit ihnen teilen wollte, die Waage. Henny hatte sofort ihre Kontakte bei den Vogelschutzstationen an der Nordsee aktiviert, aber niemand hatte eine Information für sie gehabt. Nur die üblichen Verdächtigen der Vogelwelt waren zwischen Helgoländer Bucht und Außenelbe unterwegs.

»Van Vanten ist wirklich fanatisch! Einmal ist er von Sylt aus an den Bodensee gerast, nur weil dort ein Krauskopfpelikan gesichtet wurde. Auf dem Weg soll er zehnmal geblitzt worden sein – ist ihm egal. Angeblich hat er sogar einen Unfall verursacht, bei dem jemand ums Leben gekommen ist. Sein Anwalt hat ihn rausgehauen«, meinte der frühere Großbauer halb respektvoll.

»Bestimmt nur ein böswilliges Gerücht. Wer so fokussiert ist, macht sich eben Feinde. Andererseits: Geld hat er genug. Deshalb kann er ja auch seine Informanten schmieren, sodass die unsereinem nichts erzählen«, klagte die Silbertolle.

»Weibliche Birder soll er hingegen gerne um sich haben.«

Sein Gesprächspartner glättete grinsend seinen Haarschopf. »Da ist er polygam, wie manche unserer gefiederten Freunde. Macht ja auch evolutionstechnisch Sinn. Blaumeisen neigen zu Seitensprüngen, dann sind die Nachkommen genetisch vielfältiger und auch gesünder. Der Zaunkönig und die Prärieammer haben sogar gerne parallel zwei Weibchen und zwei Nester, wenn das möglich ist.«

Jetzt kicherte der Ex-Landwirt. »So ein Doppelleben wäre mir zu viel Stress.«

Henny ging dieses Gerede auf die Nerven. »Gegen van Vanten liegen diverse Anzeigen wegen sexueller Belästigung vor«, warf sie entschieden ein. Betretenes Schweigen.

Evelyn hatte sich die ganze Zeit ihrem Omelette mit Nordseekrabben und ihrem Nachtisch gewidmet. Jetzt sprach sie zu Hennys Entsetzen das aus, worüber diese schon die ganze Zeit grübelte. »Wir haben auf Neuwerk keine außergewöhnliche Vogelart entdeckt. Entweder haben wir etwas übersehen, oder van Vanten will nach Scharhörn weiter.« Evelyn konsultierte die Tidentabelle auf ihrem Handy, dann sah sie in die Runde und genoss es sichtlich, dass die Aufmerksamkeit der Männer auf sie gerichtet war.

Henny erhob sich abrupt. »Wir sollten zeitig zu Bett gehen. Komm, Evelyn.«

»Bis zu den Vogelinseln Nigehörn und Scharhörn sind es acht Kilometer«, sagte Evelyn unbeirrt. »Wenn wir morgen bei Dämmerung aufbrechen, können wir die Inseln gut zu Fuß erreichen. Oder wir nehmen einen Wattwagen.«

»Komm jetzt, es wird Zeit«, beharrte Henny.

Ihre Gefährtin führte gerade einen Löffel rote Grütze mit Vanillesoße zum Mund. »Aber mein Nachtisch … außerdem sind wir doch gerade hier in so angenehmer Gesellschaft.« Evelyn lächelte in die Runde. Henny konnte ihre Verachtung nicht verbergen. Sie zog sich allein zurück. Mit dieser Einstellung würde Evelyn nie ein führender Birder werden.

Leise schnarchte Evelyn vor sich hin, als Henny sich auf den Weg machte. Sie hatte alles genau durchgerechnet. Wenn sie jetzt losmarschierte, wäre sie zur Morgendämmerung auf Scharhörn und könnte den Irrgast suchen, ehe Richard van Vanten oder die anderen Vogelkieker ihr zuvorkamen. Natürlich war die Wanderung durch das nächtliche Watt eine gefährliche Angelegenheit, aber sie war ein Küstenkind, hatte Kompass, Karte und hohe Gummistiefel zum Durchqueren der Priele. Außerdem war sie schon öfters nach Scharhörn gewandert.

Henny schlich aus der Pension. Mondschein erhellte die Nacht, und die Luft war so kühl, dass sie sich kurz in ihr warmes Bett zurücksehnte. Zwischen den Wolkenfetzen blitzte ein Sternenhimmel auf, so klar, wie er nur an Orten strahlte, die von künstlichen Lichtern nicht verschmutzt waren. Beinahe zärtlich strich der Leuchtturmkegel über die Insel. Nur der Wind war zu hören, jetzt, bei Ebbe, schien sogar das Meer verstummt.

Wenig später breitete sich das Watt vor ihr aus. Wie gekämmt wirkte das sanfte Waschbrett des Sandes. Der Mond spiegelte sich in Pfützen, aber der Horizont verschwamm im Dunst. Das war doch nicht etwa Seenebel? Schnell schob Henny den Gedanken weg. Sie kontrollierte noch einmal die Wanderkarte und richtete den Kompass aus. Bei diesem Marsch durfte sie sich keinen Fehler erlauben. Auf die Pricken, die im Watt befestigten Reisigbündel, die den Weg markierten, wollte sie sich nicht verlassen. Die Priele zwischen Neuwerk und Scharhörn waren tief, die Strömungen schnell. Alljährlich wurden Wanderer im Watt von den Fluten überrascht, gerieten in Lebensgefahr oder ertranken sogar.

Während sie marschierte, dachte sie über ihre früheren Besuche auf Scharhörn nach. Obgleich die Küstenlinie durch Sturmfluten und Orkane abgeschliffen und neu geformt wurde, kannte man Scharhörn schon seit mehr als siebenhundert Jahren. Für frühere Seefahrer war die Sandplate ein gefährliches Riff gewesen, und tatsächlich lagen unzählige Wracks in den Tiefen vor Scharhörn. Genau genommen bewegte sich die wandernde Düneninsel ebenfalls, sogar ein bis vier Meter pro Jahr, hieß es. Um Scharhörn zu schützen, war vor über dreißig Jahren einen Flügelschlag entfernt eine weitere Insel aufgespült worden: Nigehörn. Heute waren beide Inseln ein Paradies für Zugvögel. Der einzige Zweibeiner, der für längere Zeit dort leben durfte, war der Vogelwart von Scharhörn, den der Verein Jordsand einsetzte. Die Insel Nigehörn durfte gar nicht betreten werden. Eigentlich hätte Henny sich bei dem Vogelwart anmelden müssen, aber sie wollte keine unnötige Aufmerksamkeit wecken, und bei ihrem Rang würde sie schon keine Schwierigkeiten bekommen. Was für einen Vogel es wohl nach Scharhörn verschlagen hatte?, grübelte sie.

Je weiter sie ging, desto schlechter wurde die Sicht, was Henny zu ignorieren versuchte. Sie würde auf keinen Fall umkehren. Feuchte Kälte stieg vom Meeresboden auf. Obgleich Henny lange Unterhosen trug, war ihr kalt. Jetzt verließ sie das härtere Sandwatt. Das Schmatzen ihrer Stiefel im Schlick durchschnitt die Stille. Nur nicht einsinken! Wenn sie stecken blieb oder sich den Knöchel verknackste, war sie verloren. Niemand wusste, dass sie hier war, nicht einmal Evelyn. Diese dumme Gans hätte sich nur verplappert.

Schmatzende Tritte in den Schlick. Schmatz, schmatz. Das Marschieren wurde anstrengend, die Stiefel vom Matsch schwer – und der Rucksack mit Spektiv, Stativ und Kamera erst!

Vor Henny breitete sich ein Priel aus. Diese mäandernden Wasserläufe konnten schnell vollströmen und vom Bach zum reißenden Fluss werden. Henny schlug einen Bogen um den Priel und blieb anschließend stehen, um den Kurs zu kontrollieren. Schmatz, schmatz. Sie fuhr herum. Ihr Herz raste unvermittelt. War da noch jemand im Watt? Oder hatten ihre Ohren ihr einen Streich gespielt? Ihre Augen durchkämmten die nächtliche Wattlandschaft. Im Seenebel glaubte sie überall Schemen zu erkennen, was die Sache nicht besser machte. Sie musste an die unzähligen ertrunkenen Seeleute denken, die am Scharhörnriff ihr Leben gelassen hatten. Viele hatten auf dem Friedhof der Namenlosen auf Neuwerk ihre letzte Ruhe gefunden. Oder irrten ihre Geister hier herum? Suchten diese Gespenster harmlose Wanderer heim? Warum war sie auch so blöd gewesen, allein loszulaufen?!

Nur die Ruhe! Henny ging weiter, lauschte angestrengt. Laut klang jeder ihrer Schritte. Der Wind zerrte flappernd an ihrer Jacke, pfiff zwischen ihren Beinen hindurch. Noch immer hämmerte der Puls in ihren Adern. Wieder blieb sie stehen. Stille. Sie musste sich geirrt haben. Also weiter. Schmatz, schmatz. Alle Haare an ihrem Körper stellten sich mit einem Mal auf. Da war jemand. Und er kam näher. Henny marschierte im Stechschritt durchs Watt, krampfhaft die kleine Taschenlampe auf ihren Kompass gerichtet. Wie lange war sie schon unterwegs? Wann wäre sie auf Scharhörn? Der Vogelwart würde sie sicher vor dem Verfolger beschützen. Sie würde sich entschuldigen müssen, weil sie sich nicht angemeldet hatte, würde sich ein Donnerwetter anhören müssen, weil sie so leichtsinnig gewesen war, natürlich …

Ganz nah waren die Schritte jetzt. Henny wagte es nicht, sich umzudrehen. Sah die von Fischen und Vögeln zerfressenen Gesichter der Ertrunkenen vor ihrem inneren Auge, die sie jagten. Andererseits: Vielleicht war es ja auch nur Evelyn, die ihr folgte. Aber warum gab ihre Freundin sich nicht zu erkennen?

In diesem Augenblick packte jemand ihren Arm und riss sie herum. Richard van Vanten ragte vor Henny auf. Das Zwielicht machte aus seinem Gesicht einen unheimlichen Scherenschnitt, doch das gefährliche Funkeln seiner Augen stach heraus. Sofort war die Erinnerung wieder da. Henny wurde schlagartig übel. Sie zerrte sich los. Eine heftige Wut wallte in ihr auf. Am liebsten hätte sie ihn geschlagen.

»Was treibst du hier?!«, fauchte van Vanten.

»Das Gleiche könnte ich dich fragen!«

»Spazierst hier mit deiner Taschenlampe herum wie ein Irrwicht. Du gehst sofort zurück nach Neuwerk, hörst du?!«

»Geh du doch zurück!«

Er packte sie an den Schultern, schüttelte sie. »Du treibst mich in den Wahnsinn mit deinem Ehrgeiz! Immer musst du versuchen, mich auszustechen, du kleines Luder!«

Henny bekam es mit der Angst zu tun. Sie wandte sich heftig in seinem Griff. »Lass mich los, du Monster!«

Sein heiseres Lachen klang unheimlich im einsamen Watt. Plötzlich zog er sie zu sich hoch. Ihre Füße baumelten in der Luft. Er küsste sie, schob drängend seine Zunge in ihren Mund, wie er es schon einmal getan hatte. Anschließend hatte er sie wochenlang gestalkt, hatte sie Hunderte Male pro Tag angerufen und ihr sogar aufgelauert. Henny würgte. Sie strampelte und schlug um sich, so gut sie konnte. Da fiel ihr der Kompass ein, den sie umklammert hielt. Sie holte aus – und hämmerte ihn auf van Vantens Nase. Fluchend ließ er sie los. Henny plumpste ins Watt, wankte unter der Last ihres Rucksacks, fing sich dann aber und trat ihm zwischen die Beine. Van Vanten heulte auf. Kopflos rannte Henny in das Dickicht des Seenebels. Sie würde sich nicht von ihm verscheuchen lassen, sie nicht!

Da hörte sie schon seine geräuschvollen Schritte, spürte den Windhauch, als er sie zu packen versuchte. Schneller! Sie wurde umgerissen, schlug langhin. Salzgeschmack, Sand und Blut in ihrem Mund. Henny kugelte herum, wollte aufspringen, was mit dem Rucksack schwierig war. Da war ihr Verfolger schon halb auf ihr. Richard van Vanten umklammerte ihren Hals. Das Blut hatte sich von seiner Nase aus über das Gesicht verteilt. Seine Züge waren zu einer Grimasse verzerrt.

»Das ist *mein* Irrgast, hörst du! Ich habe dir einmal angeboten, dass wir uns zusammentun, aber du bist dir ja zu fein dafür …«

Blanke Panik. Henny war ihm ausgeliefert. Niemand würde ihr helfen, niemand je davon erfahren. Was tun? Ihre Finger stachen in sein Auge, der Griff lockerte sich. Henny kam auf die Füße. Spurtete, ihre Schritte schmatzten erneut. Sie sank tief ein, zu tief. Hektisch versuchte sie, die Füße aus dem Schlick zu ziehen, doch ihre Gummistiefel blieben stecken. Mit jeder Bewegung grub sie sich tiefer in den Meeresboden ein. Bald steckte sie bis zu den Oberschenkeln im Schlamm. Sie bebte. Tränen der Wut schossen in ihre Augen. Ihr Spaziergang auf dem Meeresboden würde tödlich enden, wenn niemand ihr half. Wenn Richard van Vanten ihr nicht half.

»Hilf mir, bitte!«, rief sie verzweifelt. »Ich verspreche, dass ich nach Neuwerk zurückkehren werde. Dass ich dir den ersten Platz der Vogelexperten überlassen werde …«

Van Vanten hatte sich in sicherer Entfernung des Priels aufgebaut. Gelassen kräuselte er die Spitzen seines Schnauzbarts. Dann nestelte er an seiner Fotoweste und holte den Kompass aus einer Westentasche. »Ist schade um dich. So ein hübsches, fleißiges Vögelchen«, sagte er beinahe bedauernd. Dann marschierte er davon.

Wie eine prallgrüne Oase schälte sich Scharhörn aus dem Seenebel. Die aufgehende Sonne zerstreute den Dunst, in ein paar Stunden würde sie ihn ganz vertrieben haben. Auf einer der sanften, weiß gewölbten Dünen stand der Schreikranich und schaute sich um, irritiert, als wüsste er nicht, was ihn hierher verschlagen hatte. Es war ja auch ein weiter Weg von Kanada und Texas, seinem natürlichen Lebensraum, hierher. Da musste mit der Navigation ganz schön was schiefgegangen sein, dachte Evelyn. Sie konnte die Augen nicht von seinem weißen Federkleid, dem roten Fleck auf dem Kopf und dem schwarzen Schnabel abwenden. Der Schreikranich war einer der seltensten Vögel der Welt. Ihn auf Scharhörn zu sehen, war wirklich eine ornithologische Sensation. Und sie hatte diese Sensation entdeckt! Sie würde diesen Vogel hier, auf Scharhörn, als Erste und Einzige fotografieren.

Wie in Zeitlupe setzte Evelyn ihren Rucksack ab. »Wenn du das doch sehen könntest, Willy«, sagte sie leise. Aber ihr geliebter Mann lag ja in einem Sarg. Genau wie sein Mörder bald in einem nassen Grab liegen würde. Es war kein Gerücht, dass Richard van Vanten auf der Jagd nach einem seltenen Vogel einen Unfall verursacht hatte. Er hatte Willy totgefahren, ihren Mann. Willy hatte von einem Grünstreifen aus einen Mornellregenpfeifer beobachtet. Dieser hatte auf einem abgemähten Feld einen Feind durch ein Ablenkungsmanöver zu täuschen versucht; ein typisches Verhalten dieser Art. Richard van Vantens Wagen war mit überhöhter Geschwindigkeit herangenaht und auf dem Asphalt ausgebrochen. Mithilfe eines teuren Anwalts hatte van Vanten seinen Freispruch erkämpft. Angeblich sei Willy auf die Straße gelaufen – lächerlich. Sie aber hatte Willy gerächt. Van Vanten hatte nicht einmal gemerkt, dass sie bei dem Zusammenstoß in der Pension seinen Kompass ausgetauscht hatte. Das kam davon, wenn man als Vogelkundler mit seiner Ausrüstung derart prahlte und sie zudem in einer leicht zugänglichen Fotoweste herumtrug. Mit dem manipulierten Kompass war Richard van Vanten jetzt vermutlich gen

Helgoland unterwegs und würde bald in den Tiefen des Meeres verschwinden. Und Henny? Auch ihre arrogante Vogelfreundin hatte eine Strafe verdient. Evelyn hatte aus der Ferne gesehen, wie van Vanten Henny im Schlamm hatte stecken lassen. Kurz hatte sie berechnet, wie schnell der Wasserpegel steigen würde. Die anderen Vogelkieker würden Henny wahrscheinlich retten. Und dann würde sie sehen, wer Deutschlands neue, beste Vogelexpertin war, dachte Evelyn, als die Sonne die Silhouette des Schreikranichs gegen den Himmel zeichnete und sie das erste Foto schoss.

MIT LEISEM SUMMEN KOMMT DER TOD

Joyce Summer

Hamburg

Der Rauch griff nach ihnen, umhüllte sie und brachte sie in Alarmbereitschaft. Irgendwo musste es brennen, ihr Signal, sich für die anstehende Gefahr mit Proviant einzudecken. Vollgesogen mit der süßen Masse warteten sie ab.

Prüfend hielt er den Rahmen mit den Waben in das Licht der aufgehenden Sonne, die sich über dem Schanzenpark zeigte.

Diesen Sommer wird es eine gute Ernte geben, dachte er zufrieden und schob den Rahmen vorsichtig in die oberste Zarge des Bienenstockes, ohne die umherkrabbelnden Bienen zu zerquetschen. Er liebte es, am frühen Morgen auf den Dächern von Hamburg nach seinen Bienen zu schauen. Bevor die Stadt langsam erwachte, sich aus den Morgenschleiern emporhob, um dann in ihrer Geschäftigkeit zu versinken. Heute war sein Volk etwas aufgeregter als sonst. Es musste daran liegen, dass er die letzten Tage nicht hier oben gewesen war. Wächterbienen umschwirrten ihn, und ihr lautes Summen übertönte die Geräusche der Stadt. Dennoch kein Grund für ihn, sich aus der Ruhe bringen zu lassen. Behutsam streifte er eine der Wächterinnen von seinem Gesicht, bevor sie auf die Idee kommen konnte, seine Nasenlöcher zu erkunden. Wie immer trug er keinen Schutzanzug. Die wenigen Bienenstiche, die er über das Jahr bekam, gehörten zu seinem Beruf und störten ihn nicht. Er holte den nächsten Rahmen aus der Zarge. Dieser war fast reif für die Ernte. Die Bienen hatten angefangen, die ersten Waben zu verschließen. Mit dem kleinen Finger pikste er vorsichtig in das weiß-goldene Konstrukt. Klebrig weich ergoss sich der klare Honig über den Finger. Als er ihn ableckte, schmeckte er die Aromen der Stadt. Nach den vielen Jahren als Imker konnte er alle benennen: den nussigen Geschmack des Ahorns und die Süße der Linde. Dazu das zarte Bouquet der wenigen Blumen des Parks, die dem Honig seine individuelle Note gaben. Die wenigsten wussten, dass Bienen Vorlieben hatten und es durchaus sein konnte, dass der Honig zweier Bienenvölker mit gleichem Standort unterschiedlich schmeckte. Er zuckte zusammen. Das gab es doch nicht? Ihn hatte tatsächlich eine Biene gestochen. Reflexartig wischte er über den Nacken, um das Tier loszuwerden, dann widmete er sich wieder dem prall gefüllten Rahmen in seiner Hand. Vorsichtig streifte er abermals die Insekten ab, um den Rahmen ohne große Verluste wieder in die Zarge zu schieben. Seine Hand fing an zu zittern, und der Schlitz, den er anpeilte, verformte sich zu einer Zickzacklinie. Die Farben vor seinen Augen lösten sich auf und wurden grau. Seine Zunge klebte an seinem Gaumen, und Hitze stieg in ihm auf. Was zum Teufel war das? Seine Beine stimmten in das Zittern seiner Hände ein, und er klammerte sich an den Bienenstock. Der ganze Stock vibrierte. Verdammt, was ist nur los mit mir? Er versuchte, tief durchzuatmen, aber das gelang ihm nicht. Seine Lunge fing an zu brennen, und sein Magen verkrampfte. Das Grau vor seinen Augen wurde immer dunkler, als würde jemand einen Vorhang zuziehen. Sein Herz fiel in das vibrierende Orchester seiner Hände und Beine mit einem schwer pochenden Stakkato ein. Wütend versuchte die Lunge, gegen die vehementen Stimmen dieser verzweifelten Symphonie an Luft zu gelangen. Seine Blase entließ widerstandslos den Kaffee, den er heute Morgen getrunken hatte. Die Wärme des Urins, welcher seine Hose durchdrang, gelangte schon nicht mehr in sein Bewusstsein.

***

Avila kam aus der Dusche und rubbelte sich mit dem Handtuch über die Haare. Im Zimmer war Leticia gerade dabei, der widerstrebenden Felia die Kleidung für den heutigen Tag anzuziehen. Die Wahl ihrer Mutter gefiel dem Kind nicht. Bockig strampelte es mit den Beinen, um es Leticia unmöglich zu machen, die Strumpfhose darüberzustreifen.

»Will keine Hose«, protestierte Felia und hielt mit ihrer kleinen Hand die Strumpfhose fest.

»Ich zieh dir auch gleich das Kleid mit den rosa Streifen an, das du so gerne magst.« Kurz lockerte Felia den Griff, und Leticia schaffte es, eines der zappelnden Füßchen in die Strumpfhose zu stecken. Quittiert wurde ihr

Erfolg mit einer krähenden Unmutsbekundung aus Felias Mund.

»O meu amor, mein Liebes, kann ich dir irgendwie helfen?« Avila hatte sich schnell T-Shirt und Hose übergestreift.

»Nein, Felia und ich bekommen das hin. Denn Felia ist ein großes Mädchen, richtig? Sag dem Papa, dass du ein großes Mädchen bist.«

»Go'ßes Mädchen.« Felia strahlte ihren Vater an und ließ los. Die Strumpfhose baumelte lose an ihren Füßen.

»Bom, gut, dann lass ich euch alleine.« Innerlich atmete Avila auf. Die morgendlichen Anziehorgien mit seiner Tochter mochte er nicht besonders. Dabei konnte sie sonst ein so liebes Mädchen sein. »Ich warte auf der Bank vor dem Hotel, auf der wir gestern Abend noch gesessen haben. Lasst euch so viel Zeit, wie ihr braucht.«

»Aber nicht, dass du doch kurz beim Frühstücksbuffet vorbeischaust, um dir die Wartezeit zu versüßen!« Leticia hob mahnend den Zeigefinger, um diesen dann in seine üppig umhüllten Rippen zu bohren. »Es gibt nur unser Übliches. Wir wollen doch heute Abend schön essen gehen. Dann kannst du es auch ohne schlechtes Gewissen genießen.«

Leticia hatte für sie beide beschlossen, dass sie während ihres verlängerten Wochenendes in Hamburg das große Frühstücksbuffet des Hotels ausließen. Schließlich entsprach das nicht ihrer Lebensweise. Weder sie als Spanierin noch er als Portugiese hielten sich morgens mit einem üppigen Frühstück auf. An dieser Routine sollte auch ein überbordendes Buffet nichts ändern, hatte

Leticia ausgeführt und dabei die deutliche Wölbung oberhalb seines Gürtels gemustert.

»Außerdem möchte ich in meinem Kleid nicht wie eine Presswurst aussehen, wenn wir in die Elbphilharmonie gehen.«

»Sério? Wirklich? Wir gehen in die Elbphilharmonie? Ich hatte mich schon gewundert, warum du dein rotes Kleid eingepackt hast. Das erklärt es.«

»Schließlich musste ich ausnutzen, dass du für deinen Vortrag am Montag vor der Polizeiakademie dein gutes Jackett mitgenommen hast. Aber bitte sei vorsichtig mit deiner hellen Hose. Das ist die einzige, die wir für dich eingepackt haben. Nicht, dass dort wieder ein Kaffeefleck oder etwas anderes darauf landet.«

»Mach dir keine Sorgen. Außerdem, wenn du dein rotes Kleid trägst, könnte ich neben dir sogar nackt gehen, es würde keinem auffallen.« Er streichelte Leticia zärtlich über die Wange.

Sie kicherte. »Tipo Louco! Verrückter Kerl! Jetzt geh schon. Wir treffen uns vor dem Hotel. Deine beiden Frauen werden sich beeilen.«

Kurze Zeit später stieg er in den Fahrstuhl, um hinunter zur Rezeption zu fahren. Als er den mit rotbraunen Backsteinen gemauerten Gewölbegang, der von der alten Geschichte des Gebäudes erzählte, entlangging, wunderte er sich. In der Eingangshalle hatte sich eine Menschentraube gebildet. So früh am Morgen? Vielleicht eine Reisegruppe. Er schaute sich um und sah die junge Frau, die Leticia und ihn gestern im Hotel so herzlich begrüßt hatte. Da das »International Office« der Polizeiakademie auf den Namen »Comissário Avila und Frau« ein Zimmer im Hotel reserviert hatte, hatte Avila seinen Beruf nicht vor der Rezeptionistin verheimlichen können. Mit großen Augen hatte ihn die junge Frau angesehen und gesagt, sie hätte bisher nur im Fernsehen einen echten Kommissar gesehen. Verwundert stellte er jetzt fest, dass ihr Gesicht gerötet war und sie sich mit einem Taschentuch über die Augen wischte. Als sie ihn sah, steckte sie das Taschentuch in die vordere Westentasche ihrer dunklen Hoteluniform und eilte auf ihn zu.

»Ach, Comissário Avila! Ich hoffe, Sie wurden nicht gestört. Die Polizei …« Sie schluckte.

»Die Polizei?« Avila hob die Augenbrauen und blickte sich genauer um, ob er eventuell einen deutschen Kollegen unter den Menschen in der Halle entdeckte.

»Die sind gerade weg.« Eine einzelne Träne quoll aus ihrem rechten Auge und glitzerte im Licht der großen kupfernen Schalen mit ihren hellen Glühbirnen, die ein Architekt als Deckenleuchten installiert hatte.

»Und weswegen waren sie hier?«

»Herr Harmsen, unser Imker, er ist tot.«

»Tot? Was genau ist passiert? Herr Harmsen machte gestern Abend einen sehr gesunden Eindruck.«

»Ich habe ihn vorhin auf dem Dach gefunden. Wie fast jeden Tag war er heute kurz vor halb sechs an der Rezeption und hat gebeten, dass ihm der Aufgang zum Dach aufgesperrt wird. Aus versicherungstechnischen Gründen darf er leider keinen Schlüssel haben. Wenn er mit seinen Bienen fertig ist, zieht er die Tür zum Dach hinter sich zu und sagt Bescheid, damit eine von uns wieder absperrt. Normalerweise dauert das maximal eine halbe Stunde. Aber als er heute kurz nach sieben Uhr immer noch nicht da war, habe ich meiner Kollegin die Rezeption überlassen, um nachzusehen. Da lag er regungslos zwischen seinen Bienen. Er sah furchtbar aus. Das Gesicht ganz rot geschwollen. Wäre ich doch nur früher hochgegangen, vielleicht hätte ich den Notarzt recht…« Sie schluckte. Avila klopfte ihr beruhigend auf den Rücken.

»Sie sind so freundlich. Ganz anders als der Kommissar, der hier ankam. Er hat mich total von oben herab behandelt. Sie hätten das bestimmt nicht getan.«

»Ich möchte den Kollegen jetzt nicht in Schutz nehmen, aber er macht nur seine Arbeit. Manche von uns kommen dann etwas arrogant rüber. Das tut mir sehr leid.«

»Oh nein, mir tut es leid! Sie denken jetzt sicher, ich bin hysterisch. Aber ich mache mir solche Vorwürfe. Zufällig habe ich gehört, wie einer der Polizisten zu einem anderen von einem anaphylaktischen Schock sprach. Da zählt doch jede Minute.« Sie tupfte sich noch einmal über die Augen. Avila stellte sich vor, dass Felia in achtzehn Jahren ähnlich aussehen könnte wie diese junge Frau. Mitleid stieg in ihm auf. Er hoffte, dass die deutschen Kollegen dem Mädchen nicht zu sehr zusetzen würden.

Wenn das meine Mitarbeiter wüssten. Sie würden sagen, ich werde im Alter weich, dachte er. Da sieht man mal, was das Vatersein mit mir macht. Ich bin nicht besser als meine jungen Sergeanten, die sich von einem schönen Gesicht um den Finger wickeln lassen.

Die Rezeptionistin beruhigte sich allmählich und besann sich wieder auf ihre Arbeit.

»Kann ich Ihnen irgendwie helfen? Ist alles in Ordnung mit Ihrem Zimmer?«

»Alles bestens. Das Zimmer ist sehr schön. Wir wollten jetzt gleich einen Ausflug in die ›Schanze‹ machen, wie Sie es gestern vorschlugen, und in einem von den portugiesischen Cafés eine Kleinigkeit essen.«

»Aber wir haben doch so ein schönes Frühstücksbuffet!«, protestierte die junge Frau.

»Da bin ich mir sicher. Aber in Portugal ist das Frühstück nicht so wichtig, und außerdem muss ich ein bisschen aufpassen. Schließlich möchte ich nicht wieder auf Madeira bei einem Schläfchen am Kiesstrand von Naturschützern ins Wasser geschoben werden, weil sie mich für einen gestrandeten Wal halten, den es zu retten gilt.« Avila strich sich über den Bauch.

Die Rezeptionistin verkniff sich ein Lachen.

»Also ich weiß nicht, so schlimm …« Sie unterbrach sich und blickte ihn schuldbewusst an.

»Meine Frau sieht das etwas anders.« Avila zwinkerte ihr zu. »Aber genug von meiner nicht existierenden Bikinifigur. Ich überlasse Sie jetzt den übrigen Gästen.«

Fünf Minuten später saß er auf der Bank in der Sonne. Eigentlich hatte er sich vorgestellt, sein Referat über »Die deutsch-portugiesische Zusammenarbeit in der Polizei« noch einmal im Kopf durchzugehen. Er wollte von seiner Zeit bei der Polizei in Münster erzählen und den Erfahrungen, die er durch diesen Austausch erlangt hatte. Aber seine Gedanken kehrten zum gestrigen Abend zurück, an dem er aus Neugier dem angebotenen Vortrag über Stadtimkerei im Hotel gelauscht hatte. Leticia hatte es vorgezogen, ein langes Bad in der großen Wanne mit Panoramablick über die Stadt zu nehmen, nachdem sie die von der Anreise erschöpfte Felia ins Bett gebracht hatte. Avila langweilte sich meistens nach spätestens fünfzehn Minuten in der Wanne und war seiner Neugier gefolgt. Unter Stadtimkerei konnte er sich nichts vorstellen. Auf Madeira standen die Bienenstöcke mitten in der Natur. An den Levadas, im Laurazeenwald oder auch mal oben im Fanal auf der Hochebene zwischen den Erika. Tatsächlich hatte er erfahren, dass es sehr viele Imker in der Stadt gab und die Bienen entgegen seiner laienhaften Einschätzung länger und mehr Material zum Honigmachen fanden als auf dem Land. Sogar auf dem Wahrzeichen der Stadt, dem »Michel«, gab es Bienenvölker. Er hatte sich vorgestellt, wie es wäre, wenn Bienen auf der Kathedrale Sé, mitten in Funchal leben würden. Würden sie ihren Honig aus den blühenden Jacaranda-Bäumen auf der Avenida Arriaga produzieren? Und wenn ja, würde der Honig einen lila Schimmer wie die Bäume haben? Seine Gedanken kehrten wieder zu dem Gespräch mit der Rezeptionistin und dem Tod des Imkers zurück. Anaphylaktischer Schock? Wie passte das zu dem Mann, der gestern Abend bei seinem Vortrag über das Stadtimkern noch erzählt hatte, dass ein Bienenstich kein großes Problem sei? Es wäre wie Medizin, gut gegen Gicht, hatte der Imker ausgeführt. Und diese Medizin sollte ihn jetzt umgebracht haben? Vor allem, warum sollte jemand, der eine Allergie hatte, ohne Schutzkleidung arbeiten? Der

Imker hatte ihnen gestern erzählt, dass es beim Umgang mit den Bienen vor allem auf die Schnelligkeit ankam und der Rauch völlig ausreiche, um sich zu schützen. Zudem würde er aus Respekt vor seinen Bienen keine Schutzkleidung tragen und sie ihn daher auch so gut wie nie stechen. Kein Mensch wäre so verrückt, sich bei einer schweren Allergie darauf zu verlassen.

Avila lehnte sich nach hinten und schloss die Augen. Der Geruch von frisch gemähtem Gras stieg ihm in die Nase. Er hörte Vögel zwitschern und die gedämpften Stimmen von vorbeigehenden Passanten. Der Wind strich durch die großen Linden und ließ die Blätter leise rascheln. Er entspannte sich und ließ die Geräusche und Gerüche auf sich wirken. Das Rätsel um den Tod des Imkers blieb dennoch in seinem Gehirn haften. War es wirklich ein natürlicher Tod gewesen? Oder steckte etwas anderes dahinter? Zumindest gestern Abend hatte der Imker einen sehr freundlichen Eindruck gemacht. Vielleicht etwas speziell, was seinen Umgang mit den Bienen betraf. Hatte der Imker Feinde gehabt? Mit Avilas beschränkten Möglichkeiten als Tourist war es müßig, über ein Motiv nachzudenken. Aber Gedankenspiele über den Tathergang … Avila ging davon aus, dass die Kollegen bereits überprüft hatten, ob der Aufgang zum Dach wirklich nur vom Imker und später von der Rezeptionistin genutzt worden war. Avila schloss aus, dass die Hotelangestellte als Täterin infrage käme. Nicht nur, weil sie von Anfang an durch ihre mädchenhafte Art väterliche Gefühle in ihm geweckt hatte, sondern weil es auch von den Fakten, die er bisher kannte, eher unwahrscheinlich war. Der Imker musste kurz nach seiner Ankunft auf dem Dach gestorben sein. War ein Mord also unmöglich? Nach den Erzählungen der Rezeptionistin war die Morgenroutine des Imkers immer die gleiche gewesen und daher ein Mord einfach zu planen. Avila öffnete die Augen und blickte den Hügel hoch. Von hier aus konnte man das Dach des Anbaus, auf dem die Bienenstöcke standen, sehen. Es musste sogar möglich sein, den Imker dort oben auszumachen. Ein Mörder brauchte eine tödliche Substanz, die eine ähnliche Reaktion wie einen schweren allergischen Schock auslöste. Ein passendes Gift würde sich bestimmt finden lassen, welches er aus der Entfernung, ohne selbst in der Nähe zu sein, verabreichen könnte. Avila dachte an eine Tierdokumentation, die er neulich im Fernsehen gesehen hatte. Der Tierarzt hatte mit einem Blasrohr Betäubungspfeile auf einen Löwen aus sicherer Entfernung geschossen. Gab es eine Erhöhung, von wo aus der Täter einen Pfeil abschießen könnte? Vielleicht aus einem der Turmfenster? Die Frage war, inwieweit sie sich öffnen ließen und ob es mit dem Winkel funktionierte. Er schloss wieder die Augen und stellte sich vor, wie jemand mit einem Blasrohr aus einem der Zimmer auf den Imker zielte. Ein aufdringliches Summen ertönte in seinem Ohr, dann bekam er einen Schlag gegen die Schulter.

»Oh nein!« Hastige Schritte näherten sich ihm, und als er die Augen öffnete, kniete ein etwa sechsjähriger Junge vor ihm, der sich um seine abgestürzte ferngesteuerte Drohne kümmerte. Einer der vier Propeller machte einen leicht verbogenen Eindruck. Das musste das Ergebnis der Kollision mit seiner Schulter gewesen sein.

»Ist sie noch heil?«, wollte Avila von dem Jungen wissen.

»Ich glaub' ja. Das mit den Propellern kenn' ich schon. Kann ich zu Hause wieder richtig biegen. Jetzt hat sie etwas Schieflage, aber das kann ich durchs Steuern ausgleichen.« Fachmännisch beäugte der Junge den Propeller von allen Seiten und drehte ihn leicht. Er zögerte kurz, als er sah, dass Avila sich die Schulter rieb.

»Tut mir leid, dass ich Sie getroffen habe.« Er schob seine blaue Schirmmütze in den Nacken und schaffte es, seinem sommersprossigen Gesicht einen schuldbewussten Ausdruck zu verleihen.

»Tudo bem, alles gut«, beruhigte Avila das Kind. »Es ist bestimmt nicht einfach, so ein Flugobjekt zu steuern.«

»Das stimmt! Aber ich bin richtig gut darin. Wollen Sie mal sehen?« Bevor Avila antworten konnte, fing der Junge an, mit seiner Drohne ein paar Kunststücke vorzuführen. Er flog zwischen zwei großen Linden hindurch, malte eine Acht in den Himmel und steuerte dicht über einen Hund hinweg, der sich gerade am Rand der Rasenfläche erleichterte. Dann ließ das Kind die Drohne direkt zu Avilas Füßen im frisch gemähten Gras landen.

»Alle Achtung!«

»Wenn ich größer bin, möchte ich bei diesen Drohnenrennen mitmachen. So richtig im Stadion mit ganz vielen Zuschauern. Kennen Sie das?«

»Bisher nicht. Ich sehe die Drohnen nur immer, wenn Touristen sie benutzen, um Fotos zu schießen.« Avila brachte es nicht fertig, dem Jungen zu sagen, was er von diesen nervtötenden Flugungeheuern hielt. Inzwischen brummte es sogar auf den Levadas, weil Hobbyfilmer sich in den Kopf gesetzt hatten, spektakuläre Filme vom Überfliegen der Wälder und Schluchten von Madeira zu drehen. Nirgendwo hatte man seine Ruhe vor den Dingern.

»Drohnen kann man für ganz tolle Dinge verwenden!« Der Junge kletterte auf die Bank neben Avila, die Steuerung für seine Drohne um den Hals.

»Erzähl mal«, bestärkte Avila das Kind gutmütig.

»In China haben die Flammenwerfer-Drohnen! Damit holen sie Papierlaternen oder Papierdrachen vom Himmel. Die schießen mit Feuer, wenn die sich in Leitungen verfangen haben und so. Das möcht' ich haben. Aber meine Mama erlaubt das nicht.« Er schob die Unterlippe vor. Im Stillen bedankte sich Avila bei der Mutter des Jungen. Eine Kollision seiner Schulter mit einer flammenwerfenden Drohne wäre sicher nicht so glimpflich ausgegangen.

»Oder sie schießen damit Pfeile ab! Zum Impfen von Tieren in Afrika. Müssen Sie mir glauben, habe ich gesehen! Das sieht fast aus wie in den Ritterfil…«

»Linus! Ich habe dich schon überall gesucht!« Vor ihnen stand eine schlanke Frau in einem geblümten Sommerkleid, eine große Sonnenbrille wie einen Haarreif über die blonden halblangen Haare geschoben. »Ich hab dir doch gesagt, du sollst nicht fremde Leute mit deinen Geschichten belästigen.« Sie wendete sich an Avila. »Es tut mir leid, ich hoffe, mein Sohn hat Sie nicht gestört.«

»Não, não o fez. Nein, hat er nicht. Es war sogar sehr interessant. Ihr Sohn weiß sehr viel über Drohnen.«

»Oh ja, das tut er. Er ist ganz versessen auf diese Dinger.« Sie nahm ihren Sohn an die Hand und zog ihn von der Bank.

»Ich wollte doch noch von den Drohnen mit den Pfeilen erzählen«, maulte Linus und stemmte sich gegen seine Mutter.

»Der nette Herr möchte bestimmt seine Ruhe haben. Komm, wir gehen nach Hause. Da mach ich dir einen schönen Becher Kakao.« Sie hob die Drohne auf und zog Linus mit sich in Richtung Parkausgang.

Avilas Gedanken kehrten zu dem toten Imker zurück. Vielleicht könnte auch eine Kameradrohne zur Vorbereitung eines Mordes helfen, kam es ihm in den Sinn. Avila sah sich um. Die Menschen im Park wirkten nicht so, als ob sie Notiz davon nahmen, was ihre Mitmenschen um sie herum so trieben. Eben schrieben zwei weitere Männer mit ihren Fluggeräten in den Hamburger Himmel. Niemand würde merken, wenn eines der Geräte zum Ausspähen eingesetzt würde. Könnte man auch das Gift per Drohne injizieren? Für die von Linus beschriebene Impfung musste eine Startvorrichtung, eine Art Katapult, auf dem Fluggerät installiert sein. Aber würde der Imker nicht merken, wenn die Maschine sich näherte? Avila konzentrierte sich auf die Geräusche im Park. Er vernahm das Bremsen und Anfahren der Züge auf dem nahen Bahnhof. Das reichte aber nicht, um das penetrante Summen einer Drohne zu überdecken. Summen? Ich Idiot! Seine eigenen Bienen würden das Geräusch für den Imker überdecken. Avila kratzte sich am Kopf. Es gab immer noch ein Problem in dem Plan: Wie sollte der Täter den Pfeil wieder verschwinden lassen? Es war zu vermuten, dass der Pfeil herausfiel, wie bei den Tierdokus im Fernsehen. Entweder durch reine Muskelkontraktion oder weil der Imker von einem Bienenstich ausging und mechanisch den Pfeil mit der Hand abstreifte. Aber so einen Pfeil würde spätestens die Spurensicherung entdecken, und der perfekte Mord wäre dahin. Es hieße also, ihn einzusammeln, bevor die Spusi vor Ort war. Avila erinnerte sich daran, wie der Junge die Drohne zielgenau vor seinen Füßen hatte landen lassen. Wenn schon ein kleines Kind so gut damit umgehen konnte, wie einfach war es dann für einen Profi? Aber da blieb immer noch das Problem mit dem Tatwerkzeug. Einen Greifarm montieren? Das klang jetzt wirklich nach Q von James Bond oder einem von Butler Alfred ausgetüfteltem Batman-Spielzeug. Nein, Blödsinn. Es musste einfacher gehen. Sein Blick schweifte erneut durch den Park. Zwei junge Männer waren dabei, eine Slackline aufzuspannen. Einer von ihnen führte eine Schlinge um einen kräftigen Ahorn. Eine Schlinge? Könnte der Täter eine Schlinge oder eine Art Mini-Lasso benutzt haben, welches er an der Drohne befestigt hatte? Wie die Cowboys beim Kälberfang, nur dass die Schlinge sich nicht um den Hals eines Kalbes, sondern um den Pfeil festzog, um ihn hochzunehmen? Avila neigte den Kopf hin und her. Dafür wäre viel Präzision erforderlich, aber mit genügend Übung … Er schaute auf seine Füße und das frisch gemähte Gras. Ihm fiel ein, dass etwas davon an der Unterseite von Linus' Drohne geklebt hatte, als die Mutter sie hochnahm. Kleben? Wie wäre es mit doppelseitigem Klebeband oder dieses Klebezeug, woraus man diese furchtbaren Fliegenfänger machte? Er erinnerte sich an die Küche seiner Großtante Sophie, in der diese Dinger gespickt waren mit schwarzen Fliegen, die einmal darauf gelandet nicht wieder loskamen und immer leiser summend auf ihren Tod warteten. Mit dem Klebeband auf der Unterseite des Fluggerätes musste der Täter nur noch gezielt auf dem Pfeil landen, um dann mit dem Beweis hoch in den Hamburger Himmel zu verschwinden. Das Ergebnis wäre ein fast perfekter Mord. Selbst wenn die Rechtsmedizin später das Gift bei der Obduktion finden würde. Die Tatwaffe wäre unauffindbar und der Mörder weit …

Auf dem Hügel am Hotel erschienen seine beiden Frauen. Leticia winkte ihm zu, Felia auf dem Arm. Er stand auf und streifte Reste des Grases von seinen Schuhen. Der von der Nacht noch feuchte Boden gab leicht unter seinen Füßen nach, als er die kleine Anhöhe hochstieg und ihnen entgegenging.

Nachtrag

Der portugiesische Comissário Avila ermittelt normalerweise auf Madeira und ist die Hauptfigur einer Krimireihe von Joyce Summer. Diesmal darf er zum ersten Mal in einer Kurzgeschichte in Hamburg seine Spürnase für Verbrechen beweisen.

FÖHRFLIXT

Heike Denzau

Föhr

Arno Moll warf einen Blick zu den Nachbarn links und rechts, als er aus seinem Häuschen trat. Wenn man in der Mitte eines Dreiparteienreihenhauses wohnte, konnte man sich, wie seine schlechtere Hälfte Gerda, beobachtet fühlen. Oder behütet. Lächelnd betrachtete er die gelben und orangefarbenen Ringelblumen, die bei den Haferkamps am Aufgang wucherten und mit den Stockrosen an der Hauswand um die Wette leuchteten. Einen Moment lang sah er den Hummeln zu, die mit viel Gedröhne ihrem täglichen Geschäft nachgingen und immer wieder in den pastellfarbenen Blüten der Stockrosen verschwanden. Rechts, bei Hanna Kranenberg lockte Lavendel die Schmetterlinge an. Zwei Kohlweißlinge gaukelten frisch verliebt über den lilafarbenen Blüten.

Arno betrachtete seinen Vorgarten. Bei ihnen gaukelte nichts. Buchsbaum, akkurat von ihm beschnitten, bildete eine stramme grüne Grenze zu einem gänseblümchenfreien Rasen. So liebte Gerda es. Sein Blick verfing sich an einem winzigen gelben Tupfer am Rand der Hecke. Ein Hornveilchen, dessen Samen der Wind wohl von den Haferkamps herübergeweht hatte. »Oh, oh«, seufzte Arno.

Wenn Gerda das entdeckte ... Er wandte sich dem weißen Briefkasten zu, an dem der Rost hungrig nagte. Ihm gefielen die asymmetrischen braunen Flecken, die vom Fressen des weißen Lacks immer fetter wurden.

Er nahm zwei Briefe heraus. Die Telefonrechnung und ... Mit zusammengezogenen Brauen las er den Absender auf dem weißen Umschlag. Frauke Janssen, Tat-Bohns-Warft, Wyk auf Föhr. Der Brief war an ihn gerichtet. Er drehte und wendete ihn, während er ins Haus zurücktrat. Dann riss er den Umschlag mit dem Finger auf. Die blaue Überschrift war in Versalien gedruckt und sprang direkt ins Auge. KLASSENTREFFEN!!!

Darunter prangten zwei Fotos. Eines von der Schule am Rebbelstieg und ein Gruppenfoto der Klasse. Es musste in der neunten Klasse aufgenommen worden sein.

Arno wurde mulmig, obwohl er noch nicht einmal den ersten Satz gelesen hatte. Ein Klassentreffen ... Er sollte seine ehemaligen Mitschüler wiedersehen? Das erschien ihm absurd. Er blickte noch einmal auf den Briefumschlag. Doch, da stand sein Name. Hatte sich irgendjemand an ihn erinnert? Nein, vermutlich hatten die Veranstalter – Frauke und Torsten hatten unterschrieben – die Einladungsliste anhand des alten Klassenbuchs erstellt. Arno konnte sich nicht vorstellen, dass es anders sein konnte, schließlich war er Arno Moll. Klein. Aschblond. Unsichtbar. Zumindest fühlte es sich seit dreiundfünfzig Jahren so an.

Sein Blick wanderte über das Klassenfoto. Sofort ins Auge fielen am Rand der hinteren Reihe Stefan Behrendt und Ingo Frahm. Friesengewächs, groß, kräftig, blond.

Beide trugen weiße T-Shirts und verwaschene Wrangler und sahen gelangweilt in die Kamera, weil sie zum Lächeln viel zu cool gewesen waren. Es gab noch zwei weitere Stefans. Und drei Thomasse. Wie hatte er sie immer beneidet um ihre Namen.

Arno Moll. Wenn er wenigstens Dur mit Nachnamen geheißen hätte. Das hätte Klang gehabt. Aber er war eben ein Moll. A-Moll ... einmal hatte er gewagt, diesen Gag zu bringen. Aber seine Mitschüler hatten ihn nur blöd angeglotzt. Vielleicht hatten sie es auch nicht kapiert? Musik hatte nicht den gleichen Stellenwert besessen wie Mathe oder Deutsch. Oder vielleicht hatten sie sich auch nur gefragt: Wer ist das denn?

Er hatte immer neben Gero Meier gesessen, von der Fünften bis zur Neunten. Gero war das gewesen, was man heute wohl Klassennerd nannte. Er, Arno Moll, hatte nicht mal das geschafft. Er war der blasse Kokoslakritz, der, den niemand wollte aus der Haribo-Tüte mit den bunten Fruchtgummis und Perlenhütchen.

Vor seinem Wechsel in die Zehnte waren sie von der Frieseninsel weggezogen, weil sein Vater sich beruflich verändert hatte. Sein Abitur hatte er in Itzehoe gemacht, ebenso die Ausbildung zum Verwaltungsfachangestellten bei der Stadtverwaltung. Und da war er heute immer noch.

Arno musste sich auf dem Klassenfoto nicht lange suchen. Er wusste noch genau, wo er gestanden hatte. Hinter Andrea Dirksen, der Agnetha Fältskog von Föhr, deren rot-weißes Palästinensertuch immer so himmlisch nach My Melody gerochen hatte. Das Parfüm hatten die

Mädchen damals geliebt. Jahrelang hatte er selbst ein Fläschchen davon in seiner Sockenschublade versteckt. Um Andrea zu riechen. Er konnte den Duft immer noch abrufen, wenn er die Augen schloss. Da Andrea größer gewesen war als er, verdeckte sie sein Gesicht auf dem Foto, obwohl er bei der Aufnahme auf den Zehen gestanden hatte. Nur seine Stirn und die dunkelblonden Haare waren zu sehen. Arno Moll. Der Unsichtbare.

Gerade als er die erste Zeile der Einladung lesen wollte, wurde ihm das Blatt mit einem »Was ist das?« aus der Hand gerissen. Halb laut vor sich hinmurmelnd las Gerda, was dort geschrieben stand, sodass Arno schon mal einen Überblick hatte. Begrüßungssekt beim Schulzentrum am Rebbelstieg. Danach Essen, fröhlicher Umtrunk und Austausch im Kliff-Café in Goting.

»Pff!«, stieß Gerda mit hochgezogener Augenbraue aus und sah ihn an. »Klassentreffen. Da wird doch nur angegeben.« Ihre Stimme hob sich. »Mein Mann ist Arzt … wir wohnen auf Sylt … den Sommer verbringen wir immer auf den Bahamas.« Ihre Mundwinkel rutschten nach unten. »Du willst dich da doch hoffentlich nicht blamieren? Außerdem passt der Termin nicht. Da bin ich mit den Landfrauen weg.«

»Aber dann …«

»Was dann?«, fuhr sie ihm über den Mund. »Einer muss ja wohl das Haus hüten.« Sie drehte die Einladung um neunzig Grad, riss sie in der Mitte entzwei, legte die Papierstücke übereinander, viertelte sie, achtelte sie, sechzehntelte sie. Beim Zweiunddreißigsteln kamen Gerdas Wurstfinger an ihre Grenzen. Sie steckte die Schnipsel in die Tasche ihrer uringelben, zwanzig Jahre alten Weste, die Arno seit genauso langer Zeit hasste und gern in den Ofen gestopft hätte. Wie schön der synthetische Stoff knistern würde …

»Und jetzt pronto. Essen ist fertig.«

Pronto. Wie er dieses Wort verabscheute. Aber er folgte Gerda in die Küche. Es gab Erbsensuppe. Alle drei Wochen gab es mittwochs Erbsensuppe. Immer nach den Koteletts mit den angerührten Bohnen. Freitags gab es Fisch – Seelachs und eingelegten sauren Hering im Wechsel. Einmal hatte er statt der tiefgefrorenen Seelachsfilets vom Discounter frischen Rotbarsch beim Fischhändler gekauft. Nach dem »Der-feine-Herr-hat-wohl-im-Lotto-gewonnen-Sermon« allerdings nie wieder.

»Das kommt von deinem ewigen Kochsendungen-Glotzen«, hatte Gerda am Abend noch einmal nachgelegt, als er vor dem Fernseher saß. »Am Ende will der Herr wohl auch noch selbst in meiner Küche stehen und Spezialitäten kochen?« Sie hatte Spezialitäten mit der gleichen Betonung ausgesprochen, die sie für Flüchtlinge und Klimaschutz benutzte.

Beim Abdecken sah Arno zu, wie Gerdas abgelutschte Speckschwarte im Mülleimer auf den Schnipseln seiner Klassenfest-Einladung landete, die sie zuvor hineingeworfen hatte. Sie sah ihn an. »Und jetzt bring den Müll raus. Und zwar pronto.«

Er seufzte. Sie hatte ja recht. Was hatte er schon bei einem Klassentreffen verloren?

***

So musste Columbus sich gefühlt haben, als er aufbrach, um einen neuen Seeweg nach Indien zu entdecken! Arno stand mit Blick auf die Warften der Hallig Langeneß an der Reling der Norderaue, die vor zehn Minuten in Dagebüll abgelegt hatte und Kurs auf Föhr hielt. Die blau-weiße Fähre der Wyker Dampfschiff-Reederei teilte das Nordseewasser geräuschvoll, während die Möwen, die das Schiff begleiteten, in den blauen Himmel schrien und die Sonnenstrahlen das Meer zum Gleißen brachten. Er war gefahren. Er war tatsächlich gefahren! Ohne dass Gerda, die mit ihren Landfrauen per Bus durch die Lüneburger Heide gondelte, es wusste. Vorsichtig zog er die Einladung aus der Sakkotasche. Er hatte die Tesafilmrolle aufgebraucht, um die sechzehn Papierschnipsel wieder zusammenzukleben. Einige Stücke hatten sich mit dem Fett der Speckschwarte vollgesogen. Nun, er würde sie wohl kaum als Eintrittskarte vorlegen müssen.

Als die Norderaue in Wyk anlegte und er das Oberdeck verließ, war das Ich-erobere-die-Welt-Gefühl allerdings von Melonen- auf Rosinengröße geschrumpft. War er irre? Was wollte er hier? Wenn Gerda das rausbekam …

Sein Blick blieb an der Schlagzeile einer Zeitung hängen, die auf einer der Bänke lag. MÖRDER GELINGT FLUCHT AUS SANTA FU! Arno seufzte. Floh nicht jeder vor irgendetwas? Doch als er mit seinem Köfferchen in der Hand den Hafen verließ, verflüchtigte sich das mulmige Gefühl mit jedem Schritt.

Wyk auf Föhr! Hier roch und klang es nach Kindheit. Meeresrauschen, Möwen, Touristen, Fischbrötchen, Crêpes … So viele Eindrücke und Düfte prasselten auf ihn nieder, während er den Sandwall gemächlich entlangschritt und alles aufsog. Bevor er im Kurhotel einchecken würde, wollte er etwas essen. Hausgemachte Erbensuppe pries ein Lokal an, er ging schnell vorbei.

Bei Scheel blieb er stehen. Fischspezialitäten, das klang doch gut. Er studierte die appetitliche Auslage, und das Wasser lief ihm im Mund zusammen. Die Fischsuppe, die eine Frau am Stehtisch neben ihm aß, roch lecker, doch Arno entschied sich letztlich für ein Krabbenbaguette mit Remoulade. Als er bezahlte, klopfte sein Herz ein wenig schneller. Sieben Euro … Gerda hätte ihn wie einen tollwütigen Hund auf die Fähre zurückgeprügelt.

Nach dem Genuss der Köstlichkeit bummelte er weiter, vorbei an diversen Läden, in denen Windjacken und Mützen, Taschen mit Föhr-Aufdruck, Postkarten und Seehund-Spardosen an den ausgabefreudigen Touristen gebracht werden sollten. Am Café Milchbar entschied er sich für einen weiteren Zwischenstopp. Ein Teller Milchreis mit Zimt und Zucker war doch ein perfektes Dessert! Gerda hasste Reis. Er schob den Gedanken an sie schnell beiseite und orderte, weil das Eroberergefühl sich den Weg zurückbahnte, einen Pharisäer dazu. Und weil es schön war, einfach so dazusitzen und aufs Meer zu schauen, bestellte er gleich noch einen zweiten und dritten Pharisäer hinterher. Der Kellner bekam fünf Euro Trinkgeld, was erneut Gerdas Bild heraufbeschwor. Sie fuhr sich dabei mit dem Finger über die Kehle.

Im Kurhotel angekommen, entschied er, dass ein kleines Nickerchen nicht schaden konnte, bevor er sich auf den Weg zum Klassentreffen machte, vor dem er irgendwie gar nicht mehr so viel Angst hatte. Wenn er in einer Stunde losmarschierte, würde er mehr als pünktlich am Rebbelstieg eintreffen.

Drei Stunden später schoss er im Bett hoch, nach einem verschlafenen Blick auf seine Armbanduhr. Oh nein! Oh nein, oh nein! Mit einem Wimmern warf er die Bettdecke von sich, eilte ins Bad und schaufelte sich Wasser in das erhitzte Gesicht. Das Treffen an der alten Schule hatte er gänzlich verschlafen. Seine Klassenkameraden waren jetzt bereits alle im Kliff-Café. Hoffentlich hatte das Essen noch nicht begonnen. Alle würden ihn anstarren.

Als er bei dem Café in Nieblum-Goting aus dem Taxi stieg, nahm er das Meer im Hintergrund, den Blick auf Amrum, die Dünen und die Hagebuttenpracht kaum wahr. Seine Ohren hörten nicht das Rauschen der Nordseebrandung, sondern nur das Klopfen seines Herzens. Ob sich wohl jemand an ihn erinnerte? Und würde er seine Klassenkameraden erkennen? Arno wusste, dass er auf jeden Fall Andrea wiedererkennen würde. Er betrat den weißen Bungalow, in dem das Café untergebracht war, und stellte fest, dass er mitten in der Vorstellungsrunde gelandet war. Er blieb in zweiter Reihe stehen und versuchte, über die Schulter des Mannes vor ihm nach vorn zu blicken, wo eine Rothaarige neben Frauke Janssen stand und erklärte, was sie als Flugbegleiterin Lustiges erlebte. Arno ließ seinen Blick über die Männer und Frauen gleiten. Kaum einer von ihnen kam Arno bekannt vor. Die Zeit hatte sich in den vergangenen achtunddreißig Jahren mächtig an allen ausgetobt, und ihm schwante, dass es den anderen mit ihm kaum besser gehen würde.

Dann fiel sein Blick auf eine schlanke blonde Frau, die mit zwei großen Männern am Tresen stand und über eine witzige Bemerkung der Rothaarigen lachte. Dieses Lachen! Diese Augen! Das war sie. Andrea. Natürlich war sie älter geworden, aber sie war noch genauso hübsch wie früher. So hübsch.

Arno zuckte zusammen, als Frauke Janssen den Nächsten aufrief. Michael Lindner. Sie waren also schon beim L angelangt. Oh, oh, dann war er gleich dran. Nur Gero Meier war im Klassenbuch noch vor ihm gekommen.

Während Michael aus seinem Leben berichtete, beobachtete Arno Andrea und die beiden Männer am Tresen. Der Mann links neben Andrea war eindeutig Stefan Behrendt, und der andere konnte Ingo Frahm sein, allerdings ohne Haare, dafür mit Brille.

Arno schluckte, als Stefan seine Hand an Andreas schlanke Taille legte, ganz kurz nur, aber Arno empfand es als Stich in der Bauchgegend. Musste der gleich wieder tatschen? Hielt der sich immer noch für unwiderstehlich? Andrea hatte nicht reagiert, aber bestimmt empfand sie sein Verhalten als übergriffig.

»Gero Meier hat leider abgesagt«, erklärte Frauke Janssen in diesem Moment, und Arno schluckte. Jetzt würde sie ihn aufrufen. Doch Frauke sagte: »Arno Moll hat sich gar nicht gemeldet, hat weder zu- noch abgesagt.« Ein Buhruf kam vom Tresen, und ein paar der Leute lachten. Arnos Kopf verschwand zwischen seinen Schultern. Natürlich … er hatte sich ja gar nicht angemeldet. Er musste das klarstellen. Musste sagen: Ich bin doch hier! Ich hatte nur vergessen, mich anzumelden! Aber gerade als er den

Mund öffnete, setzte Frauke hinterher: »Kann sich jemand an den erinnern? Irgendwie hab ich gar kein Bild zu dem.« Ein paar Klassenkameraden murmelten etwas, dann rief Frauke auch schon den nächsten Namen auf, und Silke Ohlstätt, die immer noch ihre Hasenzähne hatte, trat nach vorn und begann zu erzählen.

Arno schlich nach draußen auf die überdachte Veranda, setzte sich dort an einen Tisch in der hintersten Ecke, wohin das Licht der Lampen nicht reichte, und blickte in den sternenklaren Himmel. Wie winzig man doch war in diesem riesigen Universum. Ein Fliegenschiss im All.

Arno blieb zwei Stunden unsichtbar, gab sich auch nicht zu erkennen, wenn seine Klassenkameraden zwischen den Gängen zum Rauchen auf die Terrasse traten und fröhlich plauderten. Natürlich hätte er sich längst ein Taxi rufen können, aber das wollte er nicht. Nicht, bevor er Andrea noch einmal gerochen hatte. Und darum wartete er noch eine Stunde. Laute Musik drang mittlerweile nach draußen, dazu Gelächter und vielerlei Stimmen. Arno verspürte weder Hunger noch Durst, als er aufstand und das Café betrat. Andrea lehnte wieder am Tresen. Sie hielt Stefan Behrendt, der mit einem Bier in der Hand neben ihr stand, den Rücken zugewandt und unterhielt sich mit der Rothaarigen. Arno näherte sich von der Seite, blieb aber nach drei Schritten stehen. War er irre? Er konnte doch wohl schlecht an sie herantreten und an ihr schnuppern? Er konnte doch wohl schlecht sagen: Ich bin gleich weg. Ich wollte nur deinen Duft mit nach Hause nehmen.

Arno war im Begriff, sich abzuwenden, um schleunigst mit dem Dunkel des Universums zu verschmelzen, als sein Blick auf Stefan Behrendt fiel, der etwas aus der Innentasche seiner Lederjacke genommen hatte. Ein Fläschchen? Arno schluckte. Was war das? Stefan drehte sich ein wenig, sodass er allen den Rücken zuwandte. Und dann, Arno stockte der Atem, schüttete er etwas in das Glas, das bei Andrea stand. Stefan steckte das Fläschchen in seine Jacke zurück und trank einen Schluck aus seinem Bierglas.

Arnos Herz raste. Dieser Widerling! Das mussten diese K.-o.-Tropfen sein, vor denen bei Aktenzeichen XY ungelöst immer gewarnt wurde. Oder nicht? Gehetzt, mit rasendem Herzen sah Arno sich um. Hatte denn niemand seiner Kameraden gesehen, was er gesehen hatte? Anscheinend nicht. Alle plapperten, lachten, tranken.

Arno holte tief Luft. Stefan Behrendt würde er die Tour vermasseln. Was trank Andrea? Die durchsichtige Flüssigkeit in ihrem Glas sah aus wie Wasser. Aber es konnte natürlich auch ein Gin Tonic oder etwas ähnlich Farbloses sein. Er überlegte nicht lange, sondern trat an den Tresen, mit Sicherheitsabstand zu Stefan Behrendt, und sagte der Bedienung: »Ich hätte gern das Gleiche wie sie da.« Er deutete zu Andrea.

Die Bedienung folgte seinem Finger. »Ein Wasser also.«

Arnos Blick blieb auf Andreas Glas verhaftet. Noch hatte sie nicht getrunken. Als er sein Wasser bekam, trank er hastig so viel ab, dass die Menge der glich, die sich in Andreas Glas befand. Dann atmete er tief durch und ging los, mit dem Glas in der Hand. Ohne weiter zu überlegen, trat er zwischen Andrea und Stefan, sagte Entschuldigung, wandte Stefan den Rücken zu und griff zu den Erdnüssen, die in einem Schälchen bereitstanden. Ohne zu zögern, schob er dabei Andreas Glas ein Stückchen zur Seite, platzierte seines und nahm ihr Glas mit, als er wieder ging.

Während Harpo sein Moviestar trällerte, ratterte Arnos Herz im Hardrock-Rhythmus. Als er sich am Ende des Tresens platzierte und umdrehte, unterhielt Stefan Behrendt sich mit Ingo Frahm. Er hatte nichts bemerkt. Aufatmend beugte Arno sich über den Tresen, schüttete Andreas Wasser in den Ausguss und hob die Hand Richtung Bedienung. Da sie ihn erst nach dem dritten Handheben wahrnahm, orderte er gleich einen doppelten Weinbrand. Und dann noch einen. Andrea trank währenddessen ihr bzw. sein Glas leer und bestellte noch ein Wasser.

Stefan Behrendt flüsterte ihr etwas ins Ohr, was sie den Kopf schütteln ließ. Dann zeigte sie ihm einen Vogel. Sehr gut, dachte Arno, lass den Drecksack abblitzen, du bist noch Herrin deiner Sinne. Stefan lachte auf, dann ging er hinaus, gemeinsam mit Ingo Frahm. Arno trank den Rest Weinbrand aus und folgte den beiden. Stefan und Ingo blieben allerdings nicht wie erwartet auf der Veranda bei den anderen stehen. Stattdessen gingen sie den Aufgang zum Strandweg hinunter.

Was hatten die vor? Arno huschte durch die Dunkelheit hinterher. Die beiden Männer wandten sich nach links zum Strandparkplatz. Doch sie steuerten keinen der Pkws an, sondern gingen an den Strand. Arno nahm seine eigenen Schritte im Sand überdeutlich wahr, wenn er auf Muscheln trat, aber die anderen beiden schienen nicht zu bemerken, dass ihnen jemand folgte. Die Brandung war zu laut.

Arno wusste nicht, was er erwartet hatte. Dass die Männer sich bis auf die Unterhosen auszogen, jedenfalls nicht. Dann griffen sie nach etwas, das bei einem Strandkorb deponiert lag, und gingen damit lachend und schwatzend zum Wasser.

Surfbretter? Die wollten jetzt surfen? Mitten in der Nacht? Er schlich ein Stückchen weiter und ging hinter einem Strandkorb in Deckung. Dunkle Schatten erhoben sich vor ihm auf dem unruhigen Wasser, auf dem sich Mond und Sterne spiegelten. Die Männer standen auf den Brettern. Ein leises Platschen deutete darauf hin, dass sie aufs Meer hinauspaddelten.

Stand-up-Paddling, so hieß das wohl. Vom Strandkorb aus hörte er Gesprächsfetzen der beiden. Es dauerte zwanzig Minuten, bis sie zurückkamen und die Bretter aus dem Wasser zogen. Arno konnte im Mondlicht nicht alles erkennen, aber Ingo Frahm zog sich komplett an, während Stefan Behrendt sich nur seine Jacke über die Schultern legte und sagte: »Schick mir Andrea raus, wenn du im Café bist.«

»Die wird dir was husten«, sagte Ingo Frahm und lachte. »Ist doch viel zu kalt.«

»Das werden wir ja sehen«, sagte Stefan siegessicher, und Arno wurde heiß vor Wut.

Ingo Frahm verließ den Strand mit Brett und Paddel.

Ein schwaches Licht in Stefans Händen verriet, dass er mit seinem Handy rumhantierte. Wollte er Andrea noch dabei filmen, wenn er seine schmutzigen Absichten ausführte? Entschlossen trat Arno vor. Mit wenigen Schritten war er bei Stefan, der zusammenzuckte, als er so plötzlich vor ihm stand.

»Andrea wird nicht kommen«, stieß Arno mit vor Wut zitternder Stimme aus. »Ich hab dir einen Strich durch die Rechnung gemacht. Sie hat deine K.-o.-Tropfen nicht getrunken.«

»Häh?« Stefan leuchtete ihm mit der Taschenlampe des Handys ins Gesicht. »Was faselst du da? Wer bist du Spinner?«

»Ich bin Arno Moll. Und gleich werde ich Andrea sagen, was du getan hast.«

»Kannst du Vogel mir mal sagen, was du da laberst?« Stefan lachte schäbig auf. »Und während du laberst«, er bückte sich, »kannst du das hier halten. Ich spüle noch mal das Brett ab.«

Verdattert starrte Arno auf das Paddel, dass ihm in die Hand gedrückt worden war. Stefan ging zurück ans Wasser und tauchte das sandige Brett in die Nordsee. Bis zu den Knien stand er im Wasser, als Arno ausstieß: »Du warst schon immer ein arrogantes Arschloch, Stefan Behrendt, aber jetzt ist Schluss. Ich zeige dich an!«

Stefan hatte sich schon bei seinen ersten Worten umgedreht. »Bis hierhin war's Spaß, Kumpel«, stieß er aus und kam langsam auf Arno zu, der am Spülsaum stehen geblieben war, »aber jetzt reicht's. Dein Gefasel fängt an, mir auf die Nerven zu gehen. Mach dich vom Acker. Und zwar pronto!«

Der nächste Laut aus Stefans Mund war ein ersterbendes Röcheln, dem ein dumpfer Aufschlag folgte.

Arno blickte auf den reglos im Sand liegenden Körper herab, gestützt auf das Paddel, das er Stefan gerade mit der Schmalseite an den Schädel gehauen hatte. Er sammelte Stefans Handy, das neben ihm im Sand lag, auf und strahlte dessen Gesicht an. »Oh, oh …« Arno schluckte. Wenn Augen starr gen Himmel blickten, war das nicht gut. Gar nicht gut.

Ob die Polizei das als überzogene Reaktion auf einen K.-o.-Tropfen-Anschlag werten würde? Eventuell ja, befand Arno mit Blick auf die Blutmenge, die dunkel im nassen Sand versickerte.

Mit zitternden Fingern warf er das Handy in die Nordsee, deren Wellen weiterhin ruhig an den Strand plätscherten, so, als wäre nicht gerade ein Mensch gestorben. Das gute Meer. Wenn es schon da war, sollte er es vielleicht für seine Zwecke nutzen.

Arno keuchte schwer, als er Stefans Leichnam auf das Brett hievte. Als er es schließlich mit der leblosen Fracht ins Wasser zog, war er kurz vorm Kollabieren. Doch die Angst trieb ihn an. Er gab dem Brett noch einen kräftigen Schubs, dann trieb es gemächlich mit der Ebbe hinaus aufs weite Meer. Das Paddel warf er hinterher. Nachdem er den mit Blut vollgesogenen Sand am Strand mühselig im Wasser entsorgt hatte, trat er den langen Heimweg zum Kurhotel an. Immer am Strand entlang, um nicht triefend nass einem Touristen zu begegnen. Mehr als eine Stunde später betrat er das Hotel durch den Hintereingang und gelangte, ohne gesehen zu werden, in sein Zimmer. Er duschte heiß, stieg in seinen karierten Pyjama und zog sich die Bettdecke über den Kopf. Wenn Gerda das erfuhr …

Am nächsten Morgen nahm Arno die Fähre um acht Uhr fünfundzwanzig zurück aufs Festland. Er hätte auch die erste Fähre nehmen können, denn er hatte kein Auge zugemacht, aber das war ihm zu auffällig erschienen. Allerdings hatte er nicht bedacht, dass einige seiner Klassenkameraden auch nach Hause fuhren. Ihm stockte der Atem, als die Rothaarige und Ingo Frahm direkt am Tisch hinter ihm im Restaurant der Fähre Platz nahmen. Steif wie eine Nordseebrise saß er da, dankbar, dass er ihnen den Rücken zuwandte, und hörte zu, was sie sprachen.

Die Rothaarige schluchzte unentwegt, was zweifellos bedeutete, dass auf das Meer auch kein Verlass mehr war. Anscheinend hatte man Stefan entdeckt. Doch dann stutzte Arno.

»Sie war doch so lebenslustig«, stieß die Rothaarige aus. »Wir haben noch so gelacht gestern, und jetzt … sie kann doch nicht einfach tot sein! So ein Anfall kann doch nicht einfach tödlich sein!«

Sie? Anfall? Arno war verwirrt.

»Scheiß Epilepsie«, stieß Ingo Frahm aus. Er klang erschüttert. »Stefan hat erzählt, dass Andrea sehr nachlässig im Einnehmen ihres Medikaments war. Er hatte immer ein Fläschchen dabei … hat für sie mitgedacht.«

Die Rothaarige weinte auf. »Und wenn er jetzt auch noch … Ich meine, seine Klamotten lagen im Sand. Und das Brett war weg. Er ist bestimmt noch mal raus aufs Meer, nachdem ihr euch getrennt habt. Wenn er ertrunken ist, dann soll das vielleicht so sein, oder? Er liebt sie doch über alles.« Sie weinte wieder auf. »Im nächsten Monat hätten sie dreißigjährigen Hochzeitstag gehabt.

Andrea hat mir gestern auf ihrem Handy noch das Kleid gezeigt, dass sie sich für die Feier gekauft hat, und nun …« Ihr Geschluchze wurde heftiger.

»Ich hoffe einfach nur, dass er noch lebt«, sagte Ingo Frahm. »Dass irgendein Boot ihn vielleicht aufgenommen hat.«

Ingo redete weiter, aber Arno verstand den Sinn seiner Worte nicht mehr, weil sein Hirn gerade auf Überschallgeschwindigkeit geschaltet hatte. Andrea war tot? Sie war Epileptikerin? Sie war die Frau von Stefan? Und das, was Stefan ihr gestern Abend in das Glas geschüttet hatte, war ihr Medikament?

Oh! OH!

Arno war dankbar, dass Atmen ein Reflex war, ansonsten hätte er es jetzt eingestellt.

»Die Polizei ist ja dran«, sagte Ingo Frahm. Er klang erschöpft. »Ich wäre ja gern noch geblieben, aber bis Köln habe ich noch 'ne Ecke zu fahren.«

»Wir können ja doch nichts tun«, sagte die Rothaarige. »Und die Polizei hat die Anmeldeliste mit unseren Namen. Wenn was ist, werden die sich schon melden. Falls sie«, sie schluckte hörbar, »Stefan finden.«

Arno wurde übel. Irgendwann, irgendwo würde die Leiche auftauchen, und dann würden sie feststellen, dass er nicht ertrunken war. Und dann würde die Kripo die Liste zur Hand nehmen und einen nach dem anderen befragen. Arno hatte das Gefühl, sich direkt am Tisch übergeben zu müssen, als ihm einfiel: Er war ja gar nicht da gewesen. Beim Klassentreffen. Arno Moll hatte sich weder an- noch abgemeldet. Buh.

Tief durchatmend lehnte er sich zurück. Unsichtbar zu sein war vielleicht doch nicht so schlecht.

Zweieinhalb Stunden später war er zu Hause. Gerda war noch nicht da. Arno setzte sich in die Küche und starrte die Wand an. War er irre? Wie konnte er annehmen, die Kripo würde nicht auf ihn kommen? Er war schließlich im Kliff-Café gewesen. Die Bedienung hatte ihn gesehen.

Arno zuckte zusammen, als es im gleichen Moment an der Tür klingelte. Gerda hatte einen Schlüssel. Sie war es also nicht. Ihm wurde heiß und kalt zugleich, als das zweite Klingeln erklang, bedrohlicher als das erste. Langsam erhob er sich und tappte zur Tür. Zwei Schemen waren durch die Milchglasscheibe zu erkennen, und er wusste schon, als er die Tür aufzog, dass es die Polizei war, genauso wie er wusste, dass drei mal drei neun waren.

»Herr Moll? Arno Moll?«, fragte die hübsche braunhaarige Frau, deren Augen den gleichen Ton aufwiesen wie ihr Haar.

Arno nickte, weil seine Stimme im Nirwana weilte.

»Mein Name ist Lyn Harms. Das ist mein Kollege Thilo Steenbuck«, sie deutete auf den dunkelhaarigen Mann neben sich. »Wir sind von der Kripo Itzehoe.« Beide zückten ihre Dienstausweise.

Arno sah gar nicht hin. »Mordkommission«, meldete seine Stimme sich kurz und piepsend zurück.

Die braunen Augen musterten ihn erstaunt. »Ja. Sie wissen schon Bescheid?«

Arnos Arme machten sich direkt selbstständig. Er hielt sie vor sich ausgestreckt, die Fäuste mit der Handfläche nach oben geneigt. Er schloss die Augen und spürte förmlich, wie sich der Stahl der Handschellen gleich kalt um seine Handgelenke legen würde.

Doch stattdessen spürte er Wärme. Er öffnete die Augen. Frau Harms streichelte seine Hände. »Es tut mir sehr leid, Herr Moll«, sagte sie. »Anscheinend haben die Kollegen von der Streife sie ja schon informiert.«

Die Kollegen von der Streife? Er starrte sie an. »Äh ...«

»Für Ihre Frau kam leider jede Hilfe zu spät«, sagte Frau Harms mitfühlend. »Vielleicht ist es Ihnen ein winziger Trost, zu wissen, dass sie nicht gelitten hat.«

»Der Kopfschuss war direkt tödlich«, warf ihr Kollege nicht ganz so mitfühlend ein, was ihm einen scharfen Blick von Frau Harms einbrachte.

Arnos Gehirn war noch mit Sortieren beschäftigt, als Frau Harms fortfuhr: »Der Täter wurde direkt im Anschluss gefasst. Es handelt sich um den gestern aus der Haftanstalt Hamburg entflohenen Straftäter Boris Mencke. Die Streife hatte ihn an der Autobahnraststätte Steinburg gestellt. Er hat sofort um sich geschossen. Wie er an die Waffe gekommen ist, wird noch ermittelt. Es war ein schrecklicher Zufall, dass der Bus der Reisegesellschaft, mit der Ihre Frau unterwegs war, sich gerade auf dem Rastplatz aufhielt. Ihre Frau ist in die Schusslinie geraten. Sie wurde als Einzige tödlich getroffen.« Frau Harms machte eine kleine Pause. »Ich weiß, dass das alles im Moment zu viel für Sie ist, Herr Moll. Wir werden Sie über alles auf dem Laufenden halten. Und Sie können sich bei Fragen jederzeit an uns wenden. Gibt es jemanden, den wir benachrichtigen sollen?«

Er schüttelte den Kopf. Drei mal drei war wohl doch nicht immer neun. Widdewidde wie es uns gefällt.

Der Polizeibeamte sagte etwas von Obduktion und Identifizieren und etliches mehr, aber Arno bekam kaum etwas davon mit. Der Mörder aus der Zeitung hatte Gerda erschossen!

Am nächsten Morgen stand Gerda in der Zeitung. Mordopfer Gärda M. aus Itzehoe … Gut, dass sie tot war und das nicht lesen musste. Arno ging zum Kleiderschrank und legte die uringelbe Weste bereit. Die würde er dem Bestatter bringen, wenn er die Urne aussuchte. Schade, das Knistern würde er so nicht hören.

Am übernächsten Tag stand Stefan in der Zeitung. Der übel zugerichtete Leichnam von Stefan B. aus Hamburg wurde von einem Fischer in der Nordsee entdeckt. Man vermutete, dass Kopf und Oberkörper in eine Schiffsschraube geraten waren. So unkenntlich war er.

Oh!

Eine Stunde saß Arno einfach still in der Küche. Dann ging er ins Wohnzimmer und schaute in der Mediathek die Koch-Show, die er verpasst hatte. Er nahm ein Blatt Papier und schrieb: EINKAUFSLISTE: Lachs, Sahne, Zitronenmelisse, Rinderfilet, Spargel, frischer Rosmarin, Rucola, Granatäpfel … Er brauchte die ganze Seite.

Am Ende der Liste stand ein Tütchen Ringelblumensamen. Weil bunt doch schöner war als unsichtbar.

GLANZKLAR

Franziska Henze

Sylt

Julian kontrolliert die Putzmittel im Kofferraum. Glasreiniger, Kalk-Ex, Universalzeug. Alles da.

Jetzt, wo er es geschafft hat, Frau Dix, die Chefin der exklusivsten Ferienhausvermietung der Insel, auf sich aufmerksam zu machen, und Probe putzen darf, kann er sich keinen Fehler erlauben. Genau genommen hat er gestern bereits einen begangen, als er sich von Robin breitschlagen ließ, die restliche Arbeit auf heute zu verschieben.

Wenn der Kunde eine Hausreinigung am Freitagabend verlangt, weil die Gäste am Samstag früh anreisen, muss er das verdammt noch mal tun und nicht nur das halbe Haus putzen! Bettenwechselsamstag hin oder her.

Aber gestern hatte Kathi Geburtstag. Die war sowieso schon sauer, weil Julians Geschenk in diesem Jahr so klein ausfiel. Wenn er abends nicht mit ihr gefeiert hätte – er hätte nicht mehr bei ihr auftauchen brauchen. Und dann hatte Robin auch noch verschlafen, sodass sie schon spät mit dem Job begonnen hatten. Überhaupt ist es eine Schnapsidee, dass Robin bei ihm arbeitet. Sein großer Bruder zieht das Unheil an wie Scheiße die Fliegen.

»Er darf auf Bewährung raus, wenn du ihm einen Job gibst. Er ist doch dein Bruder«, hat ihre Mutter gefleht. Als ob er das nicht wüsste. Schwerer bandenmäßiger Raub! Am besten wäre, sie sperrten Robin auf immer und ewig weg, hatte er gedacht und sich doch wieder breitschlagen lassen. Seit er denken kann, gibt er ihm Chancen.

Immerhin hat Robin Kathi und ihn gestern Abend in Ruhe gelassen.

Julian presste sich sie Finger gegen die Schläfen.

»Robin, komm endlich. Wir müssen los. Ich will das Haus bis acht Uhr fertig haben.«

»Bin da.« Sein Bruder lässt sich auf den Beifahrersitz fallen. Er sieht, mit seinem blauen Basecap und dem Poloshirt, das Julian ihm gegeben hat, fast aus wie ein Golflehrer, wäre nicht auf der Brusttasche das Firmenlogo *G(l)anzklar Sylt* eingestickt.

Je weiter sie Richtung Kampen fahren, desto höher werden die weißen Gartenzäune, desto nobler die reetgedeckten Häuser, bis sie schließlich vor einem anhalten. Julians Laune wird noch schlechter, als gegenüber der Chef von *Keep Clean* aus seinem Wagen steigt und übertrieben freundlich grüßt. Der hat es auch auf die Aufträge der Dix abgesehen. Julian muss einfach besser sein! Er nimmt die Schlüssel aus dem Außensafe. »Schlafzimmer und Wohnzimmer haben wir gestern erledigt. Ich beginne mit dem Esszimmer, du putzt das Bad, zum Schluss kommt die Küche, klar? Wenn wir hier fertig sind, steht noch ein Objekt auf dem Programm. Und«, Julian sieht seinen Bruder streng an, »das andere Haus ist eine Zwischenreinigung. Dass du mir nichts mitgehen lässt!«

Robin zieht laut Spucke durch die Zähne, sagt aber nichts.

Im Hauseingang ziehen sie Überschuhe und Handschuhe an und machen sich an die Arbeit. Julian ist erleichtert. Sie liegen perfekt in der Zeit, und sein Bruder arbeitet erstaunlich gründlich. Vielleicht ist es doch keine schlechte Idee, ihn in die Firma aufzunehmen. Wenn die Dix zufrieden ist, locken weitere lukrative Aufträge, und er könnte Kathi die Kette schenken, die sie beim Juwelier in Westerland gesehen hat.

Robin steht im Flur und nestelt an seinen Gummihandschuhen. »Mit dem Bad bin ich fertig. Wo finde ich frische Handtücher?«

Julian erinnert sich nicht, wann sein Bruder jemals derart freundlich mit ihm gesprochen hat. Hat er sich doch geändert? »Die liegen üblicherweise im Schlafzimmerschrank«, ruft er zurück und verteilt Holzpolitur auf dem teuren Esstisch.

Der Dielenboden ächzt unter den schweren Schritten seines Bruders. »Julian, komm her! Das musst du dir ansehen.« Robin steht im Türrahmen und wischt sich mit dem Unterarm den Schweiß von der Stirn. Er hat schon immer viel geschwitzt, als brauche all seine Schlechtigkeit ein Ventil.

»Muss ich alles selber machen?« Julian verwirft den Gedanken an eine Zusammenarbeit und geht seufzend ins Schlafzimmer. Er unterdrückt einen Schrei. »Das darf nicht wahr sein!« Doch auch wenn er wünschte, es wäre eine Einbildung, weiß er sofort, was er da vor sich hat. Auf dem Bett liegt in Jeans und schwarzem Pulli ein Mann. Graue Haare, Geheimratsecken. Grobe, große Hände, die neben seinem ausgestreckten Körper ruhen, wie bei einem Rodler im Eiskanal. Durch dicke Brillengläser starrt er nach oben, als beobachte er eine Fliege an der Zimmerdecke, nur dass er nicht zwinkert, sich auch sonst nicht regt. Nie zuvor hat Julian einen Toten gesehen. »Was hast du getan? Wer ist das?« Seine Stimme kommt kaum am Kloß im Hals vorbei.

»Keine Ahnung.« Robin zuckt mit den Schultern, nimmt die Brille des Mannes ab und drückt ihm die Augenlider nieder, die im Bruchteil einer Sekunde wieder aufschnellen.

»Oh Gott, lass das!« Julian presst sich die Hand vor den Mund. Ihm ist speiübel.

»Fang bloß nicht an zu kotzen, ich hab das Bad gerade fertig.«

»Scheiße, Robin! Ich wusste, dass so was passiert, wenn ich dich bei mir arbeiten lasse!«

»Ich war das nicht. Der lag hier schon.«

Julian sieht von der Leiche zu seinem Bruder, als könne er in ihm lesen. Doch das kann niemand.

»Ich rufe die Polizei«, sagt Julian.

»Nein!« Robin packt Julians Hand. »Weißt du, was die mit uns machen? Die buchten uns ein. Sofort. Ich bin auf Bewährung! Und du bist mein Bruder. Niemand wird uns glauben, dass wir das nicht waren!« Robin sieht ihn flehend an. Dackelblick.

»Du hast gestern Abend abgeschlossen und den Schlüssel in den Safe gelegt. Vielleicht bist du zurückgekommen und hast den Typen umgelegt? Bei Kathi und mir warst du jedenfalls nicht.«

»Ich dreh keine krummen Dinger mehr, glaub mir.« Er klingt fast zu überzeugend. Wie ihr Vater damals, als er sagte, er käme bald zurück – und es nie wieder tat. Seitdem ist Robin so, denkt Julian. Darf man seinen Bruder der Polizei ausliefern?

»Außerdem, was willst du deiner Frau Dix erzählen?«, setzt Robin nach. »Dass du einen Tag zu spät zum Putzen gekommen bist und eine Leiche gefunden hast? Die gibt dir nie wieder einen Job! Und einfach abhauen geht auch nicht, oder hast du den Typ von der anderen Putzfirma vergessen?«

Julians Herz rast. Hat Robin recht? Wenn er Ärger macht, kann er die Dix-Aufträge vergessen. Schlimmer, er würde auf der ganzen Insel keinen Fuß mehr auf den Boden kriegen. Und wenn er nicht mehr putzt, könnte er Kathi am Hähnchengrill helfen? Seine Gedanken rasen. Er muss eine Entscheidung treffen.

»Du darfst mich nicht hängen lassen«, unterbricht Robin seine Gedanken. »Du hast Mama versprochen, mir eine Chance zu geben, schon vergessen? Willst du sie enttäuschen?«

Da ist es wieder. Das Totschlagargument, mit dem Robin jedes Mal die Führung übernimmt. Familie über alles.

»Aber wohin mit ihm?« Julian will nicht nachgeben.

»Wir nehmen ihn mit und legen ihn ab, wo ihn keiner mit uns oder diesem Ferienhaus in Verbindung bringt.

Wir schaffen das. Zusammen.« Er boxt Julians Schulter wie in vergessenen Zeiten, als sie ein Team waren.

Julian hält die Luft an, als er seine Arme unter den Körper des Toten schiebt und ihn gemeinsam mit Robin zum Auto trägt. Seine Beine zittern so sehr, dass er Robin das Steuer des alten Volvos überlässt. Mit quietschenden Reifen fährt dieser den Wagen die Einfahrt hinunter.

»Wohin jetzt?«

»Quellenweg«, antwortet Julian monoton. »Das ist gleich da vorne rechts. Aber sollten wir nicht doch die Polizei …«

»Dafür ist es zu spät. Jetzt haben wir den Typen im Kofferraum. Wie willst du das erklären?« Robins Lachen dröhnt in dem kleinen Auto.

Julian beschleicht das Gefühl, einen Fehler gemacht zu haben. »Und wenn er anfängt zu stinken?« Zaghaft wirft er einen Blick nach hinten, obwohl er den Kofferraum von hier aus nicht sehen kann. Selbst wenn, wäre der Körper unter den dreckigen Handtüchern, mit denen sie ihn zugedeckt haben, allenfalls zu erahnen.

»So schnell geht das nicht, da war kein Blut.«

Blut, denkt Julian. Wie damals am Kiosk, als sein Bruder einen Fremden aufgefordert hatte: »Gib mir deine Jacke«. Der Fremde hatte ein Messer gezogen, doch die Klinge hatte nicht Robin getroffen, der immer auf der Hut war, sondern ihn. Und Robin war fortgelaufen, schnell, weit. Bei der Erinnerung daran spürt Julian den Stich in der Seite noch heute.

Er ist froh, als sie beim nächsten Haus ankommen, das geputzt werden muss. Nur raus aus dem Auto, das seltsam süßlich riecht, das kann keine Einbildung sein. Er atmet tief ein, damit der brennende Duft der Putzmittel in seine Nase kriecht. Akribisch saugt und schrubbt er, als könne er damit nicht nur die Flecken auf den Fliesen, sondern auch die Leiche, die im Auto wartet, entfernen. Sein Telefon klingelt. Als er einen Blick aufs Display wirft, bleibt ihm das Herz fast stehen. Die Dix. Was sie wohl will? Das Zittern ist wieder da, er ist kaum in der Lage, sein Handy zu halten.

»Geh ran«, raunt Robin ihm zu.

»Ich kann nicht.«

Das Klingeln erstirbt, um Minuten später erneut anzusetzen. Wieder und wieder ertönt dieselbe Melodie, während die beiden Brüder die Luxusferienwohnung putzen, deren Besitzer sicher gerade ihr Geld auf dem Strönwai ausgeben.

»Krasses Technikzeug haben die, alles vom Feinsten. Die würden gar nicht merken, wenn was fehlt«, sagt Robin.

Das breite Grinsen seines Bruders treibt Julian Schauer den Rücken hinab.

»Sind wir fertig?«, fragt Robin, als sie die Putzmittel im Wagen verstaut haben. Er redet, als habe er vergessen, welche Fracht im Kofferraum wartet.

»Fertig«, bestätigt Julian. Eigentlich müsste die Schmutzwäsche noch zur Wäscherei. Doch er kann niemandem unter die Augen treten. Jeder würde wissen, was los ist, als stünde in Großbuchstaben ICH HABE EINE LEICHE IM AUTO auf seiner Stirn. Er beschließt, die Wäsche wegzubringen, wenn das Problem erledigt ist.

Anders mag er es nicht nennen. Am liebsten hätte er auch das Bett, in dem der Tote lag, noch einmal frisch bezogen, aber Robin hatte ihn gebremst. »Sonst merken die bei Prüfung der Wäschereirechnung, dass ein Set Bettwäsche zu viel draufsteht!« An was Robin alles denkt! Ein Wunder, dass sie ihn immer erwischen.

»Wir fahren nach List. Beim Ellenbogen in den Dünen können wir ihn gut loswerden.« Seit wann kennt Robin sich auf Sylt aus? Er ist gestern erst angekommen. Und ihre Aufenthalte im Kinderferienlager in Hörnum liegen Jahre zurück. Julian betrachtet seinen Bruder, während dieser den Wagen Richtung Norden lenkt. Er hat die weichen Züge ihrer Mutter geerbt, die großen Augen, den vollen Mund. Und die schwarze Seele von Papa. Täuscht es, oder wirft sein Bruder immer wieder besorgte Blicke in den Rückspiegel? Folgt ihnen jemand? Julian wendet nervös den Kopf, doch kann nichts Auffälliges entdecken.

»Zum Glück ist heute kein Badewetter. Da sind nicht so viele Leute unterwegs«, sagt Robin und beschleunigt den Wagen, ohne den Rückspiegel aus den Augen zu lassen. Gleichzeitig streift er sich die Gummihandschuhe ab, die er seit dem Morgen trägt. »Wie du das aushältst, den ganzen Tag in diesen Dingern!«

Der Volvo gerät ins Schlingern, und die Reifen quietschen auf dem Asphalt, als Julian vom Beifahrersitz aus Robins Hand vom Lenkrad reißt.

»Hast du sie noch alle?« Robin schlägt ihn grob.

»Das frage ich dich! Was macht die Uhr des Toten an deinem Arm!« Das ist Julian alles zu viel. Worauf hat er sich hier eingelassen?

»Das ist eine Submariner. Was meinst du, was die wert ist! Den interessiert sowieso nicht mehr, wie spät es ist.« Robin deutet mit dem Daumen nach hinten.

Erneut klingelt Julians Telefon.

»Stell endlich den Ton aus«, herrscht Robin ihn an. »Dieses ständige Gebimmel hält kein Mensch aus.«

Doch nach einem kurzen Blick auf das Display stößt Julian Luft aus und nimmt den Anruf entgegen. »Hallo Herr Schudt«, sagt er und registriert zufrieden, dass sein Bruder merklich zusammenzuckt, als der Name seines Bewährungshelfers fällt. Fest presst Julian sich das Handy ans Ohr, damit Robin nicht mithört.

»Ich möchte mich nach Ihrem Bruder erkundigen. Klappt es mit der Zusammenarbeit?«, klingt es blechern aus dem Telefon.

»Ja, schon«, sagt Julian zögerlich. Das Glas der Rolex an Robins Handgelenk wirft eine Sonnenreflexion an die Wagendecke.

»Okay, ich komme nächsten Mittwoch zu Ihnen, um mir selbst ein Bild zu machen.« Schudt stockt, bevor er fortfährt. »Eins noch. Gestern hat mich die Nachricht erreicht, dass ein Mittäter ihres Bruders von einem Freigang nicht zurückgekehrt ist. Ich dachte, sie sollten das wissen.«

Bevor Julian etwas entgegnen kann, hat sein Gesprächspartner aufgelegt. Ein Komplize wird vermisst. Und sie haben eine Leiche im Kofferraum. Ist das der Gesuchte? Wie ein Feuer, dem Sauerstoff zugesetzt wird, lodert die Panik heiß in seinem Körper auf.

Der Parkplatz am Ellenbogen ist menschenleer. Allein ein alter orangener Bulli mit der Aufschrift *Gott ist für dich da* und ein schwarzer Kleinwagen mit dem Logo einer Morsumer Wohnungsvermittlung stehen auf dem Schotter. Julian fällt die Dix wieder ein. Sie hat bereits drei Rückrufbitten hinterlassen, jede ein wenig drängender. Vielleicht ist eine andere Firma ausgefallen und er soll weitere Objekte putzen, bevor die Gäste anreisen? Er wird sie anrufen, gleich. Wenn sie den Typen, den sein Bruder umgebracht hat, los sind.

»Acht Euro für zwei Stunden, und dann lässt sich das Ding kaum ziehen! Für die Schaufel noch mal zwei!« Schnaufend kehrt Robin mit einem großen Bollerwagen und Kinderschippe vom Strandaufgang zurück. »Wir hätten uns doch bei Kathis Hähnchengrill eine Geflügelschere ausleihen sollen. Einzelteile lassen sich besser entsorgen. Aber du wolltest ja nicht.« Dunkle Flecken zeichnen sich unter Robins Achseln ab. »Wir bringen ihn in die Dünen, graben ein bisschen und hauen ab.« Er scheint zufrieden mit seinem Plan. »Mach endlich auf.«

Julian konzentriert sich darauf, durch den Mund zu atmen, während er den Kofferraumdeckel öffnet. Er erwartet, sofort die glotzenden Augen vor sich zu haben, doch er sieht nur Unmengen schmutziger Handtücher mit dem Aufdruck *Juwel Ferienhausvermietung*, die sie über dem Toten ausgebreitet haben. Er greift einen Wäschebeutel und stopft nach und nach die Handtücher hinein. Je dünner die schützende Schicht über ihrem Paket wird, desto langsamer werden seine Bewegungen.

»Beeil dich, aufräumen können wir später«, sagt sein Bruder.

»Robin, sieh einer an! Hab ich dich gefunden.« Eine tiefe Bassstimme. So muss es sich anfühlen, kurz vor einem Herzinfarkt zu stehen, denkt Julian. Es rauscht in seinen Ohren. Wo kommt dieser Mann her? Es war ihnen keiner gefolgt. Und doch steht der Mann direkt neben ihrem Auto.

»Chris«, sagt Robin gedehnt. »Was treibst du hier?«

»Dachtest du, ich finde dich nicht, wenn du auf die Insel abhaust? Ich will meinen Anteil.« Chris ist fast so breit wie hoch und sieht aus wie ein Mörder aus dem Tatort. Bestimmt ist das der Typ, von dem der Bewährungshelfer sprach. Der ist also gar nicht tot, Robin hat ihn nicht ermordet, er hat die Wahrheit gesagt! Die Erleichterung, die Julian verspürt, währt nur einen kurzen Augenblick. Dann setzt die bittere Erkenntnis ein. Wenn das Robins Mittäter ist, wer ist dann der Tote? Julian wird schwindelig. Er hält sich am offenen Kofferraumdeckel fest, seine schmalen Fingerknöchel leuchten weiß.

»Hmmm?«, macht Chris und deutet in Julians Richtung.

»Mein kleiner Bruder.«

»Ah, das Weichei.« Er nickt wissend, wendet sich wieder Robin zu und fixiert ihn mit zusammengekniffenen Augen. »Jens ist verschwunden. Wir waren gestern Abend verabredet, aber er ist nicht gekommen. Du hast ihn nicht gesehen?«

»Jens? Nein. Ewig nicht.«

Julian erstarrt. Er ist sich sicher, dass sein Bruder lügt. Euer Kumpel? schreit eine Stimme in seinem Innern. Der liegt hier im Auto! Mein Bruder hat ihn gekillt! Ihm ist schlecht. Wo ist er hier reingeraten? Er hätte es wissen müssen. Niemals hätte er Robin eine weitere letzte Chance geben dürfen. Von wegen ehrlich geworden. Er hat nie anderes im Sinn als seinen eigenen Vorteil. Ob Recht oder Unrecht ist dem egal.

»Und die Kohle?« Chris beugt sich vor, streckt eine Hand zum Kofferraum aus. »Ist sie da drin?«

Im selben Moment schlägt Julian den Kofferraumdeckel zu.

Als das Blech auf seine tätowierten Finger trifft, hallt Chris' Schmerzensschrei über den Parkplatz.

Julian sieht Chris' andere Faust auf sich zukommen, versucht auszuweichen. Sie erwischt nur seine Schläfe, selbst das schmerzt unsagbar. Der Kerl packt ihn.

»Lass ihn los!« Robins Stimme duldet keinen Widerspruch, trotzdem treibt Chris die Faust wieder und wieder in Julians Oberkörper. Ein Klicken lässt den nächsten Schlag abrupt in der Luft enden. Der Lauf der Waffe, die Robin in der Hand hält, ist auf Chris gerichtet. »Ich sagte loslassen.«

Chris' Gesicht ist rot vor Wut. Er stößt Julian zu Boden.

»Und jetzt hau ab!« Robin schiebt die Waffe hinten in seinen Hosenbund, verschränkt die Arme vor der Brust.

Mit einem Zischen spuckt Chris ihm vor die Füße. »Heute Abend, Robin. Dann gibst du mir die Kohle.« Er hält sich die verletzte Hand, dreht sich um, geht.

Als er außer Sichtweite ist, schieben die Brüder schweigend die restlichen Handtücher von dem toten Körper. Der Mann wirkt blasser als noch vor wenigen Stunden. Als hätte ihm die Zeit im Kofferraum den letzten Rest Leben geraubt, denkt Julian, obwohl er weiß, dass das Unsinn ist. Jens ist also sein Name. Und Robin hat ihn umgebracht. Der Mann sieht nicht aus wie ein Verbrecher, ganz anders als dieser Chris. Julian blickt sich noch einmal um. Es ist niemand zu sehen. Sie greifen nach dem Toten, heben ihn aus dem Auto. Julian ist froh, dass dieser eine lange Hose trägt und er nicht die kalte, tote Haut berühren muss.

»Scheiße, Mann, der ist steif wie ein Brett«, sagt Robin. »Wir legen ihn oben auf den Bollerwagen und decken ihn zu. Wenn Leute kommen, werden sie denken, er sei betrunken.« Er nimmt sein Basecap ab, setzt es dem Toten auf. »Ich ziehe den Wagen, du passt auf, dass er nicht runterfällt.«

Wie immer. Robin, der Ältere, trifft die Entscheidungen und reißt ihn mit in die Scheiße. Wie Julian das hasst. »Wie hast du diesen Jens getötet?«, fragt er, während er neben dem Bollerwagen hergeht.

»Hast du mir nicht zugehört? Ich war das nicht. Ich habe keine Ahnung, wer das ist.«

Wenn sein Bruder doch einmal die Wahrheit sagen würde!

Nach wenigen Minuten lassen sie den Bollerwagen stehen, packen die erstarrten Beine und den Oberkörper und schlagen sich seitlich in die Dünen.

»Hier ist es perfekt«, befindet Robin und lässt die Schultern des Mannes in den Sand fallen. »Man sieht uns weder vom Weg noch vom Strand aus.« Behutsam, als trüge er ein empfindliches Gut, legt Julian die fremden Beine ab. Robin, der dem Mann das Basecap wieder abgenommen und sich selbst aufgesetzt hat, gräbt erst mit der Kinderschaufel, dann mit den Händen. Immer mehr von dem Mann verschwindet unter den hellbeigen Massen. »Wir brauchen nicht tief zu graben, es geht darum, dass er nicht sofort gefunden wird«, erklärt er.

Julian heftet seinen Blick auf Robins Rücken, um nicht zu sehen, wie sein Bruder Sand auf die starren Augen des Toten wirft. »Halt«, ruft er, kurz bevor der Mann nicht mehr zu sehen ist. »Du hast die Uhr vergessen. Gib sie ihm zurück.«

»Bist du bekloppt? Ich denke nicht daran. Dafür bekomme ich locker dreißig Mille. Das ist mehr, als mir der letzte Bruch eingebracht hat, und dafür war ich drei Jahre im Knast.« Robin wischt sich den Schweiß aus der Stirn und häuft noch mehr Sand an, dort, wo eben das Gesicht des Toten war.

Der Impuls kommt plötzlich. Julian starrt auf Robins Hosenbund, reißt die Waffe heraus. Wie schwer die ist. Er hat noch nie so ein Ding in der Hand gehalten. Seine eiskalten, nervösen Finger umklammern den Griff. »Gib ihm die Uhr zurück.« Er erinnert sich nicht, jemals so streng mit seinem Bruder gesprochen zu haben.

Robin dreht sich zu ihm um, das Gesicht voller Hohn. »Lass den Scheiß. Eine Knarre gehört nicht in Kinderhände.« Robin lacht. Er nimmt ihn nicht ernst. Nach allem, was Julian für ihn getan hat. Als richte er bloß eine Wasserpistole auf ihn, kommt Robin näher, packt zu.

Julian zieht die Hand zurück. Er wird nicht nachgeben, diesmal nicht, doch Robins Griff ist hart. Der Schuss, der sich löst, dröhnt in den Ohren. Ein paar Möwen fliegen aufgeschreckt hoch, dann ist es still. Die Waffe entgleitet seiner Hand, fällt vor Julian in den Sand.

Robin, die eisblauen Augen vor Verwunderung weit aufgerissen, stürzt rücklings auf den Sandhaufen, unter dem Jens' Leiche liegt. Blut strömt aus seinem Bauch. Er hustet. Dann rinnt ihm Blut aus dem Mund. Julian sieht schockstarr zu, wie das Leben aus seinem Bruder weicht.

»Alter, was hast du getan?« Ohne sich umzudrehen, weiß Julian, dass es dieser Chris ist, der näher kommt. Sein Puls rast. Chris beugt sich über Robin, schüttelt den Kopf. »Dafür sitzt du ewig. Nichts mehr mit dem glücklichen Leben auf der Insel der Schönen und Reichen.«

Julians Beine werden weich. Er wird alles verlieren. Die Firma, seine Wohnung. Und Kathi. Das ist Robins Schuld, doch der liegt nur noch da und gibt keinen Mucks mehr von sich.

»Was haben wir denn da für ein Schätzchen?« Chris bestaunt die Rolex an Robins Handgelenk. Die Bewegung, mit der er sie abstreift und in seiner Tasche verschwinden lässt, ist routiniert. »Und jetzt mein Anteil der Beute. Ihr habt sie vergraben, oder? Ich habe gerade noch gesehen, wie ihr in die Dünen geklettert seid.« Mit ausgestrecktem Arm schiebt er die erste Ladung Sand beiseite. Ein Stück Jeans kommt zum Vorschein, dann ein Knöchel. »Was …?« Ruckartig dreht Chris sich zu Julian. Dessen Hand greift, als wüsste sie, was zu tun ist, die

Waffe, richtet sie auf sein Gegenüber, drückt ab. Der kräftige Kerl fällt lautlos in sich zusammen. Vorsichtig wischt Julian die Waffe ab, presst sie anschließend fest in Chris' rechte Hand. Streitigkeiten unter Ex-Knackis. Keiner wird auf ihn kommen. Seine Schritte federn leicht, als er die Dünen hinabklettert und ins Auto steigt. Er hat sich noch nie so frei gefühlt. Nie wieder wird jemand über ihn bestimmen. Er wird Kathi einen Antrag und mit seiner Firma das große Geld machen! Der Motor surrt leise, als er den Weg nach Wenningstedt einschlägt. Wieder klingelt sein Telefon. Endlich fühlt er sich bereit, den Anruf entgegenzunehmen. »Hallo Frau Dix.«

»Ich versuche den ganzen Tag, Sie zu erreichen.« Sie klingt vorwurfsvoll und gehetzt. »Es gibt ein Problem mit einem der Häuser, die Sie gereinigt haben.«

»Ja?« Er kann alle Probleme lösen. Seit heute kann ihm keiner was.

»Ich … Die Sache ist die: Heute Nacht ist im Nachbarhaus ein Herr im Kreise seiner Familie verstorben. Herzinfarkt. Tragisch. Der Arzt war schon da, aber der Bestatter hatte erst heute Mittag Zeit, sodass wir den Verstorbenen in das andere Haus gebracht haben. Und«, sie zögert, »nun ist er weg.«

Kalter Schweiß rinnt Julians Rücken hinab. Er fährt an den Fahrbahnrand und schaltet den Motor aus. Sein Herz rast. »Ich weiß nicht, wie ich Ihnen da helfen kann. Ich habe das Haus gestern Abend geputzt …«

»Ich weiß, dass Sie heute früh im Haus waren und etwas hinausgetragen haben. Der Chef von Keep Clean hat Sie gesehen.« Sie wartet ab. Als er nichts entgegnet, spricht sie weiter. »Ich gebe Ihnen eine Stunde. Dann liegt der Herr Alberts wieder hier auf dem Bett. Wenn nicht, rufe ich die Polizei. Habe ich mich klar ausgedrückt?«

»Ganz klar.«

ALTE SCHULD

Susanne Pohl

Kieler Förde

Emma Paulsen stellte die kleine Flasche stilles Wasser zurück auf die beiden weiß gestrichenen Europaletten, aus denen die Stehtische der Fischbude auf der Blücherbrücke an der Kieler Förde gebaut waren. Hinter ihr, am Kopf der Brücke, lagen die alten Zwei- und Dreimaster, schräg vor ihr die modernen Segeljachten an der Uferpromenade. Emma biss in das knackige Lachsbrötchen, das sie sich zusammen mit dem Wasser an der Fischbude geholt hatte, und genoss den Geschmack von Fisch, vermischt mit der süßen Senfsoße. Dabei ließ sie ihr Zielobjekt, den weißhaarigen Mann mit der dunklen Sonnenbrille, der dunkelroten Hose, dem weißen T-Shirt und dem dunkelblauen Pulli, den er sich über die Schultern gelegt hatte, nicht aus den Augen. Beim Anblick des Pullovers fühlte Emma, wie ihr der Schweiß den Rücken hinunterlief, obwohl sie nur ein ärmelloses Top trug. Zum Glück hatte sie eine dunkelblaue Hose angezogen, da würde niemand sehen, dass sie auch am Hintern schwitzte. Unter dem bedeckten Himmel war der Spätnachmittag drückend und schwül. Unehrlich warm, weil die Sonne nicht zu sehen war. Trotzdem war das Licht grell. Emma wäre lieber mit ihrem Segelboot unterwegs gewesen, aber sie hatte den Auftrag angenommen, Peter Kohrs zu beobachten. Normalerweise nahm sie keine Aufträge an, in denen es um Ehebruch ging. Sie fand, die Leute konnten vögeln, mit wem sie wollten. Aber dieser Auftrag hatte sie interessiert. Nicht weil ihre Auftraggeberin eine ehemalige Schulfreundin von Emmas Assistentin war, sondern weil Emmas Bauchgefühl ihr signalisierte, dass mehr hinter der Sache steckte, als die Frau gesagt hatte.

Die weiße 40-Fuß-Jacht mit dem Teakstabdeck, die Emma von einer großzügigen Abfindung gekauft und Agatha getauft hatte, lag vor ihr an der Uferpromenade und war außer im Winter Emmas Zuhause und Detektivbüro. Seit fünf Jahren war Emma jetzt im Business, und sie hatte noch keinen Tag bereut. Nach ihrem BWL-Studium war Emma zur Streifenpolizei gegangen. Nicht weil sie den Job unbedingt hatte machen wollen, sondern um ihren Vater zu ärgern. Das war ihr hinreichend gelungen, auch wenn sie das mittlerweile sehr pubertär fand. Bei der Polizei hatte sie aufgehört, weil die strikten Hierarchien und der herrschende Korpsgeist sie angekotzt hatten. Dafür hatte sie für ihren Job als Detektivin ausgezeichnete Kontakte zur Kieler Polizei, die auch ihr Jahrzehnt als Sicherheitsberaterin in internationalen Firmen überdauert hatten.

Peter Kohrs, ihr Zielobjekt, trat zwei Schritte zurück und schaute die beiden Frauen an seinem Stehtisch auffordernd an. Er deutete mit seiner offenen rechten Hand zu der blonden Frau, die mit dem Rücken zu Emma stand. Die enge weiße Hose und das weiße T-Shirt der

Frau betonten ihre braun gebrannte Haut, die mit dunklen braunen Flecken übersät war. An ihrem linken Handgelenk sah Emma einen breiten Armreifen aus, wie es schien, altem Silber. Die zweite Frau direkt neben Kohrs schien ihr farbliches Gegenbild zu sein, mit einem schwarzen T-Shirt, einer Sonnenbrille in den kurzen grauen Haaren und lachsfarbenem Lippenstift im braun gebrannten Gesicht. Kohrs nickte den Frauen zu und verließ seinen Stehtisch. Emma verfolgte ihn aufmerksam mit den Augen. Sie nahm an, dass er noch etwas bestellen würde, denn die drei Gläser auf dem weißen Stehtisch waren leer. Emma hatte richtig vermutet. Kohrs stellte sich in die kurze Schlange vor der Fischbude. Auf dem Dach der Fischbude stand eine braun gefleckte Möwe neben der Fischreusendekoration und überblickte die Blücherbrücke. Der Möwenteenager lauerte auf Beute in Form von unbeaufsichtigten Fischbrötchen oder Pommes.

***

Peter Kohrs stellte die zwei orangefarbenen Getränke und sein großes Bierglas auf den weißen Paletten-Stehtisch. Er prostete den zwei Frauen zu, trank einen großen Schluck von seinem Bier und wischte sich mit dem Handrücken den Bierschaum von der Oberlippe.

Emma tupfte ihren Mund mit einer Papierserviette sauber und warf sie zusammen mit der Papierhülle des aufgegessenen Fischbrötchens in den Mülleimer mit dem silbernen Deckel, der am Kopfende ihres Stehtisches stand. Eine kühle Windböe wehte ihr eine Strähne ihrer dunkelblonden Haare mit den ersten Silberfäden ins Gesicht und bestätige den Seewetterbericht, der für heute Abend ein Gewitter mit Starkregen angekündigt hatte. Sie schaute in die Wolkendecke, die immer noch geschlossen über der Förde hing. Mit einem weiteren Blick Richtung Dreier-Stehtisch vergewisserte sie sich, dass Peter Kohrs noch immer dort stand.

Dann zog Emma ihr Smartphone aus der Hosentasche und knipste ein Foto von den dreien. Dabei lächelte sie in ihr Telefon und strich sich die Haarsträhne zurück hinters Ohr, als ob sie ein Selfie machen würde. Das Foto schickte sie per Messenger an Melina Yilmaz, ihre Assistentin. Melina führte im Detektivbüro an Bord der Segeljacht einen Hintergrundcheck über Peter Kohrs durch. Vielleicht fand sie anhand des Bildes auch etwas über die Frauen in Kohrs' Begleitung heraus. Auch über ihre Schulfreundin wollte Melina recherchieren, denn die beiden hatten sich seit ihrer Schulzeit nicht mehr gesehen.

Melina war gestern nicht an Bord gewesen, als die Frau, die sich Emma als Carola Kohrs geb. Schneider vorgestellt hatte, Emma den Auftrag gab, Kohrs zu observieren und Beweise für seinen angeblichen Ehebruch zu sammeln.

Emma winkte Anne, einer Flaschensammlerin, die ihren Rollator über die Blücherbrücke schob. Die Frau in der etwas zu großen Sweatshirtjacke und den gelben Shorts änderte die Richtung und schob zu Emmas Stehtisch.

»Willst du meine Flasche haben?«, fragte Emma.

»Eigentlich nicht. Hier auf der Brücke sammel ich nicht. Ich will hier niemanden belästigen, ich will zum Klohäuschen.« Anne zeigte mit ihrem Kopf in Richtung des blauen Toilettencontainers am Rand der Blücherbrücke.

»Du belästigst mich nicht.« Emma gab der Frau ihre leere Wasserflasche. Anne war regelmäßig auf der Uferpromenade unterwegs. Sie und Emma hielten oft einen Klönschnack.

Anne bedankte sich und schob weiter. Unterdessen brummte Emmas Smartphone, und auf dem Display sah sie eine Nachricht von ihrer Assistentin: »Ich komm rüber. Habe interessante News. M.«

Emma grinste. Kurz, knapp und effizient. So war die Kommunikation mit Melina. Jedenfalls wenn es um die Arbeit ging.

Emma schaute aufs Wasser des Hafenbeckens, das sich unter der leichten Brise kräuselte, und sah durch die Masten der anderen Segelschiffe hindurch, wie Melina vom Heck der weißen Jacht auf das steinerne Ufer sprang. Mit federndem Gang lief sie zielstrebig Richtung Blücherbrücke.

Die Frauen an Kohrs' Tisch lachten, und die Frau mit dem lachsroten Lippenstift legte Kohrs ihre Hand auf den Arm. Emma hob ihr Smartphone und machte ein weiteres Foto. Das waren zwar keine Beweise für einen Ehebruch, für einen vertrauten Umgang miteinander aber durchaus. Noch sah alles ganz unverdächtig aus. Aber Emma war sich sicher, dass der Schein trog. Das hing genauso in der Luft wie das angekündigte Gewitter. Auch wenn das keinen der zahlreichen Besucher auf der Blücherbrücke zu interessieren schien.

***

»Die Frau, die dich gestern aufgesucht hat, war ganz sicher nicht Peter Kohrs' Ehefrau«, sagte Melina, als sie sich Emma gegenüber an den Stehtisch stellte. »Oder erkennst du sie einfach nur nicht wieder?«

»Was meinst du?«, fragte Emma.

»Die Frau mit dem lachsfarbenen Lippenstift auf dem Foto, das du mir geschickt hast, ist Peter Kohrs' erste und einzige Ehefrau«, antwortete Melina.

Emma schaute noch mal zu der Frau neben Peter Kohrs, die gerade ein Glas mit dem orangefarbenen Getränk an die lachsfarbenen Lippen hob. »Nein, die Frau gestern trug zwar eine Perücke. Da bin ich mir ganz sicher, aber sie war jünger. Sie hat sich anders bewegt als die Frau mit dem lachsfarbenen Lippenstift. Leichter. Sie war nicht so starr im Becken.«

»Dann war es vielleicht wirklich Carola. Aber warum hat sie sich als Kohrs' Ehefrau ausgegeben?«, fragte Melina.

»Hast du ein Bild von Carola Schneider im Internet gefunden?«, fragte Emma.

»Nein. Nirgendwo. Aber ich habe eine gemeinsame Schulfreundin von uns angerufen und auf die Mailbox gesprochen, mit der Bitte, sie möge ein Foto schicken, falls sie eins hat.« Melina zuckte mit den Schultern.

Emma schaute sich auf der belebten Blücherbrücke um. Der Fischbrötchenstand war beliebt, und in den zwei Buden rotierten sechs Mitarbeiter, um die Kunden so schnell wie möglich zufriedenzustellen. Emma sah sich die vier Frauen, die in der Fischbude arbeiteten, genau an, aber keine erinnerte sie an die Frau von gestern.

»Ich hole mir ein Backfischbrötchen«, sagte Melina im gleichen Moment, als auch Kohrs wieder Richtung Fischbrötchenbude schlenderte. Melina reihte sich hinter dem Mann ein. Emma sah, wie Kohrs bestellte und Melina ihn ansprach. Die beiden lachten. Dann bekam Kohrs seine drei Getränke, wieder ein gezapftes Bier und zwei orangefarbene Getränke, und ging zu seinem Stehtisch zurück.

Auf halbem Weg lief ihm ein jüngerer Mann vor die Füße. Das Gesicht des Mannes konnte Emma nicht sehen, denn es war von dem breiten Schirm einer dunkelblauen Schirmmütze verdeckt.

Emmas Körper spannte sich an. Sie war zum Loslaufen bereit.

Kohrs hatte die drei Gläser in seinen Händen ausbalanciert und trotz des abrupten Stopps, wie es schien, nichts von den Getränken verschüttet. Der Mann mit der Schirmmütze zeigte entschuldigend seine Handinnenflächen. Kohrs schaute zwar verärgert, ging aber weiter zu dem Stehtisch, an dem die beiden Frauen ihm entgegensahen. Der Mann mit der Schirmmütze ging an den Paletten-Stehtischen vorbei und setzte sich auf eine der Bierbänke im vorderen Bereich der Blücherbrücke nahe der Uferpromenade.

Melina stand vor der Fischbrötchenausgabe und hatte ihr Smartphone am Ohr. Emma schaute zu Kohrs. Die Dreierrunde trank und wirkte ausgelassen.

Emma entspannte sich wieder und scannte die Blücherbrücke nach der Frau von gestern. Die Frau in dem kurzen braunen Kleid mit den vom Rocksaum bis zu den Knöcheln tätowierten Beinen, die vorbeischlenderte, passte vom Alter und der Statur, hatte aber eine völlig andere Körperhaltung. Auch die Frau mit den geflochtenen Zöpfen, die sich eine Zigarette mit einem Feuerzeug anzündete, könnte vom Alter und von der Größe die Frau von gestern sein. Aber sie stand in der Schlange und bewegte sich nicht. Deswegen konnte Emma sie noch nicht eindeutig einordnen. Aber warum sollte die Frau hier sein, wenn sie Emma beauftragt hatte, Kohrs zu observieren? Melina kam zurück an den Stehtisch, die Frau in der grünen Bluse rückte in der Schlange auf und hinkte etwas beim Gehen. Damit schied auch sie aus.

»Meine Schulfreundin hat zurückgerufen.« Melina schaute zwar auf den üppigen Backfisch in dem Brötchen in ihrer rechten Hand, schien ihn aber nicht wirklich wahrzunehmen. »Carola Schneider ist genau heute vor 20 Jahren bei einem Autounfall gestorben. Peter Kohrs war der Fahrer des Wagens, mit dem Carola kollidiert ist. Bei der Gerichtsverhandlung ist er allerdings freigesprochen worden.«

»Dann stellt sich die Frage, wer war die Frau, die mich gestern beauftragt hat, Kohrs zu observieren – und warum«, sagte Emma.

Melina schaute immer noch auf das Backfischbrötchen in ihrer Hand. »Carola und ich haben in unserer Schulzeit immer Backfisch auf der Kieler Woche gegessen. Das war unser Kieler-Woche-Highlight. Aber irgendwie haben wir uns aus den Augen verloren.«

***

Ein Regentropfen traf Emma auf der Nase. Melina biss in ihren Backfisch. Hinter Melina sackte Kohrs in sich zusammen und fiel auf den Asphalt der Blücherbrücke.

Die blonde Frau mit dem Rücken zu Emma schrie nach einem Arzt. Kohrs' Ehefrau verschwand aus Emmas Blickfeld. Wahrscheinlich kniete sie neben ihrem Mann.

Mit großen Schritten eilte Emma zu der Dreiergruppe, sie musste etwas tun. Der Mann lag am Boden. Vor seinem Mund zeichnete sich Schaum ab, der dicker und milchiger aussah als Bierschaum.

Auch die tätowierte Frau schien den Hilferuf der blonden gehört zu haben, sie kniete sich schnell, aber ohne Hektik neben Kohrs. »Ich bin Ärztin.«

Die einzelnen Tropfen wurden zu kaltem Regen. Irgendwer hielt einen Regenschirm über den Mann am Boden. Emma wurde hier nicht gebraucht. Stattdessen beobachtete sie die Menschen auf der Blücherbrücke. Die Gäste drängten sich entweder unter den vereinzelten Sonnenschirmen zusammen oder verließen fluchtartig die Brücke. Emma hielt weiterhin nach der Frau vom Vortag Ausschau, weil sie das Gefühl beschlich, diese könnte etwas mit dem Unfall zu tun haben. Doch sie konnte sie nirgends entdecken. Aber ihr fiel auf, dass der Mann mit der Schirmmütze, mit dem Kohrs zusammengestoßen war, trotz des Regens immer noch auf der Bierbank saß. Er schaute zu dem Geschehen um den am Boden liegenden Kohrs. Emma sah, dass er lächelte. Vor ihrem inneren Auge spielte sich noch mal der Zusammenstoß ab. Gift. Der Mann konnte bei dem Zusammenstoß Gift in Kohrs' Bierglas geschüttet haben. Für einen kurzen Moment trafen sich Emmas Augen und die des Mannes mit der Schirmmütze.

Hastig stand er von der Bank auf und ging zügig zur Uferpromenade. Emma gab Melina ein Zeichen, auf der Brücke zu bleiben, und folgte dem Mann. Dieser schaute sich um, bog nach links auf die Uferpromenade und rannte los.

Emma rannte hinter ihm her. Nur mit Mühe umrundete sie ein Paar unter einem roten Regenschirm. Sie war mittlerweile klatschnass, aber froh über ihr tägliches Lauftraining. Allerdings war der Mann mit der Schirmmütze mindestens zehn Jahre jünger als Emma und ebenfalls gut trainiert.

Er rannte an der Förde entlang, und sein Vorsprung wuchs. Ein Blitz erhellte die Promenade, der Regen wurde stärker, und ein Donner grollte.

Der Verfolgte stolperte. Anne, die Flaschensammlerin, hatte ihm ihren Rollator mit den gesammelten Flaschen in den Weg gestoßen. Der Mann stürzte auf die Gehwegplatten der Uferpromenade, und der Rollator kippte um. Beim Versuch aufzustehen stürzte der Verdächtige erneut, weil er auf eine der Flaschen aus Annes Sammlung getreten war.

Gerade als er zum zweiten Mal aufstehen wollte, um weiterzurennen, packte Emma ihn an der Schulter und drehte ihm den rechten Arm auf den Rücken. »Wir gehen zur Blücherbrücke zurück, und ich übergebe Sie der Polizei. Sie haben Peter Kohrs vergiftet.«

»Der Alte hat es verdient zu sterben«, spie der Mann aus. Emma zog seinen Arm noch ein Stück weiter nach oben.

»Danke, Anne. Du hast was gut bei mir.« Emma deutete mit ihrem Kinn auf die Tüten und Flaschen, die auf der Promenade verstreut lagen und auf die der Regen pladderte.

Unter anhaltendem Blitzen und Donnern führte Emma den Mann zurück zur Brücke, auf der schon das Blaulicht eines Streifenwagens und eines Rettungswagens durch den Regen blinkte.

***

Gemeinsam saßen Anne und Melina im Cockpit von Emmas Jacht unter der beigefarbenen Segeltuchpersenning, auf die der Regen prasselte, der nach dem Gewitter nicht aufgehört hatte. Sie tranken Diät-Cola aus kleinen Glasflaschen, als Emma immer noch triefend nass zu ihnen an Bord kam. Sie hatte den Mann mit der Schirmmütze an die Polizei übergeben und bei der Kripo ihre Aussage gemacht.

»Der Typ hat Kohrs tatsächlich Gift ins Bier getan, als er ihm in den Weg gelaufen ist. Kohrs ist daran gestorben.

Der Mann schweigt über die Art des Gifts. Das wird eine Obduktion klären«, berichtete Emma. Sie setzte sich, nass wie sie war, zu den beiden anderen. Schüttelte aber den Kopf, als Melina ihr eine Cola hinhielt.

»Weißt du etwas über sein Motiv?«, fragte Melina.

»Späte Rache. Der Mann war mit Carola Schneider liiert, als diese bei dem Autounfall mit Peter Kohrs starb.« Emma schaute dem Regen zu, der Kreise auf das Fördewasser malte. »Der Kriminalkommissar hat durchblicken lassen, dass im Leben des Mannes gerade ziemlich viel schiefgelaufen ist. Job verloren, Scheidung. Und er hat angefangen, sich an allen zu rächen, die seiner Meinung nach an seiner Misere Schuld waren.«

»Typisch Mann, mit Gewalt zu reagieren«, sagte Anne.

»Danke für deine Hilfe vorhin. Hast du alles wieder eingesammelt?« Emma schaute auf die Flaschensammlerin.

»Ein Zwanziger wäre 'n guter Ausgleich«, sagte Anne.

Emma pulte aus ihrer Hosentasche einen nassen 20-Euro-Schein und reichte ihn Anne.

Die steckte den Schein in die rechte Tasche ihres Parkas. Sie hatte also irgendwo trockene Klamotten deponiert. Anne griff in die andere Tasche des Parkas. »Den Zettel hat mir eine Frau für Emma gegeben, als ich meine Siebensachen wieder in meinen Rollator gepackt hatte. Ich muss dann auch mal los.«

Während Melina Anne half, von Bord wieder an Land zu kommen, faltete Emma den Zettel auseinander. Der Zettel war eine herausgerissene Kalenderseite, auf der mit Kugelschreiber in ordentlicher Schrift stand: »Verzeihen

Sie mir meine Lügen. Ich wusste, dass der Mann irgendetwas wegen Kohrs geplant hatte. Ich hatte gehofft, ich könnte das Schlimmste verhindern, wenn sie Kohrs im Auge behielten, ohne dass ich ihn verraten müsste.«

Emma gab Melina den Zettel, als diese sich wieder in das Cockpit setzte. Während Melina den Zettel las, verschwand Emma unter Deck, um sich trockene Klamotten anzuziehen.

»Möchtest du auch ein Bier?«, fragte sie nach einer Weile.

»Gern«, sagte Melina.

In einem bequemen Trainingsanzug mit zwei geöffneten Bierflaschen in der Hand kam Emma wieder ins Cockpit. Sie setzte sich auf ein dickes Polster und legte die Füße auf der anderen Cockpitseite hoch. »Wie geht es dir?«

»Ist okay«, sagte Melina. »Ich werde heute Abend wahrscheinlich meinen Kindern damit auf die Nerven gehen, dass ich sie sehr lieb habe, und morgen werde ich mich bei ein paar Freundinnen melden, von denen ich lange nichts mehr gehört habe.«

Die beiden Frauen schlugen die Flaschen aneinander und tranken.

»Den Mord an Kohrs konnte ich nicht verhindern. Aber der Täter ist geschnappt, und seine weiteren Rachepläne sind damit zunichtegemacht«, sagte Emma. Sie trank einen Schluck von ihrem Feierabendbier. Auf der Förde fuhr wie jeden Abend das große weiße Fährschiff mit dem roten Schornstein vorbei.

KOPFSACHE

Alexa Lewrenz

Lübeck

Frank kappte die Telefonleitung und verband sie mit dem Adapter. Vorsichtig schob er ihn zwischen den Wald aus dünnen Kabeln und schloss den Verteilerkasten.

»Na, schon so früh bei der Arbeit? Telekom hilft, hä?«, fragte ihn ein Gassigänger mit tief in die Stirn gezogener Schirmmütze. Sein dicker Dackel watschelte auf Frank zu, streckte die Nase selbstbewusst in die Höhe und bellte einmal. Offenbar roch das Tier die Hundekekse in Franks Jackentasche, auf das Nicken seines Herrchens streckte Frank ihm einen entgegen.

Als der Dackel den Keks hinuntergeschlungen hatte, fiel Franks Blick auf die Großuhr an der B75. Über der Werbung für das Einkaufszentrum Buntekuh zeigte sie fünf vor acht. Höchste Zeit. Frank murmelte einen Abschied, schnappte sich seinen Koffer und stieg ins Auto.

Die reetgedeckte Villa lag am Ende einer von Bäumen gesäumten Zufahrt auf einem großen Grundstück an der Trave in Lübeck-Moisling. Uneinsehbar von der Straße aus.

Die Uhr im Auto sprang auf acht, als Frank vor dem Tor hielt. Perfekt. Er stieg aus und klingelte. Schon jetzt, frühmorgens, waren es zweiundzwanzig Grad. Es würde wieder ein heißer Tag werden.

Als sich nichts rührte, holte er die Taschenuhr seines Urgroßvaters hervor. Zwei Minuten, drei, vier ... Schlief der Banker noch?

Frank rieb sich den Nacken. In letzter Zeit tat ihm ständig etwas weh.

»Sie sind eben nicht mehr der Jüngste«, hatte sein Arzt gesagt. »Sie sollten kürzertreten oder Ihren Meister machen, dann können Sie mehr im Büro arbeiten.«

So wie sein Vater? Der mit vier Bandscheibenvorfällen vom Bürostuhl gekippt war? Seine Mutter hatte es als Altenpflegerin auch nicht besser gehabt. Beide waren zu früh gestorben.

Meister war er außerdem längst, und manchmal saß er tagelang im Büro. Nur nicht als Techniker.

»Sie sollten sich einen Kompagnon suchen.«

Nee, der wollte bloß seinen Anteil. Noch ging das so. Und für die Rente hatte er sich schon ein Häuschen in Thailand gesichert.

Er kratzte sich den braun gefärbten Bart und zog die Baseballkappe zurecht.

Am schlimmsten waren die farbigen Kontaktlinsen. Grüne diesmal. Es fühlte sich an, als würden seine Augenlider über Schmirgelpapier ratschen. Ein notwendiges Übel, falls etwas schiefging und ein Zeuge eine Personenbeschreibung abgab.

Nach sechs Minuten knackte es im Lautsprecher. »Ja?« Ihre Stimme? Warum war sie zu Hause? Sie hatte sich doch gestern Morgen zum Flughafen fahren lassen, um sich vier Wochen auf Malle zu entspannen. Ihr Mann war abends mit dem Taxi aus der Klinik gekommen und wollte ihr in drei Tagen nachreisen, weil die Haut in seinem Gesicht noch zu sehr spannte. Er hatte sich vor ein paar Tagen für ein Facelifting in eine Privatklinik begeben. Wenn Frank in den Spiegel schaute, musste er an einen schrumpeligen Apfel denken. Wollte man allerdings, wie der Banker, seine zwanzig Jahre jüngere Ehefrau und die noch um weitere zehn Jahre jüngere Geliebte halten, musste man sein Aussehen regelmäßig aufpolieren.

Hoffentlich reisten die beiden trotzdem in drei Tagen ab, sonst geriet sein ganzer Plan in Gefahr.

»Ich komme von der Telekom. Es gibt in der Umgebung ein Problem mit der Glasfaserleitung. Ich muss ihren Anschluss überprüfen.«

»Ich habe Sie nicht angerufen.«

»Die Störung betrifft mehrere Anschlüsse.«

»Haben Sie einen Ausweis?«

»Natürlich.« Er zog die gefälschte Karte mit dem unscharfen Foto und dem Telekom-Logo hervor. Gab vor, die Kamera erst suchen zu müssen, und hielt die Karte davor. Den Wagen hatte er extra so geparkt, dass sie das Firmenlogo sehen konnte.

»Moment.«

Er wartete. Drei Minuten. Fünf.

Sein Messgerät piepte. Es sah aus wie ein Smartphone, zeigte aber an, dass sie versuchte, eine Nachbarin zu erreichen. Der Adapter im Verteilerkasten übermittelte ihm die gewählte Nummer und gab ihr nur fortlaufend zwei kurze Pieptöne, egal welche Taste sie drückte.

Hoffentlich rief sie jetzt nicht über das Handy bei der Telekom an, die würden die Störung sehen, aber keinen Auftrag.

Wo blieb sie nur?

Um die Alarmanlage zu präparieren, musste er unbedingt ins Haus, sonst konnte er die Sache vergessen. Vorsichtig rieb er sich die brennenden Augen. Legte eine Hand auf die Jackentasche mit der Uhr.

Der Lautsprecher knackte erneut. »Kommen Sie später wieder, ich muss weg.«

Verdammt! »Wir sind im Moment unterbesetzt. Es kann erst in drei Tagen wieder jemand vorbeikommen, und bis dahin bleiben dann auch die Leitungen ihrer Nachbarn tot. Es dauert nur ein paar Minuten.«

Wieder ließ sie sich Zeit.

»Sie haben eine Viertelstunde, keine Minute mehr.«

Endlich schwangen die schmiedeeisernen Torflügel auf, und er konnte über die gepflasterte Auffahrt bis vors Haus fahren. Ein Überbau ragte über den Hauseingang. Er stoppte davor. Ihm war nicht wohl dabei, unter dem schwebenden Hausteil hindurchzufahren. Schon beim Aussteigen sondierte er den parkähnlichen Garten, dessen üppige Rhododendren den hohen Zaun und die dahinterliegenden Nachbarhäuser vollkommen verdeckten.

Deswegen hatte er sich für dieses Anwesen und nicht für Gut Kaninchenberg entschieden. Auch wenn es ihm um die Uhrensammlung leidtat, von der ihm sein Kontakt beim Juwelier erzählt hatte. Die hätte er problemlos verschieben und seine Rente vorzeitig sichern können. Doch der ehemalige Gutshof lag erhöht auf einer Halbinsel am östlichen Ufer der Wakenitz. Gut einsehbar von allen Seiten.

Im Gegensatz dazu schloss dieses edle Refugium die Welt rundherum aus.

Er holte den Koffer aus dem Laderaum und ging zur Haustür. Würde er die Zufahrt für den Einbruch wählen, müsste er vorher die Kameras ausschalten. Einfacher war der Weg über die Traveseite. Die Grundstücke reichten bis zum Ufer. Er konnte nachts über das unbewachte Gelände der Caravanwerkstatt bis hinunter an den Fluss schleichen. Der lange Grünstreifen zog sich parallel zu dem des Reetdachhauses bis zur Trave. Die Kamera dort konnte er leicht austricksen und ungesehen über den Zaun zwischen den Grundstücken klettern. So nah am Fluss standen auf allen Anwesen nur Büsche und Bäume. Gegenüber die Trave, Schwemmland, ein Streifen Wald bis zu den nächsten Häusern.

Er wartete kurz vor der geschlossenen Haustür. Unter dem Überbau. Jede Menge Beton und Putz. Ein Felsblock, der jederzeit abreißen und ihn erschlagen könnte.

Die Hausherrin öffnete die Tür. Frank lächelte gegen ihre versteinerte Miene an.

»Sonst lassen Sie sich immer tagelang bitten, wenn etwas nicht funktioniert. Und jetzt kommen Sie, bevor man sie ruft?«

»Gestern hat es schon Probleme gegeben.«

»Aha.« Sie wirkte abgelenkt. Erwartete sie jemanden?

Sie warf einen Blick auf ihre Cartier-Armbanduhr. Dabei funkelte der Verlobungsring mit den Diamanten um den indigofarbenen Tansanit.

Trotz der frühen Stunde war sie ausgehfertig. Perfektes Make-up, geglättete Haare, und in dem dunkelblauen Seidenkostüm sah sie scharf aus. Zumal der Rock weit über den Knien endete. Sie trug eine lange Perlenkette und dazu passende tropfenförmige Ohrringe. Gut. Sie besaß viel wertvollere Stücke, die in dem Tresor im Schlafzimmer lagerten. Ihrer Versicherung wäre es lieber, sie würde wenigstens einen Teil davon in einem Schließfach bei der Bank aufbewahren. Aber da war sie – Gott sei Dank – genauso stur wie ihr Ehemann, dessen Wertsachen im Wohnzimmersafe lagen. Gold, Bargeld, einige Edelsteine, Kokain für den Eigengebrauch.

»Hier entlang!« Sie drehte sich um und stolzierte ihm auf Stilettos voraus.

Seinem besten Kumpel hätte das blonde Starlet gefallen. Der wollte bei seinem letzten Coup unbedingt eine hübsche Gattin flachlegen. Als Abschiedsgeschenk für sich selbst. Idiotische Idee. Was da alles schiefgehen konnte!

Das war nichts für ihn. Er wollte nicht mehr in den Knast. Als junger Mann steckt man das weg. Es verschafft einem sogar Respekt und gute Beziehungen, aber mittlerweile genoss er die Annehmlichkeiten eines guten, freien Lebens.

Er folgte ihr über die Türschwelle in einen großen Raum, zwei mannshohe Elefantenfiguren aus dunklem Holz flankierten den Durchgang zum Wohnbereich. Sahen antik aus. Hatte die Kaufmannsfamilie des Bankers wahrscheinlich vor langer Zeit mit einer Kogge aus Afrika geholt. Weiter hinten im Haus erkannte er dunkle Kassettendecken, gemusterte Seidentapeten und braune Fliesen. Im Gegensatz dazu standen die hellen, puristischen Möbel und weißen Teppiche. Ihr Werk?

Die dunklen Fliesen und das edle, aber unruhig gemusterte Holz im Entree drängten sich um ihn und ließen die Decke tiefer erscheinen, als sie war. Vor der geschlossenen Tür des Arbeitszimmers zu seiner Linken standen drei gepackte Koffer. Obendrauf balancierte eine vollgestopfte Handtasche von Gucci.

Irgendwo dudelte ein Handy. Ihr Blick huschte nervös von der Handtasche zur Haustür und wieder zurück. Sie atmete tief durch, nahm das goldfarbene Smartphone, ging aber nicht ran, sondern verwies ihn auf eine Tür ganz rechts. »Treppe runter und dann durch die Tür links an der Rückseite des Gartengeschosses. Da sind die Anschlüsse. Beeilen Sie sich und machen Sie keinen Lärm. Meinem Mann geht es nicht gut. Er schläft.« Ihr rechter Mundwinkel zuckte.

»Natürlich«, murmelte er und beeilte sich. Sie würde sich an ihre Zeitvorgabe halten nach allem, was er über sie gehört hatte. Außerdem wollte sie ihn offenbar nicht bei ihrem Gespräch dabeihaben. Gut. So konnte er sich allein einen Überblick über das Gartengeschoss verschaffen. Vielleicht fuhr sie heute noch mit dem Banker ins Krankenhaus und flog dann nach Malle. Er könnte den Einbruch auch auf morgen vorziehen. Würde eine lange Nacht werden, aber so war der Job nun mal.

Er verkniff sich, die Stoßzähne des Elefanten zu berühren, als er an ihm vorbeiging. Das war sicher echtes Elfenbein.

Direkt vor der Tür ließ er beiläufig den Ärmel seiner Arbeitsjacke herunterrutschen und berührte damit die Klinke. Die Tür lehnte er nur an.

Da das Haus an einem Hang lag, führte die geschwungene Eichentreppe hinunter in das Gartengeschoss anstatt in einen Keller. An den Wänden des Treppenabgangs hingen abwechselnd Geweihe auf Holztafeln und ausgestopfte Wildtierköpfe. Dazwischen Fotografien des Hausherren in Tarnkleidung, mit Safarihut und Jagdgewehr. Ein Fuß stand immer auf irgendeinem seltenen Wildtier. Die Bilder erinnerten Frank an ein Zeitungsinterview über die Jagd und über die Allmachtsfantasien, die nach Meinung des Interviewten dahintersteckten. Es gehe um Kontrolle und Dominanz. Um die Illusion, dass die Natur kontrollierbar sei. Frank zog seine Arbeitshandschuhe an. Dominierte der Banker auch seine Frauen? Oder ließ er sich von ihnen dominieren? Frank mochte weder das eine noch das andere. Im Moment mochte er gar keine Beziehungen mehr, weil ihm das Lügen zu kompliziert, die Wahrheit zu gefährlich und die ständigen Auseinandersetzungen zermürbend waren. Er konnte auch so seinen Spaß haben.

Er roch das gechlorte Poolwasser. Hörte die Absätze ihrer High Heels im Entree über die Fliesen klappern, während sie redete. Ihre Worte verstand er nicht, aber ihr Ton war bestimmt.

Warum hatte eine schöne, kluge Frau wie sie diesen viel älteren, notorisch untreuen Banker geheiratet? Und warum blieb sie bei ihm? Aus Liebe? Oder wollte sie sich ihren Luxus nur anders und schneller verdienen als die meisten anderen? Das könnte er gut verstehen. Jedenfalls wusste sie genau, was sie wollte und wie sie es bekam. Meinte jedenfalls die Journalistin des Boulevardblattes, die er öfter zum Essen ausführte.

Im Gartengeschoss angekommen scannte er mit geübtem Blick den großen, zum Garten hin komplett verglasten Raum links neben der Treppe. Der große Pool, die Hot Tub und der Ruheraum waren nur durch in den Raum ragende Wände abgeteilt. Rechts neben der gebogenen Fensterfront befand sich die Tür, die sich am besten von der Gartenseite aus als Einstieg eignete. Genau wie auf den Plänen des Architekturbüros. Auch hier unten waren die Fliesen dunkel, und die Holzdecken glichen tief hängenden Gewitterwolken. Einen Ausschnitt davon kannte er vom Facebook-Snapshot der neusten Bankerflamme, der die beiden mit Drinks im Pool zeigte. Sie war sehr hübsch, jung, aber auch etwas einfältig. Frank hatte sie in ihrem Lieblingsclub erwischt und ihr ein paar Caipirinhas ausgegeben. Reichlich angetrunken, aber mit einem zuckersüßen Schmollmund beklagte sie sich bei ihm darüber, dass sich ihr Schatz nicht mit ihr allein auf Mallorca erholen wollte. Später musste er ihr die Haustür aufschließen, weil sie zu besoffen war, um das Schlüsselloch zu treffen.

Der Telefonkasten hing im selben Raum wie die Alarmanlage. Rechts neben der Treppe. Frank zog Handschuhe über und lehnte die Tür an. Im Deckel seines Werkzeugkoffers klebte ein Spiegel. Er entfernte die Schaumstoffabdeckung und drehte den Koffer so, dass er den Türspalt sehen konnte, ohne sich umzudrehen.

Als Erstes öffnete er den Telefonkasten und legte sein Werkzeug davor. Dann überbrückte er den Sabotagekontakt der Alarmanlage, um auch dieses Gehäuse zu öffnen.

Er horchte. Sie redete. Ihre Absätze klapperten auf und ab.

Weil alles genauso aussah wie auf seinen Plänen, konnte er die Alarmanlage so verdrahten, dass sie keinen Alarm auslöste, wenn er die Tür zum Garten öffnete, sonst aber normal funktionierte. Währenddessen meldete sich sein kaputtes Knie, sodass er das Gewicht vorsichtig verlagerte. Längere Zeit Hocken oder Knien vertrug er nicht mehr gut, seitdem er auf der Flucht vor der Polizei aus einem Fenster im ersten Stock in einen Garten gesprungen war. Mit Anfang zwanzig wäre er ihnen lachend entkommen, mit sechsundvierzig verzieh der Körper jedoch keine Fehler mehr. Er landete auf einem Stein, und in seinem Knie riss alles, was reißen konnte. Die Polizei sammelte ihn auf wie einen flügellahmen Vogel. Danach hatte er im Knast immerhin Zeit, um sich zu erholen.

Hatte er sich gebessert? Ja, von da an stellte er einen genauen Plan auf, wie viel Beute er noch machen musste, um sich möglichst bald zur Ruhe setzen zu können. Und er stellte seine Arbeitsweise um auf mehr Planung und Grips und weniger Akrobatik.

Hätte er anständig werden sollen? Spätestens jetzt mit Ende fünfzig war er zu alt dafür. Außerdem verdiente er gut, sehr gut.

Plötzlich war etwas anders.

Sie sprach nicht mehr.

Ihre Absätze tackerten die Holztreppe herunter.

Nicht gut!

Vorsichtig schloss er den Alarmkasten. Danach auch den Telefonkasten. Ungefähr auf halber Höhe der Holztreppe blieb sie stehen.

Schnell packte er sein Werkzeug zusammen und ging im Geiste die vorbereitete Erklärung dafür durch, dass der Glasfaseranschluss noch immer tot war.

Sie tackerte die Treppe wieder hoch und über ihm quer durch das Entree.

Rannte die etwa auf diesen Absätzen?

Nicht, dass er noch Erste Hilfe leisten musste, wenn sie sich den Knöchel brach. Obwohl … schön wär's schon.

Als er die Tür hinter sich schloss, hörte er ein Rumpeln und dann einen aufheulenden Motor.

Waren das auf Sand durchdrehende Reifen?

Er sah wieder auf seine Taschenuhr. Zwanzig Minuten hatte er gebraucht. Fünf Minuten zu viel. Sie war doch wohl nicht einfach weggefahren und hatte ihn hier allein zurückgelassen? Ging es ihrem Mann so schlecht, dass sie ihn wieder ins Krankenhaus gebracht hatte? Oder hatte sich der Banker mittlerweile aufgerafft, um auf ihn aufzupassen?

Noch ganz in Gedanken betrat er das Entree und sah, dass eine der Haustüren offen stand. Die Vögel im Garten zwitscherten. Koffer und Handtasche waren weg.

»Hallo?«, rief er.

Keine Antwort.

»Ist da wer?«

Eigentlich war er fertig hier. Eine Gelegenheit, die Lage direkt vor Ort zu sondieren. Das konnte er sich nicht entgehen lassen.

Er stellte seinen Werkzeugkoffer ab und steckte beide Hände in die Jackentaschen.

»Hallo?«

Das Wohnzimmer war bereit für ein Porträt in der Schöner Wohnen.

Über der weißen Sofalandschaft hing ein ausgestopfter Nashornkopf. Noch eine Trophäe?

Wie zufällig kam er an dem wertvollen Gemälde aus der Werkstatt Rubens vorbei. Als Beute war es zu sperrig und für ihn schwer zu versetzen, aber dahinter verbarg sich der Safe.

Das Bild hing ein wenig schief.

Er sah sich noch einmal um und nahm das Gemälde dann vorsichtig ab. Nur um einmal kurz zu prüfen, ob seine Informationen über den Safe stimmten.

Dessen Tür war nur angelehnt. Hatte sie den geöffnet? War sie etwa mit seiner Beute abgehauen? Oder hatte ihr armer, kranker Mann das Auto geholt, und sie setzten sich gerade mit allem ab, was sie tragen konnten? Was hatten sie angestellt? Und ihr Schmuck aus dem Tresor im Schlafzimmer? Steckte der in ihrer vollgestopften Handtasche?

Verschwinde!, riet sein Bauch.

Er horchte. Alles still.

Ein geöffneter Safe.

Er konnte nicht widerstehen.

Mit einem behandschuhten Finger zog er sachte die Safetür auf. Und starrte in ein Gesicht. Die Lider hingen wie verschlafen über den trüben Augäpfeln, der Mund stand offen, und an den seitlichen Haaransätzen waren deutlich die OP-Narben zu erkennen.

Eine Fliege krabbelte in das rechte Nasenloch.

Er atmete flach, drehte sich um und betete stumm ein Mantra: Nicht kotzen, nicht kotzen …

Weil sein Magen aber darauf bestand, das üppige Mitternachtssandwich wieder herzugeben, eilte er durch die stille Eingangshalle und stieß die Tür zum Waschraum auf. Dort standen Waschmaschine, Trockner, und es gab ein Waschbecken. Aus einem Gartenschlauch lief Wasser über ein großes, schartiges Küchenbrett in einen Abfluss im Boden und wusch die letzten Reste des Bankerbluts aus dem Holz. Daneben stand eine elektrische Kettensäge.

Sie musste wirklich sauer auf ihn gewesen sein.

Er hielt sich die Hand vor den Mund, machte kehrt und griff im Laufschritt seinen Koffer. Autsch! Der Rücken. Egal, weiter.

Durch die offene Haustür sah er das weiße Cabriolet des Caipirinha-Schmollmunds vorfahren.

Er machte wieder kehrt und rannte die Treppe zum Gartengeschoss hinunter.

»Schatzi, ich bin da, wo bist du?«

Auch das noch! Bloß weg hier. Ganz weit weg. Als Ex-Knacki durfte er auf keinen Fall an so einem Tatort erwischt werden.

Er schlüpfte durch seine Fluchttür in den Garten.

Hatte er die Safetür wieder geschlossen?

»Ahhh!«, kreischte sie aus dem Wohnzimmer über ihm. Armes Ding.

Er sprang in seinen Wagen und raste durch die offenen Torflügel davon.

Auf der Bundesstraße verlangsamte er. Bog mehrmals ab, riss die Firmenaufkleber vom Caddy und warf sie in den nächstbesten Müllcontainer.

Er hatte immer gedacht, Frauen würden ihre Männer nur vergiften. Der Einfachheit halber. Wo hatte sie wohl die anderen Körperteile hinterlegt? Seine Hände zitterten. Besser nicht dran denken.

Reichte ihre Kohle, um sich abzusetzen? Oder würde sie auf Unzurechnungsfähigkeit plädieren? Es jemand anderem in die Schuhe schieben? Ihm? Nur sie hatte ihn beim Haus gesehen. Sonst gab es keine Zeugen.

Er musste einen Baucontainer oder einen unbeobachteten Mülleimer für die Handschuhe finden. Den Ausweis hatte er mit bloßen Fingern berührt. Den musste er irgendwo verbrennen.

Stopp! Da war ein Baucontainer.

Er parkte den Caddy eine Straße weiter, behielt die Umgebung im Auge, ging zügig voran und warf die Handschuhe im Vorbeigehen in den Container.

Vielleicht sollte er doch das Gut Kaninchenberg wieder auf seine Liste setzen. Zusätzlich zu der Uhrensammlung des Besitzers könnte er noch ein paar Kleinigkeiten seines Gatten klauen und sich damit schon zur Ruhe setzen.

In der Ferne läutete eine Kirchenglocke. Die Hochuhr an der Abzweigung zeigte neun Uhr. Moment. Werbung für das Kaufhaus Buntekuh?

»Wau!«

Er fuhr herum.

Ein fordernder Dackel.

»Er kennt Sie«, sagte das Herrchen nun ohne Schiebermütze.

SILBERLINGE IM BRUNNEN DER WEISSEN DÜNE

Stefanie Schreiber

St. Peter-Ording

Er hatte den Tag perfekt durchstrukturiert, doch das schien ihm überhaupt nichts zu nützen. Am Vormittag war noch alles reibungslos gelaufen, aber jetzt geriet sein Zeitplan aus den Fugen. Kleine Schweißperlen bildeten sich auf Torge Trulsens sonnengebräuntem Gesicht, das von vollen blonden Locken eingerahmt war. Lediglich an den Schläfen zeigten sich bereits ein paar graue Strähnen. Die Lesebrille drohte ihm von der großen Nase zu rutschen, als er die Liste der neuen Arbeitsaufträge überflog. Das konnte er unmöglich alles bis zum Feierabend schaffen! Hätte er sich gestern bloß nicht auf die Auseinandersetzung mit diesem merkwürdigen Paar eingelassen, das überhaupt nicht in die Ferienanlage passte und an allem etwas herumzumäkeln hatte. Die verlorene Zeit hatte er bis jetzt noch nicht aufgeholt.

Den ersten absurden Sonderwünschen war er mit einem sehnsüchtigen Blick in die Dünen begegnet, an dessen Rand der Premiumbungalow stand. Am liebsten hätte er das bodentiefe Fenster als Ausgang genutzt, um einfach an den Strand zu verschwinden, wo das übliche rege Treiben der Hochsaison herrschte. Zwischen den Pfahlbauten konnte er die farbenfrohen Drachen der Kitesurfer ausmachen. Was hätte er jetzt dafür gegeben, dort mit seiner seuten Deern einen Kaffee zu trinken oder einfach in einem Strandkorb zu entspannen!

»Sie hören mir ja überhaupt nicht zu«, fauchte ihn der weibliche Gast in seiner Erinnerung zurück in das Ferienhaus. »Ich erwarte hier nicht nur einen hohen Standard, sondern ebenfalls eine exzellente Behandlung – insbesondere vom Hausservice. Dafür sind Sie ja wohl da, Herr Trummsen!«

»Trulsen! Mein Name ist Trulsen!« Es kostete Torge die allergrößte Mühe, nicht sofort die Beherrschung zu verlieren. Erst als es in diesem Tonfall weiterging, war ihm schließlich der Kragen geplatzt. Das war natürlich nicht gerade professionell, aber wenn der Hausmeister der *Weißen Düne* etwas nicht ausstehen konnte, dann war das respektloses Verhalten – noch dazu völlig ohne Grund. Der Premiumbungalow dieser Querköppe war perfekt vorbereitet gewesen, davon hatte er sich selbst überzeugt, ihre Beanstandungen waren überzogen und lächerlich.

Trotzdem hätte er sich nicht mit ihnen streiten sollen, weil es ihn nicht nur Zeit und Nerven gekostet hatte, sondern zusätzlich von dem Gast des benachbarten Feriendomizils beobachtet wurde. Das hatte er allerdings erst bemerkt, als es bereits zu spät war. Torge gab der schrecklichen Hitze die Schuld, dass bei allen die Nerven blank lagen. Allerdings würde ihm dieser Vorfall bestimmt die nächste Rüge der Managerin Marina Lessing einbringen. Scheibenkleister!

Obwohl Torge versuchte, den Gedanken an die unliebsame Begegnung abzuschütteln, blitzte sie ihm am heutigen Tag immer wieder durch den Kopf. Sein Weg führte ihn durch den imposanten Eingangsbereich, als er sich endlich am späten Nachmittag eine zehnminütige Pause mit einem süßen Kaffee samt knusprigem Franzbrötchen gönnen wollte. Doch seine Vorfreude auf die kleine Auszeit wurde jäh zerstört: In dem wunderschönen Brunnen im Mittelpunkt der Lobby saß das streitsüchtige Paar! Ihre Aufmachung wirkte geradezu lächerlich. Mit überdimensionalen Strohhüten und Sonnenbrillen steckten sie in einem riesigen aufblasbaren Reifen, der mehr wie ein Rettungsring als wie ein Schwimmreifen aussah. Er hatte den Kopf leicht nach hinten geneigt, schien an den Rand des Beckens angelehnt zu sein. Sie wirkte fast so, als würde sie schlafen, und war dabei gegen ihren Mann gesackt.

Schon die Vorstellung, wie sie mit ihren runden Hinterteilen auf den mit Herzenswünschen verknüpften Centmünzen saßen, ließ Torge erneut wütend werden. Was für eine unglaubliche Respektlosigkeit! Er selbst hatte bereits einige kleine Glückstaler in den Brunnen geschnippt, um Fortuna bei verschiedenen Herausforderungen der letzten Jahre um Beistand zu bitten – erst verschämt, aber schließlich mit immer größerem Selbstbewusstsein.

Was also bildeten sich diese Touris ein, dort ein erfrischendes Bad zu nehmen? Konnten die nicht einfach in einen der Pools steigen, um sich abzukühlen? Nach den ersten energischen Schritten in ihre Richtung hielt er inne. War er der Richtige, um sie auf ihr Fehlverhalten aufmerksam zu machen? Bei allem Selbstbewusstsein hatte der Hausmeister keine große Lust, erneut mit der Arroganz dieser Nörgler konfrontiert zu werden. Es gehörte nicht zu seinen Aufgaben, Gäste zu maßregeln, die ihre Wasserquelle zweckentfremdeten. Sollte sich doch die Managerin der Ferienanlage darum kümmern. Er würde es an der Rezeption melden, und dann war er da raus.

»Moin Klarissa, hast du schon gesehen, dass unser Brunnen zum Pool umfunktioniert wurde?«, fragte er kurz darauf seine Lieblingskollegin vom Empfang.

»Was? Ist nicht dein Ernst! Hast du sie bereits gerügt?« In ihren Augen blitzte ein schelmisches Grinsen.

»Nein! Mit den beiden hatte ich gestern schon Zoff. Dabei habe ich leider ein wenig die Contenance verloren«, gab er ehrlich zu. »Das sind echt unangenehme Zeitgenossen mit völlig überzogenen Ansprüchen. Sag bitte der Lessing Bescheid. Das ist Chefsache.«

»Okay, in welchem Bungalow wohnen sie?«

»Fünfzig. Einer der Premiums direkt an den Dünen mit Blick bis zum Leuchtturm von Westerhever. Und ich sage dir, alles war perfekt. Trotzdem haben sie nur herumgemault«, verteidigte sich Torge mit Nachdruck.

»Schon gut. Man kann's eben nicht allen recht machen. Das ist doch nicht neu. Ich gebe es weiter«, antwortete Klarissa in beschwichtigendem Tonfall.

Während die Rezeptionistin seiner Bitte folgte, suchte sich Torge einen Platz mit gebührlichem Abstand, von dem er die Szene perfekt beobachten konnte, ohne jedoch etwas zu verpassen. Diverse Neugierige hatten sich bereits um den Brunnen versammelt und tauschten leise Bemerkungen zu dem Schauspiel aus.

Forsch schritt die junge Managerin der Ferienanlage auf den Brunnen zu. Sie hatte ihre Haare heute wieder zu einem strengen Knoten am Hinterkopf gebunden. Er wirkte wie eine Quelle für Kopfschmerzen.

»Moin Frau und Herr Silberling. Bei allem Respekt muss ich Sie bitten, den Brunnen umgehend zu verlassen«, forderte sie die Urlauber mit fester Stimme auf. »Um sich abzukühlen, stehen Ihnen unsere Pools zur Verfügung.«

Torge war gespannt, ob die Gäste der Bitte nachkommen oder wieder diskutieren würden. Spontan reagierten sie überhaupt nicht.

»Frau und Herr Silberling!« Marina Lessing wurde lauter. »Als Gäste dieses Hauses schätzen wir Sie sehr. Trotzdem haben Sie sich an unsere Regeln zu halten. Bitte verlassen Sie augenblicklich den Brunnen«, wiederholte sie. »Ansonsten sehe ich mich gezwungen, den Sicherheitsdienst zu rufen.«

Das Paar regte sich nicht. Gespannt warteten die Umstehenden auf eine Reaktion, sogar das Getuschel war verstummt.

Plötzlich nahm Torge einen Schatten wahr. Flog da gerade eine Münze in Richtung des Paares? Erst als sie den Kopf des Mannes traf und kurz darauf mit einem glucksenden Geräusch versank, war er sich sicher. Ein Raunen ging durch die Menge, aber Herr Silberling reagierte nicht.

Da stimmte doch etwas nicht!

Marina Lessing schienen ähnliche Gedanken durch den Kopf zu gehen. Zögernd näherte sie sich dem Rand des Beckens und nahm den Urlaubern die Sonnenbrillen ab, um sie genauer zu betrachten. Der Hausmeister trat ebenfalls ein paar Schritte näher. Ihre Augen waren geschlossen. Schliefen sie? Oder gab es ein anderes Problem?

»Wir brauchen einen Arzt«, rief Marina Lessing aus, nachdem die Silberlings auch auf ein leichtes Schütteln an ihren Armen nicht reagierten. »Gibt es einen Mediziner unter den Anwesenden?«

Da sich keiner meldete, zückte sie ihr Mobiltelefon, um einen Krankenwagen zu rufen.

»Was ist denn mit den beiden?«

»Ist etwas passiert?«

»Halten die beiden da ein Nickerchen, oder was?«

»Sind die etwa tot?«

Durch das Stimmengewirr kam wieder Leben in Torge. Er überlegte fieberhaft, ob er seinen Kumpel Knud Petersen, den Kommissar der Polizei von St. Peter-Ording, anrufen sollte. Zusammen mit dessen tougher Kollegin Charlotte Wiesinger, die ursprünglich aus Hamburg an die Küste strafversetzt wurde, hatte Knud bereits mehrere Kriminalfälle gelöst. Nachdem seine eigene Unterstützung anfangs als unerwünschte Einmischung eingestuft worden war, wussten beide sein Netzwerk auf Eiderstedt langsam zu schätzen. Torge Trulsen kannte einfach jeden und war mit allen per Du.

Lag hier also wieder ein Verbrechen vor, oder vermutete er zu Unrecht bei jeder Merkwürdigkeit einen Kriminalfall? Während er noch hin- und hergerissen auf die skurrile Szene starrte, bildeten die Zuschauer plötzlich eine Gasse und ließen zwei Männer durch. Torge traute seinen Augen kaum: Der Reporter Christiansen von *N3* von der Küste bahnte sich zusammen mit seinem Kameramann einen Weg durch die Menge. Wie hatte der denn so schnell Wind von der Sache bekommen? Irgendjemand musste ihn informiert haben!

»Da, der war's. Ich habe es genau gesehen!«, rief einer der Umstehenden.

Erst als sich alle Augen auf Torge richteten und der Journalist einen Schritt näher kam, wurde dem Hausmeister bewusst, dass der Ausruf ihm galt. Eine Schweißperle löste sich aus seinem Haaransatz und tropfte ihm beißend in das rechte Auge. Mit einer ungeduldigen Handbewegung wischte er sie weg. Seine Gedanken rasten. Was ging denn hier vor? War er in eine Falle geraten? Gestern die Auseinandersetzung mit dem unzufriedenen Paar, das nun leblos in dem Brunnen saß, jetzt das überraschende Eintreffen der Presse – just in dem Moment, in dem er beschuldigt wurde. Fragte sich nur, was ihm hier vorgeworfen werden sollte! Und wer war der selbst ernannte Zeuge?

»Wollen Sie dazu Stellung nehmen, Trulsen?«, richtete in diesem Moment Christiansen das Wort an ihn.

Torge war eigentlich nie um eine Antwort verlegen, aber seine Fassungslosigkeit ließ ihn verstummen. Stattdessen griff er nach dem Handy und tippte mit zitternden Fingern einen Hilferuf an seinen Kumpel Knud.

»Trulsen! Wollen Sie den Zuschauern etwas sagen?«, hakte der Reporter nach. »Ich muss sonst dem Herrn den Vortritt geben«, fügte er leise hinzu.

Die Worte lösten eine erneute Hitzewelle bei dem Hausmeister aus. Am liebsten hätte er seine schweißnassen Hände an seiner Jeans abgewischt, wollte sich aber keine Blöße geben. Er wollte sein Gegenüber fragen, wer ihn informiert hatte, brachte jedoch kein Wort heraus. Christiansen schien zu bemerken, wie er sowohl mit seiner Fassung als auch mit den Worten rang – und wartete geduldig auf eine Antwort. Als der vermeintliche Zeuge seinen Zwischenruf wiederholte, warf der Pressemann Torge einen flehentlichen Blick zu.

»Trulsen, wenn Sie nichts sagen, muss ich den da interviewen. Was ist hier passiert?«

Torge setzte zu einer Antwort an, schüttelte aber schließlich nur den Kopf. Er wusste nichts und wollte sich nicht für seinen Streit rechtfertigen. Das war doch alles lächerlich! Sollte Christiansen den Wichtigtuer befragen. Erschöpft sehnte er sich nach einer Sitzgelegenheit.

»Kommen Sie hierher!«, forderte der Rufende Christiansen auf. »Ich kann Ihnen genau berichten, was passiert ist.«

Marina Lessing gesellte sich zu dem Hausmeister. »Herr Trulsen, was ist denn hier los? Haben Sie etwas damit zu tun?«

»Nein, natürlich nicht!« Die abwegige Frage ließ seine Energie zurückkehren.

»Doch! Ich habe alles ganz genau beobachtet«, mischte sich der Mann wieder ein.

Torge nahm ihn in Augenschein. Seine perfekt frisierten Haare waren grau, auf der Nase thronte eine runde Nickelbrille.

»Der Hausmeister hat sich gestern lautstark mit den Gästen gestritten, schließlich ist er sie in aggressivem Tonfall angegangen. Ich kenne dieses Muster. Als Kriminalkommissar im Ruhestand kann ich auf einen reichen Erfahrungsschatz zurückgreifen. Auf so eine Aggression folgt in der Regel Gewalttätigkeit. Wenn die außer Kontrolle gerät, kommt es zu einem derartigen Ergebnis.« Mit einer theatralischen Geste wandte er sich der ungewöhnlichen Szene zu, wobei er den Blick auf Torge gerichtet hielt.

»Soll das ein Witz sein?«, echauffierte sich dieser. »Wenn ich alle Urlauber, die mir mit ihren überzogenen Erwartungen auf die Nerven gehen, um die Ecke bringen würde, hätte ich ja viel zu tun. Außerdem wäre ich im Nu arbeitslos!«

»Sehen Sie, wie unberechenbar dieser Mann ist?«, fragte der Grauhaarige die Menge. »Es ist besser, wenn ich ihn jetzt festnehme. Er stellt eine Gefahr für die Öffentlichkeit dar – für uns alle!«

Fassungslos blieb Torge jede Erwiderung im Hals stecken. Was passierte hier? Spielte ihm jemand einen Streich? Wollte die Kommissarin ihn mal so richtig vorführen, weil er mit seinen angeblich unorthodoxen Ermittlungsmethoden immer wieder über die Stränge schlug? Torges Gedanken rasten. Aus den Augenwinkeln sah er Bewegung am Brunnen. Der Notarzt war eingetroffen. Und schließlich entdeckte er Knud. Würde der gleich mit seinem typisch breiten Grienen die Situation auflösen? War das Ganze lediglich eine Lektion? Doch das Gesicht des Kommissars zeigte keine Regung.

»Sie nehmen niemanden fest!«, schallte Knuds Stimme kurz darauf durch die Lobby der Ferienanlage.

In das einsetzende Gemurmel der Umstehenden meldete sich der Notarzt zu Wort: »Für die beiden hier kommt jede Hilfe zu spät. Ich kann leider nur noch den Tod feststellen.«

Torge fing den Blick seines Kumpels auf.

Reflexartig zuckte er mit den Schultern, woraufhin sich der Ermittler wieder auf den Grauhaarigen konzentrierte.

»Kommen Sie mit, ich benötige Ihre Aussage«, forderte er ihn auf. An Torge gewandt fügte er hinzu. »Warte hier, Kommissarin Wiesinger ist auf dem Weg. Wenn sie eintrifft, erzählst du ihr deine Version der Geschichte. Aber erspar uns irgendwelche Fisimatenten.«

Spontan fühlte sich der Hausmeister alleingelassen, als Knud mit dem selbst ernannten Zeugen in der Menge verschwand. Immer mehr Urlauber waren stehen geblieben, um neugierig dem Schauspiel zu folgen. »Endlich mal eine Abwechslung« schienen ihre Gesichter zu sagen.

»Trulsen! Wollen Sie sich zu den Vorwürfen äußern?«, riss Christiansen ihn aus der Betrachtung der Zuschauer.

»Jo, das will ich«, antwortete Torge mit fester Stimme. Ihm war plötzlich klar geworden, dass Knud dem Grauhaarigen bewusst die Aufmerksamkeit entzogen hatte. Das war seine Chance! Kurz checkte er das Mienenspiel der Umstehenden. Glaubte hier wirklich jemand, dass er für diese Taten verantwortlich war? Einige Stammgäste bekundeten deutlich ihre Solidarität; andere schienen skeptisch, auch wenn die Vorwürfe noch so abwegig waren. Als er schließlich das Eintreffen der Kommissarin bemerkte, richtete er seine Aussage im Geiste hauptsächlich an sie. »Es ist gestern zu einem unschönen Zwischenfall mit diesen Gästen gekommen. Leider habe ich mich dadurch provozieren lassen. Das war wohl der Hektik der Hauptsaison sowie der Hitze des Tages geschuldet. Natürlich tut es mir im Nachhinein leid. Und selbstverständlich habe ich mit dem Tod dieser Urlauber nichts zu schaffen.« Die Reaktionen der Zuschauer waren nach wie vor geteilt – als ob er wegen so einer Lappalie zum Mörder werden würde!

Ärger wallte in Torge auf. In das nachfolgende Schweigen blitzte schließlich ein Gedanke durch seinen Kopf: Warum war eigentlich die Presse just in dem Moment aufgetaucht, in dem die Silberlinge entdeckt wurden? Die Frage sollte er als Erstes klären! Torges Ermittlerinstinkt war geweckt.

»Christiansen, wer hat Sie eigentlich benachrichtigt, und mit welcher Information wurden Sie hergelockt?«, fragte er den Reporter mit fester Stimme.

»Tja, das war in der Tat ein wenig merkwürdig«, gab dieser zu. »Wir haben heute Vormittag eine E-Mail erhalten, in der für siebzehn Uhr eine spektakuläre Demonstration angekündigt wurde.«

»Eine spektakuläre Demonstration?« Torges Verstand arbeitete auf Hochtouren. Spektakulär war dieser Vorfall allemal, aber was hatte das mit einer Demonstration zu tun? »Das war alles?«

»Jo!«

»Und wer war der Absender?« Torge hatte die Anwesenheit der Umstehenden vergessen.

»Moin Herr Christiansen, genau diese Fragen interessieren uns natürlich. Wies irgendetwas auf so ein Schauspiel hin? Wurde der Tod des Paares angekündigt?«, mischte sich die Kommissarin ein, die soeben eingetroffen war.

»Nicht im Geringsten. Im Grunde war das schon alles. Der Absender war eine kostenlose E-Mail-Adresse, unterschrieben war die Mail mit ›Silberlinge im Brunnen der Weißen Düne‹. Erst dachten wir, es würde sich um einen Scherz oder einen Spinner handeln. Sogar die Möglichkeit eines PR-Gags der Ferienanlage zogen wir in Betracht. Na ja, das klingt jetzt etwas pietätlos, aber Sie wollten es ja wissen.«

»Ihre Neugier war jedenfalls geweckt«, stellte die Kommissarin fest.

»So ist es. Da sonst nichts vorlag, sind wir eben hergekommen … Ah, da tut sich was. Wenn das erst mal alles war, würden wir gerne die Bergung der Toten filmen.«

Kurz blitzte die Fassungslosigkeit in Charlotte Wiesingers Augen auf, dann hatte sie sich wieder im Griff. Als sie nickte, entfernte sich der Reporter. Auch die Aufmerksamkeit der Zuschauer richtete sich auf das verstorbene Ehepaar.

»Kommen Sie, Trulsen. Bitte führen Sie mich zum Ferienhaus der Toten. Ich möchte es untersuchen, möglichst ohne das Beisein der Presse. Vielleicht finde ich dort einen Hinweis, worum es hier überhaupt geht. Im Moment scheint sich niemand für uns zu interessieren.«

Eine ausgezeichnete Idee! Insgeheim ärgerte sich der Hobbyermittler, nicht selbst auf die Idee gekommen zu sein. Er hätte nichts dagegen gehabt, das Fernsehteam gleich mitzunehmen, aber vielleicht war es nicht verkehrt, sich allein ein Bild von der Lage zu machen. Da er ja einen besonderen Draht zu Christiansen hatte, konnte er ihn später immer noch einbeziehen.

Schon als er zusammen mit der Kommissarin in die kleine Zufahrtsstraße des Bungalows einbog, meinte er, laute Musik zu vernehmen. In dieser Form hörte man das hier nur selten. Für eine Party war es viel zu früh, außerdem feierten die Gäste normalerweise in einem der geräumigen Festsäle und nicht in ihren Quartieren. Kam die Geräuschkulisse etwa aus dem Domizil der Silberlinge? Torge war gespannt.

Als sie bis auf zehn Meter ihr Ziel erreicht hatten, war der Hausmeister sich sicher. Aber was hatte das zu bedeuten? War den feiernden Menschen entgangen, dass ihre Gastgeber gar nicht mehr anwesend waren? Es schien eine ausgesprochen ausgelassene Stimmung zu herrschen. Immer wieder erklangen Rufe oder sogar Jubelschreie. Plötzlich wurde die Musik jäh unterbrochen. Im gleichen Moment verstummten auch die Partygäste. Wurden sie gerade über das Drama informiert?

Die Kommissarin war stehen geblieben, also tat er es ihr nach. Gingen ihr die gleichen Überlegungen durch den Kopf? Ohne ihn in ihre Gedanken einzuweihen, setzte sie sich gerade wieder in Bewegung, da schallten Geräusche ganz anderer Art aus dem Bungalow. Es hörte sich an wie der Lärm einer sechsspurigen Autobahn, die sich direkt hinter dem so idyllisch gelegenen Ferienhaus zu befinden schien. Wieder blieb Charlotte Wiesinger stehen.

»Was hat denn das zu bedeuten?«

Ausnahmsweise verschlug es Torge die Sprache.

»Das wird ja immer merkwürdiger! Kommen Sie, Trulsen, der Sache gehen wir jetzt auf den Grund. Wer steht denn auf so eine Geräuschkulisse bei einer Party?«

Kurz bevor sie den Ort des Geschehens erreichten, wechselte der Straßenlärm wieder zu Musik und Gejohle. Torge kramte in der Tasche seiner ausgebeulten Jeans nach dem Generalschlüssel. Ohne weiteres Zögern öffnete er die Tür, wodurch sich die Lautstärke deutlich erhöhte. Obwohl er am liebsten hineingestürmt wäre, überließ er seiner Begleiterin den Vortritt.

Ein übler Geruch waberte ihnen entgegen. Der Zigarettenrauch passte zu dem Bild, das in seinem Kopf entstanden war – nicht aber dieser penetrante Gestank nach Fisch und Abfall. Nur widerstrebend betrat das ungleiche Duo den Raum, der von einem smogartigen Dunst erfüllt war. Als der Hausmeister sich von dem ersten Schock erholt hatte, tastete er sich in die Richtung, wo er aufgrund des Krachs die Stereoanlage vermutete. Richtig viel sehen konnte er nicht. Es knirschte unter seinen Schuhen. Torge zuckte erschrocken zurück, wobei er sich fragte, worauf er gerade getreten war. Der gesamte Fußboden lag voll mit irgendwelchem Zeug, das er nur schemenhaft erkennen konnte.

»Können Sie bitte die Fenster öffnen, um Luft und Licht hereinzulassen?«, krächzte die Kommissarin im gleichen Augenblick.

»Ja, natürlich!«, bestätigte Torge geflissentlich. Fast wäre er dabei auf etwas Glitschigem ausgerutscht. Als endlich die frische Brise der Nordsee in den Raum wehte und es gleichzeitig heller wurde, erkannten die beiden das Chaos, das in dem ehemaligen Wohn-Esszimmer herrschte:

Alle Möbel waren aus dem Raum entfernt worden. Der Boden war mit einer Schicht von schmutzigem Sand bedeckt. Darauf lagen gammelige Fischernetze, tote Fische und sonstiger Abfall. An den Rändern stapelte sich der Plastikmüll bis auf die halbe Höhe der Wände.

»Heilige Sanddüne! Was hat das denn zu bedeuten?«, war ein erschütterter Ausruf von der Tür zu hören. Erst dadurch bemerkte Torge, dass ihnen Christiansen mitsamt Kameramann unbemerkt gefolgt war.

»Wenn wir das nur wüssten!«, entgegnete die Kommissarin. »Es scheint sich um eine gezielte Inszenierung zu handeln. Warten Sie hier! Auch wenn es sich um ein Schlachtfeld handelt, zertrampeln Sie mir möglicherweise Spuren. Wir gucken uns erst die anderen Räume an.«

In eins der Schlafzimmer waren die Möbel gestopft worden, die der Verwüstung weichen mussten. Das in weißem Marmor gestaltete Bad war kaum noch als solches zu erkennen. Sowohl die riesige Wellnesswanne als auch die beiden Waschbecken waren mit einer übel riechenden Flüssigkeit gefüllt, die außerdem über den Fußboden gekleckert war. Torge zog schnell den Kopf zurück. Bei aller Fantasie konnte er sich keinen Reim auf den Vandalismus machen. Würden sie hier die Lösung für dieses Rätsel finden, und was hatte das mit dem Tod der Silberlinge zu tun?

Die Kommissarin stieß einen überraschten Laut aus, als sie die Tür zu dem zweiten Schlafzimmer öffnete.

Schnell war der Hausmeister an ihrer Seite, um zu sehen, was diesen ausgelöst hatte. Selten war er ihr so nah gekommen wie in dem Moment, als er sich neben sie in den Türrahmen quetschte.

Über dem Doppelbett hing ein riesiges Plakat, auf dem in großen roten Buchstaben geschrieben stand:

Der Massentourismus hat uns krank gemacht! Er raubt nicht nur uns, sondern auch unseren Tieren den Lebensraum.

»Was gibt es dort zu sehen?«, fragte Christiansen neugierig. »Noch mehr Müll?«

»Wie man es nimmt. Sie sollten doch draußen warten! Tun Pressemenschen einmal das, was man ihnen sagt?«, antwortete Kommissarin Wiesinger genervt.

»Dumm Tüch!«, protestierte Torge aus voller Überzeugung. »Das Konzept der *Weißen Düne* kann man ja nun wirklich als nachhaltig bezeichnen. Da haben sich diese schrägen Typen aber keinen guten Ort für ihre Demonstration ausgesucht!«

»Na ja, dieses ganze Gedöns hätte kaum in ein Flugzeug gepasst«, gab der Reporter zu bedenken, ohne sich von der Kommissarin einschüchtern zu lassen. »Aber warum sitzen die nun tot in dem Brunnen?«

»Schauen Sie mal dort auf dem Nachttisch! Liegen dort nicht Medikamente unter der Zeitung?« Schnellen Schrittes durchquerte Charlotte Wiesinger den Raum, um nachzuschauen. »Wie ich mir dachte. Schauen Sie: jede Menge Tabletten. Ich weiß, worum es sich dabei handelt. Einer der beiden muss eine schwere Lungenkrankheit haben. Warten Sie einen Moment, vielleicht finde ich noch mehr.« Sie öffnete die obere Schublade und zog eine Mappe heraus. »Das sind Berichte von einem Lungenspezialisten. Herr Silberling hatte nach dieser Prognose nicht mehr lange zu leben – und dann liegen hier noch Antidepressiva! Die gehören nach dem Aufkleber auf der Schachtel Frau Silberling. Ich vermute, sie geben den Auswirkungen des Massentourismus die Schuld an ihrer Misere.«

»Und woran sind sie nun gestorben?«, wollte Christiansen es ganz genau wissen.

»Tja, das kann ich Ihnen nicht sagen, da müssen wir auf die Rechtsmedizin warten, aber hier liegen genug Gifte, um Schluss zu machen.« Sie öffnete auch noch die zweite Schublade. »Morphin! Würde mich nicht wundern, wenn sie sich hiervon eine Überdosis injiziert haben. Das sollte ihm wohl die Schmerzen lindern. Tja, selbst wenn es keinen direkten Zusammenhang gibt, sollen Sie über den skurrilen Abgang und dieses Chaos berichten, damit die Botschaft ankommt. Es ist Ihre Entscheidung, ob Sie sich dafür einspannen lassen!«

Nachdem sich die Sache aufgeklärt hatte, hörte Torge nur noch mit halbem Ohr zu. Gerade kämpften zwei Seelen in seiner Brust. Zum einen war er natürlich froh, dass sich der Verdacht gegen ihn in Wohlgefallen aufgelöst hatte. Selbst für diese kurze Zeit hatte sich das bedrohlich angefühlt. Zum anderen war aber sein Ermittlerinstinkt erwacht. Die Tatsache, nun das Team aus St. Peter-Ording nicht bei der Aufklärung eines neuen Kriminalfalles unterstützen zu dürfen, löste ein leichtes Bedauern aus.

Nachtrag
Der schrullige Hobbyermittler Torge Trulsen, Hausmeister der Ferienanlage Weiße Düne, und die Kommissarin Charlotte Wiesinger nebst ihrem Team, ermitteln auch in Stefanie Schreibers Sankt-Peter-Ording-Krimireihe.

EINE BERETTA FÜR BJÖRN

Anke Küpper

Hamburg

Ferienbungalow mit Elbblick! Sehr witzig. Björn schlug auf den resopalgedeckten Tisch, trat gegen das fleckige Sitzpolster. Mimi hatte ihn gelinkt. Mal wieder.

Langsam sollte er seine Frau und ihre Übertreibungen kennen. Trotzdem hatte er bei jeder sahneweißen Villa, an der er gestern Abend auf dem Weg von der Bushaltestelle vorbeigelaufen war, die Hausnummer kontrolliert. Bis er schließlich am Falkensteiner Ufer 101 angekommen war. Das Einzige, was stimmte, war der Blick auf die Elbe, der Campingplatz zog sich kilometerlang am Ufer entlang. Kurz vorm Ende, mitten im Sand, stand der versiffte Wohnwagen, den Mimi ihm als Schreibdomizil für die nächsten beiden Tage organisiert hatte.

Er stieß die Tür auf und beugte sich hinaus ins Vorzelt. Über dem Dach kreischte eine Möwe, durch das knittrige Fenster sah er ein Segelboot vorbeigleiten. Trotz des sonnigen Maiwetters waren die meisten Stellplätze frei. Der einzige Wohnwagen in seiner Nähe, eine rosafarbene kleine Kugel, verbarg sich fünfzig Meter elbabwärts hinter einer mannshohen Ligusterhecke. Die Sandverwehung vorm Eingang ließ darauf schließen, dass dort niemand wohnte.

Kurz atmete Björn auf. Immerhin hatte er hier seine Ruhe. Kein schreiendes Kind wie zu Hause, keine Mimi, die ihm mit ihrem Gemecker Leben und Schreiben schwer machte. Er sah auf die Uhr. Fünf vor acht, gleich öffnete der Kiosk. Er würde sich einen Kaffee holen, den Klapptisch aus dem Vorzelt nach draußen stellen, sich sein Notizbuch schnappen und ein Cluster anlegen. Die Methode aus dem Kurs für kreatives Schreiben ließ hoffentlich die Ideen für sein Hörspiel sprudeln.

In drei Tagen war Einsendeschluss. Er hatte die Ausschreibung in einem neuen E-Mail-Newsletter entdeckt, Radio Deichkrone lobte zehntausend Euro für das Manuskript zu einem zehnminütigen Krimi-Hörspiel aus. Teilnehmen durfte jeder. Endlich mal ein Wettbewerb, der auch für ihn passte! Nicht dieser Quatsch für unter Dreißigjährige oder nur für Frauen.

Mit einem Ruck zog er den Reißverschluss des Vorzelts auf und stapfte los durch den Sand. Zum Glück hatte er sich nicht von Mimi bequatschen lassen, den Halbtagsjob als Hausmeister in ihrer Firma anzunehmen. Abgesehen davon, dass er völlig überqualifiziert gewesen wäre, war er kein Typ für eine Festanstellung. Wenn er den Wettbewerb gewann, würde Mimi das hoffentlich ein für alle Mal kapieren.

Eine halbe Stunde später leckte er den letzten Milchschaum aus dem Kaffeebecher und schnipste die Kappe von seinem Stift. Als er das Notizbuch aufschlug, blendete ihn die Sonne. Er kniff die Augen zusammen. Hätte er doch die Sonnenbrille eingepackt! Nach zehn Minuten blinzeln, ohne ein Wort zu schreiben, stand er auf und stellte Stuhl und Tisch um, sodass er mit dem Rücken zur Elbe saß. Ein erfolgreicher Autor guckt beim Schreiben an die Wand, hatte er bei Stephen King gelesen. Der Elbhang tat es hoffentlich auch.

Mittags um eins hatte er sich fünfmal umgesetzt, vier Kaffee geholt und zehn Seiten mit Clustern gefüllt – unter anderem zu den Themen Campingplatz, Villa, Kaffee, Hausmeister. Eine Idee für einen Krimi hatte er immer noch nicht. Er zog die ausgedruckte Ausschreibung aus dem Fach hinten im Buch hervor und starrte sie an, bis der Text flimmerte. Entnervt steckte er sie zurück. Verdammt, wo war seine Kreativität hin? Er fluchte, stieß gegen den Tisch, dass die Beine einklappten und das Buch in den Sand fiel.

Ging heute alles schief? Stöhnend drückte er sich hoch, baute den Tisch wieder auf und schüttelte die Sandkörner aus dem Buch. Als er es zuklappen wollte, blieb sein Blick an dem Wort über seinem linken Daumennagel hängen: Ehestreit. »Das ist es«, murmelte er. Er würde von Mimi und sich erzählen.

Er hatte eine frische Seite aufgeschlagen, wollte losschreiben, bevor ihn die Eingebung wieder verließ, da zerriss Technomusik die Stille. Harte Bässe, die in seiner Brust hämmerten. Sie kamen aus Richtung des Nachbarwohnwagens. War das rosa Ei doch nicht unbewohnt?

Er stapfte auf den Strand, um von dort einen Blick hinter die Hecke zu werfen. Eine Frau im gelben Flatterkleid schaufelte den Sand von der Tür weg. Eine zweite

Frau in lila Leggings stellte eine Lautsprecherbox auf einen Tisch. Als sie an ihrem Handy fummelte, stoppte die Musik.

Dafür kreischte Gelbkleid auf: »Ist das geil hier!« Sie rammte die Schaufel in den Sand. »Wollen wir zuerst was essen, baden oder einen Spaziergang machen? Worauf hast du Lust?«

»Spaziergang«, zischte Björn. Die Frauen sollten verschwinden! Aus der Entfernung erinnerte Gelbkleid ihn an eine von Mimis nervigen Freundinnen. Regine hatte ständig versucht, Mimi gegen ihn aufzuhetzen. Wäre sie nicht kürzlich nach Neuseeland gezogen, wie Mimi ihm erzählt hatte, er hätte sie eigenhändig dahinbefördert. Klar hatten Mimi und er Probleme. Welches Paar hatte die nicht. Das war kein Grund, sich zu trennen.

Die beiden Frauen verschwanden tatsächlich, aber nur im Wohnwagen. Kaum zwei Minuten später traten sie wieder heraus, in Neoprenanzügen rannten sie über den Strand Richtung Elbe und warfen sich juchzend ins Wasser. Als eine der beiden ihm zuwinkte, wandte er sich abrupt ab.

Zurück an seinem Platz, blätterte er durch sein Buch. Wo war die Seite, die den Funken in ihm gezündet hatte? Er gähnte und spürte, wie seine Konzentration nachließ. Letzte Nacht hatte er einfach nicht genug geschlafen.

Dafür nickte er jetzt kurz ein. Als er aufblickte, entdeckte er niemanden mehr im Wasser, die Bässe hämmerten wieder, Petroleumgeruch zog ihm in die Nase. Gab es hier keine Platzordnung, die Grillen und laute Musik verbot? Aber selbst wenn, die Anmeldung war zurzeit nur vormittags besetzt. Den Platzwart würde er erst morgen wieder erwischen. Er musste den Frauen schon allein die Meinung sagen.

Als er knapp fünf Meter von ihrem Stellplatz entfernt war, übertönte eine Stimme die Bässe »Wenn der Kerl kommt, ziehe ich die Beretta.«

Beretta? Björn stockte. Auch wenn er die Sprecherin durch die Hecke nicht sehen konnte, klang sie nach Gelbkleid.

»Wumm!«, rief die andere.

»Betty, du Dummerchen«, entgegnete Gelbkleid. »Ich nehme einen Schalldämpfer.«

Tatsächlich, sie sprachen über eine Pistole. Er duckte sich. Ging es etwa um ihn? Jetzt waren es nicht nur die harten Beats, die seinen Herzschlag in die Höhe trieben.

Aber dann beschrieb Gelbkleid die Villa des Opfers. Luxuriös, Hanglage, Elbblick. Als sie ansetzte zu erklären, wie sie die Leiche entsorgen wollte, meinte die andere: »Sei mal still, da ist was hinter der Hecke.«

Die Musik verstummte. Hastig sprang Björn auf, tat einen Schritt zur Seite, wie ein Spaziergänger, der zufällig vorbeiging.

Die Frau in den Leggings lugte um die Hecke herum, sie hielt etwas in der Hand und zielte auf ihn.

»Hallo, rie… riecht gut bei Ihnen.« Er merkte selbst, dass er stotterte. Auch wenn die Frau nur eine Grillzange umklammerte, wie er jetzt erkannte, war ihm nach dem Gespräch über die Beretta jede Lust vergangen, sich mit ihr anzulegen. Wo war er hier reingeraten? Sollte er die 110 rufen? Aber gegenüber den Bullen würden die Frauen selbstverständlich alles abstreiten – und am Ende bekäme er den Ärger. Wie damals nach dem Streit mit Mimi. Besser, er hielt sich von ihnen fern.

»Schönen Tag noch.« Auf dem Rückweg zu seinem Platz spürte er den Blick der Frau im Nacken. Als er sich umdrehte, war sie hinter der Hecke verschwunden. Die Musik blieb ausgeschaltet.

Trotzdem kam er nicht in den Schreibfluss. Was er vorher angefangen hatte, erschien ihm öde im Gegensatz zum gerade Gehörten. Ehestreit? Gab es etwas Langweiligeres?

»Beretta«, säuselte stattdessen die Stimme in seinem Kopf. »Beretta … Beretta.«

Wie ein Mantra.

Dann nehme ich die Beretta, schrieb er, setze den Adapter am Lauf ein und schraube den Schalldämpfer auf.

Er schrieb und schrieb.

Bis sein Handy klingelte.

Mimi.

Sie hatte ein Talent für den falschen Moment. Aber wenn er jetzt nicht dranging, würde sie es in fünf Minuten wieder versuchen.

Nachdem er Mimi von seiner Idee berichtet hatte, schwieg sie. Schließlich fragte sie: »Und was hast du jetzt vor? Willst du die Polizei rufen?« Sie flüsterte, als könnten die Frauen vom Nachbarwohnwagen sie durchs Telefon hören.

»Ich bin Künstler«, brüllte Björn. Mühsam unterdrückte er seinen Ärger. »Wie kannst du mir vorschlagen, die Quelle meiner Inspiration zu vernichten?«

Als das Kind im Hintergrund heulte und Mimi ansetzte, zu erzählen, wie ihr Tag gelaufen war, unterbrach er sie.

»Schatz, ich muss weitermachen.« Er legte auf und guckte auf die Uhr. Um fünf war er normalerweise müde vom Tag und öffnete eine Flasche Wein. Jetzt war ihm eher nach Kaffee. Er musste wach bleiben, aufmerksam!

Wann hatte man schon mal Gelegenheit, ein Verbrechen direkt mitzubekommen? Am Nachbarstellplatz wurde die Musik laut und wieder leise gestellt. Er schnappte sich sein Notizbuch und robbte durch den Sand in Richtung Hecke, bis er verstand, was die Frauen sagten. Dann duckte er sich in eine Kuhle und lauschte. Sein Mund stand offen. Als er ihn wieder schloss, knirschte es zwischen den Zähnen. Jetzt bloß nicht husten!

»Die Nachbarn?« Das war Betty, die Frau mit den Leggings.

»Keine Sorge, Falkenstein 1 steht leer und verfällt. Nummer 5 ist eine Baustelle, aber die Arbeit ruht seit Längerem.« Gelbkleid lachte. »Im Grunde brauche ich gar keinen Schalldämpfer.«

Falkenstein 3, notierte Björn. Hatte er das Straßenschild nicht oben an der Bushaltestelle gesehen?

Als die Frauen besprachen, was mit der Leiche passieren sollte, zitterte sein Stift über das Papier. Zuerst hacke ich den Kopf ab, danach die Arme und die Beine. Für den Rest habe ich eine Knochensäge. Und dann geht es ans Entbeinen. Er unterdrückte ein Würgen.

»Und was machst du mit den Knochen?« Betty klang, als ginge es um irgendein Kochrezept.

»Das sage ich dir nachher, lass uns erst mal baden gehen.«

Baden? Scheiße! Björn schob das Buch unter sein T-Shirt und presste sich eng auf den Boden der Kuhle. Ein Blick in seine Richtung, und er wäre geliefert. Aber statt dass kurz darauf eine Pistole neben ihm klickte, klapperte es hinter der Hecke.

Die Wohnwagentür.

Er stieß die Luft aus. Offenbar wollten sich die Frauen wieder umziehen, ehe sie in die Elbe sprangen! Er rappelte sich auf, schüttelte den Sand ab und hastete davon.

Morgen zeige ich sie an, schwor er sich. Aber jetzt unternahm er erst mal einen Spaziergang zum Falkenstein.

Tatortbesichtigung.

Hinter dem schmiedeeisernen Tor von Hausnummer drei ragte ein Berg aus Rhododendren auf und verbarg das Anwesen vor neugierigen Blicken. Lagerkamp, las Björn auf dem Namensschild am Briefkasten. Das würde er später verfremden. Erst mal schrieb er alles so authentisch wie möglich auf. Er blätterte zurück zu Gelbkleids Worten: Ich drücke dem Schwein den Lauf der Beretta an die Schläfe.

Ich-Perspektive. Der innere Monolog des Mörders. Damit war man mittendrin im Geschehen. Fehlte nur ein Blick auf das Haus. Er steckte sein Buch ein und wollte sich gerade am Tor hochziehen, als es hinter ihm kläffte. Ein schwarzer Dackel flitzte auf ihn zu. Bevor Björn sich auf das Tor retten konnte, hatte der Köter sein Bein umklammert und peitschte mit dem Schwanz.

»Hau ab!« Björn zielte mit der Schuhspitze unter den Bauch des Köters. Wie ein Rugby-Ei taumelte er durch die Luft und landete aufjaulend auf der Straße. Als Björn einen Schritt auf ihn zuging, rappelte er sich wimmernd auf und hinkte davon. Selbst schuld, wenn er ohne Leine herumlief und die Leute anfiel.

Björn hatte sich gerade wieder dem Tor zugewandt, als er ein Auto näher kommen hörte.

Ein weißer Transporter. Am Steuer ein Typ mit Nickelbrille. Er nickte Björn zu und bog in die Einfahrt zum Nachbarhaus. Klempner Kovic stand auf der Rückseite des Wagens. Von wegen, die Arbeit ruht. Da war Gelbkleid falsch informiert. Aber sei's drum, er würde stattdessen eine der Villen beschreiben, die am Wegrand lagen. Luxuriös, Hanglage, Elbblick traf auch dort zu.

Als er zurück zum Campingplatz kam, hatte er fünf Seiten eng geschriebene Notizen. Fehlte noch eine, und die würde er sich morgen von Gelbkleid diktieren lassen. Er schob sein Buch weg und schraubte die Flasche Wein auf, die er im Vorzelt gefunden hatte. Genug gearbeitet für heute.

Von den Frauen aus dem Wohnwagen hörte er zum Glück nichts mehr. Diese Ruhe! Als die Sonne am Horizont glühte und die Elbe golden schimmerte, lehnte er sich in seinem Stuhl zurück. Eigentlich war es doch ganz schön hier. Aber das würde er Mimi gegenüber nicht zugeben.

Wenn er nur nicht so müde wäre! Vom Wasser wehte ein kühler Wind herüber, er schaffte es nicht mal mehr, aufzustehen und sich einen Pullover zu holen.

Aber er hatte auch viel geleistet. Er schloss die Augen

und sah sich bei der Preisverleihung, wie er einen riesigen Scheck aus Pappe in Empfang nahm. Über den Jubel des Publikums dämmerte er weg.

Er wusste nicht, wie lange er geschlafen hatte, als ein Geräusch ihn weckte. Lief da jemand über den Sand? Er lauschte in die Dunkelheit. Nichts. Nur die Wellen schwappten ans Ufer, eine Nachtigall trillerte. Vielleicht hatte er geträumt. Er fröstelte, sein T-Shirt lag klamm auf der Haut, er musste dringend ins Bett. Im Aufstehen hielt er inne. Schritte, eindeutig, er hatte sich nicht getäuscht. Sie kamen aus Richtung der Straße.

In dem Moment blitzte der Mond hinter den Wolken hervor, und er sah die beiden Männer. Sie trugen Helme und Maschinengewehre und liefen auf ihn zu. Befand er sich doch in einem Traum? Er fühlte sich wie benommen – das konnte nicht nur am Alkohol liegen! Er kniff die Augen zusammen und riss sie wieder auf. Die Männer waren immer noch da.

Und sie kamen näher.

Jetzt konnte er die fluoreszierenden Buchstaben auf ihrer Brust lesen: POLIZEI.

War ihm jemand zuvorgekommen und hatte die beiden Frauen angezeigt? Er unterdrückte einen Fluch und duckte sich in seinen Stuhl. Ihm fehlte doch noch das Ende seines Hörspiels!

Andererseits, wer sagte, dass es mit der Entsorgung von Lagerkamps Knochen enden musste? Die Festnahme der Frauen war viel spektakulärer! Er tastete nach seinem Buch. Es lag noch auf dem Tisch, hoffentlich war es nicht zu feucht geworden.

Bevor er es aufnehmen konnte, bohrte sich etwas in seinen Nacken.

»Aufstehen! Hände hoch!«

Sie sind hier falsch, wollte er sagen. Heraus kam ein Krächzen. Jemand riss ihn auf die Füße. Eine Taschenlampe leuchtete ihm ins Gesicht.

»Hände hinter den Rücken!«

Kaltes Metall auf seiner Haut. Ein Klick. Die Handfesseln rasteten ein. Mindestens zehn Männer umringten ihn. War das ein Überfall, hatten sie sich nur als Bullen verkleidet? Aber was wollten sie bei ihm stehlen? Das ergab keinen Sinn. Ein echter SEK-Einsatz allerdings auch nicht.

Björns Gedanken rasten. Er schwitzte und fror gleichzeitig. »Was wollen Sie von mir?«

»Sie werden beschuldigt, die Ermordung Hans Lagerkamps geplant zu haben«, erklärte der Mann mit der Taschenlampe.

»Ich? Die Frauen wollen ihn umbringen!« Vor Erleichterung lachte Björn auf. Eine Verwechslung, hatte er sich doch gleich gedacht.

»Welche Frauen?«

»Vom Nachbarstellplatz.«

Mit einem Kopfnicken schickte der Mann drei seiner Kollegen los. Dann nahm er Björns Buch vom Tisch, leuchtete über die Seiten und pfiff durch die Zähne. »Behaupten Sie immer noch, keinen Mord geplant zu haben?«

»Nein!«, rief Björn. »Ja! Das ist für den Wettbewerb. Die Ausschreibung steckt hinten im Buch.«

»Da ist nichts.«

»Radio Deichkrone hat den Wettbewerb für ein Krimi-Hörspiel ausgeschrieben.«

»Habt ihr schon mal von Radio Deichkrone gehört?« Der Mann blickte in die Runde. Kopfschütteln.

Er legte das Buch zurück und wandte sich wieder an Björn. »Darf ich mich in Ihrem Vorzelt umsehen?«

»Klar. Warum?«

Ohne zu antworten, öffnete der Mann die Kiste am Eingang. Björn hatte einmal kurz reingeguckt und den Deckel schnell wieder zugeschlagen. Außer schimmeligen Sitzkissen war da nichts zu holen. Aber jetzt blitzte etwas im Licht der Taschenlampe auf.

Björn keuchte. »Das ist die Pistole von Gelbkleid!«

»Und mein Gewehr gehört eigentlich Micky Maus.« Der Mann steckte die Beretta in einen Plastikbeutel.

In dem Moment kamen die drei Männer vom Nachbarwohnwagen zurück. »Der steht leer«, behaupteten sie. »Nach dem Sand vor der Tür schon länger.«

Björn wurde schwindelig.

Der Mann mit der Taschenlampe hielt ihn am Arm. »Wir nehmen Sie mit ins Präsidium zur erkennungsdienstlichen Behandlung. Und dann können Sie den Kollegen vom Morddezernat von ihrem Hörspiel erzählen.«

»Erst will ich einen Anwalt sprechen«, verlangte Björn. Er ließ die Bullen bei Mimi anrufen, aber es ging nur die Mailbox dran. Wenn man die Frau mal brauchte! Sie könnte was erleben, wenn er wieder zu Hause war.

Schimpfend stolperte Björn zwischen zwei Männern durch den Sand zum Parkplatz. Einen Mord geplant? Er? So einen Quatsch hatte er selten gehört. Sie würden sehen, das klärte sich alles auf! Hauptsache, er war rechtzeitig wieder draußen, um seine Geschichte fertigzuschreiben.

Die Gläser klirrten, als Mimi mit Regine und Betty anstieß. Die Frauen saßen vor einem Zelt am Rand des Campingplatzes.

Betty zeigte zum dritten Mal den Film auf ihrem Handy.

»Die blonde Perücke stand dir richtig gut, Regine.« Mimi kicherte. Aber als Björn strauchelte und vornüber in den Sand fiel, pikste es in ihrem Herz. »Der Arme.« Sie seufzte. »War es vielleicht doch übertrieben?«

»Denk an deine blauen Flecken!«, mahnte Regine. Dann lenkte sie ein: »Ich habe auch nicht damit gerechnet, dass gleich ein SEK kommt. Aber weil er schon die Anzeige wegen häuslicher Gewalt hat, haben sie ihn wohl für gefährlich gehalten. Und natürlich wegen der Beretta.«

Damit war letztes Jahr ein Drogendealer erschossen worden, bis heute Nacht hatte die Polizei vergeblich nach der Waffe gesucht. Wie Regine darangekommen war, war Mimi egal. Es reichte ihr, dass die Freundin sie dem betäubten Björn in die Hand gedrückt hatte, bevor sie sie in die Box gesteckt hatte.

Hinter Mimi wimmerte das Kind im Schlaf. Sofort musste sie daran denken, wie Björn es geschüttelt hatte. »Du hast ja recht«, sagte sie zu Regine. »Danke!«

»Auf die Freiheit!« Sie stieß erneut mit den Freundinnen an. Sekt schwappte aus dem Glas und lief über ihre Hand. Als sie ihn ableckte, kitzelte es auf der Zunge.

GOMORRHAS GEHEIMNIS

Maja Schendel

Ulsnis – Schlei

Freitag, 31. März 1922

»Johannes?« Mit angehaltenem Atem lauschte er in die Dunkelheit der Scheune. Der Geruch von Heu und Staub umfing ihn. Sein Herz dröhnte laut in den Ohren. Er durfte sich nicht erwischen lassen. Nicht auszudenken, was dann geschehen würde.

»Hier bin ich«, flüsterte eine vertraute Stimme hinter ihm. »Dreh dich nicht um.«

Er gehorchte. Warme Lippen streiften seinen Nacken. Tief sog er die Luft ein. Der herbe Duft des Stallknechts ließ sein Herz losgaloppieren wie eines der jungen Fohlen. Wild und ungestüm. Niemals hätte er gedacht, dass ausgerechnet dieser Mann solche Gefühle in ihm auslösen würde.

Es raschelte. Im nächsten Moment ließ Johannes ein Strohklappband über seinen Oberkörper gleiten.

»Was tust du da?«, stammelte er.

Johannes' raues Lachen füllte die aufgeheizte Luft zwischen ihnen. »Vertraust du mir nicht?«

Er schloss die Augen. Er kannte Johannes erst ein paar Wochen. Sein Vater hatte ihn auf den Hof geholt. Für Vertrauen war es zu früh. Dennoch nickte er. »Doch.«

Johannes nahm seine Hände und schnürte sie mit einem festen Ruck hinter dem Rücken zusammen. Er keuchte auf.

»Jetzt kann ich mit dir machen, was ich will«, raunte Johannes ihm ins Ohr. Dann drehte er ihn um, drängte ihn gegen einen Stapel Strohballen. Hitze stieg ihm in die Wangen. Die vollen Lippen von Johannes waren nur noch wenige Millimeter von seinen entfernt.

»Und was willst du?« Er schaffte es nicht, das Zittern in seiner Stimme zu unterdrücken.

»Dich.«

Bevor er reagieren konnte, hatte Johannes den Abstand überwunden. Der weiche Mund presste sich auf seinen, nur um sich ihm wieder zu entziehen. Er wollte mehr, wollte Johannes umarmen, ihn an sich ziehen. Aber das Band schnitt ihm in die Handgelenke. »Du quälst mich«, flüsterte er.

Johannes lächelte zufrieden. »Ja. Und es gefällt dir.«

Er wartete noch ein paar endlose Herzschläge, dann küsste er ihn erneut und stürzte ihn in einen Strudel aus Verlangen, der seine Sinne benebelte.

»Mein Junge?« Die Stimme seiner Mutter hallte draußen über den Hof.

»Mach mich los, sofort.« Hilflos versuchte er, seine Hände zu befreien.

Johannes zögerte kurz, drehte sich in Richtung Scheunentor. »Sie wird hier nicht reinkommen.«

Ihm schlug das Herz bis zum Hals. »Johannes, bitte«, zischte er verzweifelt. Mit einem schnarrenden Geräusch wurde das Tor aufgeschoben. Ein kleiner Streifen erhellte den Eingang, und im nächsten Moment blendete ihn das kalte Oberlicht.

Freitag, 31. März 2022

Seit Kurt denken konnte, war er Kirchendiener, gegenüber in der St.-Wilhadi-Kirche in Ulsnis. Genau wie sein Vater. Und sein Großvater. Er war der Einzige, der das noch tun konnte. Niemand aus der Familie Worgall war mehr am Leben.

Er trank den letzten Schluck Kaffee. Kalt. Draußen kläffte Gomorrha. Halb fünf. Zeit, die Kirchenglocken für den Gottesdienst zu läuten. Aber das war nicht der Grund, weshalb Kurts Dackel sich meldete. Kurt ging durch die Waschküche nach draußen. Vom Nachbargrundstück grüßte Frank. »Kuddel, Moin. Sach' ma, wat hest du mit din Hund gemacht?«

»Irgendwas musste ich ja tun, damit sie nicht ausbüxt«, antwortete Kurt und betrachtete sein Werk. Gomorrha trug seit Neuestem ein Brustgeschirr. Quer über die Schulterblätter hatte Kurt einen von Oma Ernas alten Holzlöffeln befestigt.

»Ein Kochlöffel?« Frank schüttelte den Kopf. »Auf die Idee musst erst ma kommen.« Er beobachtete grinsend, wie Gomorrha erfolglos versuchte, durch die Zaunstäbe zu ihm zu kommen. »Kein Wunder, dass ich die Lütte so lang nicht mehr bei mir gesehen hab.«

»Jo. Und besser als jeder Elektrozaun.« Kurt hob die Hand. »Ich muss los, die Glocken läuten sich nicht von allein.«

Gemeinsam mit der Hündin ging er zum Gartentor.

Sie gab ein unzufriedenes Grunzen von sich, aber Kurt hatte keine Lust, sie von der Konstruktion zu befreien. Kurzerhand öffnete er das Tor so weit, dass Gomorrha mit dem Sicherheitsgeschirr samt Kochlöffel durchpasste. »Na, siehste wohl«, brummte er zufrieden.

Die Dackeldame lief voraus, die Rute steil in die Luft gereckt, wie eine Antenne auf Empfang. Kurt lachte. Auch wenn ihn der Köter oft in den Wahnsinn trieb, indem er das Treiben im Dorf kommentierte oder auf verbotene Erkundungstour ging – er liebte ihn heiß und innig.

»Kein dumm Tüch, Gomorrha«, ermahnte Kurt die Hündin, als sie die Kirche betraten. Ihr Schwanz drehte sich wie ein Propeller, und unschuldig schnüffelnd hob sie die Nase.

Kurt seufzte. Die Sünde von Gomorrha fernzuhalten, blieb ein erfolgloses Unterfangen.

Sorgfältig kontrollierte er die Sitzbänke, tätschelte wie immer den sterbenden Einhorndrachen unter dem heiligen Ritter Georg und entzündete die Kerzen auf dem Altar. Für den Gottesdienst war alles vorbereitet, und er ging zum Glockenturm. Schwerfällig stieg er die Feldsteine hinauf, öffnete die hölzerne Tür und drückte den Knopf. Er schnaubte beim Gedanken daran, dass sein Großvater deutlich mehr Aufwand hatte betreiben müssen, um die Bronzeglocken zum Klingen zu bringen.

Im Anschluss umrundete er den Turm, setzte sich auf die Holzbank, die den Blick über die Rapsfelder hin zur Schlei freigab. Diesen Moment des Friedens genoss Kurt stets mit einer selbst gedrehten Zigarette. Er nahm einen tiefen Zug, lehnte den Kopf gegen das Holz des Turms und seufzte zufrieden. Bis ein verzweifeltes Jaulen die Ruhe zerschnitt.

Freitag, 31. März 1922
»Sei still«, hauchte Johannes und ließ ihn mit gefesselten Händen zurück.

»Guten Abend, Frau Jung«, ertönte die Stimme des Stallknechts. »Kann ich Ihnen behilflich sein?«

Er hielt die Luft an, lugte durch eine Lücke im Strohballenstapel zum Scheunentor. Seine Mutter hatte die Arme vor der Brust verschränkt und musterte Johannes misstrauisch.

»Ist mein Sohn hier?«

»Selbstverständlich nicht, gnädige Frau.« Johannes lächelte gewinnend.

Er war beeindruckt von dessen Selbstsicherheit.

»Aber wenn Sie möchten, helfe ich Ihnen gern bei der Suche.«

Helga Jung ließ sich nicht umschmeicheln. Mit streng zurückgebundenen Haaren musterte sie den Stallknecht. »Welcher Arbeit gehen Sie hier im Dunkeln nach?« Wenn sie einmal jemanden auf dem Kieker hatte, sah es schlecht für ihn aus. Das war wohl vorerst das letzte Mal, dass er Johannes heimlich getroffen hatte.

»Keiner, Frau Jung. Ich wollte gerade gehen.«

»Ach, tatsächlich?«

Kurzerhand knipste Johannes das Licht aus und ging an ihr vorbei nach draußen. »Ja.«

Einen Moment lang war es still, dann ging sie ebenfalls. Das Tor fiel ins Schloss.

Er blies die Luft aus. Das war knapp. Vorsichtig tastete er sich von den Strohballen zur Scheunenwand. Irgendwo hier an einem Balken hing ein Messer. Als er es endlich gefunden hatte, kam er nicht weiter. Wie sollte er es ohne seine Hände vom Haken bekommen? Umständlich rieb er seinen Rücken am Holz, versuchte, die Schnur, an der das Messer hing, über den Haken zu schieben. Vergeblich. Was sollte er bloß sagen, wenn ihn jemand hier gefesselt entdeckte?

Schweiß bildete sich auf seiner Stirn. Er drehte sich um, näherte sich vorsichtig dem Balken. Endlich spürte er die Schnur an seiner Wange und tastete mit den Lippen danach. Mit den Zähnen zog er schließlich das Messer vom Haken, als jemand das Tor öffnete. Er verharrte in der Bewegung, hielt die Luft an und lauschte. Strohhalme knisterten unter den Schritten, die im Dunkeln näher kamen.

»Ich bin es.«

Gott sei Dank. »Mach mich los«, nuschelte er, immer noch die Schnur mit dem Messer im Mund.

Einen Moment später ging das Licht an. »Schade. Du gefällst mir eigentlich ganz gut so«, sagte Johannes und grinste.

Sein Herz machte einen Satz, als wollte es ihm aus der Brust springen. Aber sie mussten sich trennen. Johannes nahm ihm das Messer ab.

»Wir sollten uns erst mal nicht mehr treffen. Meine Mutter …«

»Die ist mir egal«, sagte Johannes und tippte ihm mit der flachen Seite der Klinge auf die Nase. In seinen Augen blitzte es. »Ich lass mir von niemandem etwas verbieten.«

Der warme Atem streifte sein Gesicht. Die Härchen in seinem Nacken stellten sich auf. Er war machtlos gegen Johannes. Seine Lippen öffneten sich. Und Johannes ließ sich nicht zweimal bitten. Ungestüm nahm er sich, was er wollte. Dann schnitt er endlich das grüne Strohklappband durch und stopfte es sich in die Hosentasche.

»Wir verschwinden von hier, hörst du?«, raunte Johannes. »Ich weiß auch schon, wie.«

Freitag, 31. März 2022

»Gomorrha«, rief Kurt erschrocken, ließ die Kippe fallen und hastete zurück zur Kirche. Aus dem Inneren drang ihm das Jaulen seiner Hündin entgegen. Aber es klang nicht schmerzverzerrt. Sondern wütend.

Auf den ersten Blick konnte er sie nicht sehen, er näherte sich dem Geräusch aus dem Altarraum. Eine der Türen zum Orgelaufgang stand offen. Kurt ging hinein. »Was zum …?« Er bremste sich schnell. Und prustete los. Gomorrha hatte sich mit dem Kochlöffel in dem schmalen Gang verkeilt. Ächzend sprang sie vorwärts, stieß immer wieder erbostes Gejaule aus, weil ihre Bemühungen nicht von Erfolg gekrönt waren. Der Holzstiel grub sich immer weiter in den weißen Putz, der nachgab und auf den Boden rieselte. Kurt hatte Erbarmen mit der Hündin und kniete sich zu ihr. »Nun halt schon still.« Schließlich hielt er den Löffel in der Hand. Gomorrha schnaubte, schüttelte sich und stolzierte zum Altar.

»Hab ich gern gemacht«, rief Kurt ihr hinterher. Dann begutachtete er die marode Stelle am Gemäuer. Das würde zweifellos gespachtelt und gestrichen werden müssen. Er rieb mit der flachen Hand darüber, und weitere Brocken fielen ab. Wie konnte ein Holzlöffel so ein großes Loch verursachen? Kurt blies den Staub von der Wand. Da war doch irgendwas? Er tastete, spürte Papier und zog es hervor. Ein brauner Umschlag kam zum Vorschein. Kurt wischte ihn sauber und las die Aufschrift. *Vergib mir, Gott. F.*

Sonntag, 2. April 1922
Er hielt sich den ganzen Tag von den Stallungen fern, obwohl es ihm schwerfiel. Johannes hatte eine Leidenschaft in ihm entfacht, sich in sein Herz gebrannt und ihn gezeichnet, so wie er die Fohlen auf dem Gestüt brandmarkte.

Aber wenn er seinen Gefühlen nachgab, würde alles auffliegen. Seine Mutter ahnte etwas, da war er sich sicher. Seit sie ihn gesucht und im Dunkeln in der Scheune auf Johannes gestoßen war, ließ sie ihn nicht aus den Augen.

»Du isst ja gar nicht.« Kauend deutete seine Mutter auf den Teller vor ihm.

»Ich habe keinen Hunger«, erwiderte er und schob missmutig die Kartoffeln zur Seite.

»Deine Mutter hat gekocht. Und dann hast du gefälligst zu essen«, sagte sein Vater, den Blick streng auf ihn gerichtet.

Seufzend fügte er sich.

In der Nacht tat er kein Auge zu. Er musste an Johannes denken und an das, was er gesagt hatte. Sie würden zusammen verschwinden. Die Vorstellung, den Hof und seine Eltern zu verlassen, war ein unrealistischer

Traum. Er würde den Hof irgendwann übernehmen, das Buch war bereits geschrieben, auch wenn es ihm nicht gefiel. Stattdessen irgendwo ein ganz anderes Leben zu führen, mit Johannes an seiner Seite … Ein Prickeln kletterte seine Wirbelsäule hinauf. Und trieb ihn aus dem Bett. Er schlich durch den Flur, vorbei an der guten Stube, in der nur das Ticken der Standuhr die Stille störte. Es war dunkel im Haus, alle schliefen. Draußen empfing ihn kühle Luft, und der Mond tauchte den Hof in blaues Licht. Er schlich sich zum Arbeiterhaus, das neben der alten Eiche stand, die schützend ihre knorrigen Äste über das Dach legte. Bevor er es erreichte, öffnete sich die Tür. Johannes trat heraus und ging zur Straße. Wo wollte er um diese Zeit hin? Mit klopfendem Herzen folgte er ihm. An dicht bewachsenen Knicks vorbei in Richtung Gärtnerei. Die Witwe Schmidt galt als wohlhabende Frau in Ulsnis, sie hatte vor Kurzem den Gutshof von ihrem Vater geerbt. Ein ungutes Gefühl machte sich in seinem Inneren breit.

»Johannes«, zischte er.

Der Stallknecht blieb stehen und drehte sich um. »Was machst du hier?« Seine Stimme klang so kalt, dass er sich ihm nur zögerlich näherte.

»Ich … wollte zu dir«, stammelte er.

Johannes' Blick wurde weich. Er streckte seine Hand nach ihm aus, strich ihm über die Wange. »Bald gehen wir fort. Du wirst für immer bei mir sein.« Er ließ die Hand wieder sinken. »Aber jetzt musst du mich tun lassen, was getan werden muss. Geh zurück.«

»Aber …«

»Ich meine es ernst. Geh.« Der Mond fiel auf Johannes' Gesicht, seine Züge wirkten hart.

Er tat wie geheißen. Aber beim Hof angekommen, konnte er sich nicht dazu entschließen, wieder hineinzugehen. Stattdessen schlich er in den Stall. Dort wurde er vom leisen Wiehern und Schnauben der Tiere begrüßt. Die Luft roch nach frischem Heu und vermischte sich mit Pferdegeruch. Nichts beruhigte ihn mehr als dieses Naturparfüm in Verbindung mit dem mahlenden Geräusch zufrieden kauender Mäuler. Eine ganze Weile blieb er dort und ließ die Umgebung auf sich wirken. Aber immer wieder schob sich der kalte Ausdruck von Johannes' Augen in sein Gedächtnis. Er wollte mit ihm zusammen sein. Doch um welchen Preis?

Freitag, 31. März 2022
»Herr Worgall?« Die sanfte Stimme der Organistin ließ Kurt zusammenfahren. Hastig und ohne recht zu wissen, warum, verbarg er den Umschlag unter seinem Hemd, bevor er sich zu Magda Hansen umdrehte.

»Ja?«

»Was machen Sie da?« Mit einem wachen Blick aus grauen Augen musterte die Frau erst ihn, dann den losen Putz auf dem Boden.

»Ach, das. Das war Gomorrha. Sie wissen schon. Mein gottloser Hund.« Er zuckte mit den Schultern und setzte ein Lächeln auf. Leider ohne Wirkung. Es prallte an der Organistin ab wie die entgegengesetzten Pole zweier Magneten. »Ich werde es nach dem Gottesdienst selbstverständlich in Ordnung bringen.«

Magda Hansen verzog die Lippen zu einem schmalen Strich und stolzierte die Treppe zur Orgel hoch. Kurt schüttelte den Kopf. Wie eine so steife Person die überragende Fähigkeit besaß, mit dem Klangbild des Instruments eine ganze Gemeinde zu begeistern, war ihm ein Rätsel. Er schloss die Tür zum Orgelaufgang, rief die Hündin herbei und ging schnellen Schrittes hinaus auf den Friedhof.

Mit einer frischen Tasse Kaffee saß er wenige Minuten später an seinem Küchentisch, den Umschlag mit der Bitte um Vergebung vor sich. Er öffnete ihn. Zog die Stirn kraus. Ein grünliches Band kam zum Vorschein. Die Fasern waren alt, zerfielen an einigen Stellen. Und ein einzelnes Blatt Papier, auf dem geschrieben stand: *Ich kenne die Wahrheit. Aber Gott spricht: Mein ist die Rache. Vergebt mir, ich habe ihn so geliebt. F.*

Sonntag, 2. April 1922

Er hielt es nicht länger aus, schälte sich aus der Umarmung des Pferdestalls und machte sich auf den Weg zur Witwe Schmidt. Das Haus kam in Sichtweite, und ein einsamer Lichtstrahl fiel auf den Hofplatz. Die Haustür stand offen.

Mit zitternden Beinen näherte er sich, sah sich um. Es war still, kein Mensch war hier.

»Frau Schmidt?« Seine Stimme klang blechern, wie ein Fremdkörper fehl am Platz. Er klopfte an den Türrahmen. Nichts passierte. »Hallo?«, rief er. Keine Antwort. Schließlich ging er ein paar unsichere Schritte in den Flur. In der Küche stand ein Eimer mit rot verfärbtem Wasser.

War das Blut? Er schluckte gegen den Kloß in seinem Hals an. Ein Stuhl war umgefallen. Erneut machte er mit Rufen auf sich aufmerksam, aber niemand reagierte, sodass er sich weiter vorwagte. In der Stube herrschte Chaos, Lampen lagen zerbrochen am Boden, Schränke und Schubladen waren offen, der Inhalt verteilte sich im gesamten Raum. Ein Dieb. Ob er sich noch im Haus befand?

Das Blut rauschte in seinen Ohren, während er die Treppe hinaufstieg. Auf der obersten Stufe blieb er stehen, zögerte. Eine dunkle Vorahnung durchströmte ihn, ohne dass er festmachen konnte, woher sie kam. Die Härchen in seinem Nacken stellten sich auf, als er in eins der Zimmer ging. »Nein, nein, nein …«, stieß er hervor. Einer der Söhne von Frau Schmidt lag auf dem Bett, die Augen starr an die Decke gerichtet. Tot. Er war tot! Hastig stolperte er vorwärts, in den nächsten Raum, wo der andere lag. Und das Kindermädchen. Alle mit einem starren Blick. Er rannte die Treppe hinunter und erbrach sich draußen auf dem Hofplatz. Das konnte nicht wahr sein.

Blind vor Panik hastete er los, wollte nur noch weg. Er lief zu nah am Knick, ein Ast verfing sich mit seinem Hemd, und er stürzte. Benommen richtete er sich auf, wischte sich den Dreck aus dem Gesicht. Und dann sah er sie. Helene Schmidt. Regungslos. Mit einem grünen Strohklappband um den Hals.

Sonntag, 2. April 2022

Es war noch Zeit, bis die Kirche für den Gottesdienst vorbereitet werden musste. Kurt nahm sich den Umschlag, ließ die mürrisch dreinblickende Gomorrha zurück und ging zum Klinkerhof, wo der frühere Pastor August Jung lebte. Vielleicht konnte er mit dem Fund etwas anfangen.

Es dauerte einen Moment, bis der Mann nach dem Klopfen an der Tür öffnete. »Oh, unser Kirchdiener. Was verschafft mir die Ehre?« Trotz seines Alters hatte August Jung volles Haar. Die zahllosen Furchen in seinem Gesicht wiesen auf ein ereignisreiches Leben hin. Ein Lächeln umspielte seinen Mund.

Kurt hielt ihm den Umschlag hin. »Das habe ich in unserer Kirche gefunden. Ich dachte, vielleicht können Sie damit etwas anfangen.«

Als Jungs Blick auf die Schrift fiel, ging ein Zucken durch sein Gesicht. Nur eine Sekunde.

»Seltsam«, sagte er und nahm den Umschlag. Er betrachtete ihn von allen Seiten, bevor er den Inhalt herauszog. »Ein Strohklappband. Solche haben wir hier auf dem Hof.« Dann las er die geschriebenen Zeilen und wurde bleich.

»Alles in Ordnung?« Kurt sah ihn prüfend an.

»Haben Sie das sonst noch jemandem gezeigt?« Die Stimme des Pastors zitterte, genau wie das Blatt in seinen Händen.

»Nein. Warum? Was ist denn mit Ihnen?« Kurt tat einen Schritt auf Jung zu, der ein wenig taumelte und sich gegen die Wand lehnte.

»Mein Kreislauf …«, sagte er. »Geben Sie mir einen Moment.«

Unschlüssig betrachtete Kurt den alten Mann. Nach

ein paar Minuten räusperte Jung sich. »Glauben Sie, dass die Menschen Gott die Führung überlassen sollten?«

»Ich weiß nicht«, antwortete Kurt. Er hatte keine Ahnung, worauf der Pastor hinauswollte.

Jung reichte ihm den Umschlag und nickte. »Bitte nehmen Sie das wieder an sich. Es wird sich alles aufklären. Ich muss mich jetzt für den Gottesdienst vorbereiten. Sie sind doch auch dabei, oder?«

Montag, 3. April 1922
»Was hast du getan?«, schrie er.

Johannes kam näher, wollte ihn berühren, aber er wich zurück.

»Ich wollte nicht, dass sie sterben«, sagte der Stallknecht tonlos. »Aber sie haben mich entdeckt. Und dann wäre alles umsonst gewesen.« Er zuckte mit den Schultern.

»Du hast sie umgebracht. Unschuldige Menschen«, stieß er die Worte hervor, als würden sie sein Innerstes vergiften.

Johannes sah zu Boden. Dann erhellte sich sein Gesicht, und er zog ein Bündel Geldscheine aus der Hosentasche. »Sieh doch. Das ist unsere Zukunft. Wir können von hier verschwinden.«

Er konnte nicht fassen, wie die Tat an Johannes abprallte. Als hätte er lediglich eine lästige Arbeit erledigt.

»Warum?«, schluchzte er. Tränen liefen über sein Gesicht. Und als Johannes die Arme um ihn schlang und ihn küsste, drängte er ein paar Sekunden lang beiseite, was geschehen war, und ließ es zu. In dem Wissen, dass es das letzte Mal sein und er Johannes nie wiedersehen würde.

Sonntag, 2. April 2022

Kurt saß an seinem angestammten Platz in der St.-Wilhadi-Kirche – die letzte Bank links, vor dem Aufgang zur Empore. Das graublaue Kirchenschiff strahlte frisch geputzt, und auf dem Altar brannten die Kerzen. Pastor Hinrichsen führte durch den üblichen Gottesdienst, Magda begeisterte mit ihrem Orgelspiel. Schließlich wurde es Zeit für die Predigt.

»An diesem besonderen Tag übergebe ich an meinen Vorgänger Pastor August Jung.« Ein gedämpftes Tuscheln, das schnell im großen Gemäuer verklang. Er machte eine einladende Geste. Jung stand in der ersten Reihe auf und ging nach vorn.

»Vielen Dank, Pastor Hinrichsen. Liebe Gemeinde. Einige der Älteren unter Ihnen werden sich vielleicht an eins der dunkelsten Kapitel in der Geschichte von Ulsnis erinnern. Heute vor hundert Jahren hat ein grausamer Raubmord unser Dorf ereilt. Ich möchte gemeinsam mit Ihnen der Opfer gedenken: Helene Schmidt mit ihren Söhnen Max und Arthur und dem Kindermädchen Frieda Wiese.« Jung senkte den Blick und machte eine Pause, bevor er fortfuhr. »Paulus zitiert im Römerbrief 12, 19 aus dem 5. Buch Mose: ›Rächet euch selber nicht, meine Liebsten, sondern gebet Raum dem Zorn Gottes; denn es steht geschrieben: Mein ist die Vergeltung, ich werde vergelten, spricht der Herr.‹ Es fällt schwer, bei so einer grausamen Tat, die nie aufgeklärt wurde, loszulassen von der Wut und dem Drang nach Gerechtigkeit. Aber Rache vergiftet die Seele, wie es kein anderes Gefühl vermag.« Jung blickte über die Sitzreihen. Als er Kurt entdeckte, fixierte er ihn. »Das war auch meinem Vater bewusst. Fritz Jung war damals noch ein junger Bursche, als es passierte. Er kannte und mochte die Opfer. Und er kümmerte sich um die Hinterbliebenen, versuchte, sie zu trösten und ihre Herzen von der Wut zu befreien.«

Auf Kurts Armen bildete sich eine Gänsehaut. *Vergib mir, Gott. F.* F wie Fritz.

»Er fühlte sich dazu berufen, die Nachfolge des Hofes seiner Eltern abzulehnen und stattdessen Pastor zu werden. Die grausame Tat hat ihn zu Gott geführt, genau wie mich. Und auch wenn der Schuldige nicht gefunden wurde – mein Vertrauen in Gott ist groß. Das jüngste Gericht hat längst ein Urteil gefällt. Darum bitte ich euch, liebe Gemeinde: Lasset ab von der Rache, schützt euch und vertraut auf Gott. Denn Gottes Zorn allein wird für Gerechtigkeit sorgen.« Jung beendete seine Predigt und nickte Kurt kaum merklich zu.

Nach dem Gottesdienst saß Kurt noch lange auf der Bank hinter dem Glockenturm und dachte über die Worte des Pastors nach. Fritz Jung hatte den Täter geliebt. Und seine Schuld durch den Dienst für Gott gesühnt.

Der Horizont über der mit sanften Wellen überzogenen Schlei färbte sich rot. Er blies den Rauch seiner Zigarette in die Luft und fasste einen Entschluss. Die Dämmerung erfüllte das Innere der St.-Wilhadi-Kirche mit einem warmen, fast tröstlichen Farbton. Sorgfältig schob Kurt den Umschlag an die Stelle zurück, an der er ihn gefunden hatte. Gott hatte bereits gerichtet. Und mit einem letzten Pinselstrich versiegelte er Gomorrhas Geheimnis.

Nachwort

Die Geschichte beruht auf einer wahren Begebenheit – einem brutalen Mord, der sich 1922 in der kleinen Bauerngemeinde Ulsnis ereignet hat. Ein 18-jähriger Stallknecht erschlug aus Habgier vier Menschen: die Witwe Helene Schmidt, ihre beiden Söhne und das Kindermädchen Frieda Wiese. Allerdings wurde er wenige Monate später aufgrund eines Strohklappbands, das er bei der Leiche der Witwe zurückließ, überführt und ist nicht davongekommen.

Der Handlungsstrang in der Gegenwart rund um den Kirchendiener ist fiktiv. In der Chronik der Gemeinde Ulsnis kann der Fall nachgelesen werden.

SIEBEN SCHRITTE NIEMANDSLAND

Ricarda Oertel

Niehuus

»Nie wieder Niehuus!«, hatte ich gestern zu meiner Schwester gesagt. Und den Hörer dabei so fest umkrallt, dass meine Fingerknöchel weiß wurden.

Stines Antwort hallt noch immer in mir nach. »Wenn du mich mit der ganzen Scheiße alleinlässt, bist du kein bisschen besser als Henrik.«

Sie hatte recht. Deshalb, und nur deshalb, tue ich es. Jetzt. Ich setze den Blinker und biege auf die Straße ab, die diesen Namen nicht verdient. Eher ist es ein verschlungener Weg, der nach Niehuus führt. Zwischen dicht bewachsenen Hügeln, die nicht zum hohen Norden passen. Ich tauche in eine andere Welt ein. Eine andere Zeit. Selbst die Luft ist hier anders, im Grenzland zwischen Deutschland und Dänemark. Etwas trennt Niehuus von der Umgebung. Etwas märchenhaft Verwunschenes. Ein Inselgefühl. Es ist ein Land im Land. Das Land zwischen den Ländern. Eigentlich ein Idyll. Aber auch der Ort, an dem ich aufgewachsen bin. Aufwachsen musste, mit einer Mutter, die diese Welt endlich verlassen hat. Und einem Vater, der das nur wenige

Wochen vor ihr tat. Dabei hätte er bei uns bleiben müssen.

Wir haben ihn in seiner Heimat Dänemark beerdigt. Da sah ich meine Mutter zum letzten Mal. Ich schlucke gegen den Klumpen an, der in meiner Kehle aufquillt.

Lange habe ich diesen Ort gemieden. Ich habe mir ein Leben in Lübeck aufgebaut, allein. Meine Schwester musste unser Zuhause noch ein Jahr länger ertragen, dann ging auch sie. Mein Bruder hat es von uns allen am besten geschafft. Auch wenn Stine ihm das bis heute verübelt. Er ist der Älteste, und als er ging, hatte er nur einen Zettel auf dem Küchentisch hinterlassen. Kein Abschied. Nur die Worte: *Ich fliege in die USA. Sucht nicht nach mir. Ich kehre nicht zurück. Henrik.* Ich hatte ihn immer um diesen brachialen Schritt beneidet. Natürlich habe ich trotzdem nach ihm gesucht. Ich vermisse ihn. Aber keine Chance. Die USA waren wohl ohnehin eine falsche Fährte. Er wollte nicht gefunden werden.

Das Ortsschild lasse ich rechts hinter mir. Unser altes Haus liegt abseits vom Ortskern, nur ein einsamer Würfel mitten im Grün. Ein Klecks im Niemandsland. Mein Mund wird trocken beim Anblick der weißen Front. Die Fenster mit den geschlossenen Rollläden, als wollten sie die Schrecken im Inneren behalten. Der halb verblühte Rhododendron, hinter dem wir uns oft versteckt hatten.

Ich lenke den Wagen auf die Einfahrt vor die Garage und ziehe den Zündschlüssel. Starre auf den blätternden Putz der Mauern, an denen sich grüne Schlieren gebildet haben. Das von Unkraut bewucherte Pflaster in Richtung Eingang. Ich werde hineingehen. Für meine Schwester.

Ich habe sie schon mit der Beerdigung unserer Mutter alleingelassen. Weil ich nicht an deren offenem Grab stehen wollte. Ich hätte hineingespuckt. Das hier ist nun mein Part. Sicherstellen, dass nichts von Wert im Haus verbleibt, bevor eine Firma den Haushalt auflöst.

Der Schlüssel liegt wie damals unter dem Blumentopf, aus dem verdorrte Hortensienzweige emporragen wie knöcherne Spindelarme. Stine hat ihn mir hier deponiert. Ich klaube ihn hervor und denke an die guten Nachmittage meiner Kindheit. Jene, an denen wir von der Schule nach Hause kamen und diesen Schlüssel benutzten, weil niemand da war.

Die Tür schrappt über das Linoleum. Abgestandene Luft wabert mir entgegen. Ich folge dem Impuls, schnurstracks ins Wohnzimmer zu marschieren, und öffne die Terrassentür. Tief atme ich ein. Der Garten sieht verwahrlost aus. Nur die widerstandsfähigsten Stauden blühen trotzig. Blaue Katzenminze und Frauenmantel, der gelbe Wolken über die Beete webt und selbst den Löwenzahn erschlägt. Eine Oase, die nie eine war. Wie zum Hohn zwitschern Vögel in den Bäumen, und Hummeln wagen sich krabbelnd in die Kelche der Fingerhüte. Ich drehe mich in der Terrassentür um und überblicke das Wohnzimmer mit den Porzellanpuppen auf dem spießigen Sofa. Mein Magen verknotet sich.

Ich komme hier raus. Eines Tages. Ich weiß es. Auch wenn niemand meine Schreie hört. Jetzt will ich still ausharren. Die Tage zählen. Und die Nächte. Das kann ich. Ich sehe auf die Uhr. Wenn 24 Stunden vorüber sind, kratze ich einen Strich in die Wand. In meinem Kopf kann ich alles tun. Ich muss nur die Augen schließen. Meinen Atem in Schach halten, wenn die Angst kommt. Einatmen. Ausatmen. Ich kann mich auch bewegen. Sieben Schritte in die eine, sieben in die andere Richtung. Kniebeugen. Liegestütze. Mit den Armen rudern, einen Hampelmann machen. Es gibt einen Stuhl, einen Tisch. An dem kann ich essen. Dafür wird gesorgt. Und der Hahn am Waschbecken spendet Wasser. Ich muss hier drin nicht sterben. Das heißt es doch. Ich soll nicht sterben. Ich muss mich nur daran halten.

Der Kühlschrank in der Küche steht halb offen, meine Schwester hat ihn schon ausgeräumt und abgeschaltet. Ein muffiger Geruch wie der aus einem alten zahnlosen Mund entweicht ihm. Ich schließe ihn.

Auf der Herdplatte steht der angerostete Wasserkessel. Meine Mutter hat ihn nie benutzt, mein Vater dagegen oft. Er liebte Tee und probierte gerne Sorten aus, die er in einem Flensburger Teestübchen kaufte. Ich erinnere mich. Wie er Stine und mir zwei dampfende Tassen über den Küchentisch zuschob, mit einem leisen Lächeln. Momente, die sich wie helle Gänseblümchen über die Dunkelheit tupften.

Er muss uns geliebt haben. Ich weiß nicht, warum er zuließ, dass unsere Mutter uns für unser harmloses Kinderdasein bestrafte. Hart bestrafte. Es reichte, keinen Appetit zu haben. Mein Blick gleitet über die Kochutensilien und bleibt an dem hölzernen Kartoffelstampfer hängen. Wie damals beginnt mein Puls zu hämmern, droht meinen Hals zu sprengen. Ich fühle den scharfen Schmerz auf den Knien, die oft von blauen Flecken überzogen waren. Knie war gut. Niemand zweifelte an, dass ich oft hinfiel. Auch die anderen Wunden ließen sich verbergen. Brandmale. Striemen. Beulen.

Vielleicht wollte mein Vater die Wahrheit nicht sehen.

Ich nehme den Kartoffelstampfer und werfe ihn in den leeren Mülleimer unter der Spüle, würge den bitteren Geschmack von Galle hinunter. Drehe den Wasserhahn auf und trinke direkt aus der Leitung.

Nach etwas von Wert soll ich suchen. Und auch im alten Anglerhäuschen unseres Vaters nach dem Rechten sehen. Wo fange ich an? Ich wüsste nicht, dass es hier irgendwo etwas Besonderes gäbe. Und wenn, würde ich es nicht haben wollen. Mir fallen nur die Fotoalben ein, die im Wohnzimmerschrank vergraben sein müssen. Vielleicht bedeuten sie Stine etwas.

In der Stube hat die offene Terrassentür die laue Juni-Luft und ein paar Fliegen eingelassen. Sie surren mit nervtötendem Gebrumm durch den Raum. Ich wühle in den Schrankfächern. Tischdecken, Geschirr und Papierkram, den ich neben mir auf den Boden lege. Im Fach rechts finde ich die Alben. Ich öffne sie nicht. Jetzt die Fotos zu sehen, mit den verstörten Kindergesichtern meiner Geschwister und mir, würde ich nicht ertragen. Stattdessen versenke ich sie in den Karton, den ich mitgebracht habe.

Den Stapel mit den Papieren blättere ich durch, um zu schauen, ob wichtige Dokumente dabei sind. Alles Müll. Alte Rechnungen und Quittungen. Zeitungsauschnitte.

An einer Schlagzeile bleibe ich hängen. *Vermisster Junge aus Padborg tot in Niehuus aufgefunden.* Der Schnipsel stammt von 2017.

Ich hebe den Kopf. Ich erinnere mich an den Fall. Er bildete den Abschluss einer Reihe von Vermisstenfällen, die nie aufgeklärt wurden. Kinder aus Dänemark und Norddeutschland. Warum haben meine Eltern diesen Artikel aufgehoben?

Ich überfliege die Zeilen. *Der Leichnam wies verschiedene Verletzungen durch einen stumpfen Gegenstand sowie Verbrennungen auf. Bislang deutet nichts auf ein Sexualverbrechen hin … Die analoge Armbanduhr der Marke S. Oliver, die der Junge zum Zeitpunkt seines Verschwindens trug, konnte nicht gefunden werden … Hinweise bitte an …*

Meine Hand legt sich vor den Mund, ich halte den Atem an. Dann lasse ich das Papier los. Es schaukelt schwach zu Boden. Nein. Es ist nichts weiter als das. Ein abgegriffener Fetzen Papier, den meine Mutter aus wahnhaftem Interesse an einem sadistischen Verbrechen aufgehoben hat. Das passte zu ihr.

Der Satz schwingt in mir nach, erzeugt Misstöne wie ein Tinnitus in meinem Kopf, während ich mich weiter auf den Nachlass konzentriere. Die Eile nagt an mir wie die glühende Zigarette meiner Mutter. Ich will meine Mission zügig zu Ende zu bringen.

Ich weiß nicht, ob ich noch daran glauben kann, hier rauszukommen. Noch immer zähle ich die Tage, daran halte ich fest. Aber es vergehen so viele, dass die Zahlen in mei-

nem Kopf verschwimmen. Sie sind nur noch Kringel ohne Bedeutung, die Kerben in der Wand nur hohle Schnitte. Sinnlos wie die, die sich in mein Fleisch ritzen. Das muss ich machen, damit ich mich fühlen kann. Wenigstens gibt es Licht. Und genug zu essen. Ich bekomme Vorräte durch die Luke gereicht. Auch Seife, wenn die alte aufgebraucht ist, und mal ein frisches Handtuch. Sogar eine Zahnbürste habe ich. Müll wird mitgenommen, ich muss ihn auf die oberste Treppenstufe stellen. Nur – was, wenn niemand mehr kommt? Mir bleibt der Ausweg, die Pulsadern aufzuschneiden. Mit dem Besteckmesser. Das könnte ich auch jetzt schon tun. Aber mir fehlt der Mut.

Am frühen Abend bin ich mit meinem Durchgang fertig. Ich habe auch die oberen Räume gesichtet. Den Schmuckkasten meiner Mutter habe ich mit in den Karton gesteckt, damit Stine ihn verticken kann. Mir bedeutet nur der Ring meines Vaters etwas. Den möchte ich behalten. Einen Keller gibt es zum Glück nicht. Wenn meine Mutter uns zur Strafe einsperrte, mussten wir in die Garage. Ich werfe nur einen kurzen Blick hinein. Nichts als Regale mit Werkzeug und vertrockneten Farbtöpfen. Das Auto hat Stine schon weggebracht.

Ich atme auf. Alles was zu tun bleibt, ist, zum Anglerhäuschen zu fahren. Es liegt versteckt am Ufer des Niehuus-Sees. Ich nehme den Schlüssel zur Hütte von der Hakenleiste. Den Karton hieve ich in den Kofferraum meines Kombis.

Nur wenige Minuten, und ich gelange zum See. Der brackige Duft streift meine Nase, als ich aussteige. Die

Wellen gluckern träge ans Ufer, angestupst von Gänsen und Enten, die weiter weg auf der Oberfläche schwimmen. Eine Erinnerung streift mich, wie hier einmal ein Gänseküken an einer Angelschnur verendete. Obwohl ein Wanderweg durchs Dickicht rund ums Gewässer führt, ist der Landstrich menschenleer wie eh und je.

Ich wende mich dem Trampelpfad zu, der in krummen Linien zum Anglerhaus führt. Die Blätter der Baumkronen über mir knistern im Wind. Hinter wilden Brombeerbüschen taucht endlich die Hütte auf. Die Fensterläden sind verriegelt, das Holz verwittert. Tage, die wir hier mit meinem Vater verbrachten, bedeuteten Stunden ohne unsere Mutter. Sie konnte der Angelei nichts abgewinnen und blieb diesem Ort fern. Das reichte, um sich frei zu fühlen. Obwohl mir der Anblick der sterbenden Fische jedes Mal durch Mark und Bein ging. Wenn mein Vater ihnen den Haken aus dem blutigen Maul riss und die Schwanzflossen zappelten, in einem letzten Aufbäumen gegen den Tod.

Ich entriegele die Hüttentür. Fahles Licht fällt in den Raum. Ich öffne die Fenster und stoße die Läden auf. Staub hängt in der Luft, geschwängert mit salzigem Fischgeruch. Alles ist unverändert. Die sperrige Liege, die unseren seltenen Gästen zur Übernachtung diente. Oder meinem Vater, wenn der Hass zu groß wurde. Der schäbige Flickenteppich, auf dem ein Tisch und zwei Stühle platziert sind. Das Angelzubehör, die schmutzigen Gummistiefel. Das Waschbecken mit einem fleckigen Küchentuch. Die Kochplatte. Perplex bleibt mein Blick an dem Regal hängen. Lebensmitteldosen und Einmachgläser stapeln sich dort. Ich ziehe eine Dose Ravioli hervor. Sie ist abgelaufen.

Warum hat mein Vater Lebensmittel gehortet? Hatte er in den letzten Jahren so viel Abstand gebraucht, dass er in der Hütte wohnte?

Ich suche nach anderen Spuren seiner Anwesenheit. Auch hier ein Wasserkessel. Tassen. Eine große Teedose aus Blech. Ich nehme sie vom Regal und schaue hinein. Der Duft nach Rooibos-Vanille strömt durch meine Nase. Aber da ist noch etwas. Aus den Teekrümeln blitzt etwas Weißes hervor.

Irritiert zupfe ich es heraus. Ein Umschlag. Was hat mein Vater hier versteckt? Das Kuvert umschließt etwas Schweres. Ich reiße es auf, lasse den Inhalt auf den Tisch gleiten. Vor mir liegen ein gefalteter Zettel und – eine Kinderarmbanduhr. Sie ist stehen geblieben.

Sekundenlang starre ich darauf. Mit pochendem Herzen wende ich die Uhr hin und her. Sie hat ein Silikonband und ist von S. Oliver.

Das kann nicht sein. Ich fasse mir an den Hals, als könnte ich damit das Gefühl der Enge bekämpfen. Wie betäubt falte ich das Papier auseinander, auf dem nur wenige Worte in der Schrift meines Vaters zu lesen sind: *Wer auch immer dies findet, sorge dafür, dass die Wahrheit ans Licht kommt. Die Antwort liegt unter der Hütte. Vergebt mir. Ich musste es tun.*

Die Zeilen verschwimmen vor meinen Augen. Der Raum dreht sich. Nackte Angst greift nach mir und droht mir die Luft zu nehmen. Unter der Hütte. Was zur Hölle meint er?

Der Flickenteppich wellt sich zu meinen Füßen. Ich beiße mir so fest auf die Unterlippe, bis sie blutet. Schiebe die Stühle an die Wand. Bugsiere den Tisch auf die andere Seite. Ich atme tief ein und schlage den Teppich zurück. In den Boden ist eine Falltür eingelassen. Ich habe nichts von ihr gewusst.

Ein metallener Haken hält die Luke fest verschlossen. Mit zitternden Beinen hocke ich mich hin, schiebe den Riegel beiseite. Die Luke ist schwer und ächzt in den Angeln. Steinerne Stufen führen ins dunkle Nichts. Der Geruch nach Fäulnis trifft mich wie ein Schlag in die Magengrube. Ich raffe mein T-Shirt hoch, halte den Stoff vor die Nase. Mit der anderen Hand ziehe ich mein Handy aus der Hosentasche und leuchte mit angehaltenem Atem hinab.

Das hier ist das Ende. Ich fühle es kommen, nach all den Jahren. Zu viel Zeit ist vergangen, seit sich die Luke das letzte Mal öffnete. Etwas muss passiert sein. Wasser habe ich, aber wie lange überlebt man ohne Essen? Zwei Monate? Drei? Ich weiß es nicht. Nichts weiß ich mehr. Der Gestank ist betäubend. Das ewige Summen bohrt ein Loch durch meinen Schädel. Meine Kraft löst sich auf, lässt meine dürre Schale zurück. Sie reicht kaum aus, um eine neue Kerbe in die Wand zu ritzen. Oder Licht zu machen. Das Messer ist auch stumpf geworden. Ich habe vergeblich versucht, meine Adern zu treffen. Wie von Ferne höre ich doch etwas. Einen rauen Seufzer. Meiner? Der letzte Atemzug. Meine Augen fallen zu. Und ich sehe das Licht. Sterben ist so, wie alle sagen. Endlich. Endlich wird es hell.

Ich bin auf der Mitte der Treppe angekommen. Meine Knie beben, fordern mich auf, umzudrehen. Aber meine Füße tragen mich Zentimeter für Zentimeter weiter. Ich lasse den Lichtstrahl durch den Raum zucken. Eine Wanduhr. Kloschlüssel. Waschbecken. Geöffnete Konservenbüchsen, Geschirr auf einem winzigen Tisch. Und eine Glühbirne, die von der Decke baumelt.

Ich taste über die kalte Wand und finde den Schalter. Dann sehe ich das Unfassbare. Hinten im Raum liegt ein Mensch, in zerlumpter Kleidung. Auf einer Pritsche. Reglos. Tot.

Laute stoßen sich durch meinen Mund wie die eines Tieres. Vermischen sich mit dem monotonen Surren einer Belüftung. Ich wimmere, nähere mich vorsichtig dem Mann. Ich kenne ihn nicht. Sein langer Bart ist verfilzt. Das Gesicht eingefallen.

Der Mann öffnet die Augen. Ein spitzer Schrei springt aus meiner Kehle. Er fixiert mich mit starrem Blick. Kein Toter. Und kein Fremder. Es ist Henrik. Aus Haut und Knochen.

Der Boden unter mir wankt. Ich falle mit den Knien hart vor die Matratze. Rufe seinen Namen, immer wieder. Er stöhnt. Krallt seine Finger in meine Haut. Ich berühre die ledrige Hand. Seinen Arm, der von Narben und eitrigen Wunden entstellt ist. Er braucht einen Arzt, sofort.

»Henrik!« stoße ich aus. »Alles wird gut, ich hole Hilfe!«

Sein Blick rudert wirr, er lässt meinen Arm nicht los, klammert sich an mich wie ein Ertrinkender.

Hastig tippe ich auf mein Handy ein. Vergeblich. »Bitte,

Henrik, du musst mich nach oben gehen lassen. Ich habe keinen Empfang!«

Er versucht, Worte zu formen, flüstert rau. Ich beuge mich zu ihm herab, verstehe nur Wortfetzen. »Mich nicht allein … musst … mich mitnehmen.«

Ich drücke die Panik weg, die mich lähmen will. »Ja! Ich versuche es.«

Mein Arm schiebt sich unter seinen knochigen Rücken. Ich helfe ihm, sich halb aufzusetzen. Er hängt sich an mich, ich spüre den fauligen Atem an meinem Hals. Schweiß bricht mir aus allen Poren, aber irgendwie schaffe ich es, ihn von der Matratze und auf die Füße zu ziehen. Er taumelt, doch er bleibt an meiner Seite stehen.

»Nur ein paar Schritte«, ermutige ich ihn.

»Sieben bis zur Treppe«, sagt er. »Sieben!« Ein hohles Lachen stürzt aus seiner Kehle.

Das ist Wahnsinn. Tränen schießen mir in die Augen, während ich meinen Bruder stütze. Die Wände um uns herum sind über und über eingeritzt. Meine Gedanken jagen sich, machen mich schwindelig.

»Wer hat dir das angetan?« Dabei kenne ich die Antwort. Es kann nur unsere Mutter gewesen sein, und Papa hat es gewusst. Es zugelassen!

Henrik keucht nur, konzentriert sich auf die Stufen. Ich halte meine Hände in seinen Rücken, gehe dicht hinter ihm, falls er fällt. Endlich schafft er es bis oben und sinkt erschöpft auf die Kante der Öffnung. Ich bleibe auf der Treppe stehen, seine dünnen Beine versperren den Weg. Ich gebe ihm Zeit, auszuruhen. Vielleicht habe ich schon Empfang? Nein. Ich schaue zu ihm hinauf. Es ist entsetzlich, ihn nach fünf Jahren so zu sehen. Ausgezehrt. Nicht mehr er selbst.

»Sie sind tot. Beide«, flüstere ich. »War es Mutter?«

Er erwidert meinen Blick. »Papa.«

Ungläubig schüttele ich den Kopf. Ich höre, was er sagt, aber die Bedeutung dringt nicht zu mir vor.

»Er hat mich hergebracht«, raunt er. »Mich gezwungen, die Nachricht an euch zu schreiben.«

»Dann hat *er* den Jungen aus Padborg auf dem Gewissen? Und die anderen Kinder?« Nein. Das kann nicht sein. Das ist alles nur ein böser Traum. Aber ich habe ja die Uhr gefunden!

»Nein.« Ein Seufzer rollt über Henriks Lippen. »Nicht er.«

Ich kann nicht ordnen, was er sagt. In meinen Ohren rauscht das Blut.

»Er war ja sogar zu feige, mich umzubringen.« Ein ironischer Klang zerschneidet seine Stimme.

Meine Zunge klebt am Gaumen, ich bringe kein Wort hervor.

»Das Jugendstrafrecht war ihm zu unsicher.« Henriks Mundwinkel verziehen sich zu einem Grinsen. »Er hatte Angst, ich wäre bald wieder draußen. Also hat er mich lieber selbst weggesperrt.«

Ich sehe in eine fremde Fratze. Die Wahrheit. Sie schießt scharf wie Eis durch meine Adern. Friert mich ein.

»Dabei habe ich nur experimentiert. Danach konnte ich die Kids doch nicht laufen lassen. Sie ruhen im See. Nur für den dummen Jungen blieb keine Zeit, ihn anständig verschwinden zu lassen. Papa hat mich ertappt. Alles seine Schuld.« Henrik stützt sich am Boden ab, hievt sich schwankend in die Höhe. Er stiert mich an.

Ich muss hier raus. Raus! Ich reiße mich aus der Starre, hetze die letzten Stufen hinauf.

»So leid es mir tut. Dich kann ich auch nicht laufen lassen.« Henriks Fuß trifft mich am Kopf.

Ich schreie auf. Taumele abwärts und lande hart mit dem Rücken auf Stein. Die Falltür schließt sich mit einem ohrenbetäubenden Krachen über mir.

Dann sinke ich ins schwarze Nichts.

OSTSEEMAN

Elin Seidel

Glücksburg

Er kniff die Augen hinter der Schwimmbrille zusammen, um die erste Markierungsboje zu erkennen. Die Morgensonne hing bereits grell am Himmel über der Flensburger Förde.

»Noch 45 Sekunden bis zum Start«, warnte es blechern aus einem Lautsprecher. Über dem Strand hing eine angespannte Stille, die sich mit dem Geruch von Neopren mischte. Dicht gedrängt warteten Hunderte Triathleten mit ihm auf den Schwimmstart für den Ostseeman. Er stand ganz vorne. Das weiße Startband, das ihn vom kühlen Wasser trennte, war zum Greifen nah.

»Noch 30 Sekunden.« Zahllose Urlaubsgäste und Schaulustige tuschelten und räusperten sich in die Stille hinein. Sechsmal hatte er bereits hier gestanden. Mit den Füßen im Sand auf den Startschuss wartend. Seine Lunge füllte sich mit kühler Morgenluft.

»Noch 15 Sekunden.« Lange hatte er sich nicht mehr so lebendig gefühlt. Erwartungsvoll spannten sich seine Muskeln unter dem schwarzen Gummi. Ein Lächeln legte sich auf seine Gesichtszüge. »Ten, nine, eight …« Das anfeuernde Klatschen der Menge hörte er nicht. »… three, two, one, go!« Männer in gelben Shirts hoben das Startband über ihre Köpfe. Er sprintete durch das seichte Wasser. Schwimmer schoben ihre Gummikörper an ihm vorbei. Wasser spritzte nach allen Seiten. Der erste Schwimmzug drückte eiskaltes Nass in den Neoprenanzug. Entschlossen glitt er der ersten Schwimmboje entgegen.

***

Laura Engels bahnte sich ihren Weg durch weggeworfene Pappbecher. Die Sonne hatte ihren Zenit längst überschritten. Oberhalb des Strandes war der Zieleinlauf des Ostseeman noch in vollem Gange. Eine anschwellende Brise trug die Jubelrufe der Zuschauer zu ihr herüber, während sich erschöpfte Triathleten über die Ziellinie quälten. Hier am Strand waren sie vor gut neun Stunden gestartet, um fast 4 km zu schwimmen, sich ihre Neoprenanzüge vom Körper zu streifen und pitschnass aufs Fahrrad zu steigen. Nach 180 km unermüdlichem Pedaletreten liefen diese Frauen und Männer noch einen kompletten Marathon. Was für eine unmenschliche Leistung. Sie war gerade mal im Stande, hin und wieder 5 km durch den Schlosspark zu joggen.

Ihr Blick streifte über die Wasseroberfläche, die friedlich in der späten Nachmittagssonne glitzerte, als hätte sie nichts zu verbergen. Rund 100 m vom Strand entfernt trieben drei rote Schlauchboote und warteten geduldig auf die Rettungstaucher, die bereits seit einer Stunde unablässig nach dem Vermissten suchten. Im flachen Gewässer schaukelten zwei kleinere Boote und dienten den

Schnorcheltauchern als Halt, die in kurzen Abständen das glatte Blau durchbrachen, um ihre Lungen mit Luft und neuer Hoffnung zu füllen.

»Die Sicht ist leider ziemlich schlecht.« Der junge Mann im roten DLRG-Hemd musste von hinten gekommen sein. Rasch schob sie die Sonnenbrille in ihr schulterlanges Haar. Es war unhöflich, die Augen zu verbergen, wenn man jemandem die Hand schüttelte.

»Ich bin Laura Engels von der Kripo.«

»Das habe ich mir gedacht. Der Veranstalter hat Sie angekündigt.« Sein Händedruck war kraftlos. »Ich bin Ole Jansen. Einsatzleiter Wasserrettung.« Ein Lächeln blieb angedeutet und wich auf halbem Wege einem besorgten Gesichtsausdruck.

»Kennen Sie den Vermissten?«

»Ja, Stefan … ist einer von uns. Er hat hin und wieder ehrenamtlich bei der DLRG ausgeholfen.«

Sie hasste Momente wie diesen. Wenn eine Person vermisst wurde, kam man an den Punkt, an dem es eigentlich keine Hoffnung mehr gab, aber niemand dies auszusprechen wagte. Schließlich fand sie seinen Blick. Die tiefblauen Augen gaben den Schmerz preis, den er zu verbergen versuchte.

»Ich glaube nicht, dass wir ihn noch finden. Lebend sowieso nicht.« Der junge Mann sah aufs Wasser hinaus. »Seit ungefähr zwei Stunden haben wir ablandigen Wind. Vermutlich ist er längst abgetrieben.«

»Aber Strömungen gibt es hier nicht, oder?«

»Nicht hier vorne im Schwimmbereich. Weiter hinten in der Bucht kommt das bei ablandigem Wind schon mal vor.« Sein Blick war auf den Horizont gerichtet. »Er war ein guter Schwimmer, wissen Sie. Ein wirklich guter Schwimmer. Und ... wir waren mit so vielen Leuten während des Schwimmwettkampfes dabei. Allein sechs Boote, Kanus und jede Menge SUPs.«

»Sie trifft keine Schuld.« Der junge Mann hätte ihr Sohn sein können. »Hunderte von Köpfen gleichzeitig im Wasser. Vermutlich kann niemand etwas dafür.« Normalerweise ließ sie sich nicht von Gefühlen leiten, wenn sie im Dienst war. Aber der Impuls, ihre Hand für einen Moment auf die eingefallenen Schultern von Ole Jansen zu legen, fühlte sich so überwältigend richtig an, dass sie ihm folgte.

Es war bereits nach 20 Uhr, als sie ihren Dienstwagen an der Straße vor der Doppelhaushälfte unter Reet parkte. »Möllner« stand an der Klingel. Eine zierliche blonde Frau öffnete die Tür. Laura schätzte sie auf Mitte vierzig. Ihre Augen waren zu Sehschlitzen verquollen, sodass eine Augenfarbe kaum auszumachen war.

Sie musste tief einatmen, bevor ihr das Unaussprechliche über die Lippen kam. »Die Taucher haben ihn nicht gefunden, Frau Möllner. Es tut mir leid.« Wie so oft in diesen Momenten meldete sich auch jetzt eine innere Stimme. Such dir einen anderen Job! Was zum Teufel tust du hier? Ihr fiel ein Artikel ein, den sie mal gelesen hatte. Die alten Griechen bestraften den Überbringer schlechter Nachrichten mit dem Tod.

Tanja Möllner nickte nur stumm. Für einen Moment hielt Laura inne. Vermutlich, weil sie erwartete, dass die in sich zusammengefallene Frau in Tränen ausbrach. Aber nichts passierte. »Darf ich kurz reinkommen?«

Wortlos trat Frau Möllner zur Seite. Um diese Besuche besser aushalten zu können, stellte Laura sich gerne vor, wie die Person, der sie eine Todesnachricht überbringen musste, in sorglosen Zeiten aussah. Wie sie lächelte. Wie sie vielleicht noch wenige Stunden zuvor ausgesehen haben mochte. Hat sie ihren Mann von der Tribüne aus angefeuert? Hat sie ihn früh am Morgen zärtlich umarmt? Sie war hübsch – eigentlich. Trotz der harten Gesichtszüge, die der raue Wind gezeichnet hatte. Und vermutlich war sie sogar sympathisch. Jetzt existierte sie nur noch.

Das Wohnzimmer war hell und geräumig. Laura fiel das Modell eines Kreuzfahrtschiffes auf, das auf einem Fenstersims stand.

»Frau Möllner, ich muss Sie das jetzt fragen.«

Die verquollenen Augen sahen sie zum ersten Mal an.

»Hat Ihr Mann einen Abschiedsbrief hinterlassen? Oder hat er Suizidgedanken geäußert?« Es war nicht ungewöhnlich, dass vermeintliche Unfälle in Wirklichkeit heimliche Selbsttötungen waren. Ohne Leiche waren natürlich auch ganz andere Dinge denkbar, aber das verschwieg sie für den Moment lieber.

Frau Möllner schüttelte heftig den Kopf. »Nein. Wie kommen Sie darauf?« Laura beobachtete sie. Ihr Entsetzen schien echt, genau wie ihre Trauer. »Er hatte viele Freunde. War beim DLRG aktiv, und … auch zwischen uns war alles … normal.« Für einen Moment hielt sie inne, bevor sie fortfuhr. »Geldsorgen haben wir hin und wieder. Wir betreiben ein Restaurant, das läuft gerade nicht so gut. Der neue Koch … na ja, der hat uns leider viele Stammgäste vergrault.« Sie sah Laura entsetzt an. Fast angewidert wirkte ihr Gesichtsausdruck. »Aber deshalb bringt man sich doch nicht um.« Irgendetwas im Blick dieser Frau brachte Laura zum Frösteln.

Auf dem Weg zum Auto fischte sie ihr Smartphone aus der Tasche. Drei verpasste Anrufe. Tom. Verdammt. Die Verabredung mit ihm hatte sie völlig vergessen. Sie wollten kochen. Irgendein Pasta-Gericht. Sicher wartete er noch auf sie. An dem gedeckten Holztisch in seiner Dachgeschosswohnung. Wenn sie jetzt hinfuhr, würde sie sich anhören müssen, dass er mehr in die Beziehung investierte als sie. Dass sie bindungsunfähig sei. Wie ein Kind würde sie sich vorkommen. Die unzuverlässige Laura. Das wollte sie sich nicht antun.

Am nächsten Tag um die Mittagszeit fuhr sie zu Ole Jansen. Am Morgen hatte sie bereits mit dem Veranstalter gesprochen. Der konnte tatsächlich Triathleten ausfindig machen, die Stefan Möllner beim Start gesehen hatten. Einer war zu Beginn des Wettkampfes sogar unmittelbar hinter ihm geschwommen. Danach hatte es kein Lebenszeichen mehr von ihm gegeben. Genauso wahrscheinlich wie ein Suizid erschien ihr ein Unfall. Mit Schwimmunfällen musste Jansen sich doch auskennen. Außerdem kannte er den Vermissten. Sie fand ihn im Büro der DLRG, einem Flachbau am Ortsrand von Glücksburg, hinter unsortierten Papierstapeln.

»Moin Herr Jansen.« Auch heute schaffte es kein Lächeln in sein angespanntes Gesicht. »Suchen Sie heute weiter?«

»Die Polizeitaucher haben ihre Suche vor einer Stunde eingestellt. Trotzdem habe ich unsere Taucher noch mal rausgeschickt. Auch wenn es wenig Sinn hat. Das sind wir Stefan schuldig.« Der Mann wirkte fünf Jahre älter als am Vortag. Eine unruhige Nacht hatte dunkle Schatten unter seine Augen gemalt.

»Es gibt doch diesen gefürchteten Schwimmertod. Kann es so etwas gewesen sein?«

»Sie meinen das SIPE-Syndrom?«

»Ich denke schon. Dieser plötzliche Tod im kalten Wasser.«

»So kalt war die Ostsee gestern gar nicht. Fast 20 °C. Beim SIPE bildet sich ganz plötzlich ein Lungenödem, das zu Bewusstlosigkeit und Herzstillstand führt. Ist sehr selten. Hatten wir hier noch nicht.«

»Aber möglich wäre es, oder?«

»Ja, schon. Kann theoretisch auch bei trainierten Triathleten vorkommen.« Ole Jansen fixierte seine Hände, die er gedankenverloren gegeneinanderrieb. »Wer hat Stefan gestern eigentlich als vermisst gemeldet?«

Prüfend sah sie ihm in die Augen. Warum wollte er das wissen? »Seine Frau. Sie hat ihn nicht auf sein Fahrrad steigen sehen, und auch an der Laufroute konnte sie ihn nicht ausfindig machen.«

»Und da ist sie sich sicher?«

Worauf will er hinaus? »Ganz sicher. Der Veranstalter hat bestätigt, dass Herr Möllner nach dem Schwimmen nicht über die Kontrollmatte für die Zeiterfassung gelaufen ist.«

Der Mann nickte, schien aber nicht zufrieden mit ihrer Antwort.

»Warum fragen Sie?«

Er setzte mehrmals an, entschied sich jedoch immer wieder für eine andere Formulierung. »Weil ich mir weder vorstellen kann, dass er einfach so ertrunken ist noch dass er sich etwas angetan hat.« Erregt verließ er seinen Schreibtischstuhl und lief in dem kleinen Raum auf und ab wie ein gefangenes Tier. »Ich kannte Stefan. Er war ein fröhlicher Mensch. Gewissenhaft. Er wäre nicht angetreten, wenn er sich nicht gut gefühlt hätte.« Plötzlich stand er so dicht vor ihr, dass sie seinen schlechten Atem riechen konnte. »Fragen Sie doch mal seine Frau.«

Auch ohne Durchsuchungsbeschluss hatte Frau Möllner ihr erlaubt, sich im Büro ihres Mannes umzusehen, das er sich im Keller der Doppelhaushälfte eingerichtet hatte.

»Ich lasse Sie dann mal alleine.« Obwohl Laura nickte, verharrte die zierliche Frau im Türrahmen. Sie wirkte verloren, wie sie so da stand. »Kann ich Ihnen vielleicht einen Kaffee bringen?«, fragte sie schließlich.

»Gerne«, Laura lächelte. Mit einem Kaffee lag man bei ihr eigentlich immer richtig. Sie ließ den Raum in Ruhe auf sich wirken. Die Büro- oder Hobbyräume von Vermissten konnten eine Menge erzählen, wenn man ihnen nur zuhörte. Auch hier stand ein Kreuzfahrtschiff auf dem Fenstersims. Ein anderes Modell als das im Wohnzimmer. Verspielt, mit einer Wasserrutsche, die sich über das Schiffsdeck schlängelte. Die unterste Schreibtischschublade war randvoll mit Reiseprospekten. Alles Fernreisen. Safari in Namibia, Rundreise durch die USA und jede Menge über Südamerika.

»Mein Mann hätte diese Reisen gerne gemacht.« Frau Möllner hielt ihr eine Tasse frisch gebrühten Kaffee entgegen. »Schwarz nehme ich an.«

Laura war überrascht. »Woher wissen Sie das?«

»Menschenkenntnis.« Sie hob die Mundwinkel, ohne zu lächeln.

»Hat er keines dieser Länder je bereist?«

»Nein.«

Warum war sie so kurz angebunden? »Darf ich fragen, warum nicht?«

»Ich verreise nicht gerne. Wir haben es doch schön hier.« Energisch begann sie, die Prospekte wieder in die Schublade zu räumen. »Außerdem war nie Zeit für so was. Das Restaurant, wissen Sie. Wenn man selbstständig ist, kann man nicht einfach so für mehrere Wochen weg. Und Stefans Sport hat schon genug Zeit in Anspruch genommen. Für den Triathlon musste er mehrmals die Woche trainieren.«

In den Aktenordnern im Wandregal fand sie zahlreiche Rechnungen für das Restaurant »Kleine Förde«. Schnell wurde klar, dass den Abbuchungen auf dem Geschäftskonto viel zu geringe Einnahmen gegenüberstanden. Und da war noch etwas anderes, auf das Laura zufällig stieß. Vor einem Jahr hatte Stefan Möllner eine Lebensversicherung abgeschlossen. Die Geldsumme, die seine Frau im Fall seines Todes erhalten sollte, war ungewöhnlich hoch.

Der Tisch, den sie reserviert hatte, bot sogar Meerblick. Zumindest konnte man am Horizont über den roten Schieferdächern Schaumkronen erkennen. Heute Abend war es geradezu stürmisch für hiesige Verhältnisse. Die Uhr an der Wand zeigte 19:45 Uhr. Eigentlich hätte Tom um 19:30 Uhr hier sein sollen. Sie wollte ihn zum Essen einladen, um sich zu entschuldigen. Mal wieder. Das Restaurant hatte sie ausgewählt, weil es neu war. Sie liebte es, einen Ort zum ersten Mal zu besuchen. Das hatte etwas Magisches. Sie war geradezu süchtig danach. Jedes neue Lokal im Umkreis von 20 km musste sie ausprobieren. Die kleinen Tische um sie herum waren akkurat gedeckt, weiße Tischdecken, Kerzen. Leider überwiegend leer. Nur zwei weitere Paare unterhielten sich gedämpft zu plätschernder Klaviermusik.

»Ganz schön nobel, was du da ausgesucht hast.« Tom konnte seinen stichelnden Unterton nicht verbergen. »Bist du befördert worden?«

»Tom!« Sie spürte, wie sehr sie sich freute, ihn zu sehen. Offensichtlich war er ihr nicht mehr böse. Seit der zehnten Klasse liebte sie die tiefen Grübchen, die sich auf seinen Wangen bildeten, wenn er lächelte. Sie konnte nicht mit und nicht ohne ihn.

Nachdem zwei Aperitifs vor ihnen standen, fragte er sie nach ihrem Fall. Eigentlich wollte sie heute Abend nicht über die Arbeit reden. Wochenlang hatte sie ohne Ergebnis ermittelt. Stefan Möllner war gemeinsam mit Hunderten Triathleten vom Strand aus gestartet und einfach verschwunden. Spurlos. Fremdeinwirkung schien ausgeschlossen. Außerdem traute sie seiner Frau einen

Mord nicht zu. Ihre beste Erklärung war die, dass es ein Suizid war und er Tanja abgesichert zurücklassen wollte. Dagegen sprach, dass alle in seinem Umfeld immer wieder bekräftigt hatten, er sei ein positiver Mensch gewesen. Beliebt und sozial bestens integriert. In der letzten Zeit vor seinem Verschwinden war er vielen sogar geradezu glücklich vorgekommen.

»Ich habe den Fall abgeschlossen – als Unfall. Schon damit Frau Möllner das Geld aus der Lebensversicherung endlich ausgezahlt werden kann.« Sie nickte, während sie sprach, als müsse sie sich selbst bestätigen, das Richtige getan zu haben. »Sie braucht es für das Restaurant.«

Tom sah sie ungläubig an. »Du hast doch immer gesagt, sie verheimlicht etwas.«

»Ja, am Anfang.« Sie legte ihre Hand auf seine. »Inzwischen denke ich aber, sie wusste womöglich, dass er einen Suizid plante. Vielleicht haben beide voneinander Abschied genommen, in der Hoffnung, das Restaurant kann weiter bestehen. Dass sie abgesichert ist.«

Tom nickte. »Klingt plausibel. Aber … du kannst doch nicht einfach festhalten, dass es ein Unfall war, wenn du an Suizid glaubst. Das ist Beihilfe zum Versicherungsbetrug.«

»Es gibt doch ohnehin keine Beweise, weder für das eine noch das andere. Am Ende ist beides gleichermaßen wahrscheinlich. Und da wollte ich den beiden den Gefallen tun, weißt du.« In diesem Moment fühlte sich die Entscheidung richtig an. Es war ein gutes Gefühl, großzügig sein zu können. Das Leben war voller Grauzonen.

»Du spielst Robin Hood«, stellte er trocken fest. Dann lächelte er bis in die Grübchen hinein. »Darauf stoßen wir an!«

Als sie nach dem Proseccoglas griff, klingelte ihr Handy. Tom rollte mit den Augen.

»Da muss ich ran.« Sie wühlte in ihrer Handtasche. »Tut mir leid. – Engels. Ja.« *Pause.* »Was? Das kann nicht sein.« Ihre Augen verengten sich. »Sind Sie ganz sicher?« *Pause.* »Ja. Mhm. Das gibt es doch nicht.« *Pause.* »Halten Sie mich auf dem Laufenden.«

»Du bist leichenblass. Was ist los?«

Laura brauchte einen Moment, um zu begreifen, was der Kollege da gerade gesagt hatte. »Stefan Möllner lebt. Er wurde am Flughafen in Frankfurt von einer Überwachungskamera aufgenommen. Die Vermisstenfahndung war noch im System.«

»Unglaublich. Und wo ist er jetzt?«

Laura musste sich an der Tischkante festhalten. Sie hatte das Gefühl, sonst vom Stuhl zu fallen. »Leider hat die Bundespolizei zu spät reagiert. Er sitzt im Flugzeug nach Rio de Janeiro.« Sie suchte Toms Blick, als könne sie darin die Erklärung finden. »Wie ist das möglich?«

Als man die Vorspeise auf dünnem Porzellan servierte, traf sie die Erkenntnis völlig unvorbereitet. Als stechender Schmerz bohrte sie sich in die hintere Schädeldecke.

»Es tut mir leid, aber ich muss los.« Ohne den Parmaschinken auf Melone anzurühren, stand sie auf.

»Was? Jetzt? Wohin willst du?«

»Warte nicht auf mich. Ich erklär dir alles später.« Hastig rupfte sie ihren Parka von der Stuhllehne, verließ Tom und das Restaurant. Die leuchtenden Rottöne, von der Abendsonne an den Augusthimmel gemalt, nahm sie nicht wahr. Laura eilte durch die Gassen der Glücksburger Altstadt, das Handy am Ohr.

»Lasse, bitte finde heraus, wo der Filialleiter der Sparkasse wohnt. Ich muss ihn sprechen. Ja, oder die private Telefonnummer. Jetzt! Nein, das kann nicht warten.«

Wie hat er das geschafft? Wie konnte er unbemerkt verschwinden? Ein Schwimmer, der die vorgegebene Route verlässt, hätte den DLRG-Leuten auffallen müssen. Sie musste nachsehen. Ob es ihr gut geht. So schnell wie möglich. Ihr Handy piepte. Lasse hatte die Telefonnummer geschickt. Ohne ihre Schritte zu verlangsamen, tippte sie auf die Nummer. Mist. Die automatische Wahlfunktion funktionierte nicht. Sie hielt kurz an, um die Zahlen einzutippen.

»Herr Björnson, Laura Engels von der Kripo. Entschuldigen Sie die Störung, aber ich muss unbedingt von Ihnen wissen, ob Tanja Möllner heute einen größeren Betrag bei Ihnen in bar abgehoben hat. Es besteht Gefahr in Verzug.« Weil sie ihre Schritte nicht verlangsamte, geriet sie beim Sprechen außer Atem.

Die Stimme wirkte, als wäre sie länger nicht benutzt worden. Ein Räuspern war zu hören. »Ja. Heute Morgen war sie da. Sehr früh. Sie hat 50 000 Euro in bar abgehoben. Das war alles, was wir verfügbar hatten. Insgesamt 900 000 Euro hat sie auf verschiedene Konten überwiesen. Alles Nummernkonten im Ausland.«

»Kam Ihnen das nicht komisch vor? Warum haben Sie mich nicht angerufen?« Sie bemühte sich, nicht ins Telefon zu brüllen.

»Sie ist eine erwachsene Frau und erschien persönlich. Warum sollte ich mir Sorgen machen? Sie sagte, dass sie für eine Weile ins Ausland wolle, um sich eine Auszeit zu nehmen.«

Ihr Hals fühlte sich so trocken an, dass sie flüstern musste. »Frau Möllner verreist nicht gerne.« Dann legte sie auf, um ihre Schritte wieder zu beschleunigen.

Als sie ihren Kleinwagen vor dem Haus mit dem Reetdach parkte, verstärkte sich das ungute Gefühl. Wurde zu einer unsichtbaren Hand, die sich um ihren Hals legte. Hätte sie die Dienstwaffe holen sollen? Nein, dazu war keine Zeit. Auf das Klingeln reagierte niemand. Sie ließ den Daumen auf dem Klingelknopf aus Messing liegen, bis er weiß wurde. Nichts.

»Frau Möllner«, hörte sie sich rufen.

Sie zögerte nur für einen kurzen Moment, als sie das gekippte Küchenfenster auf der Nordseite des Hauses entdeckte. Ihr Unterarm glitt durch den Spalt und drückte den Griff in die Waagerechte. Ein Ruck genügte, und das Fenster gab nach. Vom Fenstersims sprang sie über die Anrichte hinweg auf den Küchenboden. Geschirr folgte ihr scheppernd.

Zwischen Esstisch und dem Miniaturkreuzfahrtschiff lag Tanja Möllner leblos auf den beigen Terrakottafliesen. Ihr Hals von dunklen Striemen übersät. Die blauen Augen starrten so unnatürlich ins Leere, dass es keinen

Zweifel gab. Erschöpft sank Laura neben der Toten zu Boden. Sie war zu spät.

Das also war sein Plan gewesen. Abtauchen und zurückkommen, sobald das Geld aus der Lebensversicherung ausgezahlt war. Als sie vor weniger als einer halben Stunde erfuhr, dass er lebte, wusste sie, dass er nicht mit leeren Taschen im Flieger nach Brasilien saß. Plötzlich fiel alles an seinen Platz in diesem komischen Fall. Wie in einem Kaleidoskop. Für ein neues Leben brauchte er Geld, viel Geld. Ihr war sofort klar gewesen, dass Frau Möllner es nicht freiwillig herausgeben würde. Es schmerzte, dass sie ihr nicht mehr helfen konnte.

***

Er schloss die Augen, als das Flugzeug abhob. Den kurzen Moment der Schwerelosigkeit hatte er vermisst. Dieses Kribbeln im Magen. Das letzte Mal war er vor Jahren geflogen, und das auch nur Kurzstrecke. Seine Hand legte er auf Marias bunten Rock. Wenn sie lächelte, schien jeder Muskel ihres zarten Gesichts in Bewegung zu geraten. Auf dem Bild im Internet hatte sie ihm sofort gefallen.

»Was hast du da auf dem Schoß?«

Zärtlich drehte Stefan Möllner das seltsame Ding in seinen Händen.

»Sieht aus wie das Mundstück von einem Taucher. Nur mit Flügeln.« Ihr portugiesischer Akzent ließ jedes Wort wie eine Liebkosung klingen.

»Das ist eine Mini-Taucherflasche. Man kann damit zehn Minuten unter Wasser atmen, ohne aufzutauchen.«

Maria sah ihn verwundert an. »So etwas habe ich noch nie gesehen.«

»Hat ein Freund entwickelt. Ich soll es für ihn testen.« Er tat so, als betrachte er das Gerät genau, um Maria nicht ansehen zu müssen. Vor sich sah er Tanjas Gesicht, diese einfältige, biedere Visage. Ihre Züge waren verhärmt, ohne Lebensfreude und ohne Liebe für ihn. In ihrem Leben gab es nur das Restaurant, das sie von ihren Eltern geerbt hatte. Jahrzehntelang hatten sie darin geschuftet, wertvolle Lebenszeit verschwendet. Wie er diesen verstaubten Schuppen mit der Pseudoseemannsromantik hasste. Das ganze Laufen, Schwimmen und Radfahren hatte nicht geholfen gegen die Enge in seiner Brust. Irgendwann war die Angst, in der stickigen Restaurantküche zu sterben, übergroß geworden. Es war so einfach gewesen, sie zu erpressen. Entweder du gehst für mich zur Bank, hatte er gesagt, oder die »Kleine Förde« geht in Flammen auf. Einen Teil des Geldes wollte er ihr lassen. Er war ja kein Unmensch. Aber dann wurde sie aufmüpfig. Ihr seien Zweifel gekommen, hatte sie gesagt. Da war er wütend geworden. Es hatte sich angefühlt, als wäre die gesammelte Wut der letzten Jahre aus ihm herausgebrochen. Jetzt war er dran. Lange genug hatte er sich gefühlt wie lebendig begraben. Da war es nur fair, dass sie jetzt diejenige war, die unter der Erde lag.

Maria hatte ihre zarte Hand auf seine gelegt. Auf seinen klobigen Fingern wirkten ihre wie die eines Kindes.

»Warum bist du eigentlich nicht verheiratet?«

TÖDLICHE TÄUSCHUNG

Monika Buttler

Hamburg

Er hat mir den Tod versprochen. Seitdem gehe ich nicht, ich schwebe. Eingehüllt wie in einer dieser durchsichtigen Schneekugeln und doch noch mit dem Blick auf die Welt. Ich denke an die Tage vor meinem Geburtstag: Immer war da eine heitere Erwartung gewesen und Neugier auf das, was das Leben mir noch bieten würde. Nun soll mein Geburtstag mein Todestag werden.

Im Wonnemonat Mai. Draußen vor meinem Fenster leuchten die lila Dolden des Flieders, dahinter, ein wenig weiter, fällt mir das frische Grün des Innocentiaparks ins Auge. Eine fast südliche Wärme strömt herein. Nun trifft sie mich wie ein Schmerz.

Natürlich ist mir beklommen zumute. Ich war stets ein Mensch, der auf Sicherheit setzt. Sicherheit aus dem Vertrauten: Eltern, Schwester, Ehemann. Sie alle sind mir schon vorausgegangen. Will ich ihn wirklich, den Aufbruch ins Unbekannte? Die Grenze überschreiten, hinter der es keine Umkehr mehr gibt? Ja. Und er wird mir dabei helfen. Heute Nacht habe ich mein tödliches Rendezvous.

Es wird in der Bürostadt City Nord geschehen. An meinem vergessenen Arbeitsplatz. Nach ihrem Umzug in eine *attraktive Location* in der Hafencity haben sie mich zurückgelassen, der Chef und die Kolleginnen und Kollegen, menschenseelenallein in einem verfallenden Betonblock aus den 70ern. Dort darf ich als Fast-Rentnerin noch Listen erstellen. Listen, die kurz darauf im Müll enden.

Ich sitze in meinem Wohnzimmer und warte. Stunde um Stunde. Mein Helfer hat auf der Verschwiegenheit der Nacht bestanden. Ich sehe, wie die Sonne sich mehr und mehr zurückzieht, diese Sonne, die andere nun für ihren Urlaub suchen.

Vor den Fenstern meiner Wohnung hat sich der Himmel ins Dämmrige verdunkelt. Jede Jahreszeit ist eigentlich so gut wie die andere. Ich überlege, was ich anziehen soll. Wäre Weiß angebracht? Ich lache mich aus. Nein, doch nicht diese Hochzeitsfarbe. Ich flüchte mich in ein graues Leinenkleid. Grau ist gut. Fast eine Nichtfarbe. Sie erscheint mir wie ein Vorgeschmack des Verschwindens.

Ich nehme den Wagen und fahre los. Zehn Minuten später erhebt sich vor mir die steinerne Landschaft der Bürostadt. Wie ein Scherenschnitt konturiert sie den Nachthimmel. Aus den verschatteten Fassaden leuchtet vereinzelt das gelbe Viereck eines Fensters auf, Straßenlaternen werfen ein flächiges Licht ins Dunkel. Ich steige aus. Entfernt huscht ein Auto über eine leere Kreuzung.

Ich betrete mein marodes Hochhaus und lasse mich vom Fahrstuhl in den achten Stock tragen. In meiner Arbeitszelle knipse ich die grau lackierte Tischleuchte an. Zugegeben, ein trauriger Sterbeort. Aber ihn in meiner

Wohnung wissen, sich vorstellen, wie er *danach* in meinen intimsten Dingen kramt? Nein. Wir haben nur einen Deal, sonst nichts.

Ich habe dafür gesorgt, dass mein Helfer in dieses Gebäude kann. Und nun warte ich, quäle mich mit Zweifeln, ob er sein Versprechen hält.

Ein Klopfen an der Tür. Zu dezent, um zu erschrecken, doch mein Puls jagt in rauschende Höhen. Der Erwartete kommt herein, stellt seine Tasche auf einen Stuhl.

»Guten Abend, Frau Diehl.«

Ich nicke stumm.

Er streift seinen lässigen Trench ab, steht nun da im Medizinerweiß. Ich werde ruhiger. Er wird sein Handwerk verstehen. Er sieht mich durchbohrend an. Neonaugen, denke ich. Überhell, ihr Ausdruck ist schwer zu deuten.

»Bleibt es dabei?«, fragt er geschäftsmäßig.

»Es bleibt dabei«.

Ach ja, die fünftausend. Ich gebe ihm einen Umschlag. Noch einmal die gleiche Summe, die er als Anzahlung schon bekommen hat. Zehntausend Euro verwandeln ihn vom Heiler zum Henker. Na ja, nicht ganz.

»Trinken müssen Sie das Zeug schon selbst«, hatte er zu mir gesagt.

Natürlich hatte er nach dem Warum gefragt.

»Warum wollen Sie sterben? Sie sind doch nicht krank.«

»Krank sein kann man auf vielerlei Art.«

»Das heißt?«

»Einsamkeit. Ich habe niemanden mehr. Ich bin sechzig, und mir graut vor dieser öden Restzeit.«

Mehr habe ich ihm nicht verraten. Ich habe nicht erzählt, dass meine Eltern schon vor einiger Zeit gestorben sind und dass ich nie eigene Kinder hatte. Nichts vom Krebstod meiner Schwester und von meinem Mann, der mir so früh entrissen wurde. Und auch nichts von all den Freundinnen, die mich verließen, als ich selbst schwer krank wurde und ihre Geselligkeiten nicht mehr teilen konnte. Neue Leute? Nein. Freundschaften schließt man so spät nicht mehr.

Der Arzt hantiert an seiner Tasche. Ich schaue nicht hin. So genau will ich das alles nicht wissen. Mein Blick sucht Halt an der Wand. Vergebens. Dort irrlichtern Schatten umher – bewegte Hände, der Umriss einer Schulter. Die dunkle Ouvertüre für mein nahes Ende.

Ich schließe die Augen. Öffne sie wieder, als mich seine Hand berührt. Er reicht mir das Glas mit der Flüssigkeit.

»Es ist wie Schlafen«, sagt er. Fehlt nur noch, dass er mir *alles Gute* wünscht. Ich beginne zu trinken, in stakkatoartigem Gleichmaß, die Schlucke prallen mir gegen die Kehle. Geschafft. Mein Komplize nimmt mir das Glas ab.

Plötzlich ist da ein Drehen im Kopf. Wie ein Wind, der schneller und schneller wird. Entschlafen, entgleiten? Nein, ein Horrorwirbel, der mich würgen lässt. Gleich wird mir schlecht werden.

Das Kreiseln nimmt zu, treibt einem Höhepunkt entgegen. Und dann ...

Das Totenreich ist weiß. Kein Dunkel, nur Licht, Licht, Licht. Gestalten schaukeln vorbei – wer sind sie? Gute

Geister, sagt mein Gefühl. Ich versuche, das Weiß zu durchdringen, aber die Brille meiner Erkenntnis ist wie beschlagen. Bin ich in einem Traum gefangen?

»Sie wird wach.«

»Lassen wir ihr Zeit.«

Stimmen kommen und gehen wieder. Ich kämpfe gegen Schwere, will etwas fassen und festhalten. Einen Stuhl, einen Tisch, ein Fenster. Doch wie Trugbilder tanzen die Dinge davon.

»Frau Diehl?«

Ich hebe die Lider.

»Frau Diehl! Hören Sie mich?«

Ein Wesen in Weiß beugt sich über mich.

»Ja«, höre ich mich sagen.

»Sie sind im Krankenhaus. Ich bin Frau Doktor Flemming.«

Verwirrung, Verstörung. Dann die Erkenntnis: Ich lebe. Ich wende mich ab, drücke mein Gesicht in das Kissen. Die Ärztin lässt mich allein.

Alles war umsonst. Die übergroße Anstrengung, den letzten Schritt zu gehen. Und nun der beklemmende Gedanke: Ich muss noch einmal sterben. Nicht jetzt, aber irgendwann.

Ich wurde getäuscht. Wut auf meinen angeblichen Wohltäter treibt mich in die Senkrechte. Ich werde ihn …

Wie bin ich überhaupt hierhergekommen?

Ein anonymer Anruf, erfahre ich später. Daraufhin hätte mich der Rettungsdienst hierher ins Krankenhaus Barmbek gebracht. In der Klinik fragt man mich aus. Ob ich etwas Falsches gegessen hätte? Oder getrunken?

Ob ich Medikamente nähme? Oder Drogen? Manchmal hätte ich Ohnmachtsanfälle, behaupte ich. Ja, ich sei bereits in Behandlung. Bei einem Neurologen.

Niemals dürfen die mein Geheimnis erfahren. Die würden mich sonst noch in die Psychiatrie stecken.

Drei Tage später habe ich die Klinik verlassen. Ich kenne das Privathaus dieses sauberen Mediziners, habe ihn ja dort besucht. Er wohnt, nein residiert allein in einer weißen Villa am Leinpfad und gibt mit einem Jaguar an. Dort werde ich ihn stellen.

Schemenhaft feindlich liegen die Häuser im Dunkel. Ich stehe am Kanal und schaue auf seine Villa. Aus ihrer abendlichen Schwärze erhebt sich eine Kette erhellter Fenster. Er ist zu Hause. Ich gehe hinüber, öffne leise die Pforte, knirsche über den Kies zum Eingang. Mein Herz, so scheint mir, rast lauter als der Klingelton.

Tatsächlich macht er auf. »Frau Diehl«, sagt er, in einer Art, die Frage und Ausruf zugleich ist. Dann, als sei nichts geschehen, bittet er mich in seine Edelküche.

»Ich koch' mir grad was. Sie können mitessen.«

»Nein, danke.«

Und einen Sitzplatz brauche ich jetzt auch nicht. Auf dem Tisch erblicke ich die Insignien seines Wohllebens: Champagner, Fischplatte, Wildreis, Rucolasalat. Gleichmütig arrangiert er das Besteck.

»Wie Sie sehen, lebe ich noch!«, schreie ich los.

»Das ist doch schön.«

»Sie haben mich betrogen. Ich verlange eine Erklärung! War es Absicht, oder haben Sie gepfuscht?«

»Ach, Frau Diehl. Haben Sie wirklich geglaubt, ich würde Ihnen einen Todesdrink reichen? Ein paar K.-o.-Tropfen, das war's.«

Ich ringe nach Luft. Was wird hier gespielt? Ist das real, oder bin ich verrückt? Mein Gehirn klart auf: Der Arzt, dem ich vertraut habe, hat mich hereingelegt.

»Dann will ich mein Geld zurück.«

»Das buchen Sie mal unter Lehrgeld ab. Im Übrigen habe ich Ihnen das Leben neu geschenkt.«

Neonaugen, denke ich. In ihnen nichts als der kalte Glanz der Gier. Das also ist es.

Ich wurde doppelt betrogen. Ihn anzeigen? Nicht mal eine Quittung habe ich für die mir abgesparten zehntausend. Und, ich weiß auch: Selbstmordkandidaten werden – wahrscheinlich für lange Zeit – in die Psychiatrie eingewiesen. Etwas in mir explodiert.

Mein Blick fällt auf den Küchentresen. Silbrig blitzt mir das große Messer entgegen. Ein magischer Sog zieht mich dorthin. Ich ergreife es und ramme es dem Mann in den Leib.

ENDE

MORD IM SCHATTEN DER LANGEN ANNA

Bettina Mittelacher

Helgoland

Ein Becher Darjeeling, und dieser Morgen wäre einfach perfekt. Aber auch ohne ihren geliebten Tee kommt dieser Moment einem paradiesischen Zustand schon sehr nahe. Diese Weite! Die Stimmung und das Licht! Annabel Jensen kann sich nicht sattsehen an diesem unendlichen, sich immer wandelnden Naturschauspiel. Manchmal liegt der Horizont wie eine deutliche Schnittkante zwischen dem Meer und dem Blau des Firmaments. Und dann wieder erlebt sie andere besondere Stimmungen, wenn schwere Wolken die Farben von Wasser und Himmel ineinander zerfließen lassen.

Für die 74-Jährige fühlt sich die Bank, auf der sie oben auf den berühmten roten Klippen der Nordseeinsel Helgoland Platz genommen hat, ein bisschen so an, als sei die Sitzgelegenheit eigens für sie hier aufgestellt worden. Immerhin kommt Annabel Jensen jeden Tag hierher und schaut aufs Meer und den Himmel, stets so gegen 9 Uhr und immer für mindestens eine Stunde. Früher konnte sie sich diese grandiose Auszeit nur an den Wochenenden leisten. Doch seit sie in Rente ist, genießt sie jeden Tag das überwältigende Spiel der Farben.

Heute sind es indes nicht die unzähligen Schattierungen von Blau, Grau und Grün, die die Helgoländerin in sich aufsaugt. Diesmal blickt sie in den Nebel, der wie ein schwebendes, filigranes Tuch über dem Meer und der Insel liegt. Die weiße wabernde Schicht kaschiert immer wieder andere Ausschnitte der Langen Anna und modelliert den hohen, roten und stolzen Felsen so zu neuen, fantastischen Skulpturen. Aber natürlich weiß die Frau, Inselbewohnerin seit mehr als dreißig Jahren, dass das nur Illusion ist. Die rund 47 Meter hohe markante Steinsäule widersteht dem Nebel ebenso wie dem Sturm. Allein das Meer und seine Brecher nagen an ihr, hartnäckig und beständig.

Ein wenig wendet die Helgoländerin ihren Blick weiter nach links einem Segelboot zu, das sich gemächlich aus dem dichten Dunst zu materialisieren scheint. Der Rumpf wiegt sich sanft im Rhythmus der seichten Wellen hin und her; das Boot ist offenbar führerlos. Führerlos – aber nicht ohne Menschen an Bord. Annabel Jensen schaudert, als sie die Gestalt erspäht, die oben am Mast hängt. Es ist ein Mann, so viel kann sie in dem wabernden Nebel und bei der getrübten Sicht erkennen. Sein Kopf ist leicht zur Seite geneigt, und ein Arm schlenkert langsam hin und her, als würde er ihr matt zuwinken. Das ist kein Spuk. Das ist auch kein Streich, den ihr ihre Fantasie spielt. Das ist gruselige Realität. Mit zittrigen Händen kramt die Helgoländerin ihr Smartphone aus ihrer Umhängetasche und wählt die 110.

***

Schwungvoll hebt sich der Bug des Schiffs aus dem Wasser, wie in einem kühnen Sprung, um dann wieder auf der Oberfläche aufzusetzen – und erneut ein Stück in die Luft abzuheben. Den Nebel über der Nordsee hat mittlerweile ein immer stärker zunehmender Wind vertrieben. Und so gerät die Tour mit dem Schiff der Küstenwache von Büsum nach Helgoland zu einer ganz speziellen Form des Wellenreitens. Kai Plathe steht am Bug und starrt nach vorn, zum Himmel, an dem sich Wolkenberge türmen, auf die aufgewühlte See und schließlich auf die Insel, die wie eine geheimnisvolle Burg aus dem Wasser ragt. Der Hamburger Rechtsmediziner ist immer wieder fasziniert von dem spektakulären Panorama, das sich ihm bei der Anreise nach Helgoland bietet. Das viele Grün und die steilen roten Klippen, die sich wie magisch aus der Nordsee emporrecken, sowie die vorgelagerte Düne mit dem hellen, feinen Strand und den Seehundkolonien bilden einen reizvollen Blickfang. Ebenso wie die in vielfältigen satten Farben gestrichenen Buden am Hafen, ein fröhliches Kunterbunt. Ich muss unbedingt mal wieder privat herkommen, mahnt sich der Rechtsmediziner im Stillen. Und nicht immer nur dann, wenn mich die Pflicht ruft.

Doch jetzt verlangt ein rätselhafter Todesfall nach der Expertise des forensischen Fachmanns aus Hamburg und der Kommissare von der zuständigen Itzehoer Mordkommission. »An einem Mast wurde ein Leichnam aufgeknüpft«, hatte eine aufgebrachte Anruferin über den Notruf gemeldet. Und nachdem sich ein Polizeibeamter von der Insel die Szenerie angesehen hat, ist der Fall gleich an die Spezialisten in Hamburg und Itzehoe weitergeleitet worden, die sich unverzüglich auf den Weg nach Büsum und dann weiter auf die Schifffahrt nach Helgoland gemacht haben.

Die pittoreske Atmosphäre des Hafens scheint auf den ersten, flüchtigen Blick ungetrübt. Plathe, Kriminalhauptkommissarin Sarah Körner und ihr Kollege Frank Kuntzmann allerdings wissen, dass sie wenige Hundert Meter vom Anleger und weiter die Küste entlang ein Anblick erwartet, der alles andere als idyllisch ist.

»Wie gut, dass Sie sofort kommen konnten!« Der uniformierte Beamte, der die Experten auf der Insel in Empfang genommen hat, hat das Team mit einer zackigen Geste begrüßt und sich als Hinnerk Fuchs vorgestellt. Dann bringt der semmelblonde, kräftige Polizist die Neuankömmlinge auf den neuesten Stand.

»Wir haben inzwischen in Erfahrung gebracht, dass der Tote sehr wahrscheinlich Knut Martens heißt. Er ist 54 Jahre alt und von Beruf Fischer, wie schon alle seine Vorfahren.« Sarah Körner nickt. Das passt zu Helgoland, wo die allermeisten ihren Lebensunterhalt entweder aus der See oder im Tourismus verdienen – oder beidem. Fuchs berichtet weiter. »Und Martens ist Mitglied der ›Helgoländer Karkfinken‹.«

»Also so etwas wie eine Inselberühmtheit.« Kai Plathe wechselt den Aluminiumkoffer, in dem er seine rechtsmedizinische Ausrüstung trägt, in die rechte Hand und schreitet kräftig aus, um zügig zum Tatort zu kommen. »Ich habe erst vor Kurzem im Radio etwas über die

›Karkfinken‹ gehört. Die rühmen sich doch als einer der ältesten Shantychöre Deutschlands?«

Der Inselbeamte bejaht eifrig. »Annabel Jensen, die den Leichnam entdeckt hat, hat schon bei ihrem Notruf berichtet, dass sie Martens erkannt habe. Die charakteristische, am Hals locker geschnürte dunkelblaue Jacke, die das Opfer trug, ist als typische Oberbekleidung der ›Karkfinken‹ der erste Hinweis für sie gewesen. Und so einen üppigen grau melierten Rauschebart trägt ja nun auch nicht jeder … Hier entlang, bitte!« Polizist Hinnerk Fuchs muss laut rufen, um sich gegen den immer mehr an Kraft gewinnenden Wind und das tausendfache Schreien, Zetern und Krächzen der Trottellummen Gehör zu verschaffen.

Der Beamte geht einen schmalen Weg voran, bis die Ermittler in einer kleinen Bucht zu dem Segelboot kommen, das sich in den Böen hin und her wiegt – und an dessen Oberkante des Mastes ein Mann baumelt wie ein aus dem Rhythmus geratenes Pendel einer Standuhr. Das laute Klappern der Fallen, jener dünnen Drahtseile am Mast, bildet eine atonale Geräuschkulisse. Sie wird sekundiert von dem Rauschen einer großen Plane und dem Sirren der rot-weißen Absperrbänder, die die örtliche Polizei in weitem Abstand um das Schiff und ein Stück der Küste gespannt haben, um einen zuverlässigen Sichtschutz gegen Schaulustige zu bilden.

Rechtsmediziner Plathe indes will den Leichnam aus nächster Nähe begutachten. »Wie komme ich rauf zu dem Toten?« Inselpolizist Fuchs starrt den forensischen Experten irritiert an. »Wie? Sie wollen da hoch?« Plathe deutet nach oben. »Selbstverständlich«, versetzt er ungerührt und tauscht einen schnellen Blick mit Kommissarin Körner aus, die ihm bestätigend zunickt. »Ich muss mir von dem mutmaßlichen Tatort ein genaues Bild machen«, fährt der Rechtsmediziner an die Adresse von Polizist Fuchs fort. »Sie können doch sicher einen Bootsmannstuhl besorgen?« Es dauert keine fünf Minuten, da ist einer dieser hosenartigen Klettergurte herangeschafft, mit dem sich Plathe nun zu dem in etwa zehn Meter Höhe hängenden Körper hieven lässt und den Toten inspiziert. Ja, es könnte sich um einen Tod durch Strangulation handeln. Da ist Tauwerk um den Hals gezurrt. An Händen und Füßen gibt es allerdings keine Fesselungen. Die Kleidung wirkt zumindest dem ersten Anschein nach unversehrt. Was sich darunter verbirgt, ob es Verletzungen an Körper oder Kopf gibt, wird die Obduktion ergeben. »Ihr könnt ihn runternehmen!«, ruft Plathe von oben den Beamten zu.

Während der Rechtsmediziner, inzwischen wieder mit sicherem Boden unter den Füßen, noch auf Helgoland die Sektion des Leichnams vornimmt, widmen sich die beiden Itzehoer Kommissare der Untersuchung des Segelbootes, auf dem der Tote entdeckt wurde. Als Nächstes fährt Ermittlerin Sarah Körner zu Plathe, um sich über das Obduktionsergebnis informieren zu lassen. »Es ist klar, dass das Opfer tatsächlich Knut Martens ist. Zahnärztliche Unterlagen, die wir uns haben mailen lassen, haben einen eindeutigen Befund erbracht«, teilt der Rechtsmediziner der Kommissarin mit. »Ebenso steht zweifelsfrei fest, dass der 54-Jährige bereits verstorben war, als er am Mast festgeschnürt wurde. Der Todeszeitpunkt liegt etwa sechs bis zwölf Stunden zurück. Und die Strangmarken am Hals sind eindeutig postmortal entstanden«, ergänzt Plathe. »Todesursache ist vielmehr ein tiefer Stich, der seitlich in den Oberkörper versetzt wurde. Er hat eine Rippe gestreift, die Lunge durchbohrt und ist dann in die linke Herzkammer eingedrungen.«

»Und die Tatwaffe? Was können Sie dazu sagen?« Körner sieht den Rechtsmediziner durchdringend an. Doch der schüttelt den Kopf. »Eindeutig kann ich das bislang nicht bestimmen. Es muss ein relativ spitzes, sich dann aber wie ein gleichschenkliges Dreieck verbreiterndes Werkzeug gewesen sein. Ein Messer halte ich für unwahrscheinlich. Dafür ist die Verletzung zu ausgedehnt und zu ausgefranst.« Ihre nächste Frage muss die Kommissarin gar nicht erst formulieren. Sie liegt auf der Hand. »Was stattdessen in Betracht kommt? Da muss ich weiter nachforschen. Eine derartig geformte Wunde ist mir noch nicht untergenommen.«

Plathe streicht sich gedankenverloren über das Kinn, eine Geste, die Körner schon häufiger an ihm beobachtet hat. »Eins noch: Schon bei der äußeren Leichenschau ist mir etwas Ungewöhnliches aufgefallen«, erzählt der Experte. »Zwei Schichten Kleidung, nämlich Unterhemd und T-Shirt, waren etwa in Höhe der Einstichstelle perforiert. Doch die ›Karkfinken‹-Jacke von Knut Martens weist keinen Einstich auf. Also muss der Mörder sie dem Opfer erst nach der Tat übergezogen haben.« »Diese Kleidung quasi als Leichenhemd wird ja wohl eine besondere Symbolik haben«, meint Körner. »Ebenso wie das

Aufknüpfen am Mast«, pflichtet Plathe ihr bei. »Da scheint viel Wut oder Rache im Spiel zu sein. Effektvoller kann man den Toten kaum zur Schau stellen.«

»Es sei denn, man würde ihn direkt auf oder an der Langen Anna drapieren.« Sarah Körner wirft dem Rechtsmediziner einen nachdenklichen Blick zu. »Aber wir wollen ja nicht gleich den Teufel an die Wand malen.«

Ein Toter, aufgehängt wie ein Delinquent am Galgen: Das ist ohnehin ein albtraumhaftes Szenario, das in der sonst so friedvollen Idylle der Insel einen Aufruhr auslöst. Kommissarin Körner ist immer wieder überrascht, dass es offenbar Orte gibt, an denen sich Neuigkeiten per Mund-zu-Mund-Propaganda ähnlich schnell verbreiten, als würde man sie auf YouTube veröffentlichen. Und Helgoland scheint genau so ein Fleckchen Erde zu sein. In der Ortsmitte stehen Menschen beisammen, am Hafen – und natürlich oben auf den Klippen, um so nah wie nur möglich an den Fundort des Toten heranzukommen.

Sarah Körners Kollege Frank Kuntzmann ist nach der intensiven Inspektion des Segelbootes, auf dem sie unter anderem zahlreiche Schuhabdrücke und Fingerspuren entdeckt und gesichert haben, zum Hochplateau gegangen, wo sich immer mehr Neugierige versammelt haben. »Ich suche Frau Jensen!« Kuntzmann hat sich einer Gruppe von Menschen genähert und zeigt seinen Dienstausweis, woraufhin das eifrige Plappern der Umstehenden umgehend verstummt. Der Kommissar erkennt in den Mienen der Frauen und Männer Betroffenheit, aber auch Neugier. »Frau Jensen ist die Dame dort hinten.« Die dralle Mittdreißigerin, die Kuntzmanns Frage beantwortet hat, deutet vage zu einer Bank, auf der die Unglückliche sitzt, die den Toten entdeckt hat. Irgendjemand hat der Rentnerin fürsorglich einen Becher mit einem dampfenden Getränk in die Hand gedrückt, an dem sie sich jetzt festzuklammern scheint. Das schmale Gesicht der 74-Jährigen ist vom Wind sanft gerötet, der Blick ist auf irgendetwas in der Ferne gerichtet, das wohl nur sie selber sieht. »Frau Jensen?« Kommissar Kuntzmann spricht sie sanft an, um die trotz der frühsommerlichen Temperaturen von 20 Grad offensichtlich frierende Frau nicht zu erschrecken.

Die Rentnerin erwacht aus ihrer Starre und sagt einige Worte, die der Wind sofort aufs Meer hinausträgt. »Wie bitte?« Der Polizist tritt noch ein wenig näher an die Helgoländerin heran.

»Nun hat es ihn also erwischt«, wiederholt sie. »Ja, Knut Martens war oft ein Griesgram und fast immer ein Widerständler gegen alles, was andere wollten. Er hat sich nie gescheut, seine kruden Meinungen offen kundzutun. Aber dass er so enden musste …« Annabel Jensen hebt den Kopf, und Kuntzmann erkennt, dass der Schock eine unvorteilhafte Strenge in ihr gütiges Gesicht geschnitten hat. »Aufgehängt und wie bei einer öffentlichen Hinrichtung. Das hat niemand verdient.«

Der Kriminalbeamte zückt sein Notizbuch. »Das Opfer war also eher nicht beliebt, sagen Sie? Wissen Sie, ob er mit jemandem speziell im Clinch lag?«

»Mir ist klar, worauf Sie hinauswollen.« Die Stimme der Zeugin klingt jetzt kräftiger. »Ich war Lektorin in einem Verlag, der überwiegend Krimis veröffentlicht hat.

Ich denke, ich weiß, wie die Polizei tickt. Und wie die Mörder! Und jetzt möchten Sie erfahren, wer alles ein Motiv hat.« Mit einer energischen Geste streicht sich die Frau eine graue Haarsträhne aus der Stirn. »Vielleicht sollten Sie die Frage andersherum stellen: wer keine Wut auf Knut Martens hatte. Die Liste wäre deutlich kürzer und einfacher abzuarbeiten.« Annabel Jensen lehnt sich vor. »Gucken Sie sich bei den ›Karkfinken‹ um und im Umfeld des Shantychors. Da sollten Sie fündig werden.«

Gut eine halbe Stunde später klappt der Kommissar sein Merkheft zu, in dem er mehrere Seiten vollgeschrieben hat. Es hat sich gelohnt, mit jemandem zu sprechen, der sich seit einer halben Ewigkeit auf der Insel auskennt, quasi mit der Scholle verwachsen. Eine Frau, die von den Eigenheiten der Bewohner weiß, von Vereinen und Freundschaften, von Gemeinsamkeiten und Groll. Ein bisschen scheint sich Annabel Jensen wie eine Helgoländer »Miss Marple« zu fühlen – immer mit einem Gespür für Unstimmigkeiten und Verdächtiges.

Und tatsächlich ist einiges von dem, was die recht resolute Frau zu erzählen wusste, hochinteressant. Kuntzmann wählt die Handynummer seiner Chefin Sarah Körner. »Womöglich steckt in diesem Chor, diesen ›Karkfinken‹, ein Konfliktpotenzial, das wir uns genauer anschauen sollten«, schildert er. »Die sind nicht nur ein Traditionschor und recht erfolgreich. Sie sind vor allem ein reiner Männerklub. Und es gibt mittlerweile wohl viele auf der Insel, die diese maskuline Domäne aufbrechen wollen. Man erzählt sich von vier Frauen, die ebenfalls dem Chor beitreten möchten – und die bei manchen Mitgliedern offene Türen einrennen würden.« Die Kommissarin nimmt den Faden auf. »Aber Knut Martens hat sich dieser Initiative verweigert?«

»Und wie!« Kuntzmann nickt eifrig, als könnte seine Chefin ihn dabei sehen. »Martens hat aus seiner heftigen Abneigung gegen Innovationen offenbar keinen Hehl gemacht. Er hat sich energisch gegen das ›Aufweichen von Traditionen‹ und gegen ›weibliche Infiltration‹ gestemmt. Das ist nicht meine Wortwahl«, verdeutlicht Kuntzmann. »Sondern das Vokabular des Mordopfers.«

Kommissarin Körner lässt das, was ihr Kollege ihr am Handy berichtet hat, einen Moment sacken. Sie haben beruflich immer wieder mit solchen Typen zu tun. Den Ewiggestrigen, den Unflexiblen. Jenen, die um ihre angestammte Macht fürchten und sich deshalb kein Jota wandeln wollen. Hatten sie jetzt also mehrere Verdächtige – wegen einer Shantygruppe? Sollte mit dem Tod von Knut Martens ein Exempel statuiert werden? Als Ermittler erlebt man die ungewöhnlichsten Dinge, die bizarrsten Sachverhalte, die erstaunlichsten Motive. Oder ob hinter dem Kapitalverbrechen nicht doch etwas ganz anderes steckt? »Ich statte jetzt der Witwe einen Besuch ab«, informiert die Kommissarin ihren Kollegen. »Sprechen Sie doch bitte mit den vier sangesfreudigen Damen, für die das Mordopfer ein rotes Tuch war!«

Rot ist auch die dominierende Farbe, die Kriminalhauptkommissarin Körner wahrnimmt, als sie auf das Haus zustrebt, in dem Knut Martens bis vor wenigen Stunden gelebt hat – und das jetzt wohl das alleinige Zuhause seiner Witwe Doris ist. Üppiger Rhododendron in flammenden Farben blüht im Garten, dazwischen einige Schattierungen von Violett. In einer Ecke des Areals erspäht die Polizistin ein Beet, in dem Gemüse und Kräuter gezogen werden. Von dort aus, wie aus den rückwärtigen Fenstern des Hauses, hat man einen fantastischen Blick auf das Meer. Auf Helgoland ist wahrscheinlich kaum ein anderes Wohngebäude zu finden, das eine so überwältigende Aussicht bietet.

Rechts und links der drei Stufen, die zu dem Haus führen, sind Hummerreusen drapiert. Das Namensschild an der Tür ist von straff geknoteten Tauen eingefasst. An der Fassade lehnt eine Angel. »Der Fischer und sin Fru« schießt Sarah Körner durch den Kopf, bevor sie die Klingel drückt. Es dauert nur wenige Augenblicke, bis die Kommissarin Schritte im Haus hört und dann zaghaft die Tür einen Spaltbreit aufgezogen wird. In der Öffnung erscheint eine zierliche Frau mit straff zurückgebundenen schwarzbraunen Haaren und ebenso dunklen Augen, in denen Tränen schimmern. »Ja bitte?«

Als Antwort hält die Ermittlerin ihren Polizeiausweis hoch, nennt ihren Namen und ergänzt. »Frau Martens, ich möchte Ihnen mein aufrichtiges Beileid aussprechen.«

Doris Martens ist längst im Bilde, welches Verbrechen sich im Hafen ereignet hat. Die 51-Jährige tritt wortlos einen halben Meter zurück und lässt die Kommissarin hereinkommen. Um die Füße der Hausherrin schleicht eine grau-weiß getigerte Katze, die sie auf Schritt und Tritt bis in einen Raum verfolgt, der eindeutig das Wohn- und Esszimmer ist. In einem der schweren Ledersessel lümmelt ein kräftiger junger Mann mit zerzaustem

Schopf. »Mein Neffe Niklas«, erklärt Doris Martens. »Er ist sofort hergekommen, um mir in dieser schweren Stunde beizustehen. Darf ich Ihnen einen Kaffee anbieten? Ich habe gerade einen aufgesetzt.« Wie zur Bestätigung ist aus der Küche das Blubbern einer Kaffeemaschine zu hören. Sarah Körner akzeptiert gern eine Tasse.

Während sich die Hausfrau in der Küche zu schaffen macht, blickt sich die Ermittlerin im Wohnzimmer um. Schwere, dunkle Möbel dominieren den Raum, an den Wänden hängen Gemälde mit maritimen Motiven, Schiffe im Sturm sowie Fischer, die mit vollen Netzen heimkehren. An mehreren Plätzen sind mit Sisal umwickelte Fischerkugeln arrangiert, und an der Zimmerdecke ist ein großes Fischernetz drapiert. Sogar die gerahmten Familienfotos auf der Kommode haben einen maritimen Touch. Menschen und Meer – oder präziser: Meer und Menschen. Das Persönliche scheint hier eine untergeordnete Rolle zu spielen.

Doris Martens trägt ein Tablett mit Kaffeekanne und Bechern herein und nimmt auf einem Sofa Platz. Die Witwe hat sanfte Gesichtszüge, trägt einen Hauch von Make-up, das ihre Blässe aber nicht übertünchen kann. Mit der linken Hand knetet sie ein Stofftaschentuch, das mit einem Leuchtturmbild bestickt ist und mit dem sie sich immer wieder Tränen abtupft. »Wir suchen nach einem Motiv für den Mord an Ihrem Mann.« Sarah Körner lehnt sich vor und sieht Doris Martens intensiv an. »Wer könnte ihm den Tod wünschen und warum?«

»Knut war nicht einfach, ich weiß«, erklärt die Witwe, nachdem sie, unterbrochen von Schluchzern, über ihren Mann, dessen Beruf und die Familientradition des

Fischens gesprochen hat. Sie hat von Knut Martens' Eigenarten erzählt und von seinem offenkundig dominanten Auftreten. »Er konnte geradezu bärbeißig sein. Rechthaberisch, manchmal auch aufbrausend. Aber hinter der rauen Schale steckte ein guter Kern.« Sie seufzt. »Es hat sicher seine Richtigkeit, wenn man Ihnen erzählt, dass manche Leute ihn nicht leiden können.« Erneut schießen ihr Tränen in die Augen. »Leiden konnten, meine ich. Oh wie furchtbar, Knut jetzt als etwas Vergangenes sehen zu müssen! Wir haben doch gestern Mittag noch unseren Gemüsegarten in Schuss gebracht und dann abends einen Spielfilm angesehen. Das soll es jetzt nie wieder geben?« Ihr zierlicher Körper bebt. Nun erhebt sich ihr Neffe von seinem Sessel, setzt sich zu seiner Tante und nimmt sie tröstend in den Arm.

Als Doris Martens etwas von ihrer Fassung zurückgewonnen hat, bestätigt sie, dass ihr Mann derjenige gewesen ist, der eine Lockerung der Chorbestimmung unter allen Umständen verhindern wollte. »›Frauen? Bei den Karkfinken? Niemals!‹, war ein Ausruf, der immer wieder von ihm zu hören war«, erzählt sie. »Wobei das ›niemals‹ stets so klang, als würde die Wucht dieses Wortes von mindestens fünf Ausrufezeichen verstärkt. Er war da unglaublich eigen.«

»Und wie standen Sie zu dieser Frage?«, möchte die Kommissarin wissen.

Doris Martens stellt die Kaffeetasse ab, die sie gerade zum Mund führen wollte. »Bevor Sie es von jemand anderem erfahren: Ich wollte auch gern dem Chor beitreten. Ich singe Sopran. Aber mein Mann hat darüber nur milde gelächelt. Trotzdem habe ich immer gehofft, dass er sich irgendwann davon überzeugen lässt, Veränderungen zuzulassen. Wir haben uns doch geliebt!«

Ob das wirklich so ist? überlegt Sarah Körner. Sie hat bei den letzten Sätzen in der Stimme der Witwe eine Modifikation wahrgenommen, die sie aufhorchen lässt. Es klang übertrieben, vielleicht sogar schlicht unecht. Nachdenklich betrachtet Körner nun die Familienfotos auf der Kommode. Auf keinem von ihnen lächelt die Hausherrin, und ihr Mann blickt bestenfalls gelangweilt drein. Die Kommissarin ist schon in vielen Häusern und Wohnungen gewesen. Aber in kaum einem Umfeld haben die Bewohner auf den Bildern so freudlos ausgesehen. Die Ermittlerin sieht sich erneut in dem Zimmer um, und nun fällt ihr Blick auf ein Accessoire, das ihr zwischen den großformatigen Gemälden bisher nicht aufgefallen ist: eine Harpune, historisch offenbar. »Ein schönes antikes Stück, das Sie da haben.«

Doris Martens nickt. »Die hat dem Urgroßvater meines Mannes gehört. Sie wurde Ende des 19. Jahrhunderts gefertigt. Knut hat sie wie eine Kostbarkeit behandelt.«

Ein Schatz, der ihn schließlich das Leben gekostet hat? Sarah Körner sagt noch ein paar höfliche Worte, bevor sie sich erhebt, ihre Visitenkarte auf den Couchtisch legt und sich mit dem Hinweis verabschiedet, sie werde sich bald wieder melden. Sie hat schon die Handynummer von Rechtsmediziner Plathe gewählt, als sie gerade aus dem Garten herausgetreten ist. »Ich habe so eine Ahnung, was die Mordwaffe gewesen sein könnte«, erklärt sie. »Können wir uns in einer Viertelstunde am Haus der Martens treffen? Ich hätte gern, dass Sie sich etwas ansehen.« Nun geht alles ganz schnell. Als die Kommissarin wenig später erneut bei der Witwe klingelt, hat sie den forensischen Fachmann im Schlepptau.

»Sie sagten ja, dass Sie wiederkommen würden.« Doris Martens wirkt nun nicht mehr aufgelöst, sondern nur noch kraftlos. »Ich hatte aber gehofft, dass es nicht ganz so bald sein würde.« Die 51-Jährige versucht erst gar nicht, die Kommissarin und den Rechtsmediziner an einer genauen Inspektion der Harpune zu hindern. Als sie die Waffe ins Licht halten, fallen auf der dunklen metallenen Spitze der Harpune braunrote Spritzer auf. Blut. Plathe sieht die Ermittlerin an. »Die dreieckige Form der Spitze passt genau zu der Verletzung unseres Mordopfers. Und diese Widerhaken hier haben beim Rausziehen der Waffe jene Ausfransungen verursacht, die ich in der Wunde festgestellt habe. Ich bin mir sicher, wenn wir das Blut DNA-technisch analysiert haben, werden wir den Beweis haben, dass es das von Knut Martens ist. Mit dieser Harpune ist er getötet worden.«

Doris Martens steht einige Meter entfernt. Sie kann die Unterhaltung nicht belauscht haben, aber die Helgoländerin spürt wohl, wie sich die Atmosphäre im Raum minimal geändert hat. Eine feine Nuance in der Körperhaltung der Kommissarin vielleicht, eine noch stärker ausgeprägte Wachsamkeit, die die Ermittlerin ausstrahlt, und der entschlossene Blick von Rechtsmediziner Plathe. Doris Martens ahnt, dass man ihr auf die Schliche gekommen ist. Sie macht kehrt und hastet den Flur entlang, offenbar Richtung Badezimmer. Sie eilt in den Raum und wirft die Tür hinter sich zu, dass es nur so rumst.

Das Nächste, das Körner und Plathe hören können, ist eine Art Klacken, als der Schlüssel im Schloss umgedreht wird. Sie tauschen einen alarmierten Blick. »Sie wird sich hoffentlich nichts antun?« In der Stimme von Sarah Körner schwingt echte Sorge mit. Mit ein paar schnellen Schritten durchmisst die Ermittlerin den Flur und klopft an die Badezimmertür. »Frau Martens? Bitte machen Sie auf! Wir sollten reden!« Zu ihr dringen ein ersticktes Schluchzen und weitere Geräusche, die sie nicht sofort einordnen kann. Werden dort Schubladen aufgerissen? Nun klingt es, als würden etliche Dinge zu Boden fallen. Nichts Schweres, Schminkutensilien vielleicht – und Schachteln. Von Medikamenten? Sarah Körner sieht über die Schulter zu Plathe. Offenbar hat er dieselbe Befürchtung und winkt die Kommissarin zu sich heran.

»Wir können nicht wissen, ob die Frau gefährliche Pillen oder Pulver hortet«, warnt er. »Aber wir müssen bedenken: Auch Präparate, die vermutlich jeder in seiner Hausapotheke verwahrt, können toxisch sein – wenn sie in hoher oder sehr hoher Dosierung eingenommen werden!«

Die Kommissarin nickt, klopft wieder an die Tür, lauter und ungeduldiger nun, und ruft Doris Martens' Namen. Gleichzeitig verlässt Plathe das Haus und läuft um das Gebäude herum, zu der Rückfront, wo er ein Badezimmerfenster vermutet. Er späht durch die Scheibe und erstarrt. Die Hausherrin kauert auf den kalten Fliesen, ein Häuflein Elend, um sich herum etliche Medikamentenpackungen und Tablettenblister. Als der Rechtsmediziner ans Fenster klopft, schaut sie kurz hoch, und er kann sehen, wie ihr die Tränen über das Gesicht strömen.

Dann hebt sie den rechten Arm in einer langsamen, matten Geste und greift sich an die Lippen.

Ist sie dabei, Schlaftabletten einzunehmen? Plathe kann es nicht riskieren, weiter zu warten. Er blickt sich hektisch um, um einen Stein oder Ähnliches zu finden, mit dem er die Fensterscheibe einwerfen kann. Doch dann zögert er. Die Scherben könnten Doris Martens treffen und verletzen. Also reißt er sich seine dunkelblaue Jacke, auf deren Rückseite in groben weißen Lettern das Wort »Rechtsmedizin« prangt, vom Leib. Er drückt die Jacke gegen das Fenster, bis das Glas birst. Scherben prasseln zu Boden. Nun kann er durch ein Loch in der Scheibe hineingreifen, das Fenster öffnen und vorsichtig hindurchklettern.

Doris Martens beobachtet ihn wie erstarrt. Alle Kraft scheint aus ihrem Körper gewichen zu sein, ihre Seele leer. Sie wirkt wie ein mutloses Bündel. Plathe wählt den Notruf, schließt als Nächstes die Badezimmertür auf. Sarah Körner schnellt in den Raum, erfasst die Situation mit einem Blick. »Die Rettungskräfte sind unterwegs«, raunt Plathe ihr zu. »Sie müssten in zwei Minuten hier sein.« Dann setzt er sich zu Doris Martens auf den Fußboden und sucht ihren Blick.

Die Witwe versteht die stumme Frage. »Ich habe noch nichts geschluckt«, flüstert sie, blickt abwechselnd zu Plathe und Kommissarin Körner und wischt sich in einer kraftlosen Geste über die tränenüberströmten Wangen. »Der Mut hat mich verlassen. Ganz anders als gestern! Als es um Knut ging, da war ich noch resolut. Ich war wild entschlossen!« Sie holt tief Luft und senkt den Kopf. »Ja, ich war es«, sagt sie tonlos.

Kommissarin Körner hebt warnend die Hand. »Bevor Sie weiterreden: Sie müssen uns gar nichts sagen. Und Sie können einen Anwalt hinzuziehen!« Doch Doris Martens schüttelt energisch den Kopf. »Ich will kein Versteckspiel mehr. Ich habe Knut getötet. All die Jahre hatte ich es mit ihm ausgehalten, und zum Dank wollte er mich jetzt verlassen und mit einer Geliebten ein neues Leben anfangen. Irgend so ein junges Ding, das er mal als Touristin mit seinem Fischerboot um die Insel geschippert hat – und der er dann viel zu nah gekommen ist. Es ist nicht wahr, dass wir uns geliebt haben. Er hat mir so viel schreckliche Dinge an den Kopf geworfen. Dass er mich satthat und dass ich hier wegmuss. Und als er sich dann weggedreht hat, habe ich die Harpune von der Wand gerissen und zugestochen.«

Sie holt tief Luft. »Eigentlich ging es ganz einfach. Knut hat nur kurz gestöhnt und ist dann sofort zusammengesackt.« Beim Umkleiden des Toten mit der Jacke der »Karkfinken«, um eine falsche Spur zu legen, hat dann ihr Verwandter Niklas mit angepackt. Ebenso beim Wegschaffen und Aufhängen des Körpers am Mast. »Aber mit der Tat hat mein Neffe nichts zu tun! Er hat allerdings schon lange gewusst, dass ich in dieser Ehe leide. Er hat geholfen, ohne viel zu fragen.«

Also waren eine zerrüttete Beziehung und lange aufgestaute Wut das Motiv. Der Schmerz darüber, nach vielen gemeinsamen Jahren einfach aus einem Leben entsorgt zu werden. Der Klassiker, überlegt Sarah Körner. Sehr oft stellt sich bei Kapitalverbrechen heraus, dass die Beweggründe für einen Mord in den zwischenmenschlichen Beziehungen zu suchen sind, im zutiefst Privaten. Menschen sind imstande, Unzufriedenheit und Kummer über lange Zeit auszuhalten. Aber irgendwann ist es der eine Satz oder die eine Demütigung zu viel. Und die Tragödie nimmt ihren Lauf.

Wie im Fall von Doris und Knut Martens. Weitere Befragungen müssen noch vorgenommen, die Ermittlungen abgeschlossen werden. Dem Neffen droht maximal ein Verfahren wegen Beihilfe zur falschen Verdächtigung, wahrscheinlich aber nicht einmal das. Doris Martens aber wird wohl eine lange Zeit in Haft kommen. Die 51-Jährige scheint zu ahnen, was ihr droht. »Bevor Sie mich ins Gefängnis stecken, möchte ich liebend gern noch mal eine Weile aufs Meer sehen.« Doris Martens sieht Sarah Körner und Kai Plathe flehend an. Die beiden begleiten sie die paar Schritte zum Gartenzaun, von dem es nur wenige Meter bis zum Hochplateau sind. Die Lange Anna können sie von hier aus nicht sehen. Aber sie schauen aufs Meer hinaus. Bis zum Horizont.

SCHLUSSAKKORD

Svea Jensen

St. Peter-Ording

In der Bar des neuen Wellnesshotels in St. Peter-Ording hatte Frank sie am Vorabend wiedergesehen. Ein Jahr nach ihrer letzten Begegnung, deren Umstände ihm noch heute schlaflose Nächte bescherten. Er hatte sich noch tiefer in die ohnehin schon dunkle Ecke gedrückt, in der er saß, und beobachtet, wie sie am Tresen einen Drink zu sich nahm und den Annäherungsversuch eines Schönlings abwehrte, bevor sie die Bar nach einer halben Stunde mit einem gelangweilten Gesichtsausdruck wieder verließ.

Wohnte sie etwa ebenfalls im Hotel? Oder war sie nur auf einen Sprung in die laut Hörensagen so angesagte Bar gekommen? In den bisherigen Tagen seines Urlaubs hatte er sie jedenfalls noch nicht zu Gesicht bekommen.

Als er jetzt den Frühstücksraum betrat, erhielt er die Antwort auf seine Frage: Sie saß an einem der Fenstertische und schnitt gerade ein Brötchen auf; eine Tätigkeit, die sie voll und ganz in Anspruch zu nehmen schien, denn sie verschwendete keinen Blick an ihre Umwelt. Also doch Gast hier im Hotel.

Wie schon am Vorabend setzte sein Herzschlag für einen Moment aus, und dieses Mal im hellen Tageslicht war er drauf und dran, den Raum sofort wieder zu verlassen, damit sie ihn nicht entdeckte. Aber dann nahm er doch Platz, versteckt hinter zwei großen Kübelpflanzen, und beobachtete, wie sie zum Frühstücksbuffet ging und sich einen Obstsalat zusammenstellte. Ihm selbst war bei ihrem erneuten Anblick der Appetit vergangen, er ließ sich nur einen Kaffee einschenken und blickte dann wieder zum Tresen hinüber.

Sie sah noch genauso selbstgefällig aus wie damals. Ihre Bewegungen, ihr ganzer Habitus zeugten von einem Menschen, dem niemals auch nur der leiseste Zweifel an seiner Person und seinem Tun in den Sinn gekommen war.

Nachdem sie ihr Frühstück beendet hatte, stand sie auf und blieb einen Augenblick unschlüssig stehen, bevor sie sich in seine Richtung in Bewegung setzte. Panik überkam ihn, schnell wandte er sich zur Seite und begann, in seiner Jackentasche zu wühlen, den Kopf tief gesenkt. Als er eine Tür hinter sich zuschlagen hörte und einen Blick über die Schulter riskierte, wurde ihm klar, dass sie auf der Toilette verschwunden war. Er schalt sich einen Narren, sie hätte ihn mit Sicherheit nicht erkannt. Dazu hatte sich sein Äußeres im letzten Jahr zu sehr verändert. Er sah es doch selbst, auch wenn er allzu häufige Blicke in den Spiegel mittlerweile vermied. Die tiefen Falten, die sich in sein Gesicht gegraben hatten, das ergraute Haar, die müden Augen, in denen das Licht erloschen war. Ihm war bewusst, dass er sich gehen ließ, aber für so viele Dinge des täglichen Lebens fehlte ihm einfach die Kraft.

Später, am Ordinger Strand, erblickte er sie wieder. Seit Tagen schon braute sich ein Gewitter zusammen, die Luft stand teilweise, was eher ungewöhnlich für einen Küstenort war, in dem doch in der Regel eine frische Brise herrschte. Er brauchte keinen Wetterbericht, er hatte bereits beim Aufstehen gespürt, dass sich heute etwas entladen würde.

Für die Zeit seines Aufenthalts hatte er einen Strandkorb auf dem Podest gebucht, das der Strandbar 54° Nord am nächsten lag, und als er nach einem längeren Strandspaziergang zurückkehrte, entdeckte er sie in einem der Körbe unterhalb des Podestes. Sie wollte sich offensichtlich auf den Weg zum Wasser machen, als das Klingeln ihres Handys sie zurückhielt. Er beobachtete, wie sie das Mobiltelefon aus einer kleinen Gürteltasche zog, die unter einem Handtuch versteckt gewesen war, und dachte, wie leichtsinnig es doch war, seine Wertsachen so ohne Aufsicht zurückzulassen.

Er wollte zu seinem Platz zurückkehren, aber es war, als wären seine nackten Füße mit dem warmen Sand verschmolzen. Er konnte nichts anderes tun, als auf die Frau im Strandkorb zu starren, deren Gesicht blass geworden war, und dem Klang ihrer Stimme zu lauschen, die so viel weniger arrogant und anmaßend klang, als er sie in Erinnerung hatte.

Etwas ist passiert, dachte er. Ihr Gesichtsausdruck und die Art, wie ihr Rücken sich krümmte, zeugten von Schmerz, davon, dass es keine gute Nachricht war, die der Anrufer ihr mitteilte. Ihre Stimme klang flehend, als sie antwortete. Er hörte einen Satz zu sich herüberwehen. »Bitte sag, dass das nicht wahr ist.«

Als eine Horde lärmender Kinder an ihm vorbeistürmte, schrak er hoch und wandte sich hastig ab. Aufgewühlt raffte er seine Sachen zusammen und verschloss den Strandkorb mit dem Holzgitter, damit sich niemand dort niederließ. Am Abend kam er immer noch einmal zurück, um den Sonnenuntergang über dem Meer zu beobachten.

Er beschloss, einen Spaziergang auf dem Deich in Richtung Norden zu machen. Dort entlang war es nie so voll wie in die umgekehrte Richtung, die in den trubeligen Ortsteil Bad führte. Obwohl ... es war Anfang August, und die Hotels und Ferienwohnungen waren ausgebucht, wie die Empfangsdame ihm gestern erzählt hatte. Auch wenn er schon länger Sehnsucht nach einem Urlaub in St. Peter-Ording gehabt hatte, war es eine Schnapsidee gewesen, ausgerechnet im Hochsommer hierher zu fahren. Die vielen Menschen machten ihn zunehmend nervös; das Stimmengewirr, das ihn an den beliebtesten Plätzen wie ein Hornissenschwarm zu umwogen schien.

Bevor er aufbrach, blickte er noch einmal zu ihr hinunter. Sie hatte das Gespräch beendet, hielt den Kopf in den Händen vergraben, den Körper vornübergebeugt. Ihre Schultern zuckten, neugierige Blicke trafen sie.

Er wäre nie auf den Gedanken gekommen, dass es etwas geben könnte, das diese Frau erschütterte. Sie hatte damals so überlegen gewirkt, und nun saß sie hier in einem schon etwas hinfällig aussehenden Strandkorb und wischte sich die Tränen aus dem Gesicht.

Er wollte das nicht sehen. Er wollte den Hass auf sie

weiter schüren, wollte dem unversehens aufgestiegenen Mitleid keinen Raum in seinem Inneren gewähren.

Auf dem Deich begegneten ihm tatsächlich nur wenige Spaziergänger; der aufbrisende Wind kühlte sein erhitztes Gesicht. In einiger Entfernung vor sich nahm er die aufsteigende Wolkenwand wahr. Für den Nachmittag waren Sturm und Starkregen angekündigt worden.

Die Bewegung half ihm, auch dieses Mal seiner Anspannung Herr zu werden. Er schritt mehr als zwei Stunden kräftig aus, bevor er ins Hotel zurückkehrte. Während er vom Balkon auf die Dünen und die dahinter liegende Sandbank vor Ording blickte, wurde ihm etwas bewusst: Die Begegnung mit ihr hatte ihn aus der Lethargie gerissen, in der er jetzt seit einem Jahr verharrte. Es war, als würden seine Lebensgeister einer nach dem anderen wieder erwachen. Um was zu tun? Rache zu nehmen, wie er es sich an jedem einzelnen Tag dieses verdammten Jahres, in dem kein Stein auf dem anderen geblieben war, ausgemalt hatte? Oder Frieden zu schließen, mit ihr, mit sich, mit dem, was geschehen war? Alle Kräfte für einen Neuanfang zu bündeln, den er manchmal so schmerzlich herbeisehnte?

Beim Griff in die Hosentasche stellte er fest, dass sich sein Smartphone nicht an seinem gewohnten Platz befand. Auch in der Tasche mit den Badesachen war es nicht zu finden. Hatte er es womöglich im Strandkorb liegen lassen?

Er warf einen Blick zum Himmel, der sich mittlerweile bedrohlich zugezogen hatte. Bis zum Strandkorb würde er zu Fuß an die dreißig Minuten brauchen und aller Wahrscheinlichkeit nach nicht trocken dort ankommen. Also besser den Wagen nehmen über die Ordinger Strandauffahrt, die direkt vor dem Hotel lag, hinunter zum Strand, auf dem ebenso wie in Böhl das Parken erlaubt war.

Der erste Blitz zerriss das Dunkel in einer Zackenlinie, kurz nachdem er losgefahren war. Der zweite folgte fast unmittelbar, dann begann der Himmel, seine Schleusen zu öffnen. Der Regen peitschte gegen die Wagenfenster, die Scheibenwischer kamen selbst auf der höchsten Stufe kaum hinterher. Er fuhr so dicht wie möglich am Dünengürtel entlang, da der Weg hier ebener war und nicht so viele Vertiefungen aufwies wie die übrige Fläche der Sandbank.

Als er schließlich seinen Strandkorb erreichte, war er bis auf die Haut durchnässt, obwohl er den Wagen so nah wie möglich an das Podest herangefahren hatte. Eilends entfernte er das Gitter und suchte erst einmal im Inneren des Korbes Schutz vor dem Regen, bevor er sich nach seinem Handy umsah. Er fand es in einer Ritze. Erleichtert atmete er auf und beschloss, noch einen Augenblick zu warten, bevor er wieder zum Wagen zurücklief.

Er blickte zum Meer und verfolgte voller Faszination das Schauspiel vor seinen Augen. Die Nordsee tobte und schäumte, der Himmel wurde in kurzer Abfolge von grellen Blitzen zerfetzt, denen unheilvolles Donnergrollen folgte. Es war, als würde die Welt untergehen.

Als er eine Person aus dem Strandkorb herauskommen sah, in dem *sie* vorhin gesessen hatte, stutzte er. Hatte jemand dort Zuflucht gesucht? Er schaute genauer hin und nahm trotz des Regenschleiers eine rote Hose und ein rot-weiß gestreiftes T-Shirt wahr. Nein, das war niemand anderes, das war sie. Sie ging Richtung Wasser mit weit ausholenden Schritten, in denen kein Zögern lag.

Einen Augenblick lang schaute er wie gebannt hinter ihr her, dann lief er die Stufen des Podests hinunter und folgte ihr. Immer wieder musste er stehen bleiben und nach Luft schnappen, so heftig peitschten Regen und Wind in sein Gesicht.

Als er das Meer erreichte, war sie nirgendwo mehr zu sehen. Er ließ seinen Blick schweifen, dann entdeckte er ihren Körper im Wasser. Die Wellen peitschten ihn zurück in Richtung Strand, bis er schließlich unter dem Pfahlbau gegen eine der Stelzen stieß.

Er rannte hinüber, durchpflügte das Wasser und packte sie an den Schultern. Er war einmal ein durchtrainierter Mann gewesen, aber wie so vieles andere hatte er auch den Sport schleifen lassen. Trotzdem gelang es ihm, sie schließlich an den Strand zu ziehen.

Bevor er Erste-Hilfe-Maßnahmen anwenden konnte, bewegte sie sich. Sie rollte auf die Seite und erbrach einen Schwall Wasser, dann versuchte sie, sich aufzurichten.

»Bleiben Sie liegen«, wies er sie an. »Ich hole Hilfe.«

Erneut versuchte sie hochzukommen, und dieses Mal gelang es ihr. Sie richtete ihren Blick auf ihn und erkannte ihn sogleich. Er sah es in ihren Augen, bevor ihr Mund das Wort »Sie?« ausstieß.

»Ja, ich«, sagte er ruhig.

»Warum haben Sie das getan? Warum haben Sie mich

nicht ertrinken lassen? Damals, im Gericht, haben Sie mir doch entgegengeschleudert, dass Sie wünschten, ich wäre tot. Gilt das etwa nicht mehr?«

Er wollte aufstehen, denn was hätte eine Antwort gebracht? Doch sie hielt seinen Arm fest, nackte Verzweiflung in ihren Augen.

»Meissner hat es wieder getan. Ein junges Mädchen, fünfzehn Jahre alt. Er hat sie in ihrem Elternhaus überfallen, als sie alleine war. Ich habe es vorhin erfahren.« Sie schluchzte auf. »Die Ärzte glauben nicht, dass sie durchkommen wird.«

Frank schloss die Augen und bemühte sich, das eben Gehörte zu erfassen. Übelkeit stieg in ihm auf, bittere Galle suchte sich einen Weg. Nur mit äußerster Willensanstrengung gelang es ihm, den Brechreiz zu unterdrücken. Er versuchte, ruhig und gleichmäßig zu atmen, seine Gedanken fließen zu lassen, so wie es ihm der Psychologe beigebracht hatte.

Und plötzlich befand er sich wieder im Gerichtssaal. Hörte die Stimme der Frau vor sich, den harten, unbarmherzigen Ton darin, bar jeden Gefühls. Als Vorsitzende Richterin war sie nie um Worte verlegen gewesen und hatte jeden, dessen Beweisführung ihr nicht gefiel, zurechtgewiesen. Sie hatte *ihn* angeklagt, von Polizeigewalt gesprochen und davon, dass es ihm doch auch mit den in der Ausbildung erworbenen Fähigkeiten oder notfalls mit Pfefferspray hätte gelingen müssen, den Täter außer Gefecht zu setzen. Dass ein Schusswaffengebrauch nicht erforderlich gewesen wäre. Dass er doch nur geschossen hätte, weil seine Frau das Opfer gewesen sei.

So ruhig wie möglich hatte er zu erklären versucht, dass die erste Schussabgabe ins rechte Bein den Mann nicht gestoppt hätte und er weiter mit erhobenem Messer auf ihn zugerannt sei, nachdem er von seiner Frau abgelassen hatte. Die Erklärung, dass ein solches Verhalten im Adrenalinrausch nicht ungewöhnlich sei und er deshalb gezwungen gewesen wäre, einen zweiten Schuss auf das andere Bein abzugeben, hatte sie nicht gelten lassen.

»Ich kann nicht mit dieser Schuld weiterleben«, drang ihre weinerliche Stimme in seine Gedanken. »Das ertrage ich nicht.«

»Das werden Sie aber ertragen müssen, weil Sie es nicht anders verdient haben!« Er hätte sie am liebsten geschlagen, wie sie dort in sich zusammengesunken im Sand hockte und in Selbstmitleid badete. »Meissner hat meine Frau brutal vergewaltigt. Wäre ich nicht zufällig früher vom Dienst nach Hause gekommen, hätte er sie womöglich umgebracht. Aber Sie sind nur darauf herumgeritten, dass Inka ja eine Teilschuld träfe, weil sie ihn so unbedarft ins Haus gelassen hätte. Dass sie als Polizistenfrau doch wissen müsste, was in einem solchen Fall passieren könnte.« Er brüllte jetzt fast. »Inka hat dem Typen helfen wollen, als er darum bat, kurz telefonieren zu dürfen, weil er sein Handy zu Hause vergessen hatte. Sie hat ihm geglaubt, dass sein Auto den Geist aufgegeben hatte und er deshalb in seiner Werkstatt anrufen musste.«

Ich habe doch den fremden Wagen vor der Tür gesehen, hatte Inka Tage später mit Tränen in den Augen gesagt. Da hatte ich keine Zweifel an seinen Worten.

Er spürte, wie sich das Adrenalin in seinen Adern verflüchtigte und ihn eine tiefe Erschöpfung überkam. »Es gibt Menschen, die ohne Arg sind und anderen zu helfen versuchen. Meine Frau war eine von ihnen.«

Inkas Vergewaltiger war mit einer Bewährungsstrafe davongekommen. Weil er keine Vorstrafen gehabt und ein tränenreiches Geständnis abgelegt hatte, in dem er immer wieder beteuerte, wie sehr er das Geschehene bereue, und um Entschuldigung bat. Außerdem war seine Tat unter Alkoholeinfluss erfolgt, was im deutschen Strafrecht ebenfalls ein Grund für eine Strafmilderung war. Und natürlich hatte die Vorsitzende Richterin auf die noch nicht verheilten Schussverletzungen des Mannes hingewiesen und nicht zu versäumen erwähnt, dass er diese einem Polizeibeamten verdanke, der seine Grenzen eindeutig überschritten hatte.

Frank war schon vorher suspendiert und ein Fall für die Interne geworden, deren Beamte ihn durch den Fleischwolf gedreht hatten. Ein Prozess war ihm zum Glück erspart geblieben, und die der Richterin gegenüber ausgestoßene Drohung war seinem emotionalen Ausnahmezustand zugeschrieben worden. Aber das Trauma, das die Geschehnisse ausgelöst hatten, verfolgte ihn bis heute und war dafür verantwortlich, dass er den Dienst quittiert hatte. Weil ihm der Glaube an den deutschen Rechtsstaat endgültig abhandengekommen war.

Er blickte auf das Häufchen Elend zu seinen Füßen. Was um alles in der Welt hatte ihn dazu getrieben, diese Frau aus dem Wasser zu ziehen? Er hätte sie elendiglich ersaufen lassen sollen. Doch ein Blick in ihr Gesicht machte ihm klar, dass der Tod im Moment das kleinere Übel für sie gewesen wäre. Schließlich hatte sie ihn gerade selbst gesucht.

»Was ist mit Ihrer Frau?«, hörte er sie fragen. »Sie haben eben war gesagt.«

»Inka hat drei Wochen nach der Urteilsverkündigung Suizid begangen. Sie ist nicht damit fertiggeworden, dass sie durch die Vergewaltigung unser Kind verloren hat.«

Das heiß ersehnte Kind, mit dem sie nach elf Jahren nicht mehr gerechnet hatten.

Der Ausdruck in ihren Augen hätte ihm eine späte Genugtuung sein können, aber er fühlte nur Leere. Ihre Worte, der gestammelte Versuch einer Entschuldigung, prallten an ihm ab. Langsam ging er zu seinem Wagen zurück.

TOD UNTER PALMEN

Carolyn Srugies

Dithmarschen

»Mach das Fenster zu, Elke! Oder willst du, dass ich mir eine Lungenentzündung einfange?« Rolf zieht sich seinen Seidenschal demonstrativ über die Nase. Seit Kurzem trägt er dieses blau-goldene Tuch mit Paisley-Muster. Er findet es elegant und meint, es sei förderlich für seine empfindliche Gesundheit. Meiner Meinung nach ist es albern. Sofort lasse ich das Fahrerfenster wieder hochfahren. Eine ehrliche Antwort auf seine Frage schlucke ich hinunter. Rolf mit einer Lungenentzündung, bettlägerig und still im Krankenhaus verweilend, ist eine wunderbare Vorstellung. Ein paar Tage Ruhe und Frieden im Haus. Ich könnte ohne Störung die Wohnung putzen. Oder einfach mal die Beine hochlegen, ein gutes Buch lesen und einen Tee trinken. Ich muss blinzeln.

»Elke! Mach die Augen auf! Willst du gegen einen Baum fahren und mich umbringen?«

Auch ich könnte dann sterben, aber das wird Rolf gleichgültig sein. Ich verwerfe den Gedanken an einen bettlägerigen, hustenden Rolf. Er würde zu Hause auf der Couch liegen statt im Krankenhaus, noch mehr nörgeln und mich häufiger als sonst durch die Gegend scheuchen.

Meine Hände krampfen sich um das Lenkrad. Während unserer Reise aus der heimatlichen Pfalz hat sich die Landschaft verändert. Der Blick stößt gegen keinen Hügel. Es gibt nur Weite und hin und wieder einen Deich am Straßenrand, auf dem Schafe stehen und Gras rupfen. Auf den Feldern links und rechts ist Kohl angebaut. Ein schneller Seitenblick erhascht Weißkohl und Rotkohl. Ich glaube, Wirsing zu erkennen und eine Pflanze, die höher ist als die Kohlsorten. Was mag das sein? Das Gewächs ist dunkelgrün und etwas buschig.

Überall ragen imposante Windräder auf, mal einzeln, dann wieder in Gruppen. Einige haben rote Spitzen an den weißen Rotorblättern und wirken wie manikürte, schlanke Finger, die abwechselnd in den knallblauen Himmel deuten und …

»Elke, verdammt! Konzentrier dich auf die Straße!«

»Warum fährst du nicht, Rolf? Wir wollten uns doch abwechseln, aber ich sitze seit über sieben Stunden hinter dem Lenkrad. Die kleine Unterbrechung im Münsterland zähle ich nicht mit.«

Rolf schiebt beleidigt die Unterlippe vor. »Ich bin krank!« Er zerrt den Schal vom Kinn. »Heiß hier drinnen.« Er fummelt an der Lüftung, und ein kalter Luftstrom bläst mir ins Gesicht.

»So ist es besser.« Zufrieden lehnt er sich zurück.

Zähneknirschend verschiebe ich den Regler ein wenig, um die Kälte von mir zu lenken. Ich atme tief durch und betrachte die Gegend.

»Flach wie ein Teller«, brummt Rolf.

»Ja, man sagt, es ist bereits morgens zu sehen, wer

nachmittags zum Kaffee kommt.« Eine wunderbare Vorstellung. Nur erwarten wir leider selten Besuch. Wir haben keine Verwandten mehr, und Rolf hat keine Freunde, nicht einmal gute Bekannte. Meine wenigen Freundinnen kommen ungern zu uns, da ihnen Rolfs Ausführungen über seine Beschwerden auf die Nerven gehen. Er hingegen beklagt das mangelnde Interesse meiner Besucherinnen an seinem Wohlergehen.

Luftveränderung, hatte der Vorschlag unseres Hausarztes gelautet. Irrte ich mich, oder war der Blick, den er mir sandte, mitleidig gewesen? Sicher wollte er seinen unangenehmen, stets unangemeldet in der Praxis auftauchenden Patienten für eine Weile loswerden. Rolf hatte die Idee gefallen, aber wohin? In den Süden Europas zog uns nichts. Da waren wir uns einig. Mein Mann lehnte den anstrengenden Flug und die Unbequemlichkeiten ab. Das Essen wäre fremd, wer weiß, was man ihm auftischen würde? Überhaupt fürchtete sich Rolf vor Salmonellen, lebensgefährdenden Parasiten, Bissen von kriechendem Gewürm und Hotelpersonal, das kein fließendes Deutsch sprechen konnte. Er würde dort mit Sicherheit krepieren und läge dann tot unter Palmen, meinte er. Ich hingegen fürchtete mich nur vor den Strapazen, die mein Mann mir im sonnigen Süden verursachen würde.

Ich breitete die Deutschlandkarte aus und bot ihm neue Vorschläge an. Bayern war ihm zu bergig, die Ostsee reizte ihn nicht. Die Nordsee war zu rau, der Spreewald zu waldig. Einen Städteurlaub hielt er für zu anstrengend. Egal, was ich vorschlug, ob Rhein, Harz, Erzgebirge oder Lüneburger Heide, alles lehnte er ab. Daraufhin fällte ich eine eigene Entscheidung: Dithmarschen, ein Kreis in Schleswig-Holstein zwischen Nordsee, Eider, Elbe und Nord-Ostsee-Kanal. Begeistert schilderte ich Rolf die geplanten Unternehmungen. Büsumer Scholle würden wir direkt vor Ort essen. In St. Peter-Ording gab es einen schier endlosen Strand, der zum Spazierengehen einlud. Das Eidersperrwerk könnten wir besuchen. Im Geiste sah ich uns am Nord-Ostsee-Kanal auf einer Bank sitzen, Fischbrötchen essen und Schiffe gucken. In Dithmarschen war Kohlwoche. In den buntesten Farben malte ich aus, in welchen kulinarischen Genüssen wir schwelgen würden. Rolf zog die Mundwinkel hinunter. Erst als ich ihm darlegte, wie gut die frische Nordseeluft seiner Lunge täte, stimmte er zu.

»Biegen Sie links ab, dann haben Sie Ihr Ziel nach 500 Metern auf der rechten Seite erreicht«, wies uns die Stimme des Navis an.

»Elke! Du musst jetzt links abbiegen!«

Die gebuchte Ferienwohnung liegt auf dem Gelände eines Kohlanbauhofs. Ich parke den Wagen vor dem Gutshaus, steige aus und recke mich. In der Nachmittagssonne leuchtet das weiß getünchte Gebäude mit dem Reetdach. Ein paar späte Rosen ranken am Spalier an der Hauswand.

»Elke! Hilf mir!«

»Du wirst ja wohl ohne Hilfe aus dem Auto steigen können!«

Eine Frau kommt aus dem Haus auf uns zu. Sie ist in meinem Alter, etwa Anfang fünfzig. Sie ist groß und schlank. Ihr blonder Pferdeschwanz wippt bei jedem

Schritt. Der Kies knirscht unter ihren Gummistiefeln. »Moin«, sagt sie mit einem Lächeln.

»Moin, moin«, sage ich eifrig und reiche ihr die Hand. Ihr Lächeln wird tiefer. »Ich bin Anja. Willkommen auf dem Schüning-Hof.« Sie geht um das Auto herum und schüttelt Rolfs ausgestreckte Hand. Ich verbeiße mir das Lachen. Er erwartete doch nicht wirklich, dass Anja ihn aus dem Auto ziehen würde? Sie denkt nicht daran. »Eure Wohnung ist gleich dort«, sie deutet auf ein Nebengebäude. »Ich zeige euch alles.«

Ich atme die frische, salzige Luft ein und folge Anja. Rolf hat sich inzwischen mühelos aus dem Wagen geschwungen. »Und das Gepäck?«, ruft er unserer Vermieterin nach.

»Darum werden Sie sich selbst kümmern müssen«, antwortet sie ihm über die Schulter.

Die kleine Ferienwohnung ist ein Traum. Glücklich drehe ich mich in der Wohnküche um, während Anja uns auf die Annehmlichkeiten hinweist. Sie öffnet den Kühlschrank, in dem sich sogar einige regionale Produkte befinden. Ein goldener Lichtstrahl fällt auf den Schaukelstuhl. Ich nehme mir fest vor, einen Krimi einer Autorin der Region zu kaufen und abends hier zu sitzen und zu schmökern. Anja lacht, als ich es laut ausspreche.

»Elke, das Gepäck!«

Rolf hatte ich für ein paar glückliche Sekunden vergessen. Anjas Lachen verstummt abrupt. »Sind Sie krank?« Mir fällt auf, dass sie Rolf siezt und mich duzt. Innerhalb kürzester Zeit ist es ihm wieder gelungen, einen netten Menschen gegen sich aufzubringen.

»Ich bin leidend«, antwortet er ausweichend. Dabei ist er kerngesund. Seit seiner Entlassung im letzten Jahr im Alter von 57 Jahren wird er immer bösartiger und schwerer zu ertragen. »Meine Frau kann das Gepäck reinholen. Beeile dich, Elke. Ich habe Kaffeedurst!«

Anjas Blick huscht zwischen uns hin und her. »Ich hole jemanden, der dir hilft.« Sie nickt mir freundlich zu und verlässt uns.

»Geht doch«, sagt Rolf zufrieden. Mir ist, als würde der Raum nach ihrem Weggang dunkler werden, und ich schäme mich für meinen Mann. Er lässt sich seufzend auf die Couch fallen.

»Du könntest wenigstens den Korb mit den Lebensmitteln reinholen. Sonst kann ich keinen Kaffee kochen.«

»Das soll das Personal machen, Elke. Ich muss mich von deinem Fahrstil erholen.« Seine Stimme wird leiser. Kurz darauf ist ein leichtes Schnarchen zu hören.

Da sich Rolf von der anstrengenden Reise erholt, nutze ich die Zeit und sehe mir den Hof an. Mit riesigen Scheunen, Hallen und Landmaschinen habe ich gerechnet, nicht aber mit einer Milchtankstelle und einem liebevoll sortierten Hofladen. Für Frühstück und Abendessen decke ich mich mit frischen Eiern, einem Glas goldgelben Rapshonig, einem warmen Laib Brot und einer Flasche Vollmilch ein. Mein Blick schweift über die Regale. Verwundert sehe ich die Produkte, die Kohl enthalten. Es gibt nicht nur Sauerkraut, sondern ebenfalls Angebote wie Cremes und Shampoos. Schmunzelnd nehme mir einen Tiegel Salbe und beschließe, eine Platte selbst gebackenen Butterkuchen zu kaufen. Unverhofft steht Rolf an der Kasse neben mir. »Kuchen, lecker. Ist der Kaffee fertig?« Er nimmt mir das Cremetöpfchen aus der Hand, mustert es naserümpfend und stellt es ins Regal zurück. »Das fehlt noch, dass du nach Kohl stinkst!«

Auffordernd reiche ich ihm die Einkäufe, und schmollend nimmt er den Korb entgegen. Ein paar von Anjas Mitarbeitern eilen über den Hof. Wortfetzen einer mir unbekannten Sprache wehen zu uns herüber.

»Der Polacke dahinten kann doch mal mit anfassen.« Rolf wedelt international verständlich mit den Armen, deutet auf den halb gefüllten Korb. Ich würde gerne im Boden versinken.

»Klei' mi an'n Mors«, sagt einer der Männer und betrachtet Rolf mit einem abfälligen Blick. Ich grüble kurz, welche Sprache er spricht. Nach Polnisch klingt das für mich nicht.

Am nächsten Tag ist es windig und sonnig. Büsch'n Wind nennt Anja das und versorgt uns mit Broschüren und Ausflugstipps. Mit für mich selbst ungewohnter Festigkeit bestehe ich auf eine Wattwanderung. Rolf weigert sich, mitzugehen. Nach einem kleinen Disput bleibt er mit verschränkten Armen auf einer Bank auf der Kuppe des mit Rasen bewachsenen Deichs sitzen. Mit jedem Schritt, den ich mich von ihm entferne, fällt Last von mir ab, ich atme leichter. Dankbar für die Stille wandere ich barfuß über das glitzernde Watt. In kleinen Pfützchen und breiten Prielen spiegelt sich das Sonnenlicht. Halb gebückt betrachte ich Krebse, Muscheln und Sandhaufen, die wie Würmer aussehen. Wenn ich mich umdrehe, ist Rolf aus meinem Blickfeld verschwunden. Ich kann Rolf nicht mehr sehen! Der doppelte Sinn dieses Satzes geht in mir auf. Ein befreiendes Gefühl! Ich marschiere bis zur Wasserkante, lasse die Zehen im Wasser spielen und gehe ohne Verzögerung zurück. An der Stranddusche spüle ich den Sand von den Füßen. Meinen Vorschlag, zurückzufahren und in einem Landgasthof eines der »Heiermann-« oder »Drei-Taler-Gerichte« zu bestellen, nimmt er gnädig auf. Für gutes und preiswertes Essen ist mein sparsamer Mann immer zu haben.

Während sich Rolf appetitlich aussehende Kohlrouladen einverleibt, wage ich mich an Grünkohl mit Kohlwurst. Nun kenne ich endlich den Namen des dunkelgrünen, buschigen Gemüses.

»Pferdefutter«, ist der verächtliche Kommentar meines Mannes nach einem Blick auf den Teller mit dem Kohl, den Röstkartoffeln und der Wurst. Es ist köstlich. Das sage ich auch der Kellnerin. Erfreut sieht sie mich an. »Genau genommen ist es zu früh für Grünkohl. In der Vergangenheit hat man ihn nur nach dem ersten Frost geerntet. Da werden irgendwelche Kohlenhydrate in Zucker umgewandelt.« Sie zuckt die Schultern. »Genau weiß ich das nicht. Jedenfalls wird der Grünkohl heutzutage nach der Ernte künstlich gekühlt.« Sie zwinkert mir zu. »Die Palme Dithmarschens, so nennen wir hier den Grünkohl, ist einfach viel zu lecker, um bis zum ersten Frost zu warten.«

»Palmen in Dithmarschen. Die hat sie doch nicht alle.« Rolf tippt sich andeutungsweise mit der Gabel an die Stirn. Die Kellnerin dreht sich um und betrachtet ihn. Ich halte den Atem an. In mir schnürt sich alles zusammen.

Es fühlt sich an, als würde eine dauerhaft gespannte Saite in mir zerreißen.

Rolf isst ungerührt und mit großem Appetit weiter. Behutsam lege ich mein Besteck ab. »Es reicht, Rolf. Ich habe es satt, wie du dich über andere Leute in deren Gegenwart äußerst. Ich bin es leid, ständig von dir ausgenutzt und gemaßregelt zu werden. Dein andauerndes Gejammer ertrage ich nicht mehr. Wenn du dich nicht änderst, werde ich meine Konsequenzen ziehen.«

Rolfs Mund steht offen. Soße tropft aus dem Mundwinkel, auf seinem Seidentuch breitet sich ein Fettfleck aus. Ich wappne mich für den kommenden Zornesausbruch, nehme aber äußerlich ruhig mein Besteck wieder auf. Das wäre noch schöner, wenn diese delikate Mahlzeit wegen Rolf erkalten würde.

»Konsequenzen? Was soll das heißen? Das werden wir sehen, meine Liebe!« Er wirft das Besteck auf den Teller. Das Geschepper sorgt dafür, dass sich die anderen Gäste umdrehen. »Mir ist der Appetit vergangen. Ich fahre zurück! Sieh zu, wie du nach Hause kommst!« Er stürmt aus dem Raum.

Ich bin erstaunt über meine Gelassenheit. Seine Worte berühren mich nicht. Erheitert sehe ich auf Rolfs leer gegessenen Teller. Kein Wunder, dass er appetitlos ist. Ohne Hast esse ich weiter, wohl wissend, wie ich zur Ferienwohnung komme. Der Autoschlüssel ist in meiner Handtasche.

Nach der schweigsamen Fahrt zurück, Rolf hatte schmollend am Auto gewartet, läuft er grußlos an Anja vorbei ins Haus. Mit erhobenen Augenbrauen sieht sie ihm nach. »Ärger im Paradies?« Sie führt eine mit diversen Kohlsorten gefüllte Schubkarre.

Wir sehen beide Rolf hinterher, der sich energisch den Weg zwischen die großen Landmaschinen bahnt. Paradies?

Ich räuspere mich. »Er war nicht immer so. Aber, um ehrlich zu sein, es ist schwer, mit ihm zu leben. Er ist ein Ekel geworden. An allem und jedem hat er etwas auszusetzen, er hat auch keine Probleme damit, andere Leute zu brüskieren und zu verletzen.«

Stumm hört Anja zu. Rolf ist aus unserem Blickfeld verschwunden. Ich lache verlegen auf und knete meine Hände. »Entschuldige, ich will dich nicht mit meinen Problemen belasten. Aber es tut gut, es mir von der Seele zu reden.« Wortlos und kopfschüttelnd schiebt Anja die Karre weiter. Gemeinsam füllen wir die Lücken im Verkaufsstand vor dem Parkplatz auf. Nach einer Weile äußert sie sich. »Du solltest dich trennen.«

Der Wind weht mir eine graubraune Strähne vors Gesicht. »In meinem Alter?«

»Was hat das Alter damit zu tun? Lass uns nachher weiterreden. Ich bringe dann ein Stück Kuchen mit.«

Ein paar Stunden genieße ich die Ruhe. Wie erhofft, sitze ich im Schaukelstuhl und lese einen Krimi. Rolf ist nicht zurückgekommen. Ich koste jede Minute ohne ihn aus. Als es klopft, wundere ich mich, wo die Zeit geblieben ist. Auf dem Weg zur Tür fällt mein Blick auf die Uhr. Es ist bereits fünf Uhr nachmittags. Anja steht mit einem Teller Butterkuchen in der Hand vor der Tür. Wir setzen uns auf die Bank vor dem Haus. Ich nehme mir ein Stück Gebäck. Es ist lecker, saftig und dick mit Zucker und Mandeln bestreut. Anja lehnt sich zurück. Wir schauen beide nach oben. Weiße Schäfchenwolken jagen über den Himmel, der sich bald tiefblau färben wird. Ein paar Möwen lassen sich vom Wind in die Lüfte treiben und stoßen mit ihren typischen Schreien wieder hinunter. Ein Trecker, dessen Anhänger voll mit Weißkohl beladen ist, fährt tuckernd die Straße entlang. Wo Rolf wohl ist?

»Er misshandelt dich.«

Ich brauche nicht zu fragen, von wem sie spricht, und protestiere. »Das tut er nicht. Rolf hat mich noch nie geschlagen!«

»Missbrauch und Misshandlungen sind nicht immer physischer Natur. Bist du denn glücklich? Sei ehrlich!«

Ich schweige. Sie nickt.

»Dein Mann ist neugierig.« Sie sieht mich von der Seite an.

»Das stimmt«, seufze ich. »Wo bleibt er nur?«

»Er ist ins Kühlhaus gegangen. Er wollte es unbedingt ansehen.«

Dass sich Rolf für Kühlhäuser interessiert, ist mir neu. »Ich hoffe, er hat nichts beschädigt.«

»Keine Sorge. Da ist nur der Grünkohl drin. Er wird dort schockgefroren.« Sie räuspert sich und hält mir erneut den Teller mit den Kuchenstücken entgegen. Ich schüttele den Kopf.

»Irgendetwas muss mit dem Schloss nicht in Ordnung sein. Normalerweise ist es kein Problem, die Tür von innen zu öffnen.« Sie zögert und schaut den Möwen nach.

Ich schweige und warte darauf, dass sie fortfährt. Ich erwarte, einen tobenden Rolf zu sehen, der etwas durchgekühlt, aber trotzdem gesund und munter um die Hausecke gestampft kommt und pöbelt. Es bleibt still. Der morgige Tag wird scheußlich werden. Rolf wird an einer schweren Erkältung leiden, ob echt oder eingebildet, und mich mehrmals zur Apotheke fahren lassen. Ich seufze. Anja hält ihr Gesicht in die letzten Strahlen der Abendsonne.

»Was hat er gesagt, als er rauskam? Wo ist er jetzt?« Ich hoffe, er hat seinen Frust nicht an den Mitarbeitern ausgelassen. Was hat Rolf bewogen, in ein Kühlhaus zu gehen?

Anjas Augen sind geschlossen. »Er ist noch drin.« Ihre Stimme ist ruhig.

»Was?« Ich richte mich auf. »Aber wieso? Wenn du weißt, dass er im Kühlhaus ist, warum öffnet niemand …« Ich breche ab. Anja sieht mich mit hellwachen Augen an. »Ich wollte deine Meinung hören.«

»Meine Meinung wozu?« Mir ist die Antwort klar, bevor ich die Frage zu Ende gestellt habe.

Ich stehe auf und gehe ein paar Schritte. Die eben noch helle Oktobersonne versinkt als glutroter Ball hinter dem Deich. Mein Blick wandert über die noch nicht abgeernteten Felder. Ich stelle mir Rolf vor, wie er sich durch Schreien, Toben und Drohreden warm zu halten versucht. Wie er gegen die Stahltür hämmert, bis seine Fingerknöchel bluten. Wie er erbost meinen Namen ruft, mich für alles verantwortlich macht. Er wird zu Beginn brüllen, mit Konsequenzen drohen. Später wird er betteln, flehen, anfangs laut mit großer Hoffnung, danach immer leiser, verzagter. Aber direkt nach der Öffnung der Tür wird er wieder der Alte sein. Ich greife mir an den Hals und schlucke schwer. Meine Schultern schmerzen vor Anspannung.

»Lebt er noch?« Ich wundere mich über die Festigkeit in meiner Stimme.

»Ich glaube, schon.«

»Wie lange …« Ich hole tief Luft. Meine Lippen sind trocken.

»Keine Ahnung. Ein paar Stunden.«

Ich spinne meine Gedanken weiter und stelle mir Rolf vor, zusammengekauert, erstarrt zwischen dem frisch geernteten Kohl sitzend. Sein Seidentuch mit dem Fettfleck wird er um Hals und Mund geschlungen haben. Während das Gemüse an Qualität gewinnt, wird Rolf … Mir entfährt ein prustender Laut. »Nennt ihr den Grünkohl nicht auch die Palme Dithmarschens?«

»Ja.«

»Dann ist er tot unter Palmen.« Oder wird es bald sein. Genau das, wovor er sich gefürchtet hatte. Anja schmunzelt, als ich es erzähle.

»Was ist, wenn er gefunden wird? Die Polizei wird den Fall untersuchen, das hält euch von der Ernte ab.«

Anja steckt die Hände in die Taschen und hebt die Brauen. »Da hast du recht.«

Ich fahre fort. »Hier ist so weites Land. Rolf ist ein geiziger Mensch. Eine Beerdigung ist teuer. Sparen ist in seinem Sinne. Was sagst du?« Ich bin von meiner eigenen

Kühnheit überrascht und sehe Anja direkt in die Augen. Sie klatscht in die Hände und lacht laut auf. »Der Tod unter Palmen. In Dithmarschen. Dascha 'n Ding!«

Meine verkrampften Schultern entspannen sich, und ich nehme mir doch ein weiteres Kuchenstück. In meinem Mund breitet sich erneut dieser süße Geschmack aus. »Lass uns drüber schlafen, Anja. Wir müssen heute nichts entscheiden. Morgen ist auch noch ein Tag.«

DIE RÜCKKEHR DES SCHIMMELREITERS

Anja Marschall

Husum

Nordsee, 1896: Der Sturm schlug ihm mit ungestümer Wucht entgegen. Kommissar Hauke Sötje stemmte sich schwer gegen den Wind, kämpfte sich Schritt für Schritt am Fuß des Deichs entlang, der wie eine schwarze Wand zu seiner Linken lag. Fast waagerecht schoss der Regen über den Koog, jenes Stücken Land, dass der Mensch dem Meer mit dem Bau der Deiche vor vielen Jahren hatte abtrotzen können. Wasser lief in den Kragen von Haukes geöltem Wettermantel. Wütend fluchte der Kommissar, hatte der verdammte Gaul ihn doch tatsächlich irgendwo hinter Uelvesbüll abgeworfen und war in Panik vor Blitz und Donner davongelaufen. Da Hauke schätzte, näher an Husum als an Tönning zu sein, von wo er gerade kam, setzte er seinen Weg fort.

Es wurde bereits dunkel, als Hauke in einiger Entfernung ein flackerndes Licht entdeckte. Er hoffte, es möge ein Hof sein, wo man ihm etwas zu essen und zu trinken geben würde und er sich am Ofen in der Stube aufwärmen konnte. Er ging schneller. Bald schon erkannte er, dass es sich um kein Bauernhaus und auch keine der reetgedeckten Katen handelte, sondern um einen kleinen Gasthof, vor dem eine große Esche stand. Über dem Eingang quietschte ein eisernes Schild in seinen Angeln im Takt des Windes.

Hauke stieß die Tür zum Schankraum auf. Dichter Pfeifenrauch schlug ihm entgegen, gemischt mit dem urtümlichen Nordfriesich, das ihn entfernt ans Englische erinnerte. Der Raum war von knarzigen Männerstimmen und rauem Lachen erfüllt. An einem langen Tisch unter einer Petroleumleuchte saßen sieben Männer, die sich jetzt nach der Tür umdrehten.

»Gudeeen!«, rief Hauke in die Runde und trat an. Der Wirt, ein stämmiger Mann mit eckigem Schädel und einem vollen grauen Bart, kam hinter dem Tresen hervor. Um seinen ausladenden Bauch hatte er eine Schürze gebunden. In der Hand hielt er einen Lappen, mit dem er sich nun die Hände trocknete.

»Hartlik Wäljkiimen«, begrüßte ihn der Wirt und nahm Hauke den klatschnassen Mantel ab. »Einen Teller heiße Ochsensuppe und ein warmes Bier, der Herr?«

Hauke nickte. Sein Blick ging durch den einfachen Raum, an dessen Wänden einige gerahmte Landschaftsbilder hingen sowie das obligate Bild vom Kaiser. Vor den Männern am Tisch standen Bierkrüge und einige leere Teller sowie zwei Flaschen mit einer milchig-weißen Flüssigkeit darinnen. Selbstgebrannter, vermutete Hauke. Einer der Männer am Tisch erhob sich und bot ihm seinen Stuhl an. Sicherlich würde man ihn ausfragen wollen, woher er denn käme und wohin er wolle. Doch dem Kommissar war nicht nach Reden zumute, also winkte er dem Mann, der auf seinen Stuhl zeigte, freundlich ab.

Stattdessen ging er auf den einzigen anderen Tisch im Raum zu, der in einer Fensternische stand. Dort saß bereits ein anderer Gast, der Hauke weniger neugierig anmutete, denn der alte Herr saß tief über ein schwarzes Schulheft gebeugt und nahm von dem Neuankömmling keine Notiz. In der faltigen Hand hielt er einen Bleistiftstummel, mit dem er eifrig etwas auf die Zeilen schrieb.

»Darf ich mich zu Ihnen setzen?«.

Der Alte schaute auf und musterte Hauke einen Moment. »Aber bitte, nehmen Sie Platz«, sagte er dann und wies zu einem der freien Stühle. »Verzeihen Sie mir, wenn ich nicht sonderlich gesellig bin.« Er legte seine Hand, die von Altersflecken übersäht war, auf das Schulheft. »Es gibt noch so viel zu notieren.« Sogleich beugte er sich wieder über die Seiten, und der Bleistift huschte erneut über das Papier.

Hauke setzte sich. Draußen vor dem beschlagenen Fenster ging der Wind unvermindert ums Haus. Der Kommissar spürte, wie eine wohlige Wärme vom Kachelofen herzog. Schon kam der Wirt mit einem großen Krug Bier, den er vor Hauke auf den Tisch stellte.

»Wie weit ist es bis Husum, Herr Wirt?«

Der Mann überlegte. »Na, so drei Stunden, wenn Sie am Deich entlanglaufen. Aber bei dem Wetter sicherlich mehr.«

»Kann mir jemand ein Pferd vermieten, oder geht heute noch eine Kutsche?«

Die Männer am Tisch lachten auf. »Heute geht keiner mehr raus, solange der Wind nicht nachlässt«, rief der Älteste herüber. Er war ein Hüne von Mann und überragte die anderen um einen halben Kopf. »Morgen vielleicht.«

Der Wirt nickte zustimmend. »Ich habe oben eine Kammer, der Herr. Wenn Sie wünschen, kann meine Frau sie für Sie richten.«

Innerlich fluchte Hauke. Seine ganze Reise hatte unter einem schlechten Stern gestanden. Erst die unterspülten Gleise bei Heide, dann die Kutsche, die gleich hinter Tönning einen Achsbruch hatte, und zu guter Letzt der verdammte Gaul, der bei einem kleinen Blitz aufgestiegen war und seinen Reiter abgeworfen hatte. Hätte Polizeirat Roscher ihn nicht gedrängt, den Gefangenen aus Husum persönlich abzuholen, Hauke würde heute Abend bei seiner Sophie in der guten Stube sitzen, die Zeitung lesen und sich des Lebens freuen. Missmutig nickte Hauke dem Wirt zu, der zurück zum Tresen ging.

Unauffällig beobachtete Hauke den alten Mann vor sich, der noch immer eifrig schrieb. Er hatte keinen Bierkrug vor sich, und Hauke vermutete, der Herr könnte vielleicht Teetrinker sein. Hierzu würde auch der ordentliche schwarze Anzug mit dem strahlend weißen Hemd und dem Binder passen, der sorgsam getrimmte Vollbart und die nach hinten gekämmten lockigen weißen Haare. Hauke überlegte, welchem Beruf der Alte früher einmal nachgegangen sein könnte, und tippte auf Schulmeister.

»Amtsrichter«, sagte da sein Gegenüber, ohne von dem Heft aufzusehen. »Sie fragten sich sicherlich gerade, was meine Profession einmal gewesen sein mochte.« Jetzt hob er den Kopf und schmunzelte Hauke an. Sein Gesicht war von tiefen Falten durchzogen, die an seinen Augen am ausgeprägtesten waren und auf einen Menschen mit viel Sinn für Humor schließen ließen, obwohl sein Blick etwas Trauriges hatte. »Ich war viele Jahre Landvogt und Amtsrichter in Husum.«

In diesem Moment wurde die Tür zum Gastraum aufgerissen. Sofort tönte das Sturmgebraus von draußen in den Raum. Mit ihm stolperte ein Mann herein. Seine Haare hingen ihm triefend nass über die angstgeweiteten Augen. Sein Gesicht war gespensterweiß. »Ich habe ihn gesehen!«, schrie er mit sich überschlagender Stimme. Hinter ihm schoss der Regen ins Haus.

»Mach die Tür zu!«, brüllte der Wirt und eilte herbei. Neugierig drehten sich die Männer zu dem Neuankömmling um.

Der Mann, er war ein wenig untersetzt und hatte wohl seine Mütze im Sturm verloren. Seine Jacke stand offen, und er war regennass bis auf die Knochen. Er stand nur da und starrte die anderen an. Zu seinen Füßen bildete sich bereits eine Wasserlache.

Grob schubste ihn der Wirt beiseite, um die noch immer offene Tür zu schließen. »Bist du von allen guten Geistern verlassen, Momme?«, rief er.

»Na, Momme Spökenkieker«, rief einer. »Hat deine Frau dich wieder mal im Stall übernachten lassen?« Die Männer am Tisch lachten.

»Auf'm Deich! Ich bin da lang. Und mit einem Mal …«

»Auf'm Deich? Was hast du denn da gesucht? Deinen Kopp?«, unterbrach ihn der Älteste am Tisch und nahm einen ordentlichen Schluck aus seinem Krug. Allseits wurde gelacht.

Der Mann, den sie Momme nannten, fuhr ihn an. »Nun glaubt mir doch! Ich hab' ihn gesehen. Leibhaftig!« Seine Stimme zitterte. »Auf dem Pferd. Und dann isser mitten durch mich durchgeritten!« Er schlug sich mit der Faust gegen die Brust. »Kalt, sag ich euch, kalt war das. Wie der Tod.« Dabei sah er jeden der Reihe nach an, mit dem Blick eines Wahnsinnigen. »Der Deich wird brechen! Heute Nacht!«

Die Männer lachten. »Der Wind kommt von Land her, du Duhnkopp. Hast das nich' gemerkt? Da bricht nix.«

»Aber, er war es!«, beharrte Momme.

Hauke kannte den Blick des Mannes. Er war oft genug Männern begegnet, denen dieser fiebrige Wahn in den Augen stand, wenn sie glaubten, dem Tod ins Angesicht geblickt zu haben.

»Ich denke, du hast keinen Geist gesehen«, rief Hauke hinüber, »sondern mich.« Die Männer wandten sich nun von dem verängstigen Mann in der Mitte des Raumes ihm zu. »Mein Mietgaul ist vorhin bei einem Blitz durchgegangen. Das Tier war grau. Vielleicht hast du gesehen, wie es stieg und mich abwarf.« Haukes Blick ruhte auf dem Mann, den sie Momme nannten.

»Nee! Ich hab gesehen, was ich gesehen hab!«, beharrte der.

Besorgt trat der Wirt vor. Streit war nicht gut für das Geschäft. »Komm, Momme«, sagte er und legte seinen Arm um den triefnassen Mann. Er lenkte ihn zum Tisch, wo die anderen nur unwillig ein wenig auseinanderrückten, um für Momme und einen neuen Stuhl Platz zu machen. »Nu' setz dich man mal hin.« Er goss Momme ein Glas Selbstgebrannten ein, den dieser mit zitternden Fingern nahm und die Kehle herunterstürzte. Der Wirt schenkte nach. »Geht aufs Haus. Aber nur heute!« Momme nickte und hielt ihm das schon wieder leere Glas erneut hin.

Fragend sah Hauke den Amtsrichter an. »Wovon redet der Mann?«

»Der Schimmelreiter ist wieder da. Er war lange fort, aber nun ist er wieder da.« Der Richter klappte sein Heft zusammen und rollte es auf.

»Schimmelreiter«, wollte Hauke wissen.

Der Richter nickte. »Es gibt da eine Sage, sie ist bestimmt schon zweihundert Jahre alt, wonach ein Deichgraf für einen einzigen Fehler mit der Verdammnis bestraft wurde.«

»Aberglaube also«, stellte Hauke knapp fest. »Geschichten von Gespenstern und anderen Wesen, bar jeder Tatsache.«

»Wenn Sie es so nennen wollen.«

»Die Zeiten heute sind andere, als sie es damals waren, Herr Richter.«

»Ja, leider.«

Hauke runzelte die Stirn. »Leider?«

Der Alte fiel in ein tiefes, langes Schweigen. Dann ging ein Ruck durch seinen Körper. Müde lächelte er. »Die Leute haben den Respekt vor dem Meer verloren. Sie glauben, wenn ihre Deiche nur hoch genug sind, könne ihnen nichts mehr passieren. Sie glauben, sich mit ihrer

Wissenschaft und ihren Maschinen die Natur untertan machen zu können, aber das Meer lässt sich nicht zähmen. Und es verzeiht nicht.«

Hauke verstand, was der Richter meinte. Vor vielen Jahren, es schien Hauke eine Ewigkeit her, fuhr er selbst als Kapitän zur See. Er hatte am eigenen Leib erfahren müssen, dass das Meer sich nicht bändigen ließ. Langsam nickte er.

Milde lächelnd sah der Richter ihn an. »All die Wissenschaft und das Moderne von heute sind auch nichts anderes als Gläubigkeit. Wer sagt uns, dass das Neue wirklich besser ist als das Alte? Wir wissen es nicht. Wir glauben es nur.« Er schob das aufgerollte Heft tief in seine Jackentasche und ließ den Bleistiftstummel in die kleine Tasche seiner Weste gleiten. »Der Schimmelreiter, wie sie ihn hier nennen, war dereinst Deichgraf in unserer Gegend. Ihm aber fehle die nötige Gottesfurcht, sagten die Leute.« Der Alte lehnte sich zurück und erzählte die Geschichte von Hauke Haien, der nach dem Tod des alten Deichgrafen dessen Tochter heiratete und in Verdacht stand, vom Teufel einen Schimmel gekauft zu haben, der drüben auf Jeversand jahrelang als Skelett gelegen hätte, plötzlich aber als lebendes Tier im Stall des neuen Deichgrafen stand.

Kommissar Sötje bemerkte im Stillen, dass dieser Deichgraf den gleichen Vornamen trug wie er selbst. Ein eigentümlicher Zufall in dieser stürmischen Nacht.

Der Alte erzählte weiter. »Sie misstrauten ihm und seinen neuen Ideen vom Deichbau. Und als Hauke Haien an der Schnittstelle zwischen dem alten und dem neuen

Deich verhinderte, dass die Dorfbewohner einen Hund lebendig begruben, um dem Meer wie eh und je ein Opfer zu bringen, hatte er endgültig alle gegen sich aufgebracht.« Aufmerksam hörte der Kommissar zu, was seinem Namensvetter zugestoßen sein mochte. »Mit der Zeit fiel es dem jungen Deichgrafen immer schwerer, sich gegen die Altvorderen durchzusetzen. Und als eine Reparatur zwischen dem alten und dem neuen Deich vonnöten war, gab er ihrem Drängen ein einziges Mal nach und verschob die Arbeiten auf das kommende Jahr.«

»Lassen Sie mich raten: Der Deich brach.«

Traurig nickte der alte Mann, und seine Augen wirkten mit einem Mal sehr müde. »Die dummen Leute waren sicher, dass es die Schuld des Deichgrafen sei, denn: Etwas Lebig' muss in den Deich.«

»Der Hund?«

»Ja. Als der Deich an eben dieser Stelle bei einem gewaltigen Unwetter brach, kamen viele Menschen um. Auch Haukes Frau und seine kleine Tochter starben in den Fluten. Aus Verzweiflung warf sich Hauke Haien mitsamt seinem Schimmel in den Deichbruch. Etwas Lebig' muss in den Deich. Seitdem reitet er bei Sturm über die Deiche und warnt die Menschen, wenn Gefahr droht. Er kam so lange, bis die Menschen aufhörten, an ihn zu glauben. Und nun, nach all den Jahren, ist er wieder da.«

Hauke schaute zu den Männern am Tisch hinüber. Man schien sich neuen Themen zugewandt zu haben, denn es wurde wieder gelacht. Einzig jener mit dem Namen Momme kauerte unter ihnen, trank Glas um Glas, wobei er immer wieder den Kopf schüttelte, als müsse er die bösen Gedanken aus seinem Kopf verscheuchen. Die Flasche vor ihm war bereits fast leer.

Noch immer ging draußen der Wind, stürmte in Böen um das Haus. Mittlerweile war die Nacht angebrochen. »Welch schöne Geschichte für einen windigen Abend«, meinte Hauke zu seinem Tischnachbarn. »Aber eben nur eine Geschichte.«

Da begann Momme erneut, vom Schimmelreiter zu faseln, und prophezeite, der Deich würde heute Nacht brechen.

»Hör auf, Momme!«, rief einer der anderen. »Der Wind kommt von Land. Es wird keinen Bruch geben!« Die Männer schüttelten verzagt den Kopf.

»Geh nach Hause, Momme! Schlaf deinen Rausch aus«, empfahl der Wirt seinem Gast.

»Ihr Narren!«, schrie der Betrunkene und sprang auf. Wankend hielt er sich am Tisch fest. Dann stolperte er zur Tür und schob sie auf. Sogleich heulte der Wind in die Gaststube herein, wehte eines der gerahmten Bilder von der Wand. Das Glas darin zerbarst.

Hauke war nicht wohl dabei, den Betrunkenen bei diesem Wetter draußen herumlaufen zu lassen. Aber er war hier nur ein Fremder und hatte sich nicht einzumischen. Die Männer würden schon wissen, was sie taten.

»Das wird noch mal böse mit ihm enden«, murmelte einer. Dann wandte man sich den Viehpreisen in Husum zu und fragte sich, ob eine Eisenbahnlinie Richtung St. Peter-Ording nun eine gute oder eine schlechte Idee sei.

Hauke stand auf, denn ihn drückte die Blase. Er ging durch eine kleine Tür hinaus in den Hof, wo er einen Abort für die Gäste vermutete. Er musste noch immer an diesen Momme denken. »Man hätte ihn nicht alleine gehen lassen sollen«, dachte er und wollte gleich, wenn er zurück in den Schankraum kam, den Wirt nach dem Hof von diesem Momme fragen. Vielleicht konnte er den Betrunkenen sicher nach Hause bringen.

Hauke stemmte die Hintertür in den Garten auf, als er auch schon spürte, dass sich etwas verändert hatte. Das Unwetter war schlimmer geworden. Einem wilden Tier gleich jagte es um das Haus. Doch das allein war es nicht. Hauke blieb stehen, horchte, fühlte. Dann fuhr er herum. Verdammt! Der Wind hatte gedreht. Er hastete in den Gastraum zurück, wo der Wirt gerade den Suppenteller für ihn auf den Tisch am Fenster stellte und einen Kanten grobes Brot sowie einen großen Löffel dazulegte.

Als Hauke hereinstürmte, sah er, dass die Männer am Tisch sich erhoben hatten und aufbrachen. Auch sie hatten es gemerkt! Mit ernsten Mienen verließen sie den Gasthof.

»Der Wind hat gedreht. Er kommt jetzt von See her«, erklärte der Wirt unnötigerweise. »Der Wind drückt das Meer an die Deiche. Sie müssen sich um ihre Höfe kümmern und die Deiche kontrollieren.«

Die Deiche waren der einzige Schutz der Menschen vor dem Orkan und dem Ertrinken. Hauke musste an die Geschichte vom Schimmelreiter denken und sah zu dem Tisch am Fenster hinüber, wo eben noch der alte Mann gesessen hatte. Doch auch der Platz war leer.

»Wo ist der Richter hin?«, wollte Hauke vom Wirt wissen. »Sie können den Alten doch nicht bei dem Wetter vor die Tür gehen lassen.«

Fragend sah der Wirt Hauke an. »Von wem reden Sie?«

Hauke zeigte zum Tisch am Fenster. »Der Herr Amtsrichter, mit dem ich dort in der Nische saß.«

Der Wirt legte den Kopf schief. »Sie waren alleine an dem Tisch, mein Herr.«

Hauke schüttelte den Kopf. »Das ist unmöglich. Der Richter. Sie müssen ihn gesehen haben. Schwarzer Anzug, weißes, lockiges und sehr volles Haar. Bart.« Hauke zeigte zum Tisch hinüber. »Er hat ständig in einem Schulheft Eintragungen gemacht, wie ein Lehrer.«

»So glauben Sie mir doch, mein Herr. Sie saßen dort die ganze Zeit alleine.«

Hauke trat vor den Wirt, holte seine Dienstmarke aus der Hosentasche und zeigte sie ihm. »Im Namen des Kaisers will ich wissen, wo der Richter ist!«

Der Wirt schluckte trocken. »Bitte, Herr Gendarm«, stotterte der. »Ich weiß wirklich nicht, was Sie meinen.« Hauke griff nach der Weste des Mannes und zog ihn dicht zu sich heran. »Ich schwöre es bei allem, was mir heilig ist«, wimmerte der Wirt ängstlich. »Ich weiß von keinem anderen Gast.«

Wütend ließ Hauke ihn los. Der Mann schien zu glauben, was er da sagte. »Was sind Sie für ein unfähiger Wirt, wenn Sie nicht einmal merken, wer in Ihrem Schankraum sitzt!« Er ging zum Wandhaken und nahm seine Jacke herunter. Sie war noch immer klamm. Er warf sie über. »Dann suche ich den Richter eben selber.« Schon wollte er hinaus ins Unwetter treten, als der Wirt vortrat.

»Warten Sie«, sagte er eilig und verschwand hinterm Tresen, von wo eine Tür in den Wohnteil des Gebäudes abging. Ungeduldig stand Hauke alleine im Gastraum. Draußen hörte er den Wind pfeifen. Die Äste der großen Esche vor dem Haus schlugen wild auf das Dach des Hauses. Was hatte das zu bedeuten? Er wusste doch genau, dass er mit dem Alten geredet hatte.

Nach einer Weile kam der Wirt mit seiner Frau wieder zurück. Sie war nicht mehr die Jüngste, aber ihre Augen hatten einen wachen Ausdruck. »Sie haben jemanden an Ihrem Tisch gesehen?«, kam sie ohne Umschweife zum Thema.

Hauke nickte. »Er sagte, er sei Landvogt und Amtsrichter von Husum gewesen. Er hat mir die Geschichte vom Schimmelreiter erzählt.«

Sogleich wurde die Frau eine Spur blasser. »Dachte ich es mir doch.« Sie zog aus ihrer Schürzentasche ein rotes Büchlein hervor und reichte es Hauke. In goldenen Lettern stand darauf »Der Schimmelreiter von Theodor Storm.« Fragend sah Hauke die Wirtin an.

»Ich kenne nur einen Amtsrichter von Husum, der auch Landvogt gewesen ist.« Sie zeigte auf den Namen. »Er hat die Geschichte aufgeschrieben. Schlagen Sie das Buch auf.«

Hauke tat wie ihm geheißen und fand zwei einzelne Blätter darin. Es war eine halbseitige Todesanzeige von einem gewissen Theodor Storm, der vor fast zehn Jahren in Hanerau-Hademarschen gestorben sei und in seiner Heimat Husum beerdigt worden war. »Tot?«

Die Frau nickte. Jetzt sah Hauke auf das zweite Blatt, das ebenfalls aus einer Zeitung stammte. Es war eine Zeichnung des Mannes, mit dem er den Abend verbracht hatte. Darunter der Name: Theodor Storm.

Hauke schüttelte den Kopf. »Das kann nicht sein. Es muss eine Erklärung dafür geben. Jemand hat sich einen Spaß mit mir erlaubt.« Er klappte das Büchlein zu und gab es der Frau zurück.

Sie lächelte. »Manche Dinge kann man nicht erklären, mein Herr.« Und ihr Mann nickte. »Möchten Sie noch ein Bier?«

Doch Hauke war nicht nach einem Krug Bier. Er wollte verstehen, was geschehen war. »Ich werde ihn finden!«, beschloss er, knöpfte seine Jacke zu und nahm den Mantel vom Haken. »Und dann wird es sich aufklären.« Mit diesen Worten verließ Hauke den Gasthof und trat hinaus in den Regen.

Ein Donner begrüßte ihn, als er die Tür öffnete. Entschlossen klappte er den Kragen seines Mantels hoch und schritt voran. Die Wolken rissen hier und da auf, und der weiße Mond kam kurz zum Vorschein. Sein fahles Licht wies Hauke den Weg zum Deich hinüber. Er wusste nicht, in welche Richtung er laufen sollte, und beschloss, auf die Deichkrone zu gehen, in der Hoffnung, von dort mehr sehen zu können. Vielleicht würde er dort auch den Männern begegnen, die zuvor noch im Gastraum gesessen hatten. Sie könnten ihm bei der Suche helfen.

Das Gras unter Haukes Füßen war weich. Immer wieder sackte er mit den Stiefeln ein. Es schien, als wolle der Deich ihn festhalten, verhindern, dass Hauke seinen Weg fortsetzte. Leise fluchend schaffte Hauke es bis nach oben. Der Sturm riss ihn auf der Deichkrone fast von den Füßen. Nur schwerlich konnte Hauke sich aufrecht halten. Links von ihm lag der Koog mit dem Gasthaus und dahinter ein kleines Dörfchen. In den Fenstern der Häuser brannte Licht. Diese Nacht schlief niemand hinterm Deich.

Zu Haukes Rechten tobte das Wasser, schob sich in weiß schäumenden Wellen den Deich höher und höher hinauf. Den halben Weg hatte es schon gemacht. Die Wucht, mit der die Wellen an den Deich schlugen, ließen den Boden unter Haukes Füßen beben. Das Toben des Meeres mischte sich mit dem Wüten des Windes. Hauke musste alle Kraft aufwenden, die er hatte, um nicht von der Deichkrone geweht zu werden. Er stapfte vorwärts, würde nicht nachgeben, keinen Zoll.

Sein Weg führte ihn an jene Stelle, wo der alte und der neue Deich zusammentrafen, und in das Brausen mischte sich jetzt ein anderes Geräusch. Ein Gurgeln. Im selben Moment sah Hauke vor sich einen Bruch! Er war noch nicht sonderlich breit, aber das Wasser hatte sich bereits einen Weg gebahnt. Vorsichtig trat Hauke an den Rand, als ein Blitz den Himmel erhellte. In dieser Sekunde sah er eine Gestalt dort unten liegen. Verrenkt lag sie da. Das Gesicht totenweiß und dem Himmel zugewandt. Blankes Entsetzen stand in den aufgerissenen toten Augen von Momme. Hauke rutschte ein Stück am Deich hinunter.

Und obwohl er es besser wusste, wollte er prüfen, ob der Mann noch lebte.

Da hörte Hauke dicht neben seinem Ohr eine Stimme flüstern. »Etwas Lebig' muss in den Deich.« Hauke fuhr zusammen, glaubte, sich aufschreien zu hören. Er drehte sich herum. Sein Blick hetzte vor und zurück. Doch da war niemand. Plötzlich entdeckte er einen Schatten oben auf der Deichkrone, genau dort, wo er selbst eben noch gestanden hatte.

»Herr Richter!«, rief Hauke erleichtert, als er den alten Mann erkannte. Sogleich krabbelte er den Deich wieder hinauf. Doch als er oben angelangt war, war der alte Mann schon weitergegangen. Deutlich konnte er ihn im Mondlicht sehen, wie er gemütlich über die Deichkrone spazierte. »Warten Sie, Herr Storm!«, rief Hauke ihm nach und wollte ihn einholen, als er stockte. Weder kämpfte sich der Alte gegen den Sturm, noch riss der Wind an seinem Anzug. Auch die weißen Haare lagen wohlgekämmt am Kopf. Es schien, als könne der Sturm ihm nichts anhaben, während Hauke damit kämpfte, nicht hinuntergeweht zu werden.

Ein Schauder lief Hauke über den Rücken, als er sah, wie sich die Gestalt des Amtsrichters vor seinen Augen in Nebel auflöste und verschwand.

Doch da war noch etwas anderes. Eine Gefahr näherte sich. Hauke fuhr herum. Ein weißes Pferd jagte im gestreckten Galopp direkt auf ihn zu. Der Reiter auf seinem Rücken beugte sich weit neben den Kopf des Tieres. Sein Mantel flatterte im Wind. Immer näher kamen sie. Doch es war nichts zu hören. Kein Hufgetrappel, kein Schnaufen aus den Nüstern des Tieres. Nur der Wind und das Meer. Ihr tosendes Rauschen begleitete Pferd und Reiter voll Ehrfurcht. Hauke starrte auf den Schimmelreiter. Wie konnte das sein?

Dann, ohne im Galopp innezuhalten, jagte der Geisterreiter durch Hauke hindurch. Todeskälte umgab Haukes Herz für einen unendlich langen Moment. Er dachte an zu Hause, an seine Frau, sein Kind, an alles, was er je geliebt hatte …

Als Nächstes fand Hauke sich schwer keuchend auf dem nassen Kleiboden kauernd wieder. Schon waren Ross und Reiter weit den Deich entlanggejagt, als auch sie sich langsam in Nebel auflösten und verschwanden. Ganz so wie zuvor der Richter.

Der Kommissar brauchte einige Momente, bis er begriff. Der alte Mann hatte seinen Schimmelreiter aus dem Totenreich zurückgeholt, um die Menschen zu warnen.

Nachtrag:
Kommissar Hauke Sötje ist die Hauptfigur in mehreren historischen Kriminalromanen von Anja Marschall und tritt hier erstmals in einer Kurzgeschichte auf.

DER KATZENKÖNIG

Regine Seemann

Hamburg

Die Natur hatte gewonnen. Das Wrack des Walfängers *Mountbatten* dümpelte schon seit Jahrzehnten in der Alten Süderelbe vor sich hin. Mittlerweile sprossen kleine Bäumchen aus dem Stahl, und das Grün der Blätter leuchtete mit den Reflexionen der Sonnenstrahlen auf dem Wasser um die Wette. Jana hatte den perfekten Moment für ihr Foto abgepasst. Der schimmernde Fluss, die grünen Pflanzen und der graue Schiffsrumpf im Mittelpunkt des Bildes, eingerahmt von einem bunten Regenbogen, der sich über die Kattwykbrücke im Hintergrund spannte. Als leidenschaftliche Hobbyfotografin war sie losgeradelt, als das Gewitter sich durch ein leises Grummeln in der Ferne angekündigt und dunkle Wolken vor die Sonne geschoben hatte, die sich jedoch nicht geschlagen gab. Denn sie wusste, dass das *Märchenlicht*, wie ihre Oma es immer genannte hatte, eines ihrer fotografischen Lieblingsobjekte verzaubern würde. Jana konnte es kaum erwarten, das Foto Fritz zu zeigen, der selber so gern fotografiert hatte, bis er auf dem einen Auge erblindet war. Fritz wohnte nur einen Katzensprung von der ewigen Ruhestätte der *Mountbatten* entfernt, und Jana beschloss, sofort zu ihm zu fahren. Der alte Mann hatte nicht viel Besuch und freute sich jedes Mal, wenn Jana auf eine Tasse Tee oder eine Limonade vorbeikam. Da sie gestern ihre Hausarbeit abgegeben hatte, hatte sie nun etwas Luft und konnte es sich leisten, heute ein bisschen länger auf Fritz' kleiner Terrasse unter der uralten Weide zu sitzen und den vielen Katzen beim Spielen zuzusehen. Als die kleine reetgedeckte Kate in Sicht kam, stieg Jana von ihrem Fahrrad ab und schob es den Deich hinunter. Da ihr Rad keinen Ständer mehr besaß, lehnte sie es an die verwitterte Hauswand und schulterte ihre Kameratasche. Auf ihr Klopfen an der alten Eichentür reagierte zwar niemand, aber da Fritz nie abschloss, drückte sie die Türklinke herunter und stolperte fast über eine Katze, die im Halbdunkel des Flurs auf den Fliesen kauerte. »Fritz?«, rief Jana und griff nach dem Lichtschalter. Der Fußboden war übersäht von den Abdrücken unzähliger Katzenpfoten. Das war nichts Ungewöhnliches, denn Fritz war Sauberkeit nicht so wichtig. Der Flur wurde einmal in der Woche gewischt, wenn Paula kam, und nicht öfter. Was Jana jedoch stutzig machte, war, dass die Abdrücke nicht schlammbraun wie sonst waren, sondern dunkelrot. Und obwohl sie sich vor dem fürchtete, was in der Küche möglichweise auf sie warten würde, öffnete sie die nur angelehnte Tür.

Kriminalkommissarin Stella Brandes seufzte und trat auf die Bremse, als eine Entenmutter mit ihren Jungen die Straße überquerte. Ihr Kollege Dario, der neben ihr saß, nickte übertrieben heftig mit dem Oberkörper nach vorne. »Es hat schon seinen Grund, warum man hier in Moorburg überall nur 30 fahren darf.«

»Habe ich gar nicht gesehen«, gab Stella zurück und trommelte mit den Fingern auf das Armaturenbrett, bis die gefiederte Schar den sicheren Grünstreifen auf der anderen Seite der Straße erreicht hatte. Vor dem circa 200 Meter entfernten Fachwerkhaus standen bereits die Wagen der Spurensicherung und hinter der Absperrung jede Menge Schaulustige. »Das da vorne muss Jana Döhler sein.« Dario zeigte auf eine junge Frau, die weinend auf einer wackligen Bank vor dem Hauseingang saß. Stella stellte den Wagen ab und zog einen Plastikoverall über. Dann nickte sie der Zeugin kurz zu und trat ins Innere des Hauses. Ihr Chef würde gleich mit einem weiteren Kollegen hier eintreffen, um die Befragung von Jana Döhler vorzunehmen. Dario und ihre Aufgabe war es, als Erstes einen Blick auf die Leiche des alten Mannes zu werfen.

Fritz König lag ein Stück entfernt von der Küchenzeile auf dem Rücken. Sein Kopf war von einer Lache getrockneten Blutes umgeben. Die Augen waren weit geöffnet, und auf dem Glaskörper des rechten Auges lief eine Fliege entlang. Er trug eine beige Baumwollhose und ein dunkelrot-hellbraun gemustertes »Onkel-Helmut-Hemd« – Stellas Sammelbegriff für Polohemden, oft aus Polyester, die häufig von älteren Männern so wie ihrem Onkel Helmut in den 70er-Jahren getragen wurden. Ein Modetrend, der Jahrzehnte überdauert hatte.

Ein Kriminaltechniker, den Stella nur flüchtig kannte, zeigte auf einen Schürhaken, der neben der Leiche lag.

»Da klebt jede Menge Blut dran. Ich könnte mir vorstellen, dass es die Tatwaffe ist. Auf jeden Fall kommt der mit.« Stella nickte und blickte sich in der unaufgeräumten Küche um. Schmutziges Geschirr stapelte sich in und neben der Spüle, und auf dem Fußboden verteilt standen ungefähr 15 Futternäpfe, einige leer, einige mit Resten darin. Es roch durchdringend nach Blut, Katzenfutter und länger nicht gesäuberter Katzentoilette.

Dario stand in der Tür, die zu einem anderen Raum führte, und winkte Stella heran. »Hier sind überall Schubladen herausgerissen, und alles liegt auf dem Boden herum.« »Raubmord?«, fragte Stella.

»Auf den ersten Blick sieht es so aus«, sagte Dario.

Sie durchschritt den Raum und gab sich Mühe, nicht auf die auf dem Teppich liegenden Dinge zu treten, die Fritz König wahrscheinlich sein Leben lang zusammengetragen hatte. Eine Bewegung auf der Terrasse zog ihre Aufmerksamkeit auf sich. Doch als sie zum Fenster aufschaute, war dort nichts mehr zu sehen. Dennoch öffnete Stella die Terrassentür, um sich zu vergewissern, dass ihre Wahrnehmung ihr keinen Streich gespielt hatte.

»Bestandsaufnahme!« Thorsten Fock klatschte in die Hände und trieb seine Mitarbeiter von der Teeküche in den Besprechungsraum. Stella hatte gehofft, dass die Hamburger Kriminellen sich mit dem nächsten Tötungsdelikt so viel Zeit lassen würden, bis ihre Kollegin Banu wieder aus dem Urlaub zurück war. Denn erstens waren sie ein ziemlich eingespieltes Team, und zweitens hatte sie heute an der Obduktion teilnehmen müssen. Etwas, das sie normalerweise zu gern an ihre Kollegin mit dem unempfindlichen Magen einer Kuh abgab. Aber Banu hatte vier Wochen Urlaub genommen, um ihre Tochter aus Australien abzuholen, die fast ein Jahr dort verbracht hatte. Bis sie in zwei Wochen wiederkommen würde, hatten sie den Fall Fritz König hoffentlich schon aufgeklärt.

Der Katzenkönig schrieb Thorsten eher ungelenk auf das Flipchart und unterstrich die beiden Wörter doppelt. Wahrscheinlich wünschte er sich ebenfalls Banu herbei, die sonst immer die Dokumentation übernahm. »So wurde Fritz König von den Moorburgern genannt. Es wurden sage und schreibe 14 erwachsene Katzen, zwei davon trächtig, bei ihm sichergestellt.« Stella trank den letzten Schluck Kaffee aus ihrem Becher und verzog das Gesicht, weil dieser schon kalt geworden war.

»Er war ein Mensch, der stark polarisiert hat. Viele Nachbarn haben ihn gehasst, weil die Katzen die Singvögel töten und in ihre Gärten kacken würden. Der Typ, den ich auf der Terrasse dabei erwischt habe, wie er durch das Fenster geguckt hat, hat erzählt, dass wohl einige Anwohner versucht haben, die Katzen zu vergiften. Aber Fritz König hat das irgendwie herausgefunden und die Giftköder eingesammelt. Er soll auch Drohbriefe bekommen haben.« Thorsten drehte sich um und setzte den Edding zum Schreiben an. »Der Fenstergucker hat dir doch einen Namen genannt, Stella?«

»Ja, er sagte, dass ein Oliver Damian sozusagen der Anführer der Katzenhasser ist. Er war vorhin nicht da. Ich denke, wir sollten ihn für morgen vorladen.« Stella registrierte das zustimmende Nicken ihrer Kollegen.

»Aber noch mal zu Fritz Königs Katzenrudel: Es war ja wohl so, dass die Katzen in einem guten Pflegezustand waren und einige auch immer mal in gute Hände vermittelt wurden. Also hatte der Tierschutz da schon ein Auge drauf.«

»Es gibt auch viele Moorburger, die sein Engagement für den Tierschutz geschätzt haben. Viele haben regelmäßig Katzenfutter gespendet.« Thorsten skizzierte eine einfache Tabelle mit den Spaltenüberschriften + und – und trug positive und negative Emotionen, die Fritz König entgegengebracht wurden, ein. Dario, der bisher geschwiegen hatte, meldete sich zu Wort. »Ich denke, dass wir bisher von einem Raubmord ausgehen müssen. Zumindest das Wohnzimmer war komplett verwüstet. Ich kann mir allerdings nicht vorstellen, dass es bei Fritz König viel zu holen gab. Das Haus selbst macht keinen sehr glamourösen Eindruck, und er bezog auch nur eine kleine Rente, die er fast ausschließlich in Katzenfutter investierte.«

»Es ist außerdem problematisch, dass wir nicht sicher sagen können, ob irgendetwas gestohlen wurde. Es gab nicht viele Personen, die den Katzenkönig wirklich gut kannten, und keiner wusste über seine Habseligkeiten Bescheid.«

»Mehrfach wurde ausgesagt, dass Fritz König nie abgeschlossen hat. Es könnte ein völlig Unbekannter, z. B. ein Erntehelfer gewesen sein, der dachte, bei ihm ist was zu holen.«

Stella nickte zögerlich. Der Hamburger Stadtteil Moorburg lag am Rande eines riesigen Obstanbaugebietes, dem Alten Land. Von Frühjahr bis Herbst wurden hier Tausende Saisonarbeiter beschäftigt, die den Obstbauern bei der Ernte halfen. »Ich merke, wie gründlich ihr euch schon in die Spezifika des Alten Landes eingearbeitet habt, aber ihr hättet mich ja auch als Allererstes fragen können, was bei der Obduktion herausgekommen ist.« Stella machte eine Kunstpause. Erst als sie auf einmal der unbestrittene Mittelpunkt der Runde war, sprach sie weiter. »Fritz König wurde nicht mit dem Schürhaken erschlagen. Es muss etwas Stumpfes gewesen sein. Da war sich die Rechtsmedizinerin ganz sicher. Als Jana Döhler die Leiche fand, war er seit circa 24 Stunden tot.« Stella freute sich, ihre Kollegen für kurze Zeit sprachlos zu sehen. Als Erstes fand ihr Chef die Sprache wieder. »Aber, der Schürhaken lag dort wie präsentiert. Gab es an der Leiche Verletzungen, die mit einem spitzen Gegenstand zugefügt wurden?« Stella schüttelte den Kopf. »Dann wäre es möglich, dass der Täter von etwas ablenken wollte und deshalb den Schürhaken neben den Toten gelegt hat.« »Es war eventuell doch kein Raubmord. Zumindest finde ich es nicht mehr so eindeutig«, sagte Dario.

»Dann setze ich den Raubmord erst mal in Klammern.« Thorsten ging das Geschriebene auf dem Flipchart Zeile für Zeile durch, wohl um das Wort Raubmord zu bearbeiten, bemerkte dann jedoch, dass er es gar nicht aufgeschrieben hatte. »Es kann genauso gut sein, dass der Katzenkönig seinen Mörder gekannt hat.« Stella sah zustimmendes Nicken bei ihren Kollegen.

»Wir werden morgen früh als Erstes mit der Frau sprechen, die einmal die Woche bei Fritz König sauber gemacht hat. Es ist zwar traurig, aber anscheinend war der einzige regelmäßige Kontakt zu seiner Putzfrau und

Jana Döhler. Und außerdem ist der Katzenhasser Oliver Damian morgen dran.«

»Den übernehme ich«, sagte Stella. Der Mann war ihr als bekennende Katzenliebhaberin bereits so unsympathisch, dass sie hoffte, das negative Bild, das sie von ihm hatte, würde sich bestätigen.

Die Morgensonne strahlte vom Himmel und verlieh dem rotbraunen Backstein des einzigen Restaurants in Moorburg, dem *Wasserturm*, einen warmen Ton. Petra Mews biss in ihr Marmeladenbrötchen und sah den beiden Mädchen zu, die im Gras neben dem Tisch saßen und Murmeln tauschten. Sie war froh, dass es in einer Welt voller Disney Channel, Candy Crush und Prinzessin Lillifee gerade ihre Tochter war, die sich an simplen Spielen ohne Nintendo oder Tablet erfreute. Ihre Freundin Sylvia zeigte auf Angelina und Jella und zwinkerte ihr zu. Vermutlich dachte sie gerade dasselbe. »Wie sieht es denn nun in den Sommerferien aus, Petra. Soll ich das Haus in Dänemark für uns buchen?«

Langsam schüttelte Petra den Kopf. »Nein. Es sieht nicht so aus, als würde ich eine Vertretung für den Hofladen bekommen. Vielleicht nehmt ihr Angelina einfach mit, und Paul und ich bleiben beim Obst.« Sie hatte versucht, nicht ganz so deprimiert zu klingen, wie sie sich fühlte. Aber es war schon der zweite Sommer, den sie im Laden durcharbeiten würde, da sie sich nicht leisten konnten, jemanden einzustellen.

»Weißt du, was? Ich buche einfach das größere Haus, und wir warten noch ein bisschen ab.« Sylvia legte ihrer

Freundin die Hand auf den Arm, und Petra spürte einen kleinen Anflug von Neid. Ihre Schulfreundin hatte es geschafft, trotz umfangreicher Familienbande im Alten Land den Absprung zu schaffen. Sie lebte zwar noch hier, hatte jedoch einen gut bezahlten Job bei einer Bank in der Hamburger City. Auch wenn vielleicht nicht alles in Sylvias Leben perfekt war, so war sie zumindest unabhängig. »So, ich muss jetzt los. Um 10 Uhr machen wir auf. Angelina, kommst du?« Als Petra aufstand, sah sie, dass die Mädchen ihren Platz unter dem Tisch verlassen hatten und hinter der großen Blutbuche standen, als wollten sie nicht von den Erwachsenen gesehen werden. Jella flüsterte Angelina etwas ins Ohr und guckte dabei immer wieder in Richtung ihrer Mutter. Dann schüttelte sie heftig den Kopf und stampfte mit den Füßen auf. Schon vor ein paar Tagen hatte Petra die beiden in einer ähnlichen Situation gesehen. Sie nahm sich vor, heute Abend mit Angelina zu reden und der Sache auf den Grund zu gehen.

Oliver Damian gehörte zu den unscheinbarsten Menschen, die Stella je gesehen hatte. Er war circa 40 Jahre alt, hatte dunkelblonde Haare, war um die 1,80 Meter groß und weder besonders sportlich noch übergewichtig. Zu allem Überfluss trug er auch noch ein T-Shirt, auf dem vorne in großen Lettern »Mittelmäßig« stand. »Herr Damian, in welchem Verhältnis standen sie zu Fritz König?«

»Er war mein Nachbar. Ich habe ihn aber nur selten gesehen. Er war nie auf den Festen der freiwilligen Feuerwehr oder Erntefesten, noch hat ihn jemand eingeladen. Er war ein echt verschrobener Typ!« Oliver Damian grinste verächtlich. Stella, für die Feste der freiwilligen Feuerwehr auch nicht gerade zu den gesellschaftlichen Highlights zählten, entschied, sofort auf Angriff zu gehen. »Und deshalb haben Sie ihm Drohbriefe geschrieben und versucht, seine Katzen zu vergiften.« Dario trat ihr unter dem Tisch schmerzhaft gegen das Schienenbein, aber manchmal war aggressive Konfrontation nun mal die beste Verhörtechnik.

»Moment, Moment! Ich habe den Katzenkönig nicht umgebracht.« Stella stieß Dario leicht mit dem Fuß an. Es war Zeit für *good cop / bad cop*.

»Nun mal langsam«, sagte Dario beschwichtigend, »Keiner beschuldigt Sie. Aber wir müssen natürlich jeder Spur nachgehen. Und wir haben gehört, dass Sie nicht gerade ein Katzenfreund sind.« Er machte eine Pause. »Das macht Sie aber noch nicht zum Verbrecher.«

Oliver Damian atmete hörbar aus. »Sie müssen mich verstehen. Ich bin eigentlich ein Tierfreund. Aber das sind einfach zu viele von den Viechern. Und ja, vielleicht waren ein oder zwei Briefe dabei, die nicht den richtigen Ton getroffen haben.«

Dario nickte ihm zustimmend lächelnd zu, und Oliver Damian entspannte sich zusehends. Aber Stella hatte bereits den Bogen für den nächsten Pfeil gespannt. »Wo waren Sie denn zur Tatzeit?«

»Ich habe den ganzen Abend mit meinen Kumpels André Mattke und Sebastian Grone Fernsehen geguckt. Es kam Fußball. Deutschland gegen Spanien. Die beiden werden Ihnen das sofort bestätigen.«

Stella grinste ihr Gegenüber süßlich an. Sein Intellekt

war wohl doch auch nur mittelmäßig, so wie der Rest von ihm. »Und woher wissen Sie, dass Fritz König bereits am Abend, bevor er gefunden wurde, starb?«

Oliver Damian stand auf. »Ich glaube, ich möchte jetzt mit meinem Anwalt sprechen.«

Der nächste Morgen begann regnerisch. Während die Tropfen auf das Dachfenster in ihrem kleinen Blankeneser Fischerhaus prasselten, beschäftigte Stella die Frage, woher Oliver Damian die Tatzeit kannte. Er hatte in Anwesenheit seines Anwalts vage behauptet, dass er es irgendwo in der Zeitung gelesen hätte. Er wüsste aber nicht mehr, in welcher. Da Stella selbst die Tatzeit erst einen Tag zuvor bei der Obduktion erfahren hatte, hielt sie dies für mehr als unwahrscheinlich. Sowohl André Mattke als auch Sebastian Grone hatten die Angaben von Oliver Damian bestätigt. Als Stella um 5 Uhr morgens noch immer nicht wieder eingeschlafen war, stand sie auf. Sie hauchte ihrem Verlobten Jupiter einen Kuss auf die Stirn, fluchte einmal im Flüsterton, weil eine ihrer Katzen ihre Haare auf dem Pulli verteilt hatte, den sie heute hatte anziehen wollen, und verließ auf Zehenspitzen das Haus. Als sie im Polizeipräsidium angekommen war, hatte sich zum Regen auch noch Starkwind gesellt, der in unregelmäßigen Abständen Regenschwaden gegen die Fensterscheiben peitschte. Gerade als Stella die letzte Kaffeekapsel aus der Pappschachtel geschüttet hatte, klingelte das Telefon. Es war Tina vom Empfang. »Gerade eben hat eine Petra Mews angerufen. Sie möchte, dass du ihre Tochter zum Mordfall Fritz König befragst.«

Dario wollte gerade einen Schritt aus dem Fahrstuhl heraus machen, als Stella ihn auch schon wieder hineinschob. »Du kommst gleich mit. Zeugenbefragung in Moorburg. Kannst du Zaubertricks oder so was? Die Zeugin ist ein kleines Mädchen.«

»Das nicht, aber ich kann mit den Ohren wackeln.«

»Auch gut«, sagte Stella.

Petra Mews hatte lange überlegt, ob sie die Polizei holen sollte, aber in Anbetracht von Sebastians Vergangenheit schien ihr das, was Angelina zu sagen hatte, eine sehr wichtige Information zu sein. Vielleicht würde das autoritäre Auftreten der Polizei ihrer Tochter noch mehr Einzelheiten entlocken. Entsprechend enttäuscht war sie zunächst gewesen, als sie gesehen hatte, dass keiner der beiden Ermittler eine Uniform trug. Angelina schien allerdings doch eingeschüchtert und starrte zunächst sekundenlang auf die Ausbeulung im Blazer der Kommissarin, wo sie die Waffe vermutete, bevor sie etwas sagte. »Jella ist meine beste Freundin. Ich will nichts verraten. Ich bin doch keine Petze.« Die Kommissarin ging in die Knie, bis sie auf Augenhöhe mit Angelina war.

»Dann sag Frau Brandes wenigstens das, was du mir gestern Abend erzählt hast.« Angelina seufzte und richtete sich auf. »Jella hat mir erzählt, dass der Katzenkönig und sie ein großes Geheimnis hätten und er gesagt hat, sie dürfe es niemandem erzählen. Sonst würden ihre Mama und ihr Papa sauer und sie dürfte nie wieder zu ihm gehen!« »Was für ein Geheimnis? Das wird sie doch bestimmt ihrer besten Freundin erzählt haben.« Aber Angelina biss sich auf die Unterlippe und schüttelte langsam den Kopf. Die Kommissarin richtete sich auf und fragte: »Woher kannte Jella denn Fritz König?«

»Ihre Oma hat regelmäßig bei ihm sauber gemacht. Sie hat sie manchmal mitgenommen.« Die Polizistin blickte zu ihrem Kollegen und dann wieder zu ihr. »Danke, dass Sie uns angerufen haben. Sie sehen aus, als hätten Sie noch etwas auf dem Herzen.« Petra Mews schickte Angelina mit einem Nicken in den Garten und schloss die Tür. »Eine Sache sollten Sie wissen. Jellas Vater, Sebastian Grone, ist als Kind schwer sexuell missbraucht worden. Und zwar von einem netten älteren Herrn, der in der Nachbarschaft wohnte.«

Eine hübsche rothaarige Frau, die Ende dreißig sein mochte, öffnete Stella und Dario die Tür. Sie wollte die Dienstausweise sehen und führte die beiden in ein dunkelbraun getäfeltes Wohnzimmer, das Stella vorkam wie eine Gruft. Verstärkt wurde dieses Gefühl von der kalten Stimmung, die hier herrschte. Sebastian Grone starrte auf sein Handy und blickte kaum auf, als Stella und Dario den Raum betraten. Jella saß mit dem Rücken zu ihm und sah aus dem Fenster.

»War noch irgendetwas an meiner Aussage zu Oliver Damian unklar?«, fragte Sebastian Grone unfreundlich. »Nein, wir sind wegen Ihnen hier. Petra Mews hat uns von den schrecklichen Erfahrungen erzählt, die Sie in Ihrer Kindheit gemacht haben.« Dario drehte sich zu Jella um. »Und Angelina hat von deinem Geheimnis erzählt.«

Sebastian Grone stand auf. »Jella ist traumatisiert. Sie will nicht sagen, was das Geheimnis ist. Aber bei mir war es damals genauso.«

Stella blickte dem Mädchen direkt in die Augen. »Hat Fritz König Dinge mit dir gemacht, die dir nicht gefallen haben?« Jella schüttelte den Kopf und fing leise an zu weinen. »Es ist doch nur wegen dem Kätzchen gewesen. Fritz hat gesagt, dass er mir ein Kätzchen schenkt, wenn die schwarz-weiße Katze ihre Babys bekommen hat.« Jetzt schluchzte sie laut. »Es wäre natürlich bei Fritz geblieben, denn hierher hätte ich es bestimmt nicht mitnehmen dürfen. Mama und Papa hätten das nie erlaubt. Aber es sollte mir ganz allein gehören.« Sebastian Grone erstarrte in seiner Bewegung. »Warum hast du das nicht erzählt, Jella?«

»Weil du Katzen hasst«, flüsterte sie. Sylvia Grone, die die ganze Zeit in der Tür gestanden hatte, nahm ihre Tochter in den Arm. Stella gab ihr ein Zeichen, und sie verließen eng umklammert das Zimmer.

»Und sie haben vermutet, dass Fritz König Ihre Tochter missbraucht hat?« Sebastian Grone nickte stumm. »Ich war zumindest alarmiert.«

»Warum sind Sie nicht zur Polizei gegangen?«

»Ich wollte nicht, dass Jella das durchmachen muss, was ich durchgemacht habe. Diese ganzen furchtbaren Verhöre. Ich wollte einfach nur vergessen, aber die Medien haben mich immer wieder daran erinnert. Am Ende hatte ich das Gefühl, dass ich selber an allem schuld war.« Stella hatte schon viel über sexuellen Missbrauch an Kindern gelesen. Das, was Sebastian Grone erzählte, deckte sich mit den Aussagen einer Vielzahl von Opfern. »Am besten, wir fangen von vorne an«, sagte Dario und setzte sich gegenüber von Jellas Vater auf einen Sessel. Nachdem dieser anfangs eher verstockt gewirkt hatte, schien er nun erleichtert, seine Geschichte erzählen zu können. »Ich habe es nie besonders gut gefunden, dass Paula Jella mit zu dem komischen Kauz genommen hat. Aber sie holt sie nun mal häufig mittags von der Kita ab. Und da Sylvia meist eher am späten Nachmittag von der Arbeit kommt, musste Jella eben einmal die Woche mit zu Fritz König. Am letzten Dienstag hat Sylvia dann gehört, wie Jella ihrer Puppe erzählt hat, dass sie und Fritz König ein großes Geheimnis haben, von dem sie uns nichts erzählen dürfe. Das kam mir so bekannt vor. Der Mann, der mir das damals angetan hat, hat auch immer von einem Geheimnis gesprochen, was ich nicht verraten durfte, da meine Eltern mich sonst nicht mehr lieb hätten.«

Stella sah, dass Dario eine Frage stellen wollte, schüttelte jedoch den Kopf. Sie hatte Angst, dass Sebastian Grones Redefluss verebben würde.

»Ich bin also am Dienstag gegen 18 Uhr zu ihm gegangen, um ihn zur Rede zu stellen. Ich war aufgebracht, aber eigentlich wollte ich nur reden. Dennoch muss ich sehr bedrohlich gewirkt haben, denn er ging rückwärts und fiel über eine seiner Katzen. Ausgerechnet. Er schlug mit dem Hinterkopf auf die Ecke der Arbeitsplatte. Überall war Blut. Ich muss wohl einige Zeit entsetzt dagestanden haben. Ich habe nachgesehen, ob er noch lebt. Aber er war tot. Dann habe ich Panik bekommen und alles verwüstet.«

»Wusste Ihre Frau davon?«

»Nein. Sie ist am Dienstagabend mit Jella zu Petra Mews gegangen.«

»Aber Sie haben es Oliver Damian und André Mattke erzählt, und dann haben Sie gemeinsam ein Alibi konstruiert!«

»Ja, so war es.« Obwohl der Fall *Katzenkönig* nun gelöst war, kam bei Stella keine Hochstimmung auf. Sebastian Grone hatte Fritz König nicht töten wollen. Er wurde zum Täter, weil er ein Opfer gewesen war und seine Tochter schützen wollte. Die Tat an sich war ein Unfall gewesen. Aber er hatte die Spuren verwischt und gelogen. Letztlich würde die Justiz das Strafmaß festlegen. Stella stand auf und belehrte Sebastian Grone über seine Rechte. Zu dritt verließen sie das große dunkle Haus und traten hinaus in den beständig vom Himmel fallenden Landregen.

MÖRDERISCHE ZUCKERPUPPEN

Regina Müller-Ehlbeck

Fehmarn

Wolfgang weiß, was Frauen lieben. Süße Kosenamen. »Guten Flug, meine Zuckerpuppe«, ruft er Sabine hinterher, die mit wiegenden Hüften durch die Flughafenhalle stolziert. Sabine dreht sich um, schiebt die Sonnenbrille auf die Stirn und winkt abfällig zurück. Dann zeigt sie ihm noch gestenreich einen Vogel.

Erleichtert verlässt Wolfgang das Hamburger Flughafenterminal, zwängt sich in seinen schwarzen Porsche 911, greift nach dem Whiskyglas im Becherhalter und gießt sich einen doppelten Dalmore ein. Endlich ist Sabine auf dem Weg auf die Seychellen, um bei ihren Instagram-Followern mit ihrem Luxus-Lifestyle zu prahlen. Sie ist aufstrebende Influencerin und seine vierte Ehefrau. Ihre Gier nach Luxus und Anerkennung findet er inzwischen ätzend. Aber Wolfgang liebt ihren Charme und das üppige Frühstück, das sie ihm jeden Morgen ans Bett bringt. Mehr noch liebt er an ihr, dass sie viel unterwegs ist. Denn das ist jedes Mal eine gute Gelegenheit, endlich wieder der tolle Macker zu sein. Wie zu Schulzeiten und später als Fußballprofi in der Zweiten Liga. Er erinnert sich gerne daran zurück. Fast jeden steilen Zahn in der Schule und im Sportverein hatte er damals durchgevögelt. Aber auf dem Gebiet kann er mit sechzig immer noch was vorweisen.

Er nimmt einen großen Schluck und spürt das angenehme Brennen im Hals. Zufrieden lockert er den Krawattenknoten, fährt mit der Hand durch das schulterlange Haar und zieht den Bauch ein. Die von Sabine verordneten Bauch-Beine-Po-Übungen wird er sofort sein lassen. Er startet seinen aufgemotzten Neunhundertelfer. In eineinhalb Stunden will er auf Fehmarn sein. Die Sonneninsel der Ostsee. Damals, als die Fußballmannschaft für ein Spiel auf der Durchreise nach Schweden war, verbrachten sie einige Tage auf Fehmarn. Und prompt hatte sich Wolfgang verliebt: in die langen Strände mit den jungen Frauen und die Dörfer mit gemütlichen Kneipen. Er beendete seine Fußballkarriere aus Altersgründen und stieg in den Finanzvorstand seines alten Profivereins ein. Das öffnete ihm die Türen zu einem bekannten Sportlabel, und schnell wurde er Inhaber einer Sportartikelfirma. Jetzt hatte Wolfgang endlich genug Kohle, um auf seiner Trauminsel Fehmarn zu investieren. Er pumpte eine erhebliche Menge Geld in den maroden Campingplatz *Rimini*. Es reichte sogar noch für einen 6-Loch-Golfplatz und für die Renovierung der muffigen Sanitäranlage.

Jetzt, im Ruhestand, hat sein Bedürfnis nach Frauen wieder die Oberhand gewonnen. Geld ist nur dafür da, um Nerven und Frauen zu beruhigen, findet er. Immer wenn Sabine unterwegs ist, fährt er auf seine Insel. Dann wird Rimini zu seinem Hotspot und er zum Platzhirsch. Wenn auch das Älterwerden seinen Tribut fordert. Aber dagegen hat er immer und überall Herztabletten parat.

Die Fahrt, vorbei an Lübeck und blühenden Rapsfeldern, dauert diesmal nur eine Stunde und – Wolfgang wirft einen Blick auf die Uhr – zehn Minuten. »Rekord«, murmelt er und streicht sich durchs Haar.

Langsam fährt er über die Fehmarnsundbrücke, den Kleiderbügel, wie er die Brücke scherzhaft nennt, genießt den Blick auf die ruhige Ostsee und die grüne Insel. Er biegt von der Schnellstraße ab, die zur Fähre nach Dänemark führt. Gut gelaunt prescht er in den Ortsteil Burg. Wechselt wie immer im Auto die Kleidung, läuft im lässigen T-Shirt mit Totenkopf aus glitzernden Swarovski-Steinen, hautengen, zerfransten Jeans und mit eingezogenem Bauch durch kopfsteingepflasterte Gassen, vorbei an alten Fachwerkhäusern. Schließlich gönnt er sich am Fischimbiss in der Altstadt ein Matjesbrötchen.

Zurück auf dem Parkplatz öffnet er das Verdeck. Fehmarn hat nicht umsonst den Namen Sonneninsel verdient, denkt er und beißt in das Brötchen. Da klingelt sein iPhone.

»Hallo Wolfi, bist du schon unterwegs?«, lispelt ihm eine Frauenstimme ins Ohr.

»Jaja«, murmelt er kauend. »Ich bin gleich da.«

Das Lispeln macht Coco besonders begehrenswert für ihn. Außerdem ist sie mit knapp dreißig die Jüngste und Naivste seiner drei *Rimini*-Gespielinnen.

Kaum hat er aufgelegt, klingelt es erneut. Er stutzt. »Nora?«

»Ja – Überraschung«, zischt ihm Nora entgegen. »Rate mal, wo ich bin.«

»In Lübeck auf Arbeit«, lacht er auf und beißt erneut ins Fischbrötchen.

»Falsch. Deine Zuckerpuppe ist schon seit zwei Tagen in *Rimini*.«

»Ätzend«, murmelt Wolfgang, spuckt den Matjes in hohem Bogen aus dem Porsche und reibt sich nervös die Nase. Das hatte er noch nie. Zwei seiner Flammen, zur selben Zeit auf Fehmarn. »Das ist eine wahnsinnige Überraschung. Und ich hasse Überraschungen.« Sein Ton wird schärfer. »Du weißt, dass ich immer viel um die Ohren habe. Sobald ich kann, melde ich mich bei dir.«

»Hast du etwa eine andere?« Ihr Keifen lässt ihn aufhorchen.

»Natürlich habe ich keine andere. Nein, warte. Zwei andere. Du kennst mich doch.«

»Witzbold. Du sollst mich nicht vergackeiern.«

»Das, mein Püppchen, mache ich nie. Na gut. Überredet. Wir können uns morgen Abend sehen, grillen und so weiter … wie immer, okay?«

Er beendet das Gespräch. Das passt. Bis morgen hat er sich auch Coco wieder vom Hals geschafft. Frauen wollen belogen werden. Das war schon immer so. Bevor ihm jetzt allerdings das Fischbrötchen aus Verdruss im Hals stecken bleibt, wirft er es aus dem Auto. »Verreckt dran, ihr Geier«, ruft er den kreischenden Möwen zu und startet den Porsche. Von nun an muss er vorsichtig agieren. Nicht, dass sich seine Frauen womöglich noch begegnen. Diese eifersüchtigen Zuckerpuppen sind zu allem fähig. Vermutlich würden sie auch über Leichen gehen.

Auf einer Wiese mit Jungbullen steht das überdimensionale Schild *Campingplatz Rimini 1 km. Die beste Alternative zum Original.* Er erkennt schon seinen Golfplatz und riecht die frische Meeresbrise. Kaum ist der Porsche in Sichtweite des Campingplatzes, geht die Schranke hoch. Ein strammstehender Platzwart winkt ihn durch. Wolfgang verzieht seine Mundwinkel zu einem arroganten Lächeln. Der steinige Weg führt vorbei an der Sanitäranlage. Wolfgang bremst ab und fährt sich mit der Zunge über die trockenen Lippen. Eine üppige Schönheit in Shorts geht in das Gebäude. Dieser Hintern, die langen, schwarz glänzenden Haare, die schlanken Beine in den hochhackigen Schuhen ... Der Pfiff bleibt an seinen Lippen kleben, als er an ihrem Knöchel die Goldkette mit silbernen Swarovski-Herzen entdeckt. Davon hat er im Wohnwagen noch eine ganze Schublade voll. Mit lautem Surren schließt sich die Tür der Sanitäranlage. Wolfgang fährt sich mit dem Handrücken über die verschwitzte Stirn. Die Frau ... das war seine äußerst attraktive Zuckerpuppe Jette. Mist, denkt er. Was macht die denn schon hier? Sie wollte doch erst in vier Wochen kommen. Wie immer hatte er in Hamburg seine Zusammenkünfte perfekt geplant, und jetzt werfen die drei Schlampen hinterrücks alles über den Haufen und bringen ihn in die Bredouille. Hektisch greift er zu einer Herztablette und biegt anschließend in eine Sackgasse ein. Einzig und allein sein neuer Luxuswohnwagen steht dort. Mit Blick auf die Ostsee. Nicht einsehbar von neugierigen Blicken und windgeschützt durch eine immergrüne Hecke. Mühsam schält er sich aus dem Porsche, breitet die Arme aus und atmet mit geschlossenen Augen tief durch. Was für ein eigener, angenehmer Geruch, ein bisschen nach Fisch, ein bisschen nach Tang, ein bisschen nach … Parfüm? Egal. Eins ist klar. Vor den Weibern wird er auf keinen Fall den Schwanz einziehen. Der Parfümduft wird stärker. Sein Kopf wird an den Haaren nach hinten gerissen. Warme Hände verdecken seine Augen.

»Wolfi, rate mal, wer hier ist.«

»Mein lispelndes Zuckerpüppchen Coco.« Er befreit sich aus dem festen Griff und dreht sich um. »Verdammt, wie siehst du denn aus? Wie eine Ente. Geprügelt oder was?« Er starrt auf ihre geschwollene Lippe.

Coco schüttelt den Kopf. »… nein, nein. Botox, äh … Hyaluron … ja, das ist Hyaluron.« Sie versucht zu lächeln.

»Extra für mich?«

Coco nickt.

»Und wo ist dein Fußkettchen?«

»Weg …«

»Weg? Wo bist du mit deinen Gedanken, mein Zuckerpüppchen. Ich kann dir nicht dauernd die Dinger schenken. Dann werd ich ja arm.«

»Ich denk, du liebst mich.« Coco starrt ihn mit einem Blick an, der ihm das Gefühl gibt, gleich von ihr massakriert zu werden.

»Klar lieb ich dich. Und jetzt ganz schnell ab mit dir in den Wohnwagen, Püppi. Nicht das du noch vor Wut platzt.« Beruhigend tätschelt er ihren Hintern. »Ruh dich aus und zieh dich aus. Ich zeig mich noch schnell am Strand, spring kurz ins Wasser und genehmige mir einen Drink im Dolce Vita, bevor ich dich vernasche.«

Kurze Zeit später steigt er aus der Ostsee in seine Flipflops, ruckelt seinen stylischen Badehosenslip zurecht und stapft durch den feinen gelben Sand zu *Fietes Dolce Vita*. Der Kiosk mit dem reetgedeckten Dach liegt direkt auf dem Sandstrand und ist berühmt für seine Cocktails und Drinks, die ordentlich knallen. Eine leichte Brise streift über die Rattanstühle und durch die unzähligen, künstlichen Palmen, die dem Kiosk ein Flair von südlichen Gefilden vermitteln sollen. Wolfgang lässt sich breitbeinig auf einen leeren Stuhl fallen, verschränkt die Arme hinterm Kopf und schaut den Windsurfern zu, die über das Wasser fliegen. Einfach nur dasitzen und gucken, das entspannt. Noch zehn Minuten, dann wird er zu Coco gehen und fantastischen Sex mit ihr haben.

»Wie immer, Herr Teiss?«, ruft Fiete ihm zu. Wolfgang hebt zur Bestätigung den Arm. Kurze Zeit später kommt Fiete mit einem *Manhattan*. Genüsslich zieht Wolfgang die Cocktailkirsche vom Picker. Plötzlich wird er an den Haaren gezogen. Hände drücken ihm fest die Augen zu.

»Rate mal, mein alter Hengst, wer hier ist.«

»Au«, brummt er. »Jette, du?« Der Holzspieß bohrt sich in sein Zahnfleisch.

»Wer sonst. Oder erwartest du eine andere?«

»Lass mich endlich los.« Wolfgang befreit sich von ihrem Griff und leert das Cocktailglas in einem Zug, während Jette einen Stuhl heranzieht und sich neben ihn setzt.

»Ach du Scheiße, was ist mit dir denn passiert? Boxkampf?« Wolfgang knallt das leere Cocktailglas auf den Tisch. Jettes Augen sind geschwollen und blutunterlaufen.

»Fiete, noch mal zwei *Manhattan*«, ruft Jette. »Wo denkst du hin, Wolfi. Ich habe mir die Augenlider straffen lassen. Nur für dich.« Ihre Stimme ist plötzlich zuckersüß.

»Das wäre aber nicht nötig gewesen«, lächelt er und blickt auf die Ostsee. Die niedliche Jette sieht im Moment grässlich aus. »Ich hab grad wenig Zeit.« Wolfgang will aufstehen, da stellt Fiete zwei *Manhattan* auf den Tisch. »Wenigstens einen kannst du doch mit mir trinken«, schmollt sie.

Nach einem ausgiebigen Blick auf die Ostsee macht er seine Beine wieder lang. »Okay, Püppchen«, meint er versöhnlich und greift nach dem Glas, das ihm Jette hinhält.

»Auf ein langes Leben, Wolfi. Prost.«

»Haaaalt«, quakt plötzlich eine Männerstimme. »Was hören meine Ohren da: Prost?«

»Ach, Schröder, altes Haus«, ruft Wolfgang seinem ehemaligen Linksverteidiger zu, der fast seine ganze Freizeit auf *Rimini* campt. Schon immer bewunderte er Wolfgang, den ehemaligen Stürmer und Kapitän ihrer Fußballmannschaft.

Genervt stellt Jette ihr Cocktailglas zurück auf den Tisch.

»Moin Wolfgang. Schön, dich zu sehen.« Unaufgefordert setzt sich Schröder zu ihnen. Unter seinem Gewicht knackt der Korbstuhl. »Ich hab jetzt übrigens ein neues Vorzelt. Das Granada mit einer Tiefe von zwei siebzig. Mit Gardinen und einem Teppichboden, da schleckst du dir die Finger nach. Außerdem …«

»Klasse. Darauf müssen wir einen trinken«, unterbricht Wolfgang und drückt sein Cocktailglas in Schröders Hand.

»He! Das ist aber dein *Manhattan*, Wolfi.« Jette klingt verstört. Ihre Mundwinkel sacken nach unten, und ihr Gesicht verliert an Farbe.

»Ich weiß.« Wolfgang nickt und greift sich Jettes Glas. »Prost.«

»Stößchen«, schreit Schröder und nimmt einen kräftigen Schluck.

Jette springt auf und geht. Ohne ein Wort des Abschieds.

»Weiber. Ewig beleidigt. Da sollte man die Hände von lassen«, krächzt Schröder. »Guck mich an. Mir kann so was nicht passieren.« Nach einem weiteren Schluck verzieht er das Gesicht. »Verdammt. Was schmeckt das Zeug heute nach Seife.«

»Ach ja?«, meint Wolfgang und blickt Jette nach, die jetzt durch den Sand sprintet. Als er zurückschaut, bemerkt er, wie Schröder ein Glasfläschchen von Jettes Stuhl nimmt und genau betrachtet. Viel kann Wolfgang nicht erkennen, bloß dass das Etikett zerkratzt ist. Auch Schröder scheint wohl aufzugeben, denn er lässt das Fläschchen einfach vor sich in den Sand fallen. »Wir müssen morgen golfen, Wolfi. Ich will Revanche. Wollen wir uns jetzt meinen Teppich und die Gardinen angucken?

Da schleckst du dir die Finger nach.« Seine Augen rutschen weg, und die Stimme bekommt ungeahnte Höhen, als er singt: »O sole mio …«

»Toll. Was soll der Mist?« Wolfgang springt auf. Das wird ihm nun zu albern.

Plötzlich hechelt Schröder nach Luft und starrt Wolfgang entsetzt an.

»Was ist los mit dir, Schröder?«

»Irgendwie … oh, ist mir schlecht …«, lallt Schröder und greift nach seinem Glas.

»Jetzt reicht's aber.« Wolfgang nimmt ihm das Getränk aus der Hand und kippt es in den Sand. Schröder brabbelt unverständliches Zeug, reißt sich das Hawaiihemd vom Leib, öffnet den Reißverschluss seiner kurzen Hose.

»Alles ok mit dir?«

»Ja klar … nur schwindelig und komisch is mir. Aber morgen bin ich wieder fit im Schritt. Hundertpro.« Schröder schmeißt seine Sandalen durch die Luft und zieht die blauen Socken aus.

»Fiete, der Schröder ist jetzt dein Problem«, ruft Wolfgang in Richtung Tresen und verschwindet.

***

Wolfgang hat furchtbar Rücken. Die Nacht mit Coco war der Horror. Nicht nur, dass ihre unförmigen Lippen beim Küssen hinderlich waren, auch der Sex war schmerzhaft und demoralisierend. Zum ersten Mal, dass sie Sadomaso-Gelüste hatte. Immerzu schlug sie ihn mit einem Holzlöffel auf den Hintern. Dabei schrie sie, er sei ein Hurenbock, ein altes Schwein und gehöre eigentlich umgebracht. Aber Sex wollte sie trotzdem. Er musste sich neben seiner Herztablette sogar eine Viagra einschmeißen. Gegen Morgen hatte er die Nase voll und schickte sie weg.

»Moin Wolfgang«, nuschelt Schröder mit schwerer Zunge. »Du siehst aus, als hättest du durchgemacht.« Völlig fertig und mit Golfausrüstung stehen beide Männer auf dem kurzen Rasen des Golfplatzes.

»Schröder, das war die beste Nacht meines Lebens«, lügt Wolfgang. »Jetzt wollen wir auch hier mal richtig einlochen, was?«

»Auf ein gutes Spiel«, antwortet Schröder und krempelt seine Hemdsärmel hoch. »Is dir schon aufgefallen, dass wir heute aussehen wie das doppelte Lottchen?«

Das ist Wolfgang sofort unangenehm aufgefallen. Sogar die Golfkappen haben das gleiche Emblem und die gleiche Farbe. Für die nächste Revanche braucht er unbedingt neue Golfklamotten. »Jetzt nimm endlich ein Eisen«, sagt Wolfgang genervt.

»Mach ich.« Zitternd greift Schröder zum Eisen. »Gestern, das Gebräu im Dolce Vita hab ich irgendwie nicht vertragen. Ich kann mich an fast nix mehr erinnern. Aber was uns nicht umbringt, macht uns noch stärker.« Er stellt sich in Position und holt zum Schlag aus, während Wolfgang sich mühsam bückt, um seinen Ball abzulegen. Ein dumpfer Knall. Von Schröders Hinterkopf prallt ein Golfball ab. Stöhnend sackt Schröder auf seinen Trolley, kippt mit ihm auf den Rasen und bleibt bewegungslos liegen.

»He Alter, lebst du noch?« Wolfgang schlägt ihm auf die Wangen. Plötzlich fliegt ein Ball knapp an Wolfgangs Kopf vorbei. »Zuckerpuppe, warst du das? Willst du uns umbringen?«, ruft Wolfgang, als er Coco Eisen schwingend auf dem Rasen entdeckt.

Coco gestikuliert wild mit den Armen, macht unzählige obszöne Handbewegungen und verschwindet.

»Du hast aber auch immer ein Pech«, sagt Wolfgang, als sich Schröder mühsam aufgerappelt hat.

»Ja, is schon komisch. Aber … was mich … nicht umbringt …«, stammelt er und zeigt mit dem Zeigefinger auf sich.

»Genau, Schröder. Das ist die richtige Einstellung zum Leben.«

Wolfgang zieht aus seiner Hosentasche das iPhone. Die ganze Zeit brummt das Ding schon. »Ja, Nora?«

»Wir haben uns doch heute zum Grillen verabredet. Ich bin grad in Burg, und da wollte ich mir endlich mal die Sankt-Nikolai-Kirche angucken. Kommst du mit?«

Wolfgang hatte nie Lust, Kirchen zu besichtigen. Lieber würde er sich der Sünde hingeben. Aber auf eine Diskussion mit Nora hat er erst recht keine Lust. »Ausnahmsweise. Weil du es bist. Wir treffen uns in einer halben Stunde vor der Kirche«, meint er knapp.

»Du willst mit Nora in die Kirche?«, fragt Schröder.

»Klar. Man muss den Frauen auch mal Kultur bieten.«

»Da komm ich mit, das ist mal was anderes für mich. Und ein bisschen Segen von oben kann nicht schaden.«

Wolfgang und Schröder warten vor dem großen Portal der wuchtigen, lang gestreckten, aus rotem Backstein erbauten Sankt-Nikolai-Kirche auf Nora.

»Also hier möchte ich mal beerdigt werden.« Schröder stiert auf die vielen verwitterten Grabsteine. Da kommt Nora, mit Sonnenbrille in den Haaren, aus der Kirche. Sie umarmt Wolfgang.

»Verdammt, wie läufst du eigentlich durch die Gegend?« Er schiebt sie von sich und verzieht den Mund. »Dicke Lippe ... dicke Augen und geschwollenes Gesicht. Ist das grad auf Fehmarn angesagt? Setz die Brille auf. Du hast wohl eben in der Kirche eine Kerze angezündet, für eine schnelle Genesung«, spottet er.

Schröder lacht auf.

Widerstrebend zieht sie die Brille mit den dunklen Gläsern vor die Augen. »Übrigens find ich's gut, wenn Schröder wieder zurück zum *Rimini* fährt. Mit den Klamotten seht ihr aus wie die Zwillinge Hanni und Nanni, peinlich. Außerdem wollte ich mit dir allein sein.«

»Jetzt bin ich extra mit Wolfgang nach Burg gefahren, und jetzt komm ich auch noch mit in die Kirche, oder, Wolfgang?«

Wolfgang nickt. »Klar kommst du mit.«

Im Dämmerlicht schieben sich Nora und Wolfgang, gefolgt von Schröder, vorbei an alten Kirchenbänken. An den Wänden hängen Gedenktafeln von Verstorbenen. Etwas weiter eine Reihe von Pastorenbildern und eine Menge holzgeschnitzter Heiligenfiguren. Richtige Kunstschätze, stellt Wolfgang fest. Nie im Leben hätte er gedacht, dass ihn eine Kirche beeindrucken kann.

Nora geht zielstrebig zu einem Taufbecken, über dem ein Segelschiffmodell von der Decke hängt, während Wolfgang vor einem Flügelaltar mit holzgeschnitzten Figuren stehen bleibt. Das Teil ist sicher ordentlich was wert.

»Da bist du ja endlich«, hört er Nora sagen. »Mir ist da vorhin mein Ring ins Taufbecken gefallen. Kannst du ihn rausholen? Ich seh ja nix, erst recht nicht mit Brille.«

Plötzlich ein Stöhnen und Wasserplatschen. Wolfgang läuft um eine Ecke und sieht Nora über das Taufbecken gebeugt. Daneben einen strampelnden Schröder. Kopflos.

»Nora«, brüllt Wolfgang.

»Wolfgang? Huch! Wer ist denn das da im Taufbecken? Ach, der Schröder. Warte, ich helfe dir.« Sie lässt den Kopf los. Wasser speiend und prustend taucht Schröder aus dem Taufbecken auf und stößt gegen einen leeren Wassereimer.

»Schröder wollte sich wohl selber taufen. Ich fahr schon mal los. Bis nachher zum Grillen.«

Nora hat es eilig, stellt Wolfgang fest. Er verlässt mit Schröder die Kirche.

»Ich kann mich gar nicht richtig daran erinnern, wie das passiert ist«, schluchzt Schröder, als er zu Wolfgang in den Porsche steigt. »Ich komm jetzt mit zum Grillen. Nach dem Erlebnis hab ich das verdient, und es ist mal was anderes für mich.«

Wolfgang zögert.

»Ich schneid dir morgen auch die Hecke.«

»Gut. Aber du kannst nur ganz kurz bleiben. Ich will nämlich noch mit Nora was Megascharfes erledigen«, erwidert Wolfgang. Im Rückspiegel sieht er, wie eine

Frau aus dem Auto steigt. Sieht aus wie Sabine, denkt er verdutzt. Aber die ist Gott sei Dank auf den Seychellen.

Zurück in *Rimini* baut Wolfgang den Grill auf und deckt den Campingtisch mit Papptellern. Noch die Champagnergläser, den Oberkörper frei, und da steht Nora schon vor ihm. In knappen Shorts, Bikini-Oberteil und immer noch mit Sonnenbrille.

Sie kippt die Holzkohle in die Grillschale. »Wolfi. Du kannst jetzt die Kohle anzünden.«

»Immer langsam mit den jungen Hengsten. Erst muss ich das Fleisch aus dem Kühlschrank holen. Puh, was stinkt die Kohle nach Benzin.«

»Das bildest du dir nur ein.« Lächelnd legt Nora das Feuerzeug bereit.

Mit der Fleischplatte stolpert Wolfgang aus dem Wohnwagen. Direkt in Schröders Arme, der sich inzwischen umgezogen hat. »He, was sehen meine Glupscher, lecker Karbonade und Würste.«

»Oh nee. Schon wieder der Schröder.« Nora lässt sich auf einen Stuhl fallen und schlägt die Hände vor die Augen.

»Er isst nur schnell 'ne Wurst, Püppi. Schröder, zünd doch schon mal die Holzkohle an. Ich hol noch Ketchup und Schampus.« Wolfgang springt zurück in den Wohnwagen.

»Nein, Schröder«, hört Wolfgang plötzlich Nora rufen, »lass das. Nicht anzünden. Das kann nur Wolfgang machen.«

Bei einem Blick aus dem Fenster sieht Wolfgang, wie Nora auf Schröders Rücken eintrommelt. So kampflustig kennt er seine Zuckerpuppe gar nicht. Aber Schröder ist hart im Nehmen und hält das flackernde Feuerzeug auf die Kohle. Er dreht sich zu Nora um, die sich jetzt weit von ihm entfernt hat. »Kleine, beruhig dich, ich bin Grillspezi.«

Es knallt. Flammen schlagen aus dem Grill. Schröder brennt. Wild um sich schlagend springt er um den Tisch. Wolfgang stürzt aus dem Wohnwagen, reißt ihm die qualmende Cap vom Kopf und schüttet erst Champagner und danach Ketchup über ihn. »Mensch Schröder, altes Haus. Wie konnte das denn passieren?«, stöhnt Wolfgang und schielt zu seinem Wohnwagen. Gott sei Dank kein einziger Brandfleck. Nur Schröders Haare sind angekohlt und das Hawaiihemd voller Brandlöcher. »Und Nora hast du auch wieder vertrieben.«

»Meinst du …« Schröder glotzt ihn fragend an und fingert am Hawaiihemd herum.

»Hol dir Klamotten aus dem Wohnwagen. Beruhigungstabletten und Brandsalbe liegen auch rum. Grillen fällt aus. Kannst ja 'ne Runde drin pennen. Ich muss mich erst mal abregen und geh solange ins *Dolce Vita*.«

Bei flackerndem Kerzenlicht und warmer Brise sitzt Wolfgang um zweiundzwanzig Uhr noch vor dem *Dolce Vita*. Er trinkt den letzten *Manhattan*. Fiete kommt an seinen Tisch. »Herr Teiss«, sagt er. »Heute war eine Dame hier und hat nach Ihnen gefragt.«

»Verdammt, ich kann mich gar nicht retten vor den Weibern«, stöhnt Wolfgang. Jetzt wird's Zeit, Schröder aus dem Wohnwagen zu werfen. Der hat sich lange genug ausgeruht.

»Sie sind eben ein richtiger Casanova, ein Frauentyp«, meint Fiete zum Abschied.

»So is es, Fiete. Sie lieben mich alle.«

Als er am Wohnwagen ankommt, wundert sich Wolfgang, dass die Tür halb offen steht und die Jalousien heruntergezogen sind. Die lockende Stimme von Nora dringt heraus: »Komm, du Lüstling.«

Ganz klar, sie wartet auf ihn. Wolfgang springt in den Wagen. Er erkennt menschliche Umrisse. Was für ein Spielchen treibt Nora da?

»Du wirst jetzt vögeln«, hört er plötzlich sein lispelndes Zuckerpüppchen Coco flüstern.

»So lange, bis du endlich tot umfällst«, ergänzt Jette.

Was für ein Albtraum. Alle drei Zuckerpuppen kennen sich plötzlich. Wie konnte das passieren? Wo er doch alles so gut organisiert hatte. »Hier is ja richtig Power drin«, ruft Wolfgang und schaltet das Dämmerlicht ein. Was er sieht, macht ihn sprachlos. In Jeans und mit hochgezogenem Shirt liegt Schröder in Bauchlage stöhnend auf dem extrabreiten Bett. Zwei leicht bekleidete Zuckerpuppen wickeln einen Schal um seinen Hals, und Coco sitzt mit einem Holzlöffel auf ihm.

»Seid ihr bescheuert. Das müsst ihr doch merken, dass ich das nicht bin«, brüllt Wolfgang.

Alle starren entgeistert in seine Richtung.

»Oh Gott. Das ist ja Schröder auf dem Bett. In Wolfis Klamotten«, lispelt Coco. »Ich hab vorhin gleich gesagt, macht das Licht an, das da ist nicht Wolfi.«

»Könnt ihr mir mal erklären, was der Quatsch hier soll?« Wolfgangs Herz rast, und er sucht in der Schublade unter der Spüle nach den Tabletten.

»Die haben mich überfallen«, jammert Schröder und

dreht sich auf die Seite. »Ich dachte erst, es ist ein Traum. Aber ich glaub, die wollen mich umbringen.«

»Das ist eine Verwechslung, Schröder«, gurrt Nora. »Wir wollten eigentlich nur ein bisschen mit Wolfgang spielen.«

»Spielen ist immer gut«, sagt Wolfgang. »Aber dann bitte nur mit dem Richtigen.« Wolfgang fasst sich ans Herz. Wo sind nur seine Tabletten? Die waren immer in der Schublade.

»Bevor du aus Hamburg gekommen bist, haben wir uns übrigens im Sanitär an den Waschbecken kennengelernt.« Jette greift sich ans Fußgelenk. »Über die Kettchen. Wie du siehst, haben wir uns zusammengerauft.«

»Ach, jetzt wird mir auch klar, warum ihr so deformiert ausseht.« Wolfgang schließt die Schublade. »Ihr habt euch um mich geprügelt. Aber ich mach die Augen beim Sex zu. Raus aus dem Bett, Schröder.«

»Nö. Ich bleib, nach dem, was ich grad erlebt hab.« Schröder klammert sich an die Bettkante. »Das hab ich mir redlich verdient.«

Die Zuckerpuppen ziehen Wolfgang nach draußen.

»Langsam, meine Püppchen. Wo habt ihr die Herztabletten versteckt?« Wolfgang lacht. »Oder wollt ihr mich umbringen? Aber denkt dran, ein starker Hund wie ich überlebt alles, auch ohne Tabletten.« Er reißt sich die Kleidung vom Leib. »Ich bin bereit für alle Schandtaten. Jetzt mach ich euch den Wolf.« Knurrend schmeißt er sich auf den Rasen. »Na, kommt her … der Wolf wartet, grr.« Er sieht, wie die Zuckerpuppen auf ihren hochhackigen Schuhen eilig davonstelzen und

Nora eine Packung Tabletten wegschleudert. »He! Meine Tabletten!«

Plötzlich riecht er *Alien*, Sabines Parfüm. Hört Sabines Stimme. »Hab ich dich in flagranti erwischt, du Schwein.«

Wolfgang versucht aufzustehen. Doch Sabine stellt ihren Fuß auf seine Brust. Er fasst sich ans Herz. »Zuckerpuppe! Tabletten. Verdammt ...« Der Himmel ist wolkenlos und sternenklar. Das sanfte Rauschen der Ostsee vermischt sich mit Sabines keifender Stimme und wird leiser. Immer leiser ...

FATALE HEIMKEHR

Carola Christiansen

Friedrichskoog

Tom

Ich kehre in meine Heimat zurück. Heimat, dieses Wort bedeutet mir etwas. Oder? Will ich wirklich zurück? Ich habe die Annehmlichkeiten der Großstadt schätzen gelernt. Außerdem ist dort Marieke …

Die Landschaft, flach und eintönig, zieht an den Fenstern vorbei. Kühe auf den Weiden. Ich beschleunige leicht, dass meine Beziehung zu Marieke so gut wie gescheitert ist, daran will ich nicht denken. Die Straße geht in die Hochbrücke Brunsbüttel über; sie ragt wie ein gigantisches Semikolon steil vor mir in die Höhe. Nach Überquerung des Nord-Ostsee-Kanals wird die Umgebung endgültig dörflich. Gleichzeitig wachsen Windräder zu bizarren futuristischen Wäldern zusammen und konkurrieren mit den zahlreichen Hochspannungsleitungen, die Strom vom Kraftwerk Brunsbüttel in die Region verteilen. Bald gibt es mehr Schafe als Kühe und vereinzelt Pferde.

Endlich bin ich in Marne, bis Friedrichskoog ist es jetzt nur noch ein Katzensprung. Da ich noch keine passende Wohnung gefunden habe, wurde ich vorübergehend in einer Pension untergebracht. Bevor ich jedoch meine

Koffer ablade, muss ich meinem zukünftigen Arbeitsplatz einen Besuch abstatten. Ich fahre also den Schlenker zur Polizeidienststelle, obwohl ich viel lieber in Friedrichskoog-Spitze auf dem Deich stehen würde. Einmal runter ans Meer, Seeluft schnuppern. Aber morgen Abend ist endlich der Spaziergang auf dem Trischendamm fällig. Zweieinhalb Kilometer hin und wieder zurück. Bei Flut Meer zu beiden Seiten. Warm anziehen, ein Glas eiskalten Sekt an der Spitze des Dammes. Nachsehen, ob die Erdölplattform noch da ist. Stattdessen taucht jetzt links der Parkplatz der Wache auf. Ich zögere, doch dann setze ich brav den Blinker und schlage das Lenkrad ein. Plötzlich überkommt mich ein starkes Gefühl von Déjà-vu. Ich habe das dringende Bedürfnis, auf der Stelle kehrtzumachen und das Gaspedal bis zum Anschlag durchzutreten.

Andy

Wieder mal auf dem Weg in die Einöde. Was zum Teufel will ich hier? An den Tatort zurück, wie irgendein durchgeknallter Psycho? Bullshit! Ich bin auf der Flucht. Nur eine Frage der Zeit, bis sie die Schlampe finden werden. Die Großstadt ist grad zu heiß für mich.

Vor der Frontscheibe nichts, und das in Grau. Scheißwetter, Scheißlandschaft!

Endlich Friedrichskoog. Das *echte* Gallien. Die Spinner haben tatsächlich ein Schild an die Mauer genagelt. Wer hat hier einen an der Waffel? Der stinkende Kutterhafen ist Geschichte, und die Penner machen einen auf Asterix und Obelix. Ich könnte kotzen.

Zuerst zum Supermarkt, 'ne Flasche Schnaps besorgen. Wenn alles hinhaut, hab ich morgen reichlich Grund zu feiern. Meine Hände zittern. Ich sehe auf meine Finger, gleich werden sie das Scheißlenkrad zerquetschen. Das Schwitzen hat auch angefangen. Mein Arsch geht auf Grundeis – ich werde langsam explosiv. Mühsam parke ich ein. Erst mal runterkommen. Da sehe ich *sie*! Sie kommt gerade aus dem Laden. Also doch kein Schnaps! Ich reibe mir die Hände und beginne zu pfeifen.

Tom

Ich starre auf die Kollegin hinter dem Tresen. Die Zeit scheint für einen Moment stillzustehen, dann reißt sie mich in die Vergangenheit.

»Pauline«, keuche ich, »du hier?«

Sie lacht glockenhell, wie früher. »Das hast du nicht erwartet, was? Herzlich Willkommen zurück! Wir sind echt froh, so einen wichtigen Hauptkommissar aus der Großstadt zu bekommen!«

Die Vergangenheit scheint keine Spuren bei ihr hinterlassen zu haben. Dabei ist es damals *ihre* Schwester gewesen … Während ich mit meinen Erinnerungen kämpfe, wird mir plötzlich klar, warum sie Polizistin geworden ist, ja hatte werden müssen. Wahrscheinlich aus demselben Grund wie ich. Ich betrachte sie genau. Die Ähnlichkeit mit ihrer ermordeten Schwester ist verblüffend. Wie hat sie die grässlichen Ereignisse von damals verarbeiten können? Ein psychopathisches Schwein hatte sechs junge Frauen in der Umgebung getötet, auf eine Weise, die örtlichen Polizisten den Magen umdrehte. Und ihre Schwester ist nicht nur eines der Opfer, sondern auch meine Freundin gewesen. Meine allererste Liebe. Mit den Gedanken bin ich weit fort, daher habe ich einiges von Paulines Begrüßungsrede verpasst.

»… und morgen hast du Geburtstag! Da machen wir etwas Schönes zusammen, ja? Wir haben Tagdienst«, sie beugt sich konspirativ über den Tresen, »dafür habe ich gesorgt! Du kannst den Abend unmöglich allein verbringen. Und die meisten deiner alten Kumpels sind inzwischen in alle Winde zerstreut.«

Ich nicke wie betäubt. Plötzlich scheinen zwei Gläser Sekt am Ende des Trischendamms zu warten. Eigentlich keine schlechte Option.

»Willst du mir deine Kollegen vorstellen?« Meine Augen wandern zu den beiden Uniformierten, die bisher wortlos hinter ihr gestanden haben.

»Krischan und Sven«, sie zeigt auf den dicken Alten und den durchtrainierten Jüngeren. Wir nicken uns nordisch knapp zu.

»Gut. Also bis morgen dann.«

Die Fahrt zur Pension dauert nur eine Viertelstunde. Immer noch abwesend, klingele ich bei meiner Wirtin, um den Schlüssel zu holen. Sie hält ihn mir hin, doch mit einem Mal zieht sie die Hand wieder zurück.

»Sie haben das Zimmer vorn. Das Zimmer im Hinterhaus ist auch vermietet. Es hat sich noch niemand blicken lassen. Sind Sie nicht Kriminaler?«

Ich versuche, mir meine Ungeduld nicht anmerken zu lassen, und nicke höflich.

»Gut, dann kann ja nix passieren. Ich soll den Schlüssel nämlich unter die Fußmatte legen. Wird also wohl heute Nacht noch einer zum Hinterhaus gehen. Der muss dann bei Ihnen vorbei. Nur damit Sie Bescheid wissen.«

Ich nicke wieder und pflücke den Schlüssel aus ihrer Hand.

Zuerst hole ich die Koffer aus dem Wagen. Das Haus steht direkt an der Straße vor dem Deich, man erreicht es zu Fuß über eine kleine Brücke. Direkt daneben habe ich den Audi abgestellt. Nach dem Ausladen fahre ich in den Supermarkt. Ich kaufe Sekt und Kuchen für den Einstand im Revier und Milch für meinen Morgenkaffee.

Das Zimmer ist nicht luxuriös, aber geräumig und sauber.

Hinter einem hässlichen Vorhang verbirgt sich eine Pantryküche, hinter einer Falttür das winzige Bad. Durchs Fenster sehe ich gegen die mächtige begrünte Schutzwand, die das Meer aufhalten soll. Ob sie auch das Böse fernhalten kann, das ich in der Umgebung zu spüren glaube? Etwas Dunkles scheint sich um mich zusammenzuziehen. Ich schüttele den Kopf über meine finsteren Gedanken. Es wird Zeit, schlafen zu gehen!

Andy

Ich hab mich im Griff! Ich steige aus, stiefele cool wie ein Cowboy rüber zu der Nutte. Sie glotzt mich an, mit diesem lüsternen Baggerblick. Verdammte Schlampe! Ich frage nach dem Weg – na so was, hab ich die Adresse etwa in der Karre vergessen? Die Sache ist schneller geritzt, als sie nach Hilfe plärren kann. Keine Herausforderung.

Schon liegt die Kuh im Kofferraum, mit Kabelbindern verzurrt wie ein gottverdammtes Geschenkpaket. Das Gewimmer stopfe ich mit ihrer Strumpfhose. Soll ich sie für morgen aufheben? Ja? Nein? Scheiße – warum warten? Morgen ist morgen, neues Spiel, neues Glück. Diese ist heute fällig. Kein Aufschub, keine falsche Hoffnung. Eigentlich ein Akt der Gnade. Ich beginne zu pfeifen.

Ich stehe in Flammen. Endlich wieder. Skalpell an zarter Haut. Nachgiebiges Fleisch öffnet sich zu einer roten Blume. Bin ich nicht ein Poet? Ich sollte meine Gedanken niederschreiben. Ich pfeife lauter.

Welcher Ort diesmal? Na klar, wo sonst?

Wie die Nutten vor ihr wird sie erst zum Schluss perfekt. Kurz vorm Ende gehen sie ab, dann kommt der Moment der Reinheit. Vorher sind die Schlampen nutzlos, einfach erbärmlich. Durch mich werden sie unsterblich.

Da war dieser Rotzlöffel, hier in Friedrichskoog. Er hätte über die Klinge springen müssen, als ich die Gelegenheit hatte. Denn der Scheißkerl war mir, ohne einen Schimmer zu haben, bis nach Hamburg gefolgt. Nun ist er ein verfickter Hauptkommissar. Drauf geschissen, ich bin ihm immer einen Schritt voraus! Einmal hatte ich ihn voll erwischt. Mein erstes Mal. Seins auch. Er hat gekotzt, als er sie gefunden hat. Seine erste Liebe. Ich kichere. Meine auch. Ich sehe mich um. Zeit, sich zu verpissen!

Endlich taucht die Bruchbude auf, in der ich untergekommen bin. Bevor ich das Loch erreiche, das die Alte mir als Appartement verhökert, bleibe ich stehen. An der Straße bin ich einfach an dem Audi vorbei, aber jetzt macht es Klick. Ich drehe um und schleiche zurück. Verflucht! Die Gurke kenne ich – sie stand an zu vielen Tatorten. Es ist *sein* verdammter Wagen, der dort parkt. Ich schleiche näher und starre durch ein Seitenfenster. Das übliche Chaos in der Karre. Kein Zweifel – er ist zurückgekommen. Scheiße, ausgerechnet jetzt! Und dann noch in der gleichen Bleibe. Das muss etwas bedeuten. Ich weiß nur noch nicht, was. Auf dem Rückweg pfeife ich vor mich hin.

Tom

Am nächsten Morgen bin ich wie gerädert. Unruhige Träume haben mich heimgesucht. Meine Bettdecke ist zerknautscht und schweißnass. Erinnern kann ich mich an nichts. Kurz streift mich der Gedanke, ob der ominöse Mieter des Hinterhauses nachts an mir vorbeigeschlichen ist. Ich meine mich an ein seltsames, unheimliches Pfeifen mitten in der Nacht erinnern zu können. Wahrscheinlich habe ich es nur geträumt. Ich setze heißes Wasser auf und zähle randvolle Kaffeelöffel in die Kanne. Vor dem Fenster wabern graue Nebelfetzen. Dahinter ist der Deich zu sehen, der mir den Blick auf die Nordsee versperrt. Ich will ihn wegsprengen. Da schrillt mein Handy.

Unrasiert ins Auto gesprungen, die Jacke auf dem Weg zugeknöpft, den Kaffee zu hastig getrunken und die Lippe verbrannt. Das ist das Ergebnis des Anrufs. Eine Frauenleiche ist gefunden worden. Sie liegt am Ende des Trischendamms.

»Moin«, sagt der durchtrainierte Kollege, nachdem ich das zuckende Blaulicht hinter mir gelassen und ihn erreicht habe. Die Art, wie sein Blick danach auf Pauline fällt, erzählt mir eine Menge. Sie hat hoffentlich ein Wörtchen mitzureden. In diesem Moment wendet sie sich um, und ich bemerke erneut die unglaubliche Ähnlichkeit zu ihrer Schwester Friederike. Die hatte mich damals fast um den Verstand gebracht, so schön ist sie gewesen. Bis dieses Monster sie auf grauenhafte Weise entstellt hat.

»Moin Pauline«, sage ich heiser. »Was ist passiert?«

»Er hat es wieder getan!«, flüstert sie. »Nach all den Jahren …« Ihre Stimme bricht. Mein Blick wandert zu dem blutverschmierten Bündel am Ende des Damms. Es ist Ebbe, und zu beiden Seiten gibt es nur Schlick. Weiter draußen wartet die Nordsee auf ihren Einsatz. Noch picken Seevögel im sumpfigen Schlamm, doch in wenigen Stunden werden die Wassermassen links und rechts alles überspült haben. Schmerzhaft denke ich an meinen geplanten Sektumtrunk, beinahe genau dort, wo jetzt die Leiche liegt. Ich reiße mich zusammen. »Wisst ihr schon, wer sie ist?«

Paulines Kollege ist unbemerkt näher getreten. »Die Frau eines Restaurantbesitzers«, er mustert Pauline, bevor er zögernd weiterspricht: »Sie sah genauso aus wie die Opfer vor acht Jahren!«

Ich weiß genau, was er meint. Volles schwarzes Haar, feine Gesichtszüge – eine Schönheit. Nur ist das bei der Leiche nicht mehr zu erkennen. Ich muss schlucken. Verdammt! Das habe ich doch gelernt, niemals eine persönliche Bindung zu den Toten aufbauen! Obwohl meine Bindung zu dem ersten Opfer damals nicht persönlicher hätte sein können. Die arme Pauline. Was muss sie erst empfinden? Die Schwestern standen sich sehr nahe. Ich lege ihr eine Hand auf die Schulter. Sie zuckt leicht zusammen. Dann sieht sie mich an. »Danke!« Ich will sie in den Arm nehmen, da fügt sie hinzu: »Es geht schon!«

Später auf der Wache sehen wir uns die Fotos an. Keine erbauliche Aufgabe. Den ganzen Tag wühlen wir uns durch Tatortbilder, eine Horrorgalerie der Gewalt. Plötzlich wedelt sie aufgeregt mit einer Hand. »Das musst du dir ansehen!« Sie dreht ihren Bildschirm in meine Richtung, und ich erstarre. Anscheinend hat es ähnliche Fälle in Hamburg gegeben. Das muss während meiner Ausbildung gewesen sein – diese Bilder hätte ich garantiert nicht vergessen. Am Ende des Tages schließen wir erschöpft die Akten. Ich dehne meinen Rücken, sie streckt sich ebenfalls, wie eine Katze. »Das war es dann, Tom! Jetzt lass uns deinen Geburtstag feiern!«

Ich mustere sie überrascht. Richtig, ich habe ja Geburtstag! Aber wie sollen wir nach diesem Fund noch feiern können?

Sie lächelt erschöpft. »Der Job darf unser Privatleben nicht kaputt machen. Niemals!«

Zögernd lächele ich zurück. Pauline hat natürlich recht. Doch können wir wirklich? Den Kuchen haben wir nicht gegessen, vielleicht könnten wir wenigstens mit dem Sekt anstoßen?

Wir packen zusammen. Der Arnold Schwarzenegger vom Dienst hat sie heute Morgen abgeholt, unter seinem missbilligenden Blick folgt sie mir nun zu meinem Wagen.

»Moin Pauli«, ruft er uns hinterher. Ich meine einen Vorwurf in seiner Stimme zu hören. »Moin Sven-o«, ruft sie zurück. »Mach auch bald Schluss für heute!«

Er brummt irgendetwas in seinen Zottelbart. Mir kann es egal sein, Hauptsache Pauline ist bei mir. Ich werfe ihr einen Seitenblick zu. Sie ist bezaubernd. Eigentlich ist sie sogar viel schöner als ihre Schwester. Damals ist mir das nicht aufgefallen, sie war zu jung. Zwei Jahre können in dem Alter eine Menge ausmachen. Plötzlich habe ich das Gefühl, als fahre mir jemand mit einem Stück Eis den Rücken herunter. Was, wenn der Täter von damals tatsächlich zurückgekehrt ist? Was, wenn er Pauline begegnen würde? Plötzlich bin ich unendlich dankbar, heute Abend auf sie aufpassen zu können.

»Wir müssen kurz zu mir, ich hole den Sekt und Gläser. Vielleicht essen wir sogar ein Stück Kuchen …«

Ich freue mich über ihr Lächeln. Eine zarte Ahnung von Zuversicht breitet sich in mir aus. Hält das Leben doch Freude für mich bereit? Nach den Ereignissen von damals hatte ich nicht daran geglaubt, in mir war alles tot und leer gewesen. Doch jetzt, viele Jahre später, schicksalhaft, unausweichlich dorthin zurückgekehrt, wo alles begann, fühlt das Leben sich unerwartet gut an. Ich spüre, wie ein Lächeln aus meinem Innern aufsteigt und sich auch auf mein Gesicht legt.

Andy

Ausschlafen! Doch der verfluchte Sonnenstrahl nervt. Ich wälze mich auf den Bauch. Nicht am Tatort aufkreuzen, no way! Ich bin ja nicht blöd. Aber nun bin ich wach, und es zieht in meinen Eingeweiden, es zieht mich hin! Die geifernden Gaffer, die ihre Handys grapschen und Fotos schießen wollen, am liebsten ein Selfie mit der Leiche. Das Blut macht die feigen Wichser fast so an wie mich. Doch eigentlich können die mich mal. Es geht um *ihn*, logisch. Ich hab zwar nicht mit Mister Neunmalklug gerechnet, aber jetzt muss ich dringend checken, wie er klarkommt. Der feine Herr *Hauptkommissar*. Er hat Karriere gemacht. Ob er manchmal an sie denkt? So wie ich? Die Erste hat uns zusammengeschweißt. Auch wenn er das nicht weiß. Ich stehe auf und schlurfe ins Bad. Der Tag hat mit Gedanken an diesen verfickten Bullen begonnen. Ich sollte ihn endlich aus dem Weg räumen. Der Typ hat null Peilung, was ihn erwartet. Meine Faust fliegt von selbst in den Spiegel. Ob er wieder gekotzt hat? Ich stütze mich aufs Waschbecken, glotze gegen die Splitter an der Pressholzpappe. Verzerrte Fratzen starren zurück. Ich beginne zu pfeifen.

Damals, unsere Zeit in der Pflegefamilie. Er auf der Sonnenseite, ich immer im Schatten, immer. Scheißkälte, Scheißdunkel. Wir hätten wie Brüder aufwachsen sollen, stattdessen hatte man brutal einen Keil zwischen uns getrieben. Mein Atem wird heftiger. Scheiße, geht es wieder los? Am schlimmsten ist, dass sie ihm eine Gehirnwäsche verpasst haben mit ihrer Psychokacke. Er hat alles vergessen. Meine Zähne mahlen so heftig, dass ich gleich Knochenmehl kotzen werde. Irgendwann, spät am Vormittag, gebe ich auf.

Am Trischendamm wimmelt es von Bullen und Gaffern. Wie Maden im Aas. Plötzlich sehe ich *sie*. Abstoßend schön und verdorben. Noch viel mehr als ihre Schwester.

Tom
Wir sitzen im dunklen Wagen, die Innenbeleuchtung ist schon vor Minuten erloschen. Ich räuspere mich. »Pauline«, sage ich leise. Ein Name wie ein Liebesgedicht. Wie eine schimmernde Seifenblase scheint er aus meinem Mund zu schweben. Aber das ist rein gar nichts gegen das Schimmern ihrer Augen.

»Ich hole den Sekt. Und wenn du darauf bestehst, auch den Kuchen!« Unverhofft kommt mir Marieke in den Sinn. Aber sie hat Schluss gemacht. Endgültig. Ich brauche kein schlechtes Gewissen zu haben, wenn ich mit Pauline zusammen bin. Jetzt fühle ich mich, als hätte ich die Flasche Sekt bereits getrunken. »Wartest du hier? Ich bin in zwei Minuten wieder da!«

Pauline
Pauline lehnt sich zurück und schließt für einen Moment die Augen. Wird sie etwa vom Freund ihrer toten Schwester umworben? Sie seufzt. Ein gut aussehender Mann. Damals hat sie ihre Schwester beneidet. Sie sieht ihn um die Hausecke verschwinden.

Beim plötzlichen Öffnen der Fahrertür schreckt sie hoch. »Was …?« Sie starrt den Eindringling an, der neben sie auf den Sitz rutscht. Eiskalte Augen starren zurück.

»Hallo Pauline«, ein heiseres Flüstern, »ich bin Andy. Aus deinen schlimmsten Träumen …« Er erstickt ihre Antwort unter einem Streifen silbernem Gewebeband. Sein Messer streichelt ihre Kehle. Schweißperlen wachsen auf ihrer Stirn, während sein Messer die Hand wechselt und er ihren Oberkörper nach vorn drückt. Hilflos muss sie zulassen, dass er ihre Handgelenke packt und mit Kabelbindern grob auf ihrem Rücken fixiert.

»Wir zwei Hübschen haben was zu erledigen. Deine Schwester wartet auf dich, also bleib cool. *Er* kann dir nicht helfen.«

Der Mann lehnt sich über sie und schnallt sie an. Sie spürt die unnatürliche Hitze, die von ihm ausgeht. Ihre auf dem Rücken gefesselten Arme zwingen ihre Schultergelenke schmerzhaft nach hinten. Er dreht den Zündschlüssel. Der Motor erwacht zum Leben, und plötzlich beginnt ihr Entführer zu pfeifen. Sie will schreien, aber ihr Mund ist fest verklebt. Sie stöhnt, schiebt und drückt mit der Zunge, vergeblich. Mittlerweile kann ihr Schreien nichts mehr bewirken. Der Wagen setzt sich in Bewegung, und niemand kann sie noch hören.

Tom

Ich packe Sekt und Kuchen in eine Tasche. Dazu zwei Gläser, Teller und Gabeln. Ein Gefühl von Euphorie hebt mich an die Decke. Pauline und ich. Ich presse die Tasche an mich und renne zum Wagen zurück. Ich blinzele verwirrt. Der Audi ist weg. Was ist hier los? In meinem Kopf herrscht Chaos. Geräusche und Bilder überlagern sich. Mir wird schwindelig. Da fällt mir ohne ersichtlichen Grund das nächtliche Pfeifen vor meinem Fenster ein, und plötzlich sehe ich klar. Oh Gott! *Er* ist hier. Ich habe nicht rechtzeitig erkannt, was mein Unterbewusstsein mir zu sagen versuchte. Er ist zurückgekommen. Und er hat Pauline!

Pauline
Sie starrt auf das Profil des Fahrers. Sein unheimliches Pfeifen ätzt sich unter die Haut. Dieser Mann hat ihre Schwester auf dem Gewissen. Wut steigt in ihr hoch und droht sie zu ersticken. Sie ringt nach Luft. Unvermittelt taucht Tom in ihren Gedanken auf. Tom – es wäre schön gewesen …

Andy
Das Gewebeband verpasst ihr eine Grinsefresse, wie *Batmans Joker*. Was glotzt sie mich so an. Wenn sie nicht aufhört, ziehe ich ihr das Maul mit dem Messer nach.

Mister Hauptkommissar hat nicht mit mir gerechnet. Wieder nicht. Ich hab ihm seine Schüssel, mit ihr drin, unterm Hintern weggeklaut. Nun sieht er alt aus, keine Karre, seine Nutte in meiner Hand. Ich höre, dass ich pfeife. Wieder zieht es mich zum Trischendamm. Was hat dieser Ort? Ich weiß es nicht. Scheißegal, oder?

Tom
Verfolge ich gerade meinen Audi? Ich glaube, ja, ich glaube, ich habe ein Auto kurzgeschlossen. Ich kann mich nicht konzentrieren, habe ich Fieber? Ich versuche, das Brausen in meinen Ohren zu ignorieren. Die nordische Landschaft fliegt vorbei, gestochen scharf und real, die Verfolgungsjagd erscheint mir fast absurd. Hinter den Äckern blitzt das Meer. Nirgends ein Hauch von Pastell, klare Konturen, ein Kohlacker, eine Handvoll Schafe. Schwarze Erde, gefolgt von sattgrünen Weiden. Undenkbar, wenn ich den Wahnsinnigen nicht rechtzeitig aufhal-

ten kann. Ich versuche, mich zu beruhigen. Er wird sie mir nicht nehmen, diesmal nicht! Ich werde es verhindern. Verzweifelt starre ich durch die Windschutzscheibe. Ich ahne, wo er hinwill.

Pauline
Der Wagen hält. Pauline beißt hinter dem Gewebeband die Zähne zusammen. Vielleicht wartete ihre Schwester ja wirklich auf sie? Nein, nicht aufgeben! Das ist sie allen Opfern schuldig, den ehemaligen und vor allem den zukünftigen. Der Mann steigt aus und geht um den Wagen. Er reißt die Beifahrertür auf und löst ihren Gurt. In seinen Augen sieht sie keine menschliche Regung. Sie wird vom Sitz gezerrt, das Klebeband brutal von ihrem Mund gerissen. Wolken türmen sich am Himmel, erste Tropfen fallen und klatschen ihr schwer ins Gesicht. Sie zittert vor Kälte und vor Grauen. Er schiebt sie wortlos Richtung Trischendamm. Die zweieinhalb Kilometer scheinen kein Ende zu nehmen. Mit den Händen auf dem Rücken ist es doppelt so weit. Am Ende des aus Teer gegossenen Weges schneidet er die Kabelbinder durch. Das Messer ist scharf, gleitet durch Fleisch, das im Weg ist, wie durch Butter, es brennt höllisch. Vor ihr flattern halbherzig die Reste der Absperrbänder. Sie zögert, aber er stößt sie auf die Basaltsteine hinunter. Die Flatterbänder vom Tatort lösen sich endgültig, und der Wind treibt sie davon.

»Bis zum Ende«, zischt er, springt mühelos hinter sie und gibt ihr einen Stoß zwischen die Schulterblätter. Sie spürt die Spitze der Klinge in ihrem Rücken und denkt:

Wenn ich stolpere, durchbohrt er mich einfach aus Versehen. Mit weichen Knien geht sie weiter. Heute Morgen war sie schon einmal hier. Inzwischen ist sie völlig durchnässt, der eisige Wind zerrt an ihren Haaren und ihrer Kleidung. Blut tropft von ihrem Handgelenk. Der Damm läuft spitz zu. Es wird immer schwieriger für sie, Halt auf den glitschigen, halb überspülten Steinen zu finden.

»Stopp«, brüllt er gegen die Böen.

Sie bleibt stehen und wendet sich zu ihm um. Das Meer schäumt und tost um das Ende des Dammes. Er steht dicht vor ihr. Das Messer fast an ihrem Hals.

»Tom!«, ruft sie flehend.

Für den Bruchteil einer Sekunde scheint er zu erschrecken und sieht sich um. Dann lacht er höhnisch. »Der ist nicht hier! Er kann dir nicht helfen!« Der Sturm schneidet durch seine Stimme und treibt die Wortfetzen davon.

Er zwingt sie, sich auf die Steine zu knien. Sie sieht in sein verzerrtes Gesicht und schließt die Augen. Wie hat sie so unvorsichtig sein können? Geahnt hat sie es. Könnte sie ihn eine Weile hinhalten? »Tom!«, schreit sie erneut.

»Vergiss den Wichser«, schreit er zurück, voller Verachtung. »Glaubst du an Wunder?« Seine Antwort wird vom Sturm zerhackt.

Toms plötzliches Erscheinen kommt so überraschend, dass es ihr den Atem verschlägt.

»Wir bleiben jetzt alle ganz ruhig!«

Sie starrt ihn an, mit einer Mischung aus Erleichterung und Entsetzen.

»Du …«, der andere. Dann leise, aber hasserfüllt: »Du kommst mir nicht in die Quere! Das hast du noch nie geschafft!«

»Dann wird es Zeit! Lass sofort das Messer fallen, sonst …«

»Sonst was? Quark im Schädel? Denk einfach weiter!«

Die Zeit scheint stillzustehen. Der Wind braust um sie herum. Außer dem Tosen der Elemente ist nur vereinzeltes Möwengeschrei zu hören. Paulines verletzte Hand gleitet nach hinten unter ihre Jeansjacke und schiebt sich in ihren Hosenbund. Alles ist klitschnass. Regen fließt ihr in die Augen, während Faszination und Grauen in ihr zusammenfließen, doch sie behält den Mann vor sich fest im Blick. Abgrundtiefer Hass schlägt ihr entgegen. Er steht so dicht vor ihr, dass sie jede Regung auf seinem Gesicht erkennen kann. Wasser läuft in Strömen an ihm herab. Er hebt das Messer.

»Nein!«, sagt sie fest. Das Messer hebt sich unbeirrt durch den Vorhang aus Regenschnüren.

»Stopp!«, schreit sie. Er reagiert nicht. Sie zieht ihre Walther P7, und als glänzendes Metall wie ein Blitz auf sie herabstößt, schießt sie, ohne zu zögern.

Bevor sie aufsteht, fühlt sie nach seinem Puls.

Blaulicht erhellt den Damm in zweieinhalb Kilometer Entfernung. Dorthin, wo der Tote liegt, kommen die Einsatzfahrzeuge nicht.

»Adieu, Tom«, sie seufzt und sieht auf den leblosen Körper zu ihren Füßen. Er liegt verdreht und blutüberströmt auf den Steinen. Der Hass auf seinem Gesicht ist einem Ausdruck beinahe kindlichen Erstaunens gewichen.

Sie hat ihn verdächtigt, seitdem sie ihre Schwester damals gefunden hatte. Nach dem Wiedersehen mit ihm war ihr der Gedanke fast absurd vorgekommen. Trotzdem hat sie für dieses Treffen vorgesorgt.

Jetzt ist es sogar komplizierter, als sie vermutet hat. Thomas Anders Jürgensen. Tom und Andy. *Dr. Jekyll and Mr. Hyde*. Wie können zwei völlig verschiedene Menschen gleichzeitig in einem Körper, oder besser: in einem Geist, existieren? Die Verwandlung von Tom in einen mitleidlosen Psychopathen mitanzusehen, war grauenhaft. Die *Rückkehr* von Andy zu Tom fast noch entsetzlicher.

Auf jeden Fall hat sie lange auf diesen Moment gewartet.

»Für dich, Fritzi«, murmelt sie, dreht sich um und geht, ohne einen Blick zurückzuwerfen, den heraneilenden Kollegen entgegen.

ALSTERBLUT

Kathrin Hanke

Hamburg

Seit Wochen hatte er sich auf diesen Tag gefreut. Nicht, weil er heute gefühlt mehr Zeit hatte als an anderen Tagen des Jahres. Nein, dieser eine Tag war seit seiner Kindheit außergewöhnlich bedeutungsvoll für ihn, und seit Ewigkeiten beging er ihn auf besondere und inzwischen ganz gewiss einzigartige Weise.

Im Grunde freute er sich das ganze Jahr auf diesen Tag. Wenn er vorbei war, ging es ihm hingegen ein paar Tage schlecht. In den letzten Jahren hatte er sogar regelmäßig Fieber bekommen. Wenn diese kraftlose Phase der Traurigkeit vorüber war, kam die Freude auf das nächste Mal zurück. Dabei steigerte sich das beschwingte Gefühl über die Monate hinweg bis ins kaum Aushaltbare. Wenn er sich auf diesem Zenit der Freude befand, gab es der Lust freie Bahn, die sich ebenso nach und nach aufbaute und ihn körperlich dermaßen empfindsam machte, dass er sich vorkam wie ein Jagdtier, das vor Anspannung zitterte, während der Beuteduft seinen Geruchssinn umgarnte, sein Hörsinn selbst den Flügelschlag eines Schmetterlings wahrnahm und der kleinste Luftzug seine Haare am ganzen Körper aufstellte. Glücklicherweise dauerte dieser lust- und gleichzeitig schmerzerfüllte Zustand, der nichts anderes wahr als qualvolle Sehnsucht, nur ein paar Tage, denn dann war es endlich so weit: Mittsommer! Dann ließ er endlich seiner aufgestauten Lust ihren Lauf und gab sich dem Zauber dieser einen Nacht im Jahr, die so kurz war, dass sie den vorhergegangenen Tag verlängerte, hin.

Er schaute auf die Uhr in seinem Handy, das neben ihm auf dem Nachttisch lag. Es war 5:12 Uhr. In acht Minuten würde der Wecker sowieso für ihn klingeln, denn für heute hatte er ihn früher als sonst gestellt. Normalerweise stand er um 6:30 Uhr auf – auch am Wochenende. Jetzt hielt ihn nichts mehr im Bett. Er hatte noch einiges zu tun, um sein ganz persönliches Mittsommernachtsfest vorzubereiten, ein paar Minuten mehr konnten da nicht schaden. Schwungvoll schlug er die Decke von seinem Körper, setzte sich und stand auf. Er ging ins Bad, ließ Badewasser ein, trat an den Spiegelschrank heran, öffnete ihn, entnahm ihm ein Feuerzeug und den Joint, den er bereits gestern Abend gedreht hatte, und legte beides auf den Badewannenrand. Nun zog er sein T-Shirt aus, schlüpfte aus seinen Boxershorts, prüfte mit der Hand die Temperatur des Wassers, das die Wanne bereits zu drei Vierteln füllte, war zufrieden, drehte den Hahn wieder zu, trocknete seine Hand zügig ab, stieg in die Wanne, zündete sich noch aufrecht sitzend seine Tüte an, spielte im Mund mit dem vielversprechenden Rauch, entließ ihn wieder und glitt bis auf seinen Kopf und die Hand, die den Joint hielt, ins warme, fast schon heiße Wasser.

Das erste Mal bewusst hatte er Mittsommer als Zwölfjähriger mit seinen Eltern in Schweden erlebt. Die Jahre zuvor hatten seine Eltern es bei ihnen zu Hause gemeinsam mit befreundeten Paaren alljährlich gefeiert, doch er hatte nicht die ganze Zeit dabei sein dürfen und war nach einem gemeinsamen Essen stets auf sein Zimmer geschickt worden. In Schweden war nur ein einziges Pärchen am Mittsommertag in das einsam gelegene, gemietete Haus gekommen. Es waren ebenfalls Deutsche, doch er hatte sie zuvor noch nie gesehen. Zu seiner eigenen Überraschung war er nicht nach dem Essen ins Bett oder zumindest in sein Zimmer geschickt worden. Im Gegenteil durfte er weiterhin im Kreis der Erwachsenen bleiben. Bis zu diesem Zeitpunkt hatte er nicht gewusst, wie sie Mittsommer weitergefeiert hatten, wenn das Essen vorbei war, doch in diesem Jahr hatte er es erfahren. Es war sozusagen seine Initiation gewesen, die ihn für sein Leben geprägt hatte. Seine Eltern und das Pärchen hatten sich einen Joint angesteckt, und auch er hatte daran ziehen dürfen. Er hatte sich die ganze Zeit über wie im Märchen gefühlt und war nie wieder so glücklich gewesen wie damals, vor über dreißig Jahren. Er hatte die vollkommene Liebe verspürt. Noch nicht einmal die Geburten seiner drei Kinder hatten ihn dermaßen beseelt.

Er führte seine Hand zum Mund und nahm einen weiteren Zug aus der Tüte. An den anderen 364 Tagen des Jahres würde er nie auf die Idee kommen, Gras zu rauchen. Nachher würde er sich wie ebenfalls nur an diesem einen Tag seine gestern gebackenen Kekse gönnen, doch morgens – sozusagen zum Einstieg in das Mittsommernachtsfest – rauchte er erst einmal, da er auf diese Weise den Rausch besser kontrollieren konnte. Als er vor Jahren das erste Mal auf die Idee gekommen war, nicht zu rauchen, sondern die Droge nur zu essen, war er zu großzügig mit der Haschmenge umgegangen und hatte darüber hinaus zu viele Kekse gegessen, weil er nicht darüber nachgedacht hatte, dass die Wirkung erst einsetzte, wenn der Stoffwechselprozess anfing. Wie es eben bei der Nahrungsaufnahme normal war. Beim Rauchen wirkte Gras schließlich nahezu sofort, so wie jetzt. Aß man es hingegen, konnte die Wirkung auch erst 45 Minuten später einsetzen. Das Ergebnis war ein ziemlicher Flash gewesen, der über mehrere Stunden angehalten hatte und ihm neben extremen Genussempfindungen leider auch Herzrasen, Schwindel und Panikschübe beschert hatte. Letztere hatten ihn noch Wochen später immer wieder plötzlich überfallen. Grundsätzlich hatte das Zeug bei ihm – wohldosiert für diesen einen Tag – jedoch entspannende und anregende Wirkung zugleich. Er nahm noch einen weiteren Zug, dann legte er den Rest des Joints auf den Wannenrand, seifte sich ein, wusch sich und erhob sich bald darauf gemächlich aus der Wanne, trocknete sich, ging ins Schlafzimmer zurück und zog sich an. Er war allein im Haus und musste deshalb nicht darauf achten, ob er jemanden störte. Seine Frau war mit den Kindern auf Fehmarn und würde erst übermorgen wieder mit ihnen zurück sein. Jedes Jahr versuchte sie, ihn zu überreden, doch mitzukommen, und in der Regel schlug er es aus, weil Mittsommer meist in den Ferien lag, so wie dieses Mal. Sie verstand einfach nicht, wie wichtig es ihm war, zu Mittsommer sein eigenes Ding zu machen. In der Vergangenheit hatte sie ihn sogar gedrängt, das Mittsommerfest mit ihr zusammen zu feiern, und als er sich dagegen gesperrt hatte, hatten sie sich dermaßen gestritten, dass sie drei Tage nicht miteinander geredet hatten. Eigentlich kamen sie sonst sehr gut miteinander aus, und er bildete sich ein, dass es vor allem auch daran lag, weil sie rein äußerlich so überhaupt nicht seinem Typ Frau entsprach. Elena hatte ihre dunklen, glatten Haare zu einem Pagenkopf geschnitten, der ihrem schmalen und länglichen Gesicht zusätzlich eine strenge Note verlieh. Sie war groß gewachsen und überaus schlank, was ihr alles in allem ihre Weiblichkeit nahm, zumal sie kaum Röcke, sondern mit Vorliebe jede Art von Hosenanzug trug. Auch mit Schmuck musste er ihr nicht kommen. Bis auf ihren Ehering hielt sie nicht viel davon. Als er nun in seinen Joggingsachen das Schlafzimmer verließ und in sein Büro ging, wanderten seine Gedanken zurück nach Schweden. Er war seit der bedeutenden Mittsommernacht nicht wieder dort gewesen. Zunächst, weil seine Mutter es nicht gewollt hatte – sie und sein Vater hatten sich kurz darauf getrennt. Seine Mutter hatte stets gesagt, sie hätte kein Geld für eine solche Reise, doch das war seiner Meinung nach gelogen gewesen. Er glaubte vielmehr, dass sie nie darüber hinweggekommen war, dass sein Vater sich in die junge Frau verliebt hatte und bei ihr geblieben war, die mit ihnen und ihrem Freund in jenem Sommer gefeiert hatte. Jette war ihr Name. Damals war sie Anfang zwanzig gewesen, und noch heute, mehr als dreißig Jahre später, war sie eine Schönheit. Keine im klassischen Sinne, aber eine, die kaum einen Mann kaltließ mit ihrer sinnlichen Ausstrahlung. Sie hatte noch immer eine Figur wie eine Barbie-Puppe, langes, leicht gewelltes rotblondes Haar und eine ebenmäßige Haut. Auf ihrer Brust hatte sie ein wunderschön geschwungenes »N« eintätowiert. Er hatte damals ein »B« von ihr eingeschnitten bekommen. Er trug es mit Stolz. Es war von ihr und verband ihn mit dieser Frau wie keinen anderen. Selbst sein Vater trug kein Mal. Das hatte er irgendwann mit Genugtuung festgestellt, als sie einmal gemeinsam schwimmen gewesen waren. Seine Mutter hatte später versucht, das vernarbte »B« mit Creme zum Verschwinden zu bringen. Es war ihr nicht gelungen, vielleicht auch, weil er sich die Creme stets wieder abgewischt hatte.

Wer Jette betrachtete, konnte höchstens durch die Lachfalten um ihre Augen herum auf ihr wahres Alter schließen. Bei dem Gedanken an ihre großen grünen Augen atmete er einmal tief ein. Sie waren unvergleichlich und schienen einem stets direkt in die Seele zu blicken. Seine Mutter hatte Jette konsequent »die Hexe« genannt, und er hatte sich seinen Teil gedacht. Hexen waren für ihn alt, bucklig und von Grund auf hässlich. Das genaue Gegenteil von Jette. Er bezeichnete sie lieber als Zauberin. Als seine Mutter noch gelebt hatte, nur in Gedanken, um sie nicht zu verletzen, inzwischen sprach er es auch aus. Ihn hatte Jette auf jeden Fall verzaubert. Damals als 12-Jährigen, und der Zauber hatte bis heute angehalten. Deswegen war er auch nicht nach Schweden gefahren, als er es sich selbst hätte ermöglichen können. Er brauchte es nicht. Jette war hier in Hamburg in seiner Nähe. Zwar

war sie dadurch nur noch unerreichbarer für ihn, doch er hatte es seit dem Tod der Mutter jedes Jahr geschafft, sich wenigstens für diesen einen Tag Ersatz zu besorgen.

Er ging in die Knie, um seine Joggingschuhe zuzuschnüren, dann stand er auf, schulterte den bereits gestern gepackten und zurechtgestellten Rucksack, öffnete die Haustür, zog sie ohne abzuschließen wieder zu und setzte sich in Gang.

Maya sog die morgendliche Luft mit jedem Atemzug glücklicher ein. Sie liebte es, zu laufen, und vor allem war sie froh, es wieder hier, in ihrer Heimat machen zu können. Bis vor drei Monaten hatte sie noch in Bonn gelebt. Wegen ihres Studiums, das sie jedoch inzwischen geschmissen hatte. Obwohl Bonn durchaus schön war, war sie nie so richtig dort angekommen. Sie war Hamburgerin mit Leib und Seele, das wusste sie spätestens seit diesem einen Jahr in einer anderen Stadt. Hier in Wellingsbüttel, dem von gediegenen Einzelhäusern geprägten, wohlhabenderen Stadtteil am Rand von Hamburg, war sie aufgewachsen und nun dahin zurückgekehrt. Hier war sie in den Kindergarten und die Schule gegangen, hatte im Klipper THC Hockey und Tennis gespielt. Von hier kamen die meisten ihrer Freunde, und noch viel wichtiger: Hier lebte ihre Familie, bei der sie jetzt wieder untergeschlüpft war, bis sie wusste, was sie mit ihrem Leben anfangen sollte. Das Haus war groß genug, und sie hatte ihr altes Zimmer wieder bezogen. Ihre Eltern hatten es während ihrer Abwesenheit nicht verändert, und so gab es auch keinen Anlass, sich eine andere Bleibe zu suchen. Darüber hinaus hatte ihre Mutter gestern am Abendbrottisch zum wiederholten Mal betont, wie sehr sie sich freue, dass Maya wieder bei ihnen war, und ihre kleine Schwester Inka hatte sich zur Bestätigung an sie geschmiegt.

Maya hielt kurz die Luft an, obwohl es sie wie immer für einen Moment aus ihrem Atemrhythmus bringen würde. Sie lief gerade in den glücklicherweise nur kurzen Tunnel des S-Bahnhofs Hoheneichen ein, der, seit die junge Frau denken konnte, eine gern genommene Pinkelecke der Nachtschwärmer war. Mit wenigen Laufschritten war sie durch die unangenehme Geruchsoase hindurch, lief nun über die mit Kopfstein gepflasterte Straße in den Thielicke-Park, der nach dem evangelischen Theologen Dr. Helmut Thielicke benannt worden war, und atmete befreit wieder ein. Bald sog und stieß sie die Luft wieder im Gleichtakt mit ihren sich wie von allein vorwärts laufenden Beinen ein und aus. Im Grunde war der Thielicke-Park kein Park, weil er dafür viel zu klein war. Unter den Anwohnern wurde er deswegen auch nur Thielicke-Wäldchen genannt, und auch das war nach Mayas Ansicht schon zu viel des Guten, denn kaum drin, lief sie auch schon wieder heraus, auf die Straße Langwisch. Keine Minute später überquerte sie den Wellingsbüttler Weg und lief ins Alstertal hinein auf den Alsterwanderweg. Endlich. Sie schätzte diese morgendliche Ruhe, die nur vom Gezwitscher der Vögel begleitet wurde. Schon in einer Stunde würde es hier unten auf dem Weg, der parallel zur stetig dahinfließenden und sich sanft windenden Alster verlief, ganz anders sein. Dann würde der

Wanderweg von joggenden Mütterpulks, ihre Hunde ausführenden Rentnern und rasenden Fahrradfahrern, die für das nächste Radrennen trainierten, besetzt werden, sodass kaum mehr ein Durchkommen möglich war und ihre Joggingrunde zum Spießrutenlauf werden würde, am Wochenende kamen noch die Familienausflügler hinzu. Manchmal war sie spät dran, und dann erlebte sie es genau so. Ihr kam es an diesen Tagen immer so vor, als hätten drei Reisebusse die Leute auf einmal ausgekippt.

Wie üblich lief Maya in Richtung Torhaus. Vom Torhaus Wellingsbüttel, wie es in den Stadtführern korrekt hieß, würde sie weiterlaufen bis zur Mellingburger Schleuse, um dann wieder umzukehren und den gleichen Weg zurück zu nehmen. Dann war sie ungefähr zehn Kilometer gelaufen und könnte mit den dadurch ordentlich in ihrem Körper freigesetzten Glückshormonen den Tag beginnen. Bereits jetzt merkte sie, wie die Endorphine in ihrem Körper wirkten und sie zufrieden machten, und sie musste unwillkürlich lächeln, als sie an einer Gabelung den unteren Weg, der direkt an der Alster entlangführte, wählte. Jedes Mal vor der Gabelung überlegte sie, ob sie unten am Fluss oder oben laufen sollte, und jedes Mal entschied sie sich für unten. Dort war der Weg nur ein schmaler Pfad, der auf der einen Seite von der Alster und auf der anderen von dichten Büschen begrenzt war. Sie mochte diesen Weg, und sie wusste auch, warum: Hier hatte sie vor Jahren – sie war 13 gewesen – ihren ersten Kuss bekommen. Als Maya jetzt ein paar Meter auf dem schmalen, uneinsichtigen Pfad gelaufen war, verspürte sie ein Kribbeln in ihrer Bauchgegend. Doch es war nicht wie damals bei ihrem ersten Kuss angenehm, sondern irgendwie beklemmend, und es breitete sich spiralförmig nach oben aus. Wanderte erst zu ihrer Brust und dann bis hinauf in ihre Kehle. Maya musste schlucken und war aus ihrem Atemrhythmus. Hatte sie da nicht ein Knacken gehört? Sie verlangsamte ihr Tempo und sah sich nach hinten um. Da war niemand, dennoch hatte sie das deutliche Gefühl, sie sei nicht allein. Was ist denn nur los mit dir? fragte sie sich in Gedanken und gab sich die Antwort darauf selbst: Wahrscheinlich hatte sie nicht ausreichend geschlafen, und der Alkohol gestern Abend wirkte noch nach – sie hatte mit alten Freunden ein wenig gefeiert.

Maya konzentrierte sich wieder auf ihr Laufen und die Atmung, und gerade als sie sich wieder gefangen hatte, knackte es erneut hinter ihr, und sie hörte Laufschritte auf dem knirschenden Pfad. Sie hatte sich also doch nicht geirrt, da war jemand. Hatte er etwa auf sie gewartet? Sie sah sich im Laufen um und sah einen Jogger. Er hatte ein Basecap auf dem Kopf, das sein Gesicht verschattete. Aus diesem Grund konnte sie es nicht erkennen, dennoch kam ihr der Läufer entfernt bekannt vor. Woher nur? Sollte sie ihn einfach an sich herankommen lassen oder gar vorbei? Sie könnte anhalten und so tun, als müsste sie sich ihre Schuhe binden. Das beklemmende Gefühl hatte jedoch erneut Besitz von ihr ergriffen, und es nahm zu. Die junge Frau verwarf den Gedanken, ihren Lauf zu stoppen. Stattdessen wurde sie schneller. Noch etwa hundert Meter, und der Pfad würde wieder in den großen Weg münden, der hinauf zur großen Torhauswiese führte. Dann noch ein paar Meter weiter, und sie wäre auf dem

Wellingsbütteler Weg, auf dem trotz der frühen Stunde sicherlich bereits ein paar Autos unterwegs waren und sie sich sicher fühlen würde. In ihren Ohren rauschte es, trotzdem nahm sie wahr, dass auch ihr Hintermann seinen Lauf beschleunigte, sodass sie zu sprinten begann. Schweißperlen liefen ihr von der Stirn in die Augen, sie rührten nicht von der sportlichen Anstrengung her. Es war kalter Angstschweiß.

Die Laufschritte ihres Hintermanns kamen immer näher. Dann legte sich eine Hand auf ihre Schulter, die sie mit hartem Griff zu Boden riss. Das Letzte, was sie fühlte, war, wie ihr ein Tuch auf Mund und Nase gedrückt wurde.

Er bewunderte sein Werk. Es war perfekt. Perfekter noch als das Original. Jette. Die junge Frau, die nackt vor ihm saß und die er nur mit einem Blütenkranz auf ihren wunderbaren Haaren geschmückt hatte, war schon nahezu perfekt gewesen, als er sie entdeckt hatte. Es war ein Zufall gewesen. Bisher hatte er sich die Frauen für sein Mitsommerfest aus dem Internet bestellt. Es waren allesamt Hostessen gewesen. Nicht solche, die man über eine Agentur bekam, sondern die auf eigene Rechnung arbeiteten. Das hatte er jedes Mal vorher akribisch abgecheckt. Sonst wäre es zu riskant gewesen. Bevor das Internet so weit gewesen war, hatte er sich die Frauen vom Straßenstrich in St. Georg geholt. Es hatte ihm nichts ausgemacht, dass die Frauen Prostituierte gewesen waren, jetzt jedoch, mit dieser hier vor ihm, konnte er sein Glück kaum fassen. Tatsächlich überlegte er sogar, sie am Leben zu lassen und zu behalten. Sie sah so unschuldig und rein aus, wie sie dasaß und schlief. Vielleicht würde ihr sein Mittsommerfest ja gefallen. Dann hätte er seine ganz eigene Jette. Was für eine unglaublich schöne Vorstellung!

Er hatte sie seit ein paar Wochen ausgekundschaftet. Da sie morgens, wenn kein Mensch im Alstertal sonst unterwegs war, joggte, hatte er sie sich dort geholt. Nachdem er sie an der geplanten Stelle überwältigt und betäubt hatte, hatte er sie in den von ihm zuvor ein paar Meter weiter versteckten Multisport-Fahrradanhänger, in dem er früher seine Kinder herumgefahren hatte, gehievt, war aus dem Alstertal mit dem Anhänger, den er wie ein kleines Zelt zugezogen und wie einen Babyjogger nutzte, hinausgelaufen und über den Fußgängereingang am Ende der Straße Hoheneichen hinein in den Ohlsdorfer Friedhof.

Jetzt stand er in der unterirdischen Krypta des Riedemann-Mausoleums und betrachtete weiterhin liebevoll die junge Frau. Das vor über hundert Jahren von dem Hamburger Architekten Martin Haller für den Unternehmer Wilhelm Anton Riedemann entworfene Mausoleum war seit Jahren baufällig und damit sicherheitsgefährdend, sodass es für die Öffentlichkeit nicht zugänglich und dementsprechend für seinen Zweck optimal war. Er selbst war bei einer geführten Tour über den Friedhof auf dieses Mausoleum gestoßen, das er damals nur von außen hatte betrachten können. Inzwischen hatte er eine Möglichkeit gefunden, hineinzugelangen, und verbrachte sein Mittsommerfest deswegen jährlich hier. Darüber hinaus war es praktisch, da es auf einem Friedhof relativ einfach war, seine Mittsommer-Gefährtinnen für immer verschwinden zu lassen. Frische Gräber, in die noch eine weitere Leiche passte, gab es hier auf dem größten Parkfriedhof der Welt genug.

Die junge Frau begann, leise zu stöhnen und sich zu bewegen. Dann hob sie langsam den Kopf und schlug schwerfällig ihre Augen auf, die er sofort wieder bewunderte – dieses herrliche Grün, in dem er schier versinken konnte –, obwohl sie jetzt angstvoll waren. Oder auf der Hut, wie die der Katze, die er als kleiner Junge gehabt hatte. Er stieß einen wohligen Seufzer aus und nahm einen Keks von dem Teller, der neben ihm auf dem kleinen Beistelltisch stand.

»Hallo. Du hast lange geschlafen. Geht es dir gut? Wir kennen uns, erinnerst du dich? Deine Schwester ist die Babysitterin von meinem Sohn. Du hast sie einmal bei uns vorbeigebracht. Oh, entschuldige, du wirst Hunger haben. Du hast vor deinem Lauf sicher nichts gegessen. Das mache ich auch nie. Ich hab Kekse gebacken. Wenn du lieb bist, bekommst du einen.« Er hielt den Keks hoch und zeigte ihn ihr. »Willst du? Bist du lieb?«

Sie blickte ihn furchterfüllt an, und aus ihrer Kehle drang ein schwaches Brummen. Er legte den Keks zurück auf den Teller und begann, das Panzertape vorsichtig von ihrem Mund zu ziehen. Er hätte es auch in einem Ruck abreißen können, so, wie er es mit den Heftpflastern von den Wunden seiner Kinder machte, doch dann wäre er nicht in den Genuss dieses ersten Akts gekommen: der sich langsam entfaltenden Lippen, die bei ihr so üppig waren, wie er es selten gesehen hatte. Und vor allem so natürlich. Gerade bei den Frauen hier in Wellingsbüttel schien es fast schon zum guten Ton zu gehören, sich die Lippen aufspritzen zu lassen. Er musste es wissen, er war der Arzt, der ihnen die Spritzen setzte. Gut, seine Mittsommergefährtin war noch nicht in deren Alter, aber sie würde es niemals nötig haben, sich mit Nervengift vollzupumpen. Und wenn ihr unser Fest nicht gefällt, dann hat sie auch nicht mehr die Gelegenheit, sich darüber Gedanken zu machen, dachte er bei sich, während er den letzten Rest des Tapes nun doch ruckartig abzog. Er war auf ihr Schreien gefasst. Alle hatten bislang geschrien. Zu seiner Überraschung tat sie es nicht. Sie war wirklich besonders.

»Ja, ich erinnere mich an Sie«, sagte sie mit belegter Stimme und bat: »Lassen Sie mich bitte gehen, ich werde Sie auch nicht verraten.«

»Du solltest mich duzen. Du kannst mich Baldur nennen, und du bist Nanna, meine Frau und Göttin. Und wir werden das Fest feiern. In Liebe vereint und in den Tod hinein«, erwiderte er, ohne auf ihre Bitte einzugehen.

»Baldur? Nanna? Ich heiße Maya. Was soll das hier?«, fauchte sie ihn an und riss an den Kabelbindern, die ihre Handgelenke an den Hinterbeinen des metallenen Stuhles, auf dem sie saß, fixierten. Ebenso waren ihre Fußgelenke rechts und links an den Stuhlvorderbeinen festgebunden. Auf diese Weise saß sie leicht gespreizt.

Sie hat tatsächlich das Feuer der Göttin in sich, dachte er zufrieden. Er hatte wirklich eine ausnahmslos gute Wahl mit ihr getroffen. Er lächelte sie an und erklärte ruhig: »Nanna, die Mondgöttin ist Baldurs Frau. Baldur ist der Sonnengott der Germanen. Am Tag der Sommersonnenwende wird er der Sage nach enthauptet. Nanna ist die Mondgöttin, und Baldurs Tod bricht ihr das Herz, sodass auch sie stirbt und zusammen mit ihm verbrannt wird. Baldur kommt wieder aus der Unterwelt heraus. Seine Frau nicht. Für Sie bleibt es immer Nacht. Heute ist der Tag der Sommersonnenwende. Mittsommer. Aber nun iss erst einmal was.«

Er griff hinter sich, nahm einen Keks auf und steckte ihn sich halb in den Mund. Dann beugte er sich dicht zu der jungen Frau hinüber, damit sie die andere Hälfte abbiss. Sie tat es nicht, sondern gab ihm eine Kopfnuss. Er fuhr zurück, und sofort entflammte die Wut in ihm. Niemand, auch nicht seine Auserwählte, durfte so mit ihm umspringen.

»Was soll das?«, brauste er sie an. »Ich meine es gut mit dir, und das ist der Dank? Der Keks hätte dir gutgetan. Er hätte dich entspannt, aber okay, du hast es nicht anders gewollt! Du bist eben doch nicht besser als die anderen.«

»Entschuldige«, sagte sie sofort, »ich … das wollte ich nicht … es … es war ein Reflex, und ich … ich mag keine Kekse. Ich … ich vertrage kein Weißmehl und … und darum.«

Er starrte sie an. Er war unschlüssig. Sagte sie die Wahrheit? Oder wollte sie ihn nur beschwichtigen? Im Grunde war es egal. Der Ärger über ihr Verhalten hatte Überhand genommen, und er hatte noch in der Zehntelsekunde vor ihrer Entschuldigung beschlossen, dass sie die Krypta wie ihre Vorgängerinnen nicht lebend verlassen würde. Er wandte sich ohne ein weiteres Wort von ihr ab und dem kleinen Campingtisch zu, auf dem er neben dem Teller mit den Keksen seine Instrumente ausgebreitet hatte. Auch die betrachtete er jetzt liebevoll im Kerzenschein, der einzigen Lichtquelle im Raum, der dennoch gut ausgeleuchtet war, da er Dutzende dicke und große Kirchenkerzen aufgestellt hatte. Er griff nach dem Skalpell, besann sich jedoch und nahm das daneben liegende Panzertape hoch. Er hatte ihre vollen Lippen eben schon ausgiebig bewundert, und ihre Schreie würde zwar niemand draußen hören können, doch er wollte es selbst auch nicht. Er hasste Geschrei. Zumindest wenn es kein lustvolles war …

Maya überlegte fieberhaft, was sie tun konnte, damit dieser Verrückte sie gehen ließ. Eben hatte er ihr den Mund wieder mit diesem Tape zugeklebt. Hätte sie ihm doch bloß keine Kopfnuss gegeben! Sie hätte sein perverses Spielchen einfach weiter mitspielen sollen und den Keks aus seinem Mund annehmen. Sie hatte es nicht aus einem Reflex getan, sondern weil sie irgendwo einmal gelesen hatte, man solle einem Angreifer die Stirn bieten, um sich nicht zum Opfer zu machen, denn das würde die meisten abschrecken. »Falscher Rat kann dir teuer zu stehen kommen«, schoss ihr das ewige Mantra ihrer Großmutter widersinnigerweise durch den Kopf, während der schmächtige Mann, der hier diesen starken Germanengott spielte, ein Skalpell vor ihr Gesicht hielt und dabei leise eine Melodie summte, die sie nicht kannte. Eben noch hatte er ihr mit dieser schier unerträglich sanften Stimme erklärt, was er mit dem Skalpell vorhatte: Er wollte sie zeichnen, hatte er gesagt. Ihr ein »N« für Nanna in die Brust schneiden und sich dann mit ihr und ihrem Blut vereinigen. Allein bei dem Gedanken raste ihr Herz, und sie bekam keine Luft mehr. Hätte sie nicht so dumm reagiert, hätte sie wenigstens eine kleine Chance gehabt, hier lebend rauszukommen, doch jetzt …

Plötzlich drückte er das Skalpell auf ihre linke Wange. Er schien es mit der stumpfen Seite zu machen, denn sie empfand keinen Schmerz, und sie spürte auf ihrer Wange auch kein Blut hinunterlaufen. Langsam zog er das Skalpell über ihr Kinn und den Hals hinunter. Gleich würde er bei ihrer Brust angelangt sein. Ihre Muskeln waren angespannt, und als könne sie sich auf diese Weise wegdenken, starrte sie mit den Augen auf eine Stelle hinter ihm, als sie plötzlich eine Bewegung wahrnahm. Oh Gott, da ist noch jemand im Raum, dachte sie und riss erneut panisch an ihren Fesseln, die sich dadurch noch weiter in ihr Handgelenksfleisch arbeiteten. Der Schmerz war brennend, aber nichts gegen die Panik, die ihren gesamten Körper eisern im Griff hatte.

»Lass das«, zischte der Verrückte sie an. Sie hörte nicht auf und sah gleichzeitig eine Gestalt hinter seinem Rücken näher kommen. Sie trug einen dunklen Hoodie und hatte die Kapuze tief ins Gesicht gezogen. In der Hand hatte sie ein langes Messer, was sie nun erhob. Maya schloss die Augen und wartete auf ihren Tod. Er kam nicht. Stattdessen spritzte es ihr warm ins Gesicht, und dann hörte sie ein gurgelndes Röcheln, das nach einer Weile verstummte.

»Es ist vorbei«, sagte eine Frauenstimme laut in den

Raum. »Ich mache dich jetzt los, und dann musst du mir helfen, das Dreckschwein zu entsorgen.«

***

Die Frau mit dem Pagenkopf und der knabenhaften Figur schreckte zusammen, als hinter ihr die Tür ruckartig geöffnet wurde. War es schon wieder so spät? Dann kam die allabendliche Frage: »Na, wen hast du heute wieder umgebracht?«

»Ach, nur so einen merkwürdigen Mittvierziger«, antwortete sie und blickte dabei versunken aus ihrem Fenster, das ihr den Blick ins Alstertal freigab. »Und, wie war dein Tag? Was hast du heute gemacht?«, fragte sie nach einer Gedankenpause langsam, drehte sich zu ihm um und musterte ihn.

»Ich war nach der Praxis ein bisschen mit dem Rad auf dem Ohlsdorfer Friedhof unterwegs«, antwortete ihr Mann lächelnd und legte sich dabei seine rechte Hand auf die Brust an die Stelle, auf der hinter seinem T-Shirt verborgen ein Tattoo prangte. Sie kannte diese Geste an ihm. Vor allem um Mittsommer herum machte er sie häufig.

»Darf ich lesen?«, fragte er und deutete auf ihren Bildschirm.

»Du weißt doch, dass ich das nicht mag«, wiegelte sie ab, klappte den Deckel ihres Laptops entschlossen zu, stand auf und verließ Arm in Arm mit ihrem Mann ihr Arbeitszimmer. Wohl fühlte sie sich mit dieser Körperlichkeit nicht, deswegen hatte sie schließlich ihre Kurzgeschichte geschrieben. Ihre Verlegerin würde zufrieden sein und sie auch. Zumindest für heute. Ob sie ihrem Mann morgen wieder die Kehle durchschneiden oder ihn auf andere Art umbringen würde, wusste sie noch nicht.

DER UNTALENTIERTE THOMAS – EINE HOMMAGE AN P. H.

Anette Schwohl

Eckernförde

Seit Jahrzehnten schon unternahmen Thomas und sein Freund Dickie – der eigentlich Dietrich hieß, den aber wirklich niemand so nannte – im Frühsommer eine Segeltour. Was früher einmal eine gemeinsame Verabredung gewesen war, hatte sich, seitdem Dickie ein eigenes Boot besaß, in eine Einladung an Thomas verwandelt. Aber diese Einladung nahm er gerne an, denn die Freundschaft zu Dickie war die einzige Konstante in seinem Leben, sie hatte Bestand seit ihrer Schulzeit.

Dickie, dem alles im Leben mit leichter Hand zu gelingen schien, dem die Frauen aufgrund seines verspielten Charmes zu Füßen lagen, der es natürlich zum Geschäftsführer eines weltweit agierenden Unternehmens gebracht hatte und dem der schnittige Schärenkreuzer aus Mahagoni gehörte, der in der Marina von Eckernförde nun auf Thomas wartete. Ein Boot für Liebhaber. Eine kleine Schönheit, wie er fand.

Sie kannten sich seit der gemeinsamen Schulzeit auf dem Gymnasium. Auch hier war Dickie ein Überflieger gewesen. Während Thomas sich noch mit den Hausaufgaben abmühte, war Dickie schon mit anderen Freunden unterwegs und hatte dennoch die besseren Noten, ja sogar die besten Noten in der Klasse. Wie hatte er das bloß immer gemacht?

Thomas war wegen zu schlechten Betragens der Schule verwiesen worden. Schlechtes Betragen! Er konnte sich einfach nicht konzentrieren bei dem langweiligen Unterricht. Seine Gedanken schweiften umher. Er lenkte alle um sich herum mit seinen Späßen ab und hatte immer einen Schabernack im Sinn, den die anderen nur bedingt als lustig empfanden, ging er doch zu oft auf ihre Kosten.

Dickie versuchte, es ihm an Späßen und Streichen gleichzutun, und Thomas hielt gern den Kopf für seinen Freund hin. Wenn er die Strafen für Dickie einsackte, war schließlich er der Held und nicht sein Freund. Er stieg in der Achtung, nicht nur von Dickie.

Die flache schleswig-holsteinische Landschaft zog draußen am Zugfenster an ihm vorüber; in Kiel musste er nach Eckernförde umsteigen, dort wollte Dickie ihn vom Bahnhof abholen.

Seit über dreißig Jahren waren sie jetzt befreundet. Doch schlagartig traf ihn die Erkenntnis, dass er herzlich wenig über Dickie wusste. Ja, ihm war klar, was Dickie so trieb, mit wem er seine Zeit verbrachte, was er an Hobbys hatte, aber er wusste nichts über seine Gedanken oder gar Gefühle. Über so etwas sprachen sie nicht. Und Thomas wurde deutlich, dass es ihn auch nie so wirklich interessiert hatte.

Ja, sie waren auf den gemeinsamen Segeltouren ein bis zwei Wochen zusammen, aber da hatte jeder seine Aufgaben. So viel Muße für Gespräche gab es da nicht. Und sie besuchten sich zu ihren Geburtstagen. Bei Dickie war an diesem Tag immer viel los. Aber Thomas fühlte sich da wie ein Außenseiter, kaum jemand von Dickies Freunden schenkte ihm Beachtung. Und bei Thomas' Geburtstagen kamen immer die gleichen Leute: ein paar Kollegen und Fußballkameraden aus dem Verein, nicht wirklich richtige Freunde. Er gehörte nicht zu jenen Menschen, die Freundschaften pflegten.

Nach den Geburtstagsfeiern, wenn Thomas bei Dickie übernachtete, kauten sie gemeinsam die Gäste durch, und Thomas konnte an kaum jemandem ein gutes Haar lassen. Er empfand Dickies Freunde als berechnend und schmarotzend, er meinte, sie suhlten sich in Dickies Wohlstand. Die meisten der Gäste waren seiner Meinung nach unter ihrer beider Niveau. Und so traf er im folgenden Jahr kaum jemand vom Vorjahr wieder auf Dickies Festen.

Mit fünfzehn hatten sie sich kennengelernt, und mit achtzehn, nach ihren ersten desaströsen Liebeserfahrungen, hatten sie sich mit ihrem Blut geschworen, niemals zu heiraten. Niemals!

Seitdem fühlte sich Thomas eins mit Dickie. Tatsächlich gestaltete sich das Leben ohne feste Beziehungen als so viel einfacher. Der Schwur hatte immer dann eine wichtige Bedeutung für Thomas bekommen, wenn mal wieder eine Beziehung zu Ende gegangen war. Thomas hatte einfach kein Glück mit Frauen. Der häufigste Vorwurf gegen ihn war, dass er sich nicht einlassen könne. Sie vermissten »eine emotionale Tiefe«, wie ihm mal eine Lehrerin sehr deutlich zu verstehen gab. Die konnten ihn alle mal. Wozu brauchte er eine Frau?

Er stieg aus dem Zug und schaute sich auf dem Bahnsteig um. Kein Dickie weit und breit. Thomas setzte sich auf eine Bank. Fünfzehn Minuten wollte er seinem Freund geben. Unpünktlich zu sein, war nicht seine Art.

Doch Dickie kam nicht. Seinen Seesack geschultert, verließ Thomas den Bahnhof und machte sich zu Fuß auf den Weg zum Jachthafen. Es waren nur ein paar Hundert Meter. Für Ende Juni war es ungewöhnlich warm, und schon nach ein paar Schritten rann ihm der Schweiß aus jeder Pore. Er nahm den Weg über den Strand, der in Eckernförde quasi direkt an der Innenstadt lag. Er hoffte auf ein laues Lüftchen. Aber stattdessen machte das Waten durch den Sand seine Wanderung noch anstrengender. Der Weg schien immer länger zu werden. Er warf sich den Sack von einer Schulter auf die andere.

Es herrschte absolute Flaute. Und das, wo sie morgen lossegeln wollten. In Thomas stieg ein nicht erklärlicher Zorn hoch, der ihn zusätzlich erhitzte. Die äußere Hitze, gemischt mit der in seinem Innern, wurde ihm unerträglich. Und dazu quälte ihn der strapaziöse Weg und das Gewicht des Sacks auf seiner Schulter. Er hatte das Gefühl, sein Kopf wollte platzen. Die Corona-Plauze, die er sich angefuttert hatte, musste er dringend loswerden.

Die Strandkörbe waren besetzt, und dazwischen lungerten die Sonnensüchtigen auf ihren Badelaken. Erstaunlicherweise war niemand bei diesen Temperaturen im Wasser. Als er kurz stehen blieb und nach Luft japste, sah er, dass das Meer voller Quallen war. *Auch das noch!*

Endlich war er am Hafen angekommen, ließ den Seesack von der Schulter gleiten und hielt Ausschau nach Dickies Boot, der *La Gioia*.

Auf den Stegen war nichts los. Wie auch, bei der Flaute? Thomas hörte, wie ein Motor angelassen wurde. Dann tuckerte eins der Boote aus dem Hafenbecken hinaus in die Förde.

Auf einem der hinteren Stege lief eine Frau mit langen roten Haaren eilig dem Ufer entgegen. Er ging in ihre Richtung und wollte sie fragen, ob sie das Boot seines Freundes kenne. Da sah er auch schon Dickie auf dem gleichen Steg; er rief und gestikulierte der Frau hinterher. Aus der Entfernung konnte Thomas allerdings nichts verstehen. Er sah nur, dass die Frau kurz vor der Stegbrücke stehen blieb, sich zu Dickie umwandte, dann aber noch hastiger davonlief. Sie rauschte mit wehender Mähne an Thomas vorbei. *Was für ein Prachtweib!*, dachte er.

Thomas steuerte auf Dickie und sein Boot zu. Typisch Dickie, wieder die tollste Frau weit und breit abgeschleppt zu haben.

Dickie breitete freundschaftlich die Arme aus. Sie klopften sich auf die Schultern.

»Ach Tommi, tut mir leid, dass ich nicht am Bahnhof war.« Dickie hielt Thomas von sich weg und betrachtete ihn. Er grinste. »Na mein Lieber, da hast du dir aber ein ganz schönes Bäuchlein angefuttert.« Augenblicklich wurde Thomas' Laune noch schlechter. Er versuchte, sich zu beherrschen.

»Wer war das denn eben?«, fragte er, ohne auf Dickies Feixen einzugehen.

»Lass mich bloß in Ruhe mit der!« Dickie kletterte voran ins Boot.

»Wieso? Was ist denn los? Die sieht doch ganz passabel aus.« Thomas hievte seinen Seesack an Bord, zog seine Straßenschuhe aus und sprang hinterher.

»Ja, manchmal ist Aussehen eben nicht alles. Die hat 'nen kompletten Knall, sag ich dir. Ich habe mich vor etlichen Monaten von ihr getrennt, und seitdem stalkt sie mich. Und das ausgerechnet jetzt.« Dickie holte zwei Flaschen Bier aus dem Kühlfach.

»Aber jetzt erst mal einen Willkommensschluck. Du siehst aus, als ob du einen vertragen könntest.«

Sie erfreuten sich am Ploppen der Bügelverschlüsse und prosteten sich zu. Thomas ließ die kühlende Erfrischung seine Kehle hinunterrinnen. Was für ein Labsal nach der Tortur des Weges. Augenblicklich hellte das kühle Prickeln seine Stimmung auf. Schon stand ein zweites Bier vor ihm, das ebenso schnell getrunken war wie das erste.

»Seit wann bist du an Bord?« fragte Thomas.

»Bin gestern Abend angekommen und wollte schon ein bisschen klar Schiff machen. Aber dann wollte mir der Feuerteufel die Augen auskratzen, und ich kam zu nichts. Die Flaute soll bis übermorgen anhalten. Da ist ja keine Eile.«

»Dann können wir doch morgen gemeinsam das Boot klarmachen.« Thomas winkte ab, als Dickie ihm ein drittes Bier anbot. »Ich hab noch nicht viel gegessen.«

»Apropos. Wollen wir essen gehen oder uns was kochen?«

»Wir werden doch auf See kochen. Lass uns lieber auswärts essen. Wie wäre es mit *Römer und Wein*?«

»Ausgezeichnete Idee.«

Thomas machte sich frisch und zog seine weiße Leinenhose und ein neues Hemd mit hellblau-weißen Streifen an, das etwas über seinem Bauch spannte. Er ärgerte sich, dass er seine Garderobe zu Hause nicht schon einmal anprobiert hatte.

Das *Römer und Wein* lag direkt in der Fußgängerzone, und sie konnten schon von außen durch die Glasfront erkennen, dass drinnen viel los war, die Gäste saßen eng an eng. An einem der wenigen Tische erspähten sie zwei freie Stühle. Es war hier üblich, sich zu wildfremden Menschen zu gesellen. Der Wein lockerte die Zungen, und bald kamen Thomas und Dickie mit den anderen ins Gespräch – auch Segler, die auf Wind warteten.

Nach zwei angeregten Stunden gingen die beiden zurück zum Schiff, um dort noch in Ruhe den Rotwein zu trinken, den sie aus dem Lokal mitgenommen hatten.

Mittlerweile war es etwas kühler geworden, und sie setzten sich mit ihren Gläsern aufs Deck.

Dickie räusperte sich. »Tommi, ich muss dir was gestehen.« Er räusperte sich erneut. »Ich werde nach unserer Segeltour heiraten.«

Thomas spürte einen Knacks in seinem Kopf, in seinem Körper. Nichts fühlte sich mehr so an wie vor dreißig Sekunden. Er verschluckte sich an seinem Wein. Auch heftigstes Husten brachte keine Linderung. Er keuchte und stöhnte, und er glaubte zu ersticken.

Dann versetzte Dickie ihm einen kräftigen Schlag auf den Rücken, und der Anfall war vorüber. Nur das Rauschen in seinem Schädel hielt an. Da war er wieder, dieser unbändige Zorn, der ihn manchmal wie aus heiterem Himmel ergriff und ihn unfähig machte, angemessen zu fühlen oder zu reagieren. Stocksteif saß er da, wie eingefroren. Er hatte das Gefühl, unter einer Glasglocke zu sitzen.

Dickie schien nichts zu bemerken und plapperte begeistert über die kommenden Details. Er freute sich tatsächlich auf die Hochzeit, auf die Ehe mit Maja, wie sie hieß, und auf Kinder, die sie vielleicht sogar bekommen würden. »Sie ist einfach die Richtige. Das wusste ich vom ersten Moment an. So was spürt man einfach.«

Thomas versuchte, tief ein- und auszuatmen, so, wie er es gelernt hatte.

Dann stürzte er seinen Rotwein in einem Schluck hinunter und goss sich gleich noch nach.

»Ich freu mich für dich.« Thomas stellte die Weinflasche mit einem lauten Wumms auf die Bank.

Wie konnte das sein? Dickie schien den vor Jahrzehnten geleisteten Schwur einfach vergessen zu haben.

»Dann bin ich doch hoffentlich dein Trauzeuge.« Das sollte das Mindeste sein, dachte Thomas.

Verlegen verhaspelte sich Dickie. »Ähm … eigentlich hatte ich an Majas Bruder gedacht, der uns überhaupt zusammengebracht hat. Den kennst du auch, von meinen Geburtstagen.«

Das Rauschen in Thomas' Kopf wurde lauter. »Ich hau mich jetzt aufs Ohr.« Er stieg hinab in die Kajüte, tat aber kein Auge zu. Seine zornigen Gedanken kreisten wie ein wiederkehrendes Mantra in seinem Kopf. Was war bloß los mit ihm?

Eine halbe Stunde später hörte er Dickie die Kajüte betreten und rollte sich mit dem Gesicht zur Wand. Irgendwann musste er dann doch eingeschlafen sein.

Als er am nächsten Morgen erwachte, fühlte er sich wie gerädert, als ob jemand einen Schraubstock um seinen Kopf festzog. Er wälzte sich aus der Koje und suchte nach Wasser. Dickie hatte eine Kiste neben die Treppe gestellt. Thomas drehte eine Flasche auf und trank gierig. Das Wasser war warm und erfrischte ihn kaum.

Auch Dickie wurde wach. Er nahm ihm die Flasche aus der Hand und trank ebenfalls mit großen Schlucken. Dann legte er die Flasche in das Kühlfach.

Schweigend hantierte er am Herd mit der Espressokanne. Nach ein paar Minuten fauchte die Kanne. Er goss den Kaffee ein, von dem sie schweigsam nippten.

Dickie stand kurz auf, kramte aus der Truhenbank unter sich einen Leinenbeutel hervor und stellte ihn auf den Tisch.

»Guck mal rein«, forderte er seinen Freund auf.

Thomas stellte seine Tasse ab und öffnete den Beutel. Ungläubig schaute er Dickie an. Dann griff er die unteren Enden des Beutels und schüttete einen Riesenhaufen Geldscheine auf den Tisch. Dickie grinste verschmitzt.

»Wenn wir in Schweden angekommen sind, werde ich

ein Haus dort kaufen. Als Hochzeitsgeschenk für Maja.« Er strahlte.

»Mit Bargeld?«, fragte Thomas ungläubig. »Warum schleppst du denn so viel Geld mit dir rum? ... Wie viel ist es denn?«

»Das sind ein paar meiner Gratifikationen, die ich in den letzten Jahren abgezweigt habe.« Das Wort Gratifikation setzte Dickie mit den Fingern in Gänsefüßchen. »Dreihunderttausend. Die können natürlich nicht auf einem Bankkonto erscheinen.«

Er zückte sein Smartphone, öffnete die Foto-App und hielt Thomas ein Foto von einem Häuschen vor die Nase.

»Hier, das ist es.« Er wischte mit seinem Finger weitere Fotos über den Bildschirm. Thomas sah ein allein stehendes Haus inmitten von rauer Natur. Das mussten die Schären sein.

Diese Maja hat ihm doch mit ihrem Sternenstaub komplett das Gehirn weggepustet, dachte er. Sein Freund entglitt ihm. War nicht mehr Teil von seinem Leben. Traf Entscheidungen, ohne ihn einzubeziehen.

Da war es wieder, das Rauschen in Thomas' Schädel. Er war unfähig, etwas zu sagen.

Dickie schloss die App und legte das Telefon beiseite.

»Also, wenn wir sowieso nicht segeln können, mache ich mich mal auf den Weg durch die Stadt. Brauchen wir noch was?« Thomas musste fliehen, musste nachdenken. Der gestrige Abend und das eben Gehörte hatte alles zwischen ihnen verändert.

»Ja, Tommi, wenn du zum *Jachtsport* gehst, guck doch nach 'nem neuen Fender. Einer der alten ist perdu gegangen.« Dickie stemmte sich aus der Kajüte, während Thomas sich kurz wusch, anzog und dann ebenfalls an Deck kletterte. Dickie hielt ihm den orangefarbenen Kugelfender entgegen.

»Mach ein Foto davon, dann weißt du, was du kaufen musst.«

»Sag mal, hältst du mich für blöd?« Zu dem Rauschen in Thomas' Kopf gesellte sich jetzt ein Klingeln in den Ohren.

»Da hat aber jemand schlechte Laune heute Morgen«, feixte Dickie. »Du verträgst wohl keinen Alkohol mehr.«

»Das wird es sein«, antwortete Thomas kurz angebunden. »Oder dein Kontrollzwang«, raunte er leise hinterher. Er verließ das Boot.

Dickie rief ihm hinterher »Und bring doch auch eine Flasche Sherry mit.«

Eigentlich ein schöner Seemannsbrauch, vor dem ersten Segelsetzen einen ordentlichen Schluck Sherry aus der Flasche zu trinken. Obwohl Thomas gerade nicht danach war.

Am Ochsenkopf teilte sich die Fußgängerzone, und er nahm den rechten Abzweig.

Vor vielen Jahren hatten Hunderte von Kindern ihre Fußabdrücke in Tonquadern hinterlassen. Der Ton war gebrannt worden und die fertigen Klinker in das Straßenpflaster eingepasst. Er folgte den Kinderfußspuren in entgegengesetzter Richtung bis zum *Kaffeehaus Heldt*. Er brauchte ein ordentliches Frühstück, das würde seine Gedanken aufklaren. Denn noch immer begleiteten ihn das Rauschen und Klingeln in seinem Kopf. Er liebte die gediegene Atmosphäre in dem Café. Einmal hatte er hier sogar oben in einem der Appartements übernachtet, als er einen Tag zu früh angekommen war und noch nicht aufs Boot konnte.

Seine schlechte Stimmung hielt an, das konnte auch das üppige Frühstück nicht ändern. Er fühlte sich von Dickie verraten. *Wie konnte er nur!*

Bilder stiegen in Thomas auf, wie er Dickie die Meinung sagen würde, wie dieser ganz ahnungslos tun würde, wie er im Gegenteil über ihn lachen würde, wie ernst er den einstigen Schwur nehmen würde, wie Thomas seine Sachen packen und wieder nach Hause fahren und Dickie mit seinem Scheißsegelboot allein lassen würde.

Thomas bezahlte und widerstand, eingedenk seiner neuen Leibesfülle, der Versuchung, sich mit dem hauseigenen Marzipan einzudecken. Es war schon Mittag, als er das *Heldt's* verließ; die Hitze schlug ihm ins Gesicht. Sein Körper entgiftete den Alkohol, und ihm lief das Wasser den Rücken hinab. Er hasste Schwitzen!

Er guckte im Schaukasten des Museums auf der gegenüberliegenden Straßenseite, ob es eine interessante Ausstellung gab. Und vielleicht hatten sie dort auch eine Klimaanlage. Aber abstrakte Malerei interessierte ihn nicht. Er querte den Rathausmarkt und fädelte sich rechts wieder in die Fußgängerzone ein. Am Gänsemarkt nahm er den Weg links Richtung Strand, in der Hoffnung, sich im Wasser etwas abkühlen zu können.

Nur hatte er vergessen, dass das Wasser voller Quallen war. Er zog sich bis auf die Badehose aus, setzte sich auf sein Oberhemd und ergab sich der Hitze. Die gleißende Sonne machte ihn mürbe.

Dass er einfach die Segel strich und abhaute, wäre eine zu geringe Strafe für Dickie. Diese Vorstellung befriedigte ihn nicht, und so sann er weiter darüber nach, was zu tun war.

Er stellte sich einen handfesten Streit vor, bei dem die Fäuste flogen. Wie sie sich auf dem engen Boot ineinander verkeilten, stellte sich ihren schnaufenden Atem vor, stellte sich vor, wie sich einer von ihnen den Kopf an der Tischkante blutig schlug. Auch diese Bilder beruhigten ihn nicht.

Er sah sie endlich lossegeln, sah Dickie an der Takelage herumfummeln, sah sich eins der Ruder schnappen, die immer für den Notfall an Bord waren, und mit dem Stiel über Dickies Schädel schlagen. Er sah es ganz lebendig vor seinem inneren Auge.

Thomas stand auf, rieb sich den Sand von den Beinen und zog sich wieder an. Er versuchte, sein Gehirn von diesen zwanghaften Gedanken zu befreien.

Zurück in der Stadt, versagte sein Kreislauf. Seine Knie gaben nach, und er stützte sich an einer Hauswand ab. Was war bloß los mit ihm? Atmen, zählen. Einatmen eins, ausatmen eins, einatmen zwei, ausatmen zwei … Wieder am Gänsemarkt holte er sich in der *Boulangerie Rustique* einen doppelten Espresso und ein Glas Wasser und setzte sich damit an einen der Tische unter einem Sonnenschirm. Endlich Schatten. Ein schöner, kleiner Platz abseits der Einkaufsmeile mit ein paar Bäumchen, einer Buchhandlung, einem Obst- und Gemüsestand und einem Blumengeschäft. Um sich abzulenken, beobachtete er die Passanten, die die Fußgängerzone hinauf- und hinabströmten.

Was aber sollte er mit Dickies totem Körper anstellen? Er musste mit seinem Plan warten, bis wieder Wind aufkäme und er hinaus in die Förde segeln konnte.

Dann würde er an Bord stehen, winken und rufen: »Mann über Bord«, aber würde man ihn beachten? Im besten Fall würde man ihm zurückwinken. Also müsste er eine Leuchtrakete abschießen. Er würde dann erklären, dass seinem Freund bei einer Halse der Baum an den Schädel geschlagen und ihn von Bord gerissen hätte.

Thomas schüttelte seinen Kopf wie ein Hund, um die kruden Gedanken loszuwerden. Er brachte sein Geschirr zurück.

Im nächsten Supermarkt kaufte er eine Flasche Sherry.

Er fühlte sich erleichtert, ja, fast war er heiterer Stimmung.

Um den Fender im *Jachtsport* zu besorgen, überquerte er die Brücke des Hafenbeckens zum Stadtteil Borby. Die Quallen ließen das Wasser in einem silbrigen schleimigen Grau schimmern, wie ein Meer voller Spucke. Rechts von der Brücke lag das Geschäft, dessen Fassade ochsenblutrot gestrichen war. Draußen hingen schon ein paar Fender, aber nicht der, den Thomas brauchte. Für die Touristen, die nicht segelten, gab es hier auch maritimen Nippes: dekorativ verknotete Taue, blank polierte Steuerruder-Uhren, Hängeleuchten aus mattiertem Messing – aber eben auch Seglerbedarf. Er blickte sich um und fand den passenden Fender.

In einem der Regale lagen diverse Ruder, einzeln und als Paare. Er zog das eine und andere heraus und prüfte, wie es in seiner Hand lag, ob es sich für seine Pläne eignete.

Als er in Richtung Marina zurückkehrte, erblickte er schon von Weitem wieder den Feuerteufel, wie Dickie die Frau genannt hatte, von der *La Gioia* den Steg entlangstürzen, die langen Locken wie einen Schweif hinter sich herziehend. Wenn Dickie sie nicht will … Thomas ging schneller, um sich ihr in den Weg zu stellen und sie anzusprechen. Aber sie schoss an ihm vorüber, ohne ihn zu sehen, ja überhaupt wahrzunehmen. Ihrem Gesichtsausdruck nach zu urteilen konnte sie sich mit der Trennung von Dickie nicht abfinden. Sie wirkte aufgeregt, beinahe kopflos; ein wirrer Blick aus roten, verheulten Augen.

Es hätte ihm klar sein müssen: Mit Dickie konnte er nicht mithalten.

Wieder mal frustriert schlenderte er zum Boot zurück. Es war erstaunlich ruhig. Er hätte Geräusche erwartet, von Dickie, der putzte, irgendetwas reparierte oder die Segel kontrollierte. Aber es herrschte eine geradezu leere Stille an Bord.

»Dickie! Ich bin wieder da.«

Keine Reaktion.

Was war los?

Er stieg hinab in die Kajüte und stellte seine Einkäufe ab.

Dickie musste nur kurz weggegangen sein, denn die Kajüte war offen. Vielleicht war die Rothaarige deshalb so aufgeregt gewesen, weil sie ihn nicht angetroffen hatte.

Er stellte den Sherry in das Fach der Bank. Der Leinenbeutel mit dem Geld lag noch darin. *Dickie war aber auch unvorsichtig!*

Dann erblickte er Dickies Körper hinten bei den Kojen auf dem Boden. Unter ihm breitete sich eine Blutlache aus. Thomas eilte zu ihm hin und bemerkte das Loch in seinem Kopf. Schnell hielt er ihm die Finger an die Halsschlagader, aber da tat sich nichts mehr. Den Blick aus den leeren, blutverschmierten Augen, die ihn anstarrten, konnte Thomas nicht aushalten.

Er ließ sich auf der Bank am Tisch nieder. Dickie war tot.

Er wartete auf eine Panikattacke, aber nichts passierte.

Im Gegenteil, Thomas atmete völlig ruhig, ohne sich darauf konzentrieren zu müssen.

Ach, so ein kleines Häuschen in den Schären … Aus der Bank unter sich holte er den Beutel mit dem Geld und verstaute ihn in seinem Seesack. Dann machte er sich auf zum Hafenmeister, um Dickies Tod dort zu melden.

GÖTTERGABE

Eva Jensen

Haddebyer Noor

Im Schilfgürtel ist alles still. Weder das Schnattern der Krickenten noch das Klicken der Blesshühner ist zu hören. Wenn ein Fuchs oder ein Marderhund am Ufer entlangstreichen würde, würden die Vögel einander warnen. Ebenso, wenn sich ein Jäger ins Haddebyer Noor verirrt hätte. Außerdem hört er kein Platschen von Gummistiefeln, kein Knicken und Brechen der Halme. Nur die Stimmen der Krähen in den Bäumen. Sie klingen heute anders als sonst. Aufgeregt. Zornig.

Etwas stimmt nicht. Das spürt er, kaum dass er die Schwelle seiner Tür überschritten hat. Er hebt den Kopf und saugt die Luft ein, tief in seine Lunge. Es riecht wie jeden Morgen nach feuchter Erde, nach grünem Schilf, dem Wasser der Schlei. Doch da ist noch ein anderer, unangenehmer Geruch in der Luft. Es riecht nach Tod.

Sanft gleitet der Morgenwind über das Ried hinweg wie eine Hand, die über ein Tierfell streicht. Etwas verwest in unmittelbarer Nähe. Kein unvorsichtiger Hase, der sich zu weit in den Schilfgürtel gewagt hat und dort ertrunken ist. So wie es riecht, muss es größer sein.

Er geht auf den schmalen Bootssteg hinaus und lässt

sich von seinem Ende hinab ins Wasser gleiten. Das Noor ist an dieser Stelle nicht tief, es reicht ihm gerade bis zur Hüfte. Er watet hinaus, fühlt die Steine unter seinen nackten Füßen, den Schlick. Winzige Fische fliehen vor ihm ins offene Wasser, während er mit den Armen das Schilf teilt. Der Geruch wird stärker. Die letzten Zweifel, dass er sich dem Tod nähert, sind nun beseitigt. Und dann sieht er es.

Ein Mensch. Er treibt mit dem Gesicht nach unten im Wasser. Wie er hierherkommt und warum, bleibt offen. Nur weshalb der Tote nicht weitergetrieben ist, ist klar ersichtlich – eine Kordel ragt unter der Jacke hervor und ist an einem unter Wasser liegenden Ast hängen geblieben. Wie ein Boot, das festgemacht wurde, damit er es findet.

Die Ordnung des Noors ist gestört, und es ist seine Aufgabe, sie wiederherzustellen.

***

Kriminalkommissar Peter Johannsen ist müde. So müde war er zuletzt, als die Kinder noch klein waren und wegen Koliken keine Nacht durchgeschlafen haben. Das ist jetzt allerdings schon etliche Jährchen her, neunundzwanzig, um genau zu sein. Seine älteste Tochter feiert in einer Woche ihren dreißigsten Geburtstag. In der Polizeiinspektion Schleswig ist die Hölle los, trotz der Sommerferien, in denen sich die Schleswig-Holsteiner normalerweise auf den Rest Deutschlands und Europas verteilen. Diesen Sommer ist alles anders. Alle kommen hierher, in das Land zwischen den Meeren, an die Schlei – mit großen Ansprüchen und nicht immer lupenreinen Absichten. Peter reibt sich die Stirn, er kann kaum noch die Augen aufhalten. Seit drei Tagen hat er kaum geschlafen, nur mal zwischendurch für eine Stunde, mit dem Kopf auf den Armen auf seinem Schreibtisch.

Beim alljährlichen Sommermarkt auf dem Gelände des Museums in Haithabu sind am Wochenende trotz eingeschränkter Besucherzahlen und verdeckter Polizeipräsenz Taschendiebe unterwegs gewesen – ein besonders dreister Ganove hat sogar die Tageseinnahmen eines Händlers gestohlen. Seit zwei Tagen ist einer der Kollegen bloß damit beschäftigt, die Anzeigen der Geschädigten aufzunehmen. Vier Jugendliche haben an den Königswiesen einen Obdachlosen krankenhausreif zusammengeschlagen. Und dann ist da noch der spektakuläre Einbruch bei dem bekannten Facharzt für Plastische Chirurgie Peer Gustavsson, dem reichsten Einwohner von Schleswig. Vor etwas mehr als einer Woche ist ein Einzeltäter in die Villa auf der Haddebyer Seite der Schlei eingedrungen, hat gekonnt sämtliche Alarmanlagen ausgeschaltet, den Safe geknackt und alles an Schmuck mitgenommen, was Gustavsson und seine Lebensgefährtin im Haus aufbewahrt haben – geschätzter Wert der Beute laut Versicherungssumme etwa eine Million Euro. Gustavssons Anwalt und die Versicherung rufen seit einer Woche im Schnitt jede halbe Stunde im Wechsel an und fragen nach Ermittlungsfortschritten, die es leider nicht gibt. Wie denn auch. Sie sind ohnehin chronisch unterbesetzt, und jetzt, mitten in den Schulferien, ist die Chefin mit ihrer Familie im wohlverdienten Urlaub. Zur Krönung hat Kollege Rudi Steinhaus es tatsächlich geschafft, sich beim Anbau eines neuen Spoilers an seinen Opel Manta die Flex in den Fuß zu jagen. Ihn hat Peter allerdings aus dem Krankenstand zurückbeordert. Das ist zwar nicht ganz legal, aber leider notwendig. Mit dem dicken Verband am Fuß kann der Rudi zwar keine Verbrecher verfolgen, aber für den Innendienst reicht es. Zum Beispiel, um die verstockten Jugendlichen zu vernehmen. Das ist genau das, was der Rudi richtig gut kann.

Zu allem Überfluss hat Peter seit gestern auch noch Zahnschmerzen. Es ist so ein unangenehmes, widerliches Ziehen im linken Unterkiefer, das kommt und geht. Bestimmt droht ihm eine Wurzelbehandlung. Schließlich kommt immer alles zusammen.

»Guten Morgen, Piet.« Katja Greve ist zum Dienst erschienen und stellt eine Papiertüte mit dem Aufdruck einer Schleswiger Bäckerei sowie einen riesigen Pappbecher vor ihn hin. Es duftet verführerisch. »Ein extragroßer Latte und ein Laugenbrötchen mit Schinken.«

Nach fast zehn Jahren enger Zusammenarbeit kennt sie seine Vorlieben. Sie lässt sich auf ihren Stuhl ihm gegenüber fallen. Sie hat geduscht, ihr kurzes dunkles Haar ist noch leicht feucht. Nachdem sie sich gestern bestimmt zum hundertsten Mal gemeinsam die Aufnahmen der Überwachungskameras aus Gustavssons Haus angesehen haben, hat er sie um Mitternacht zum Schlafen nach Hause geschickt. Jetzt sieht sie fast erholt aus.

»Gibt es was Neues?«

Peter nimmt den Pappbecher, schlürft den noch warmen Milchschaum und schüttelt den Kopf.

»Keine Spur von Gustavssons Einbrecher oder der Beute. Den voneinander abweichenden Beschreibungen nach zu urteilen haben wir es in Haithabu mit einer ganzen Bande von wenigstens sechs Mitgliedern zu tun. Im Jachthafen wurde Vandalismus an einem Motorboot gemeldet. Sven und Annika sind gerade los und gehen der Beschwerde nach. Und Rudi verhört unten immer noch diese Vollpfosten. Mein Gott. Siebzehn! Dumme Gören. Wenn du denen eine getrocknete Erbse ins Ohr steckst, würde es beim Nicken klappern.«

Katja lacht. Dann klingelt das Telefon, und sie nimmt ab. Ihr Gesicht wird ernst. Und noch bevor sie auflegt, weiß er schon, dass ihm nicht gefallen wird, was sie gleich sagt.

»Wir müssen zu Odin's am Haddebyer Noor. Da liegt offenbar eine Leiche im Schilf.«

Da hat aber jemand aufgepasst, denn ein Toter hat ihnen in der aktuellen Sammlung noch gefehlt.

Peter öffnet die Brötchentüte, atmet den Duft von frischem Laugengebäck und Schinken ein und legt alles wieder auf seinen Schreibtisch. Der Hunger ist ihm gerade vergangen. Mehr als das. Jetzt ist ihm sogar übel.

Als sie bei dem beliebten Restaurant ankommen, ist es kurz vor neun Uhr. Normalerweise drängeln sich am Odin's die Touristen, die nach ihrem Besuch im Museum Haithabu hier einkehren, um regionale Spezialitäten mit Wikingerflair zu genießen. Um diese Zeit aber ist es ruhig hier. Der Hofladen des Restaurants hat schon geöffnet, doch im Geschäft ist nur ein Kunde – ein Mann in maßgeschneidertem grauen Anzug, der das Frühstückspaket für sechs Personen kauft.

»Moin, Johannsen, Kripo Schleswig, meine Kollegin Frau Greve.« Peter und Katja zücken ihre Ausweise und zeigen sie dem jungen Mann hinter dem Tresen, der mit seinem Vollbart, den tätowierten Armen und den goldenen Ohrringen viel besser in das Ambiente passt als der Kunde eben. »Sie haben uns angerufen.«

»Nee, nicht wir. Das war Birger.«

»Wer?«

»Birger Schmidt. Er kam vor etwa einer halben Stunde hierher, um Sie anzurufen. Er hat nämlich kein Telefon.«

Katja und Peter sehen sich verblüfft an, der junge Mann grinst.

»Ja. Das gibt es tatsächlich. Sie werden auch gleich sehen, warum. Birger wartet auf der Bank hinterm Haus auf Sie.«

Wenn der Verkäufer in Odin's Hofladen in das Umfeld passt, so fühlt sich Peter beim Anblick des Mannes auf der Bank in eine andere Zeit versetzt. Er trägt ein schlichtes Hemd ohne Ärmel aus einem groben, ungefärbten Stoff und eine Art braunen Kilt. Die Schuhe an seinen Füßen hält Peter für nichts anderes als mit Schnur festgebundene, schlammverkrustete Lederlappen. Sein weißes Haar ist lang und der Vollbart kunstvoll geflochten. Außerdem lehnt ein knorriger Stock neben ihm an der Bank, den ein Vogelschädel und Fellfetzen krönen.

Peter tauscht mit Katja einen vielsagenden und gleichzeitig hoffnungsvollen Blick. Möglicherweise gibt es den Toten gar nicht, und nicht die Kripo, sondern die Psychiatrie ist zuständig.

»Moin, Johannsen und Greve, Kripo Schleswig. Sie haben …«

»Ihr habt lange gebraucht. Und wo sind die Wagen der Rechtsmedizin und der Spurensicherung?«

Peter ist so verblüfft, dass er versäumt, diesen Birger Schmidt auf das unpassende Du hinzuweisen.

»Die benachrichtigen wir erst, wenn wir uns von der Notwendigkeit überzeugen konnten.«

»Na dann.« Der Mann steht mit einer Geschmeidigkeit auf, um die Peter ihn beneidet, dabei ist er mindestens zehn Jahre älter als er selbst. »Kommt, ich bringe euch hin.«

»Moment.« Endlich erinnert sich Peter wieder daran, wer er ist. »Das mit dem Du lassen Sie mal ganz schnell wieder. Und wie heißen Sie?«

»Eigentlich bin ich ein Kollege von euch. Ex-Kollege, um genau zu sein. Und auf meinem Personalausweis steht Birger Schmidt. Das wird euch aber auch schon Sven aus dem Laden erzählt haben. Oder wollt ihr testen, ob ich mich noch an meinen Namen erinnern kann?«

Er lächelt, wissend und spöttisch zugleich, und Peter ist sprachlos. Ex-Kollege? Das wird er nachprüfen, sobald sie wieder in der Polizeiinspektion sind.

»Keine Sorge, hier oben«, Birger tippt sich gegen die Schläfe, »funktioniert alles bestens. Und nun kommt, wir haben einen Fußmarsch vor uns.«

»Wir nehmen das Auto.«

»Das wird euch nichts nützen. Es gibt keine Straße, die ins Noor führt. Nur einen Fußweg. Da müsst ihr schon eure Beine bemühen.«

Tatsächlich entpuppt sich der Weg als schmaler, verschlungener Pfad. Er führt direkt am Noor entlang, und oft müssen sie sich an dichtem Schilf vorbei und durch Pfützen kämpfen. Peter flucht innerlich, als ihm Wasser und Schlamm in die Schuhe laufen. Katja trägt wenigstens ihre Bikerstiefel, wie meistens. Doch auch sie droht ständig auszurutschen. Während der alte Wikinger vor ihnen so sicher und zügig dahinschreitet, als würde er auf ebener Straße laufen. Immer wieder bleibt er stehen, um auf sie zu warten, während Peter sich den Schweiß von der Stirn wischt. Jetzt weiß er endlich, wozu dieser groteske Stab dient. Er beneidet den komischen Kauz darum. Und trainieren sollte er wohl auch mal wieder.

Endlich erreichen sie ein Haus. Obwohl, eher ist es eine Hütte, wie sie auch im Museumsdorf in Haithabu stehen: Die Wände bestehen aus Lehm und Holz, das Dach ist mit Reet gedeckt. Ein Zaun aus Weidengeflecht umgibt einen Garten, in dem in ordentlichen Reihen Gemüse und Kräuter wachsen.

»Und wo haben Sie die Leiche gefunden?«

»Gleich dort vorne, wo das Schilf falsch steht. Kommt.«

Sie folgen dem Alten zum Steg, der aus rohen, kaum bearbeiteten Baumstämmen besteht.

»Von hier aus sieht man ihn nicht. Ihr müsst schon ins Wasser gehen.«

Peter nickt. »Okay, ich mach es.«

Er zieht sich die ohnehin völlig durchnässten Schuhe aus, auch seine Jeans ist fast bis zu den Knien mit Schlamm bespritzt. Er reicht sie Katja, dann lässt er sich in das Wasser hinunter.

»Jetzt wisst ihr, warum ich einen Kilt trage.« Die Schadenfreude kann der Alte kaum verbergen.

Peter watet durch das Schilf. Zum Glück ist es sommerlich warm, die Temperatur des Wassers gerade erträglich. Doch es riecht unangenehm. Und dann sieht er den Toten. Er treibt auf der Wasseroberfläche, die Arme vor sich ausgebreitet, als würde er mit einer Waffe bedroht.

»Katja?« Seine Stimme klingt hier mitten im Ried lauter, als er dachte. »Rufe die Rechtsmedizin und die Spurensicherung an. Und sag ihnen, sie sollen wasserfestes Equipment mitbringen. Und ein Boot.«

Etwas später sitzt Peter vor Birgers Hütte. Er wartet auf die Kollegen, denen Katja entgegengeht, um sie zu dem abgelegenen Fundort zu begleiten. Denn darin muss er Birger zustimmen, hierher kommt kein Wagen. Es ist kaum zu glauben, dass er sich mitten in Schleswig-Holstein befindet. Um ihn herum herrscht Stille – wenn man von den zahlreichen Vogelstimmen und dem Summen der Insekten absieht. Die Hühner scharren zu seinen Füßen nach Würmern, irgendwo blökt ein Schaf. Eine Idylle wie aus einer anderen Welt. Birger kommt aus der Hütte und reicht ihm einen Becher, der vermutlich von ihm selbst getöpfert worden ist. Dampf steigt auf. Peter nimmt das Gefäß, obwohl es eigentlich viel zu warm ist für einen Tee.

»Sie wohnen hier das ganze Jahr?«

Der alte Mann nickt.

»Und wovon leben Sie?«

»Hier draußen bin ich autark – direkt hinter dem Haus ist ein Plumpsklo, eine Quelle ist kaum zwanzig Meter von der Haustür entfernt, meine Kochstelle ist gleichzeitig meine Heizung. Ich brauche weder Strom noch fließendes Wasser oder Gas. Meine Hühner liefern Eier und gelegentlich Fleisch, meine vier Schafe stehen auf einer kleinen Wiese, nicht weit von hier. Von ihnen bekomme ich Milch und Wolle. Mein Gemüse baue ich selbst an, Fisch fange ich in der Schlei, Kleidung und Geschirr stelle ich selbst her. Das Brennholz bekomme ich von den Bauern in der Umgebung. Ich tausche es gegen Gefälligkeiten. Abgesehen davon brauche ich nicht viel. Außerdem ...« Er lächelt, und dabei bilden sich viele sympathische Fältchen um seine Augen. »Es gibt tatsächlich viele zivilisationsmüde Menschen, die mich aufsuchen und um Rat bitten, wie sie ihren persönlichen Stress reduzieren können.«

»Und? Was raten Sie denen?«

»Trennt euch von euren Smartphones.«

Peter seufzt.

»Wenn es nur so einfach wäre!«

»Es ist einfach. Ich habe auch damit angefangen, vor fünfzehn Jahren. Raus aus dem Polizeidienst, raus aus der Tretmühle. Seitdem lebe ich in der Natur und mit den Jahreszeiten und bin zufrieden.« Er deutet auf den Becher. »Trink. Das wird dir guttun.«

Argwöhnisch riecht Peter an dem Gebräu. Er weiß

nicht so recht. Da meldet sich zum Glück das Smartphone in seiner Tasche.

»Johannsen?«

»Peter? Hier ist Rudi. Gustavssons Anwalt hat gerade angerufen. Du sollst ihn so schnell wie möglich zurückrufen. Die Versicherung will eine Bescheinigung mit der Liste der gestohlenen Schmuckstücke.«

»Hatten wir die nicht schon längst ausgestellt?«

»Ja, aber da fehlte etwas. Irgendein Collier von so einem italienischen Juwelier. Das haben sie vergessen anzugeben.«

Peter reibt sich den Unterkiefer. Die Zähne dort melden sich wieder auf unangenehme Art. Aber jetzt hat er keine Zeit, zum Zahnarzt zu gehen. Vielleicht in zwei Wochen, wenn die Chefin wieder da ist …

»Ich rufe den Anwalt nachher an. Jetzt kümmere ich mich um die Leiche im Noor.«

Das Geräusch eines Außenbordmotors nähert sich, zeitgleich tauchen die Kollegen der Rechtsmedizin und der Spurensicherung auf. In ihren Anzügen und mit der schweren Ausrüstung wirken sie wie die Mitglieder einer Expedition, die extraterrestrisches Gelände erkunden soll. Es dauert eine Weile, bis der Tote aus dem Schilf befreit und geborgen ist, sodass ihn der Rechtsmediziner für einen ersten Eindruck untersuchen kann.

Peter schaut auf die Leiche hinab, über die sich gerade der Arzt beugt, und ist überrascht.

Es ist eine Frau, und er kennt die Tote. Nora Fellner. Seit drei Jahren wird sie für spektakuläre Juwelendiebstähle in ganz Schleswig-Holstein verantwortlich gemacht, ohne dass man ihr bisher etwas nachweisen konnte. Nun treibt sie in der Schlei mit dem Gesicht nach unten. Warum? Und warum hier? Ein Unfall?

»Wie lange liegt sie schon im Wasser?«

Der Rechtsmediziner pfeift leise vor sich hin, zuckt mit den Schultern.

»Dem Aussehen ihrer Haut nach und weil sie auf dem Wasser getrieben ist, schätze ich drei, vielleicht vier Tage. Genaues erst nach der Obduktion.«

»Wären auch fünf oder sechs Tage möglich?«

»Theoretisch …«

Das reicht Peter. Zumindest vorläufig. In seiner Fantasie sieht er Nora Fellner mit der Beute aus Gustavssons Haus laufen und in ein Boot steigen. Dann rutscht sie aus, schlägt sich den Kopf an, fällt ins Wasser und ertrinkt.

»Ist Ihnen irgendetwas aufgefallen?«, fragt er Birger nun schon zum dritten Mal. »Geräusche, Stimmen, ein führerloses Boot an einem der vergangenen Tage? Nachts?«

Birger schüttelt den Kopf.

»Ich sagte doch schon. Heute früh war sie plötzlich da. Sie muss in der Nacht hierher getrieben worden sein. Vielleicht aus Richtung Haithabu.«

Das kann nicht sein, denkt Peter. Gustavssons Villa liegt in der anderen Richtung.

»Danke.« Katja und Peter verabschieden sich von Birger. »Wie können wir Sie erreichen, wenn wir noch Fragen haben?«

»Ich bin regelmäßig bei Odin's und hole meine Post ab. Wenn ihr dort anruft, geben sie die Nachricht an mich weiter. Außerdem kennt ihr ja mittlerweile den Weg hier raus.«

Peter reicht ihm die Hand.

»Du hättest den Tee trinken sollen«, sagt Birger. »Pass auf dich auf, Kollege.«

Es ist sechs Uhr abends. Die Leiche der Toten im Noor ist mittlerweile anhand des Zahnstatus zweifelsfrei identifiziert. Es ist tatsächlich Nora Fellner. Dass ausgerechnet eine tote Einbrecherin in das Noor gespült worden ist, ist in diesem Fall natürlich von besonderer Bedeutung – ihrer Vermutung nach sind Fellners Spezialität Einbrüche in hochgesicherte Häuser. Sie hinterlässt dabei keine Spuren. Und wenn die leer geräumten Safes und Schmuckschatullen nicht wären, wüssten die Bestohlenen nicht einmal, dass ein Dieb in ihrem Haus gewesen ist. Als ob sie genau wüsste, wo sie ihre Beute findet. So wie im Fall von Peer Gustavsson. Dass es Nora Fellner gibt, wissen sie überhaupt nur von einem Hehler, den sie vor Kurzem wegen einer anderen Sache geschnappt haben. Für ein paar Monate weniger im Knast hat er ihnen von Nora erzählt, ihnen sogar ihr Foto gezeigt.

Und jetzt ist sie tot.

Peter liest erneut den vorläufigen Obduktionsbefund. Nora ist ertrunken. Aber warum? Wollte sie über die Schlei flüchten und stellte dann erst fest, dass sie nicht schwimmen kann? Hat sie im Wasser einen Krampfanfall gehabt? Wadenkrämpfe? Ein paar Befunde stehen noch aus.

Peter geht es gar nicht gut. Ihm ist übel, und die ziehenden Schmerzen in seinem Kiefer sind stärker geworden. Er mag nichts essen, und eigentlich würde er sich gern hinlegen, eine Stunde wenigstens, aber der Fall scheint kurz vor der Aufklärung zu stehen. In Noras Hosentasche haben sie ein durchweichtes Stück Papier gefunden, das noch Rätsel aufwirft und von dem sie sich eine Rekonstruktion von Noras letzten Stunden erhoffen. Eine andere Frage aber beschäftigt ihn besonders: Wenn Nora tatsächlich in Gustavssons Villa eingebrochen ist – wo ist dann die Beute?

Mit diesem Punkt befasst sich auch der Bürgermeister, der bereits zweimal angerufen hat, seit Noras Identität zweifelsfrei geklärt werden konnte. Der Lieblingsbürger der Stadt, der Bestohlene selbst, nimmt das Ganze hingegen erstaunlich gelassen, ebenso seine deutlich jüngere Lebensgefährtin. Es seien wohl materielle Werte abhandengekommen, aber keine Stücke von ideellem Wert. Außerdem sei der Schmuck ausreichend versichert. Sie würden morgen früh gemeinsam einen Kurztrip nach Dubai unternehmen, um den ganzen Stress für ein paar Tage hinter sich zu lassen. Wenn denn die Polizei nichts dagegen hat.

Was sollte Peter dagegen sagen? Gustavsson ist der Geschädigte, kein Verdächtiger.

Katja kommt und reicht ihm einen Zettel.

»Sie haben in Kiel das Papier identifiziert, das wir in Noras Hosentasche gefunden haben. Es handelt sich um eine Eintrittskarte für Haithabu, gelöst am Samstag, eine Stunde vor Schließung.«

»Was kann sie dort gewollt haben?«

»Keine Ahnung. Aber wir haben die Aufnahmen aus

den Überwachungskameras angefordert. Mal sehen, vielleicht helfen die uns weiter.«

Zehn Minuten später haben sie das Material und sehen sich auf ihrem Bildschirm an, wie Nora die Karte im Museum löst. Sie hat einen schwarzen Rucksack dabei, und sie können erkennen, wie sie den in einem der bereitstehenden Schränke einschließt.

»Einen Schlüssel haben wir nicht bei ihr gefunden?«

Katja schüttelt den Kopf. »Mal sehen, ob sie den Rucksack abholt. Sonst müsste er ja noch im Museum sein.«

Sie haben Pech. Laut Kameraaufzeichnung ist es kurz vor sechs, als der Rucksack wieder aus dem Schließfach geholt wird. Allerdings nicht von Nora. Die Person ist größer und im Gegensatz zur Diebin hell gekleidet. Werden sie Zeugen der Beuteübergabe an einen Hehler? Der Typ auf dem Bildschirm kommt Peter bekannt vor.

Er versucht, seine Zahnschmerzen wegzumassieren, und ein bisschen hilft es tatsächlich, als das Telefon schon wieder läutet. Dieses Mal ist es aber weder Gustavssons Anwalt noch die Versicherung oder der Bürgermeister. Es ist Prof. Effenberger aus dem Institut für Rechtsmedizin in Kiel.

»Guten Abend Herr Johannsen. Im Fall Nora Fellner habe ich neue Erkenntnisse gewonnen, auch wenn ich nicht weiß, ob Sie sich darüber freuen werden. Sitzen Sie?«

Peter wird schwindelig. »Was gibt es?«

»Wie Sie aus meinem Obduktionsbefund entnehmen können, ist Nora Fellner eine kerngesunde, gut trainierte Achtundzwanzigjährige gewesen. Ich konnte als ursächlich für das Ertrinken nichts feststellen – keine Schädelverletzung, kein Anfallsgeschehen, keine Blutungen durch ein geplatztes Aneurysma, keine Hinweise auf anaphylaktischen Schock. Die Toxikologie war bisher auch unauffällig. Also habe ich mir die Leiche noch einmal angesehen. Quadratzentimeter für Quadratzentimeter, buchstäblich unter der Lupe. Und siehe da …« Effenberger triumphiert, und Peter wird übel. »Es gibt eine Einstichstelle im Bereich der Vena subclavia rechts.« Er kann hören, dass der Professor lächelt, und noch bevor er nachfragen kann, spricht Effenberger weiter. »Zu Ihrer Information: Das ist eine Vene unterhalb des Schlüsselbeins. Die Einstichstelle entspricht der gängigen Größe für Injektionsnadeln. Ich vermute, dass ihr unmittelbar vor dem Tod etwas injiziert wurde, um sie zu betäuben.«

»Können Sie herausfinden, worum es sich dabei handelt?«

»Wir versuchen es, doch versprechen kann ich nichts. Wenn wir Glück haben und ein Sedativum verwendet wurde, finden wir wahrscheinlich noch Spuren davon. Im Falle eines Hypnotikums aber, wie zum Beispiel Propofol, das Ihnen ja sicherlich bekannt ist, haben wir keine Chance, die werden im Körper relativ schnell abgebaut. Die Wirkzeit beträgt zwischen zwei und fünf Minuten. Was übrigens ausreicht, um einen sedierten Patienten ertrinken zu lassen.«

»Oh.« Peter muss schlucken.

»Ja, das dachte ich auch, Herr Johannsen. Es handelt sich um einen überaus geschickten Mord. Und wenn ich mal einen Tipp abgeben darf: Ich vermute, dass ihr Täter ein erfahrener Mediziner ist, der Zugang zu Narkosemitteln hat und zudem mit der Punktion der Vena subclavia vertraut ist.«

»Danke.«

Peter legt auf und denkt an den hell gekleideten Mann, der Noras Rucksack aus dem Schließfach des Museums geholt hat. Könnte das Gustavsson selbst gewesen sein? Hat Schleswigs Lieblingsbürger Schulden? Wie sieht seine finanzielle Lage aus? Er nimmt sich vor, das zu überprüfen. Die Noch-Ehefrau des Chirurgen könnte sicherlich helfen. Vielleicht kann Katja mit ihr Kontakt aufnehmen und …

Er will es ihr gerade sagen, als der Schmerz kommt. Es fühlt sich an, als ob ihn eine Kugel in die Brust trifft, einmal mittendurch. Er stöhnt, keucht, erhebt sich halb von seinem Stuhl, krallt sich an seinem Schreibtisch fest.

»Piet!« Katja ist bei ihm, doch sie kann nicht verhindern, dass er zu Boden fällt. Er fühlt den dumpfen Schmerz, als seine Brustwirbelsäule auf das Gestänge seines Drehstuhls prallt. Doch dieser Schmerz ist nichts gegen das, was in seiner Brust los ist. Er bekommt keine Luft mehr.

»Sven! Schnell! Ruf den Notarzt!« Katja schreit. Seine Partnerin hat ein ordentliches Organ, wenn sie will. Er hat sie schon auf dem Fußballplatz erlebt, wenn die Polizeiinspektion Schleswig gegen die Kieler Auswahl spielt. Die hört jeder.

Um ihn herum ist Gerenne, Stimmen. Katja kniet neben ihm, hält seine Hand.

»Atme, Peter, atme. Ganz ruhig. Der Notarzt kommt gleich.«

»Was …«

»Ich bin Laie. Aber ich wette meine Harley darauf, dass du gerade einen Herzinfarkt hast.«

Ja. Da hat sie wohl recht. Und plötzlich weiß er, was geschehen ist.

Gustavssons Noch-Ehefrau will sich ihren Anteil an der Klinik für Plastische Chirurgie auszahlen lassen, die neue, jüngere Gefährtin ist anspruchsvoll und entsprechend teuer. So reich der Chirurg auch sein mag – er braucht mehr Geld. Also heuert er Nora Fellner an. Sie stiehlt die wertvollen Uhren und Juwelen. Die Versicherung wird zahlen. Aber damit nicht genug. Die Beute wird geteilt, und so kommt zur Versicherungssumme noch der Verkaufserlös des Schmucks hinzu. Aber da man mehr Geld hat, wenn man nur durch eins teilen muss, beschließt Gustavsson, Nora umzubringen. Er trifft sich mit ihr in Haithabu. Vielleicht gehen sie gemeinsam an den Steg, setzen sich dorthin. Er legt den Arm um sie, damit die anderen Besucher sie für ein Paar halten. Dann sticht er ihr die mitgebrachte Kanüle in den Hals. Sie wird sofort ohnmächtig. Jetzt braucht er ihr nur noch den Schließfachschlüssel abzunehmen und sie ins Wasser gleiten zu lassen. Ohne Bewusstsein versinkt sie wie ein Stein.

So muss es gewesen sein, er sieht es ganz klar vor sich! Nur … wo ist die Beute? Gustavsson kann sie nicht verkaufen, zumindest nicht jetzt und nicht hier. Hatte er nicht vorhin etwas von einem bevorstehenden Urlaub erzählt? Wollte er nicht mit seiner neuen Flamme morgen früh nach Dubai fliegen, um »diesen ganzen Stress« hinter sich zu lassen? Ja. Ja! Und in Dubai würden sie den Schmuck veräußern. Niemand käme dahinter. Und der Mord …

»Gustavsson … nicht … Dubai! Aufhalten!« Die Worte ringt er sich mühsam ab.

»Ist doch jetzt egal«, sagt Katja und hält immer noch seine Hand. »Ich kümmere mich schon darum. Du tust nichts weiter als atmen. Okay?«

Der Notarzt beugt sich über ihn, redet mit ihm, während ein Sanitäter ihm eine Maske auf das Gesicht drückt. Er hört nicht hin. Immerzu muss er an Gustavsson denken, der mit einem Koffer und seiner Gefährtin am Abfertigungsschalter am Hamburger Flughafen steht. Vielleicht ist es noch nicht zu spät. Vielleicht kann man ihn noch aufhalten …

Er spürt einen Einstich in seiner Armbeuge, und dann wird alles dunkel.

Es ist Nacht. Über Birger blinken die Sterne. Es sind so viele, wie man sie in den Dörfern und Städten nicht sehen kann. Noch ein Grund für ihn, hier draußen zu leben. Er hat sich ausgezogen und mit dem Saft der Färberdistel eingerieben. Die Zeichen auf seinem Körper sind die Zeichen der alten Götter. Sie gilt es, in dieser Nacht zu besänftigen. Ihre Ordnung wurde gestört durch Diebstahl und Gier, deshalb verlangen sie ein Opfer. Vielleicht kann er verhindern, dass der Polizist mit seinem Leben für die Verbrechen anderer bezahlen muss. Vielleicht.

Er geht zum Ende seines Stegs und lässt sich langsam in das ruhige Wasser der Schlei gleiten. Alles ist still. Irgendwo in der Ferne ruft eine Eule. Nicht einmal die ferne Landstraße ist hier noch zu hören. Leise plätschert das Wasser, als Birger in ruhigen Stößen auf die Schlei hinausschwimmt. Es ist nicht so leicht, denn in seiner Hand hat er einen Jutebeutel, der für seine Größe erstaunlich schwer ist. Als er die Stelle erreicht hat, zu der er will, bleibt er stehen und tritt Wasser. Hier ist das Noor besonders tief. Vor einigen Jahren haben Archäologen an dieser Stelle ein Schiff der Wikinger entdeckt, und man nimmt an, dass hier einst eine Opferstelle gewesen ist. Genau der richtige Ort.

Birger löst den Knoten, mit dem der Jutebeutel verschnürt ist. Es ist etwas mühsam, den Inhalt aus dem nassen Säckchen zu holen. Aber ein Opfer, das wirklich angenommen werden soll, muss Mühe bereiten. So lauten die Regeln. Im Mondlicht blinkt und funkelt es – Gold, Diamanten, Perlen und Edelsteine. Er weiß nicht, wie teuer der Schmuck ist, den die Tote in dem kleinen Sack an ihren Gürtel gebunden hatte. Es sind zwei Uhren von Patek Phillipe, eine davon mit perlenbesetztem Armband, und ein Collier mit Diamanten und blauen Steinen, so groß wie die Eier einer Amsel.

Eine ordentliche Beute. Genug, so hofft er, um die Götter zu besänftigen.

Zuerst lässt er die Uhr mit den Perlen in die Tiefe gleiten, dann die andere, deren diamantenbesetztes Zifferblatt im Mondlicht funkelt. Zuletzt ist das Collier an der Reihe. Er lässt sich Zeit, verfolgt jedes Stück mit den Blicken, bis es in eine Tiefe gesunken ist, in der das Mondlicht es nicht mehr erreicht. Mit dem Jutebeutel in der Hand schwimmt Birger wieder ans Ufer. Nass kehrt er in seine Hütte zurück und lässt sich vor dem Feuer trocknen, den Sack breitet er so aus, dass er trocknen kann. Morgen früh wird er auch ihn verbrennen und anschließend die Asche über das Land verstreuen. Erst dann ist das Opfer vollendet.

Doch er hat jetzt schon den Eindruck, dass seine Gabe angenommen und der Polizist leben wird.

Die Ordnung, das spürt er, ist wiederhergestellt.

DIE STERNE ÜBER HERMANNSHÖHE

Alex Roller

Brodtener Steilufer

Hand in Hand waren wir über die verwitterten Äste eines umgestürzten Baumes geklettert und hatten uns direkt in der ersten Reihe zum Meer unter den Sternen ausgestreckt. Dort, wo das Brodtener Steilufer beinahe zwanzig Meter zum Strand abfällt und man eine fantastische Aussicht auf die raue Ostsee hat. Zehn Jahre liegt das zurück.

Gerade sind wir vom Ausflugslokal »Hermannshöhe« ein paar Meter dem Sandweg entlang der Kliffkante gefolgt, da zeigt sie auf ein plattes Stück Wiese. Nicht dort, wo einst der Baum gelegen und das Meer dem Land eine neue Uferlinie abgerungen hat, sondern jenseits des beliebten Wanderweges in sicherem Abstand zur Absturzkante. Die Zeit hat ihre Abenteuerlust dahingerafft – zusammen mit ihren anderen Liebenswürdigkeiten. Was soll's, ich bin nicht der fantastischen Aussicht wegen hergefahren.

»Ist es dir hier recht?«

Wie ich diese ewige Fürsorge hasse.

»Wir können auch ein Stück weiter zu den Bäumen gehen – wenn dir das lieber ist?«

Ihr Blick gleitet meinen Körper entlang, als hätte ich

mich schick gemacht und sie zu einem Rendezvous eingeladen, dabei trage ich eine strapazierfähige Freizeithose und ein atmungsaktives Hemd, dem Abend angemessen, zumindest, was meine Pläne anbelangt.

Ich versuche, mich auf ihre Frage zu konzentrieren: Thematisch läge der perfekte Platz für unser Picknick vermutlich ein gutes Stück weiter hinter den Bäumen. An ihrem geliebten Gedenkstein für Seebestattete, den die Reederei nach dem Abgang des Steilufers ein paar Meter weiter landeinwärts neu aufgestellt hat. Diesen Gedanken verrate ich ihr aber nicht.

Stattdessen betrachte ich den Waldrand. Geschützter wären wir dort. Weniger Wind, weniger Mondlicht … Tatsache ist aber, um diese Zeit bleibt man überall allein. Ich will die Prozedur nicht in die Länge ziehen.

»Hier ist es prima«, entscheide ich und lächle.

Ihr Gesicht erstrahlt vor Dankbarkeit. Zum Glück bückt sie sich, um den monströsen Korb über ihrem Arm abzustellen und die Picknickdecke auszubreiten. Eine Sekunde länger der Anblick ihres schüchternen Augenaufschlages – mir wäre schlecht geworden.

Ihr Hinterteil hingegen zeichnet sich genauso rund und knackig unter ihrer feinen Hose ab wie vor zehn Jahren. Mit der Zunge befeuchte ich meine Oberlippe. Wäre eine kleine Verzögerung nicht doch vertretbar? Immerhin bietet sich die letzte Gelegenheit.

»Du stehst ja so steif da. Willst du dich nicht vielleicht setzen?«

Doch, du ewig zaghaftes Weib. Sogar direkt neben dich.

»Magst du mir den Wein geben?«

Die Flasche hängt schwer in meiner Fleecejacke. Ich nehme sie aus der Innentasche und überlasse sie ihr. Dornfelder, halbtrocken – den hatte ich damals schon nicht gemocht. Glücklicherweise werde ich heute nicht davon trinken.

Den Wein in der Hand geht sie vor mir auf die Knie. Der zarte Hals, der gebogene Rücken. Mehrere Sekunden kramt sie im Picknickkorb – vermutlich nach dem Korkenzieher.

Tief atme ich die laue Luft des Abends ein.

Seit ich die Decke ausgerollt habe, klebt sein Blick wie eine schwitzige Hand auf meinem Hintern. Ich recke mein Steißbein in die Höhe. Für ihn!

Ein eisiger Druck schnürt mir die Kehle zu.

Es mochten die Jahre sein, die uns getrennt hatten, die pausenlose Nähe, das ewig Gleiche. Er zuerst ins Bad. Ein flüchtiger Kuss auf die Wange. Gestern und morgen auch.

Ich hatte mir eingeredet, ich hätte es erst bemerkt, als er Bettdecke und Kopfkissen zusammengerafft und ins Gästezimmer getragen hat. Eine Lüge.

Mein Gott, wie lange ich blind war. Beinahe zu lange für die rettende Einsicht!

Mühsam zwinge ich mich zu atmen. Das Bild taucht wieder auf, wie er eines Morgens vor mir gestanden hat. In seinem hellen Anzug und dem makellosen Hemd, die seine aufrechte Haltung in Szene setzten.

»Langweilig«, hatte er gemeint. Unser Haus, unser Le-

ben – meine Liebe. »Überrasch mich!«, hatte er verlangt, als ich in Tränen ausbrach. »Nur ein einziges Mal!«

Ich schließe die Augen. Nur um sie gleich wieder zu öffnen, weil mir schwindlig wird.

In den vergangenen Wochen habe ich viel über die Bedeutung seiner Worte nachgedacht. Inzwischen verstehe ich sie. Zumindest aus seiner Sicht. Vermutlich hat er sich deshalb auf diesen Ausflug eingelassen. In Erinnerung an die Zeit, als wir uns kennenlernten. An die Sterne. An uns – als es für Langeweile keinen Raum gab.

Vorne an der Uferkante, hinter der heute die ruhige See in kleinen Wellen über den Strand leckt, hatten wir uns geliebt. Seine Küsse hatten salzig geschmeckt, nach der Würze des Meeres und seiner Haut. Gleichzeitig süß. Wie reife Trauben, prall gefüllt mit Sonnenlicht. Eine Mischung aus Meer, Sinnlichkeit und Verlangen! Vor allem Verlangen – jedenfalls bei ihm.

Ich hätte es ahnen können. Vielleicht müssen! Aber wie? Unterscheiden zwischen Wunsch und Wahrheit, während sich das Herz verzehrt vor Sehnsucht nach Liebe?

Meine Hände hantieren mechanisch im Innern des Korbes. Konzentrier dich, herrsche ich mich an. Der Wein, der Korkenzieher … Jeder Handgriff muss sitzen!

Um Himmels willen, wonach wühlt das Weib so lange? Unter der spektakulären Aussicht auf den Abdruck ihres Höschens entlang ihrer weichen Hüften schwillt der Druck zwischen meinen Schenkeln an. Ich lehne mich zurück. Sehe schon ihre Brüste im Licht des Mondes, wie sie sich mir entgegenbiegen.

Die inneren Bilder erstarren. Verfolgt das Weib ausgerechnet heute ein eigenes Ziel? Und ich falle darauf rein?

Entschlossen schlage ich die Beine übereinander. Kaum, dass sie wieder sitzt, nehme ich ihr die Flasche aus der Hand, ebenso den Korkenzieher – Zeit, dass wir vorankommen. Ich steche die Spitze in den Korken, drehe und ziehe ihn in einem Rutsch heraus. Einige Tropfen des roten Gesöffs spritzen auf ihre graue Picknickdecke. Sie bemerkt es nicht. Oder es ist ihr egal. Ihr ist ja so vieles egal – mir inzwischen auch.

Mit geöffneten Lippen streicht sie sich ihr Haar aus dem Gesicht und beugt sich erneut über den Korb – für wie blöd hält sie mich? Mit zwei Kristallgläsern ihrer verstorbenen Großmutter taucht sie wieder auf und stellt sie neben die Decke. Dank geschmackloser Hirsch- und Wildschweingravuren gleicht keines dem anderen. Allein beim Anblick dieser Flohmarktkelche bekomme ich Kopfschmerzen. Immerhin muss ich sie so nicht vortäuschen.

»Hast du auch Wasser dabei?« Ich lege mir die Finger an die Stirn und massiere die Schläfen. »Ich glaube, mit dem Wein muss ich mich heute ein bisschen zurückhalten.«

Seine Stimme klingt weich. Er versucht, mich einzulullen. Sofort spüre ich, wie mein Körper reagiert. Ich wehre mich. Zu vertraut offenbart sich mir sein schmales Gesicht, seine dunklen Augen, die immerzu abschweifen in die Nacht. Ich kann ihn lesen. Noch immer. Auch wenn ich es lange nicht gewagt habe.

»Erdrückend« hatte er ihn genannt, den Austausch jenseits von Worten und Berührungen, die Sprache zwischen

vertrauten Seelen – und es mir vorgeworfen! Als hätten wir eine Wahl, wie wir jemanden lieben!

In kalten Linien waren mir die Tränen die Wangen hinabgelaufen, bis ich leer war. Eine tote Hülle abgestorbener Hoffnung, aufrecht gehalten allein von der Erinnerung. Ein Hauch nur, ein weiteres Wort von ihm, und ich hätte mich nicht länger auf den Beinen gehalten.

Die Tür zum Gästezimmer blieb geschlossen.

Zu meinem Gästezimmer. In meinem Haus. So wie die Firma meiner Familie gehört, in der er seit unserer Hochzeit als Geschäftsführer arbeitet.

Erneut greife ich in den Korb an meiner Seite, bedacht auf jede Bewegung.

Er will eine Überraschung? Er soll sie bekommen!

Natürlich hat sie Wasser dabei. Ich kenne sie besser, als mir lieb ist. Allerdings hat sie auch zusätzliche Gläser in ihrem Korb. In mein zweites füllt sie Wein.

Bevor ich mich der Herausforderung stelle, mit ihr anzustoßen, ohne einen Schluck vom Dornfelder zu nehmen, kramt sie erneut in ihrem Vorrat. Schon beim Einladen ins Auto hatte ich mich gefragt, wozu um Himmels willen sie diesen riesigen Korb mitschleppt? Jetzt bekomme ich eine Ahnung: Einen nach dem anderen zieht sie zwei Teller mit jeweils einem Stück »Großer Hans« mit Rosinen hervor. Das eine Kuchenstück mit einem Klacks Kirschgrütze daneben, das andere mit Pflaumenkompott, Papierservietten und Gabeln. Ich habe noch nie verstanden, wie man die schlabbrige Haut gekochter Pflaumen mögen kann. Insofern bleibt kein Zweifel, welchen Teller sie für mich bestimmt hat. Sie zieht die Folie ab und hält ihn mir hin. Der vertraute Duft von Grieß und Vanille lässt mir das Wasser im Mund zusammenlaufen.

Ihr Parfüm lenkt mich ab. Sie öffnet ihre Jacke. Die Bluse, die sie trägt, ist neu. Sie schnürt ihre Brust zu einem üppigen Dekolleté zusammen. Der perfekte Einblick – ich bleibe auf der Hut.

»Wollen wir nicht zuerst anstoßen?«

Gehorsam greift sie zum Weinglas. Ich entscheide mich für Wasser. Gegenwehr kommt nicht. Wäre auch ganz was Neues.

Sie nimmt einen kleinen Schluck. Nachdem sie sich die Lippen geleckt hat, einen größeren. Ich schaue ihr in die Augen, während sie trinkt. Der Mond scheint nicht hell an diesem Abend, und Schatten liegt auf ihrem Gesicht, dennoch gibt es keinen Zweifel: Sie strotzt vor Ahnungslosigkeit.

Zufrieden leere ich in einem Zug mein Wasserglas. »Kannst du mir nachschenken, bitte?«, fordere ich sie auf.

Sofort stellt sie ihr nur noch halb volles Glas ab. Ein oder zwei Sekunden lang beugt sie sich nach hinten – die Zeit reicht. Ich nehme mein Stück »Hans« vom Teller und tausche es gegen ihres. Sicher ist sicher. Egal wie unterwürfig sie ist, sie scheint mir verändert an diesem Abend.

Auch wenn es mich einiges an Überwindung kostet, ich meide die Kirschen, beiße dafür umso herzhafter vom Kuchen ab. Der saftig feuchte Teig schmeckt vorzüglich. Ich seufze innerlich. Backen kann sie – das war immer so. Das reicht mir jedoch nicht.

Mit vollem Mund sehe ich zu, wie auch sie sich über ihr Stück hermacht. Ungeniert kaut, trinkt und fragt sie Unsinn, gleichzeitig und zusammenhangslos. Sie verträgt keinen Alkohol, nicht nur diesen nicht, sondern grundsätzlich. Warum also greift sie immer danach? Normalerweise hätte mich ihr Verhalten längst auf die Palme gebracht. Heute lehne ich mich zurück. Meine ganze Aufmerksamkeit liegt auf dem Glas in ihrer Hand.

Zum ersten Mal an diesem Abend ist er ganz bei mir. Auf der Wiese, unter denselben Sternen, die uns damals beim Küssen zugeschaut haben. Er genießt den frischen Kuchen, den ich nach dem Rezept seiner Dithmarscher Heimat gebacken habe. In siedendem Wasser, eingebettet in die von Patina und Liebe glänzende Form seiner Großmutter. Die kleinen Fältchen um seinen Mund malen ein Lächeln in sein Gesicht. Seine Knie fallen entspannt auseinander. Ein Anblick wie ein Geschenk. Ich werde ihn mir bewahren. Bis ich am Ende des Lebens hoffentlich an genau diesem Strandabschnitt in den Fluten der Ostsee bestattet werde.

»Eine wirklich gute Idee, der Kuchen«, sagt er und steckt sich einen weiteren Happen in den Mund. Dieses Mal spricht die Wahrheit aus ihm. Ich verliere mich in meinen Sinnen, dem Wein, der salzigen Luft. Dem Geschmack seiner Liebe. Verschmelze mit dem Moment, als hätte der Mann neben mir, dessen Ring ich trage, seit Monaten das erste Mal seine Arme ausgebreitet und mich hineingezogen.

Immer wieder in den letzten Jahren hatte er neue Weine mit nach Hause gebracht. Teure Rebsorten mit Urkunden und Beschreibungen, die klangen wie Liebes-

briefe. Ich hatte mich gefügt und probiert, aber ihnen keine Chance gegeben. Ich mochte sie nicht. Ich weiß, dass er das nicht versteht, es ändert nichts. Dornfelder bleibt unser Wein! Den kann selbst er mir nicht nehmen.

Lustvoll koste ich vom Kuchen. Auch ich liebe den saftigen Geschmack. Wie ich alles liebe, was ihn begeistert. Die stundenlangen Märsche durch den Wald, Talkshows, das Rascheln seiner Zeitung …

Vielleicht ist der Dornfelder für mich, was der Kuchen ihm bedeutet. Das Band in die Heimat der Seele. Dahin, wo alles bleibt, wie wir es in Erinnerung bewahren. Wo Frieden herrscht.

»Denkst du oft an zu Hause?«, frage ich ihn. Er antwortet nicht.

Ich nehme einen Schluck Wein. Und noch einen. Hole mir den Geschmack seiner Küsse zurück. Bis die Wärme in mir die Leere betäubt.

Ich werde ihn freigeben! Auf meine Weise.

Nie habe ich etwas anderes versucht, als es ihm recht zu machen. Im Grunde genommen selbst heute nicht.

Tränen steigen in mir auf. Doch ich will stark sein. Ich weiß, dass ich die Vergangenheit nicht heilen kann. Uns nicht heilen kann. Ich kann lediglich mitbestimmen, wie es zu Ende geht.

Den Kopf weit im Nacken sehe ich hinauf in die Sterne. Dieselben Sterne, die uns zusammengeführt haben. Beständig und unverrückbar, ein Teil der Nacht. Oder waren sie längst erloschen – wie seine Liebe? Ihr Licht am Himmel, nicht mehr als der Geschmack vom Wein auf meinen Lippen?

Obwohl ich die Tränen fortblinzle, verschwimmen die Lichtpunkte vor meinen Augen. Als ob das Leben aus meinen Adern sickert – sich in mir zersetzt wie der Alkohol in meinem Blut.

Das Kinn fällt mir auf die Brust. Es ist unmöglich! Ich starre auf die letzten Tropfen Dornfelder in meinem Glas. Und weiter, von meinem Teller zu seinem.

Ich bleibe die Überraschte, geht mir auf. Wieder einmal!

Als Erstes versagt ihre Hand. Mit dem Wildschwein voran fällt das Glas auf ihre Schenkel. Sie greift sich an den Hals, und ihre Augen treten hervor. Ich wende mich ab. Meine Erinnerung an sie ist auch so schlimm genug. Besteck klirrt, sie röchelt und japst meinen Namen. Ich habe mir das anders vorgestellt, schneller, aber was taugen Informationen aus dem Internet? Ich schwitze und starre auf die Ostsee hinaus. Mein Mund, in dem noch der Geschmack der gedämpften Rosinen hängt, wird mit jeder Sekunde trockener.

Als endlich Stille einkehrt, drehe ich mich um.

Da liegt sie: reglos auf dem Rücken, Pflaumenmatsch an der Jacke, der angebissene Kuchen zerbröselt an ihrem Bein. Ihre Augen starren in den Himmel. Von der Sauerei abgesehen der gleiche Anblick wie damals vorne am Steilhang: Das geöffnete Dekolleté, die Lippen rot vom Dornfelder … Sie hat die Sterne geliebt.

Ich brauche etwas, um den Kloß in meinem Hals hinunterzuspülen. Sorgfältig verschließe ich den verbliebenen Wein mit dem Korken und sehe mich nach dem Korb um. Er wiegt mehr als erwartet. Ich wuchte ihn zu mir heran. Unter dem Wasser und einem Geschirrtuch kommt eine weitere Flasche zum Vorschein: Dornfelder, halbtrocken.

Stumm schüttle ich den Kopf. Unter anderen Umständen hätte sie mit der Angst, ich könnte ihren Lieblingswein absichtlich vergessen, vermutlich richtiggelegen. Jetzt kommt mir ihre Fürsorge entgegen. Ich brauche etwas Stärkeres als Wasser, selbst wenn es sich um Dornfelder handelt. Es liegt noch einiges vor mir.

Am Kliff ist die Absturzkante nicht durch einen Zaun gesichert – der Verordnung des Vogelschutzgebietes sei Dank. Trotzdem wird es mich einige Anstrengung kosten, sie dorthin zu schaffen. Dazu kommt der Fußmarsch, den Weg am Kliff entlang, runter zum Strand und zurück zu ihrer Absturzstelle sowie der Transport in die Fluten. Ich hätte auf die Geste mit dem Küstenabschnitt für Seebestattungen verzichten und mir einen leichter zugänglichen Strandabschnitt aussuchen sollen. Das wusste ich auch vorher. Wir hatten uns jedoch auf der Hermannshöhe am Steilhang kennengelernt, nicht auf dem Priwall, ebenerdig zum Wasser. Sie wollte hier im Meer bestattet werden. In mir steckt kein Unmensch!

Ich entkorke den Wein, erspare mir das Hirschglas und setze den Flaschenhals direkt an die Lippen. Der Wein schmeckt noch scheußlicher, als ich ihn in Erinnerung habe. Trotzdem nehme ich ein paar weitere Schlucke, hoffe auf die Wirkung des Alkohols. Tatsächlich stellt sich eine gewisse Benommenheit ein, nicht nur in meinem Kopf, auch in den übrigen Körperteilen. Irritiert schaue ich von der Flasche zu ihr. Noch während mir der Gedanke kommt, dass hier etwas absolut nicht stimmt, verliere ich das Gleichgewicht. Mir bleibt gerade Zeit, zu begreifen, dass sie ein verdammtes Luder war und ich bei ihrer Kramerei im Korb weniger auf ihren Hintern und mehr auf meine Flasche hätte achten müssen, da kippe ich rückwärts neben sie auf die Decke.

Alles ist still um mich. Als sei ich mit dem ganzen Körper in die Ostsee getaucht. Ich spüre seine Finger auf meiner Hand – warm und vertraut. Ruhe ergreift von mir Besitz.

Schaut er wie ich in die Sterne? Oder hat das Gift, das er für mich in die Weinflasche gemischt hatte, stärker in ihm gewirkt als das Serum auf seinem von mir präparierten »Hans«, den ich gegessen hatte?

Nach dem Austausch der Weinflasche hatte ich mich sicher gefühlt. Ein Fehler – genau wie die Hoffnung, ein Mann könne mich ohne mein Zutun glücklich machen.

Kaum wahrnehmbar schlägt das Herz in meiner Brust.

Eine Überdosierung kann zum Herzstillstand führen, hatte auf der Packung gestanden, mit der ich mich mit seinem Kuchen am Nachmittag im Bad eingeschlossen hatte. »Kann!« – nicht »muss«. Ich hatte den Löffel nur zweimal gefüllt. Den Rest sollte der Himmel über der Hermannshöhe entscheiden.

Da liegen wir – Hand in Hand.

Allein die Sterne bemerken, wie ich versuche, meine Finger unter seinen hervorzuziehen.

ÜBER DIE HERAUSGEBERINNEN:

Yvonne Wüstel, Jahrgang 1967, ist approbierte Ärztin, hat aber schon früh ihren weißen Kittel an den Nagel gehängt, um sich ganz dem Schreiben zu widmen. Mittlerweile hat sie zahlreiche Romane unter verschiedenen Pseudonymen veröffentlicht. Yvonne Wüstel lebt mit ihrer Familie in Hamburg und genießt die Wochenenden und Ferien an ihrem Rückzugsort in einem kleinen idyllischen Dorf an der Schlei.

Anke Küpper arbeitet seit über zwanzig Jahren als Buchautorin. In ihren packenden Kriminalromanen macht sie ihre Wahlheimat Hamburg zum Schauplatz. Wenn sie nicht gerade mit Schreiben beschäftigt ist, kümmert sie sich um die Hühner in ihrem Garten, walkt an der Elbe, paddelt auf der Alster oder tauscht sich mit den »Mörderischen Schwestern« aus.

Franziska Henze, 1976 in Hamburg geboren, hat Rechtswissenschaften studiert. Nach Referendariat in Hamburg und London und anschließender Promotion arbeitete sie viele Jahre als Legal Counsel eines großen deutschen Wirtschaftskonzerns. Seit 2019 widmet sie sich ganz dem Schreiben. Sie hat mehrere, zum Teil preisgekrönte Kurzgeschichten veröffentlicht und arbeitet derzeit an ihrem ersten Roman.

ÜBER DIE AUTORINNEN:

Monika Buttler, Journalistin und Autorin, Magistra der Literaturwissenschaft, Germanistik und Philosophie, war viele Jahre lang als Wohnredakteurin tätig. Sie publizierte u. a. sieben Kriminalromane, über 40 Kurzkrimis, ein Hörspiel und Prosa. Sie ist Mitglied bei den »Mörderischen Schwestern« und in der »Hamburger Autorenvereinigung«. Monika Buttler ist verwitwet und lebt in Hamburg. Motto: »Le style c'est l'homme«.

Carola Christiansen ist in Hamburg geboren. Sie arbeitete lange für eine Fluggesellschaft, ist viel gereist und hat u. a. in Hongkong, Luxemburg und Dänemark gelebt. Inzwischen ist sie zurück an der Elbe und schreibt hauptberuflich Krimis: Spannung made in Altona. 2021 verbrachte sie zwei Monate in Venedig – die Rückkehr fiel ihr überraschend schwer. Seit drei Jahren ist sie Präsidentin der »Mörderischen Schwestern«.

Heike Denzau, Jahrgang 1963, ist verheiratet, hat zwei Töchter und lebt in dem kleinen Störort Wewelsfleth in Schleswig-Holstein. Diverse Kurzgeschichten wurden in Anthologien veröffentlicht. Bei der Vergabe des Krimi-Nordica Awards 2015 erlangte sie den zweiten Platz in der Kategorie »Story«.

Kathrin Hanke hatte das Glück, aus ihrer Schreibleidenschaft ihren Beruf machen zu können: Nach dem Studium der Kulturwissenschaften verdiente sie sich als Redakteurin, Ghostwriterin, Heftromanautorin sowie Werbetexterin ihre Brötchen. Seit 2014 lebt und schreibt sie als freie Autorin in ihrer Geburtsstadt Hamburg und hat seitdem eine Anzahl erfolgreicher Krimis veröffentlicht.

Franziska Henze, 1976 in Hamburg geboren, hat Rechtswissenschaften studiert. Nach Referendariat in Hamburg und London und anschließender Promotion arbeitete sie viele Jahre als Legal Counsel eines großen deutschen Wirtschaftskonzerns. Seit 2019 widmet sie sich ganz dem Schreiben. Sie hat mehrere, zum Teil preisgekrönte Kurzgeschichten veröffentlicht und arbeitet derzeit an ihrem ersten Roman.

Eva Jensen ist gebürtige Hamburgerin und hat in einem Dorf in der Nähe von Schleswig eine zweite Heimat gefunden. Dort genießt sie Landschaft und Natur an der Schlei und den Charme der Norddeutschen. Wenn es dort regnet, und das tut es sehr oft, schreibt sie. Eva Jensen ist ein Pseudonym.

Svea Jensen ist das Pseudonym einer erfolgreichen Krimiautorin. Sie ist in Hamburg aufgewachsen und dem Norden stets treu geblieben: Nach vielen Jahren beim Norddeutschen Rundfunk lebt sie heute in Schleswig-Holstein, wo sie sich mittlerweile ganz dem Schreiben widmet. Während sie Verbrechen für ihre nächsten Bücher plottet, lässt sie sich am liebsten eine Nordseebrise um die Nase wehen. Svea Jensen ist Mitglied im »Syndikat« und bei den »Mörderischen Schwestern«.

Anke Küpper arbeitet seit über zwanzig Jahren als Buchautorin. In ihren packenden Kriminalromanen macht sie ihre Wahlheimat Hamburg zum Schauplatz. Wenn sie nicht gerade mit Schreiben beschäftigt ist, kümmert sie sich um die Hühner in ihrem Garten, walkt an der Elbe, paddelt auf der Alster oder tauscht sich mit den »Mörderischen Schwestern« aus.

Alexa Lewrenz wurde 1978 in Hamburg geboren. Ob die vielen Actionfilme, das Jurastudium oder die Arbeit in der Rechtsmedizin ihre Leidenschaft für Krimis und Thriller geweckt haben oder ob es umgekehrt war, lässt sich heute nicht mehr ermitteln. Eines ist jedoch erwiesen: Die Autorin ist sowohl dem Lesen als auch dem Schreiben spannender Geschichten hoffnungslos verfallen.

Anja Marschall ist gebürtige Hamburgerin und lebt als Krimiautorin und Journalistin mit ihrer Familie in Schleswig-Holstein. Sie veröffentlicht seit 2012 Krimis und Romane, von lustig bis historisch, kriminell bis hinterlistig, aber auch Übersetzungen vergessener britischer Krimiautorinnen des 19. Jahrhunderts. Vor ihrer schriftstellerischen Tätigkeit arbeitete sie als Pressereferentin, Lokaljournalistin, EU-Projektleiterin in der Sozialforschung,

Apfelpflückerin in Israel, Zimmermädchen in einem Londoner Luxushotel, Kioskverkäuferin an den Hamburger Landungsbrücken und Verlegerin.

Bettina Mittelacher. Schreiben ist ihr Beruf – und ihre Leidenschaft. Mehr als dreißig Jahre ist sie Journalistin, seit 2016 ebenfalls Buchautorin. Weil sie als Gerichtsreporterin ständig mit menschlichen Abgründen konfrontiert wird, ist der Schritt zur Autorin von True-Crime-Titeln fast von selbst erfolgt. Mit dem renommierten Rechtsmediziner Prof. Klaus Püschel bildet sie ein kundiges und kreatives Team, das jetzt auch Thriller schreibt.

Regina Müller-Ehlbeck lebt mit Mann, Hunden, Katze und Pferden als freie Autorin in Hamburg und Småland/Schweden. Schon als Neunjährige schrieb sie ihre ersten Krimis. Nach einer Schauspielausbildung in Hamburg spielte sie an verschiedenen Theatern, synchronisierte und schrieb Drehbücher für das NDR-Familienprogramm. Jetzt schreibt sie Kinderbücher, Hörspielgeschichten, Romane und – back to the roots – natürlich Krimis.

Ricarda Oertel, geboren 1971, lebt und arbeitet in Schleswig-Holstein als freie Lektorin und Autorin. Ihre Kurzkrimis wurden in zahlreichen Anthologien veröffentlicht, für diverse Literaturpreise nominiert und im Rahmen des NordMordAwards ausgezeichnet. Mit einem Spannungsroman gelang ihr der Sprung auf die Shortlist für den Glauser-Preis 2020 als bestes Debüt.

Unter ihrem Pseudonym Hannah Juli schreibt die Autorin auch sommerliche Romane.

Susanne Pohl lebt und schreibt in Kiel. Sie liebt die großen Fährschiffe auf der Kieler Förde, lange Spaziergänge und leckere Fischbrötchen. Noch nie hat ihr eine Möwe ein Fischbrötchen geklaut, obwohl es einige versucht haben. Ihre Begeisterung für Privatdetektiv:innen begann in ihrem ersten Lebensjahrzehnt mit ???-Hörspielkassetten und einem Superdetektiv-Spielkasten, wuchs über die Jahre mit Miss-Marple-Filmen und stapelweise gelesenen Krimis und mündete in ihrem fünften Lebensjahrzehnt ins Krimischreiben.

Alex Roller wurde 1973 in Hamburg geboren und ist dort an der Grenze zu Schleswig-Holstein aufgewachsen. Nach einigen Jahren im Herzen der Hansestadt lebt die diplomierte Bauingenieurin mit ihrem Mann und den gemeinsamen Kindern wieder in ihrer alten Heimat, den Walddörfern, die mit ihrer Weitläufigkeit und den dunklen Wäldern zudem Inspiration liefern für ihre psychologisch tiefgründigen Geschichten.

Maja Schendel wurde in Schleswig-Holstein geboren und hat als Kind ihren Opa beim Kirchendienst in der St.-Wilhadi-Kirche in Ulsnis oft begleitet, weshalb ihr der Ort sofort für einen Kurzkrimi in den Sinn kam. Als sie dann bei Recherchen auf den echten Ulsnis-Mord stieß, nahm die Faszination ihren Lauf. Die Autorin schreibt auch in anderen Genres, und ihr Liebesromandebüt erscheint 2023. Sie lebt mit ihrem Lebensgefährten und ihren Hunden auf einem ehemaligen Resthof in den Hüttener Bergen.

Stefanie Schreiber ist Krimiautorin aus Leidenschaft. Ihre kleine Reetkate anno 1704 steht bei ihrem Sehnsuchtsort St. Peter-Ording und verbindet sie seit zwanzig Jahren mit Nordfriesland, den Eigenheiten des Landstrichs sowie der Mentalität der Küstenbewohner, die sie gerne in ihre Romane einfließen lässt. Seit 2019 erscheint ihre erfolgreiche Sankt-Peter-Ording-Krimireihe.

Anette Schwohl, 1959 geboren, hat in Hamburg Kunstgeschichte, Literaturwissenschaften und in einem Aufbaustudium Kulturmanagement studiert. Nach beinahe zehn Jahren als Museumsdirektorin in Sachsen kehrte sie im Jahr 2002 nach Schleswig-Holstein zurück. Sie ist freiberuflich als Kunsthistorikerin, Kulturmanagerin und Dozentin für Kreatives Schreiben tätig. Etliche ihrer Kurzkrimis wurden in Anthologien veröffentlicht. Sie liebt es, in die Abgründe der Menschen bzw. ihrer literarischen Figuren zu schauen. Seit 2019 organisiert sie alle 2 Jahre das Rendsburger Frauenkrimifestival. Sie ist Mitglied bei der Autorinnenvereinigung »Mörderische Schwestern«.

Regine Seemann wurde am ersten Adventssonntag im Jahr 1968 in Hamburg geboren. Sie ist in Hamburg zur Schule gegangen, hat hier Deutsch und Biologie auf Lehramt studiert und arbeitet als Schulleiterin einer Grundschule auf der Elbinsel Wilhelmsburg. Sie lebt am Rande der Fischbeker Heide im südwestlichsten Teil Hamburgs gemeinsam mit Ehemann, Sohn und einem Rudel Katzen. Abends verbringt sie ihre Freizeit entweder vor dem Laptop beim Schreiben von Krimis oder im Offenstall mit ihren beiden Pferden.

Elin Seidel, geboren 1980 in Köln, studierte Rechtswissenschaften in Hamburg und Australien. Als Juristin hat sie mehrere Jahre in Köln, Hamburg und Singapur gelebt und gearbeitet, bis sie beschloss, wieder das zu tun, was sie schon als Kind am liebsten tat: spannende Geschichten schreiben. Jenseits des Schreibtischs liebt Elin Seidel das Laufen und Wandern in der Natur. Mit ihrem Mann und den beiden Kindern lebt sie inzwischen wieder in ihrer Heimat, Köln.

Joyce Summer wurde in der Nibelungenstadt Worms geboren und ist seit Kindertagen fasziniert von Geschichten und Sagen. Was lag da näher, als sich irgendwann ganz dem Schreiben zu widmen? Politik und Intrigen kennt sie nach jahrelanger Arbeit als Managerin in verschiedenen Banken und Großkonzernen zur Genüge: Da fiel es ihr nicht schwer, dieses Leben hinter sich zu lassen und mit Papier und Feder auf Mörderjagd zu gehen.

Carolyn Srugies, 1962 in Hamburg geboren, ist verheiratet und Mutter zweier erwachsener Kinder. Sie liebt Krimis und findet im Schreiben einen kreativen Ausgleich zur Tätigkeit als Exportmanagerin. Mit dem dritten Platz im Wettbewerb zum zweihundertfünfundsiebzigsten Bestehen der Commerzbibliothek zu Hamburg ist sie zum ersten Mal in die Öffentlichkeit getreten. Seitdem hat sie mehrere Kurzgeschichten und -krimis in verschiedenen Anthologien veröffentlicht.

Sabine Weiß, geboren 1968 in Hamburg, arbeitete nach ihrem Germanistik- und Geschichtsstudium als Journalistin. 2007 veröffentlichte sie ihren ersten historischen Roman, der zu einem großen Erfolg wurde und dem viele weitere folgten. 2017 gab sie ihr Krimidebüt. Ihre Krimiheldin ermittelt auf Sylt. Sabine Weiß lebt mit ihrer Familie in der Nordheide bei Hamburg.